Souviens-toi Rose...

Ceci est une œuvre de fiction. Les personnages et les situations décrits dans ce livre sont purement imaginaires : toute ressemblance avec des personnages ou des évènements existant ou ayant existé ne serait que pure coïncidence.

L'auteur ne saurait être tenu pour responsable quant à une mauvaise utilisation de son texte.

© Isabelle Rozenn-Mari, 2015 – Souviens toi Rose…
http://isabelle.rozenn.mari.free.fr
isabelle.rozenn.mari@free.fr
Tous droits réservés.
ISBN : 978-2-9553228-0-2

Illustration : ©Unholyvault

Isabelle Rozenn-Mari

Souviens-toi Rose...

« *Nous voulons tous être aimés,*
à défaut, être admirés,
à défaut, être redoutés,
à défaut, être haïs et méprisés.
Nous voulons éveiller une émotion chez autrui quelle
qu'elle soit.
L'âme frissonne devant le vide et recherche le
contact à n'importe quel prix. »

Hjalmar Sôdeberg

Je dédie ce livre à la mémoire de mes parents.

1

Les cinq enfants jouaient à cache-cache dans le grenier. La charpente sombre et poussiéreuse offrait de nombreuses solutions de replis, de même que les vieux meubles entassés de façon anarchique au gré des fantaisies de leurs propriétaires.

Alexandre avait toujours été fasciné par cette maison qui avait des allures de château.

Qualifiée de maudite, voire d'hantée par la majorité des habitants de la ville...

Il ne pouvait s'empêcher de frissonner en évoquant les bavardages qu'il entendait parfois au marché ou au détour d'une conversation lorsque sa mère recevait des amies.

Des hurlements au cœur de la nuit...

Des ombres inexpliquées qui talonnaient les passants insouciants...

Et les rares personnes qui y avaient mis un jour les pieds rapportaient immanquablement un sentiment d'oppression qu'ils ne pouvaient expliquer de façon rationnelle.

Sa mère ne manquait jamais non plus de médire au sujet de sa propriétaire, la très excentrique Anita Bénette.

Une femme solitaire et renfermée qui le mettait franchement mal à l'aise. Petite, voutée et sèche. Des cheveux gris bouclés. Et un regard gris délavé qui vous fixait du regard sans aucune aménité.

A presque onze ans, Alexandre ne se laissait pas facilement impressionner, mais cette vieille femme semblait porter sur ses épaules courbées tout le malheur du monde. Et sa bouche amère n'avait jamais dû sourire de sa vie.

Anita Bénette avait deux filles. Des jumelles. Rachelle et Clarisse. Les deux femmes auraient tout aussi bien pu avoir été adoptées tant elles étaient différentes de leur mère avec leurs cheveux châtains ondulés, leurs yeux verts et leurs corps tout en rondeur.

La fille de Clarisse, Carole, une fillette rousse de dix ans particulièrement délurée venait justement de jaillir d'une armoire en gloussant.

- Alex, tu ne m'as pas trouvée ! J'ai cru que j'allais finir étouffée sous toutes les vieilleries de Grand-Mère ! »

Alexandre, tout à ses pensées, avait fini par ne plus participer au jeu. Il répondit dans un sourire espiègle :

- Mais ma pauvre Carole, je savais parfaitement où tu étais…

La fillette au nez mutin constellé de taches de rousseur lui tira la langue :

- C'est même pas vrai !

Mais très vite, son regard s'illumina et un sourire adorateur lui dévora le visage :

- Tu viens, on descend ?

Sur ces paroles, un toussotement se fit entendre, et une tignasse brune émergea d'une malle.

Rodrigue, son frère qui avait un an de plus que lui et qu'ils avaient dû forcer à jouer avec eux.

Aussitôt, une voix fluette retentit à ses côtés.

- Mais Rodrigue… pourquoi tu sors ? Il ne nous avait pas trouvés !

La moue boudeuse de Laurette, sa petite sœur apparut à son tour. De deux ans sa cadette, elle avait des cheveux châtains bouclés que leur mère avait réussi à discipliner dans deux tresses serrées. Ses yeux bruns lançaient des éclairs en direction de leur frère qui riait à présent bruyamment.

- Pfff, on a gagné de toute manière, Alex n'a pas été fichu de nous retrouver ! (Il fit une grimace dédaigneuse). Et puis c'est un jeu de bébé, moi, je m'en vais…

Aussitôt, Carole se rangea à son avis :

- Attends Rodrigue ! Je viens avec toi !

Le jeune garçon l'observa à la dérobée sans se départir de son air dédaigneux, puis haussa les épaules.

Alexandre les observa en silence tandis qu'ils se dirigeaient vers la porte étroite qui menait à l'escalier.

Laurette le rejoignit en époussetant sa robe en jean. Elle lui tendit un sourire incertain tout en observant le théâtre de leurs jeux :

- On descend nous aussi ? Je ne me sens pas très à l'aise ici...

A cet instant, un craquement sonore retentit non loin d'eux.

Laurette se rapprocha de son frère et se pelotonna contre lui. D'instinct, ce dernier passa un bras autour de ses épaules tremblantes. Elle leva de grands yeux épouvantés vers lui :

- Alexandre ?

Un nuage de matières rêches poussiéreuses s'abattit alors sur eux.

Laurette ne put retenir un hurlement épouvanté.

Elle se désolidarisa de son frère et prit aussitôt le chemin emprunté quelques instants auparavant par leur frère et leur amie.

Le cœur battant à tout rompre, Alexandre s'époussseta tout en étudiant la charpente baignée dans un halo poussiéreux.

- Attends Laurette ! Ce n'est que la charpente qui a craqué !

Mais seul un claquement de porte lui répondit.

Il frissonna à son tour, plus très sûr de son explication rationnelle tandis que la pénombre lui semblait de plus en plus menaçante et le soudain silence un peu trop oppressant.

Il tendit l'oreille et perçut de petits bruits dont l'origine incertaine se mit à faire travailler son imagination fertile.

Il soupira. Après tout, il n'avait rien à prouver à personne...

Il se dirigea d'un pas pressé vers l'escalier, et sortit du grenier, sans un regard en arrière.

Il retrouva aussitôt sa sœur qui semblait pétrifiée sur le palier. Elle le regardait, les yeux écarquillés, comme si elle ne l'avait jamais vu de sa vie.

Il se força à lui sourire :

- Ben alors, tu t'attendais à voir qui ? Un fantôme ?

A ces paroles, Laurette lui rendit un regard à la fois apeuré et furieux :

- Si tu pouvais ne pas plaisanter à ce sujet, j'aimerais autant ! Répondit-elle en geignant. Bon, on rejoint les autres maintenant ?

Alors qu'il s'approchait d'elle, Alexandre suspendit son pas :

- Mais… où est Rose ?

Laurette fit un geste exprimant son ignorance.

- J'imagine qu'elle a déjà dû descendre… (elle fit un petit sourire). Il faut dire aussi que tu as mis un sacré temps à nous chercher !

Alexandre se retourna vers la porte du grenier, indécis, mais peu désireux d'y retourner .

- Tu crois ? Je l'aurais vue passer, non ?

- Sauf si elle est sortie pendant que tu comptais… et puis elle nous aurait entendus sortir et nous aurait suivis tu ne crois pas ?

Alexandre observa sa sœur, à moitié convaincu.

Rose était une fillette bizarre. On ne pouvait pas savoir avec elle…

Mais il choisit de se ranger à l'opinion de sa sœur.

- OK, je te suis…

Avant de descendre, son regard se dirigea vers l'escalier qui menait au dernier niveau : *la tour.*

Cette partie de la maison intriguait tous les visiteurs tant cette particularité architecturale était singulière dans la région. Il s'agissait d'une tour de guet qui permettait d'avoir un aperçu de la ville et de l'océan qui la bordait. En tendant l'oreille, Alexandre crut entendre une voix venant de cette direction.

Quelqu'un était-il monté à leur insu ?

Ou alors...

Était-ce un des nombreux esprits censés hanter les lieux ?

A cette pensée, Alexandre frissonna et décida qu'il n'était pas assez courageux ni assez fou pour aller vérifier laquelle des deux hypothèses était la bonne.

En descendant, il ressentit néanmoins une sensation étrange et déplaisante qui ressemblait bien à du remord.

Où était Rose ?

L'enfant était la fille de Rachelle, et donc la cousine de Carole. Il avait bien du mal à la cerner.

Elle avait huit ans, mais aurait tout aussi bien pu n'en avoir que six. Petite, très mince, elle donnait l'impression de vouloir passer inaperçue à la manière d'une petite souris.

Bien malgré lui, l'enfant l'intriguait.

Pourquoi tant de discrétion ?

Il l'avait longuement observée un jour où elle essayait une nouvelle fois de se faire toute petite tandis qu'ils s'amusaient dans le jardin.

Appuyée contre un arbre, elle les regardait à la dérobée courir après un ballon.

Ce jour-là, elle était – comme souvent – toute vêtue de blanc : jupe longue et tee-shirt.

Ses longs cheveux blonds étaient si pâles qu'ils en paraissaient blancs eux aussi.

Quant à ses yeux, ils étaient d'un bleu si clair qu'ils en paraissaient translucides.

Sa peau était si blême que l'on voyait le réseau de ses veines en dessous sur son petit visage triste.

Il avait d'ailleurs entendu une remarque de sa mère à son sujet qu'il avait trouvé déplacée : « *sa peau est aussi transparente que l'est cette enfant* ».

Il ne savait pas trop ce qu'elle avait voulu dire, mais il n'avait pas aimé ça.

Il ne savait pas pourquoi, mais il s'était attaché à elle et à son petit air de faon abandonné.

Ce jour-là, il avait été frappé par un détail que personne ne semblait remarquer : elle était vraiment très *très* jolie. Bien plus que Carole, sa cousine qui pourtant ne manquait jamais une occasion pour se mettre en valeur.

En fait bien plus jolie que n'importe quelle fillette qu'il avait un jour rencontrée…

Et pourtant, elle ne voulait pas qu'on la remarque.

Pourquoi ?

Alexandre soupira tout en continuant sa descente. Il avait atteint le palier du premier étage et observait à présent les tableaux qui décoraient les murs. Des aquarelles et des reproductions de paysages anodins, mais qui, dans ces lieux, prenaient des proportions inquiétantes. Le moindre nuage paraissait soudain annoncer l'orage, et la moue de ce chérubin évoquait l'expression sinistre d'un démon prêt à commettre un acte irrévocable.

Quant aux portes qu'ils voyaient autour de lui, elles étaient soigneusement closes, comme pour garder inviolés les secrets de la vieille demeure.

Il fut tenté d'en ouvrir une.

Mais il se retint.

Il n'était pas chez lui et il savait que leur présence n'était tolérée que pour rompre la solitude de Rose lorsqu'elle venait passer ses vacances chez sa grand-mère.

La vieille Anita semblait beaucoup aimer la petite. Au détriment de son autre petite fille semblait-il.

Cette femme aussi était un mystère à ses yeux. Elle semblait vivre seule depuis toujours.

Pourtant, elle avait bien dû être mariée un jour ?

A cet instant, il vit comme dans un rêve la poignée ronde de l'une des portes commencer à tourner sur elle-même.

Lentement.

Trop lentement…

Alexandre était figé, le regard hypnotisé braqué vers le panneau de bois lasuré de blanc qui s'entrouvrait peu à peu dans un grincement désagréable.

En un clignement de paupières, elle fut devant lui.

Anita.

Contrairement à son ange de petite fille, la vieille dame était vêtue de noir. Ses petits yeux gris le fixaient à présent sans aucune sympathie.

Elle dirigea un doigt déformé par l'arthrite vers lui :

« Toi, le gamin, ne restes pas planté là. Tu n'as rien à faire ici... fiche le camp ! »

La colère grondait dans sa voix tandis qu'un pli amer lui déformait la bouche.

Alexandre ne se le fit pas répéter deux fois. Il hocha la tête, la bouche entrouverte puis fonça vers l'escalier sans prendre la peine de s'appuyer sur la rambarde en fer forgé surmonté d'une main courante en bois.

Arrivé au rez-de-chaussée, il contourna la valise et le sac qui y avaient été négligemment abandonnés et fila par la porte d'entrée qui était restée ouverte.

Une fois dans le jardin, il tenta de retrouver son souffle tout en appuyant ses mains sur ses genoux.

Puis il leva les yeux vers la bâtisse constituée de solides blocs de granit gris.

De là où il se trouvait, la tour abritant la cage d'escalier se détachait de la construction et s'élançait vers le ciel.

En son sommet, il y avait une petite terrasse sur laquelle on débouchait après avoir avalé de nombreuses marches traîtresses et dépassé les deux étages.

Aveuglé par les éclats du soleil, Alexandre cligna des paupières.

Puis il s'éloigna en courant, le cœur battant un peu plus fort.

Car il était presque sûr d'avoir surpris une silhouette penchée vers lui sur la tour, les mains tendues en une supplique muette...

***

« *Rose... Rose !* »

L'enfant ne bougeait plus et se bouchait les oreilles.

Recroquevillée dans un recoin sombre du grenier, elle refusait d'ouvrir les yeux.

« Rose… Roooose !! »

L'appel était de plus en plus insistant.

Mais la fillette ne voulait pas la voir.

Elle ne voulait plus voir aucune d'entre elles.

Mais à chaque fois qu'elle venait dans cette maison, *elles* étaient là.

Et *elles* étaient de plus en plus pressantes.

Que lui voulaient-*elles* ?

Des larmes sourdaient à présent de ses paupières serrées à lui en faire mal.

« Roooose ! »

L'enfant secoua la tête.

Il fallait qu'elle parte.

Elle savait qu'elle aurait dû suivre les autres.

Mais la dame était déjà là et lui barrait le passage.

Pourquoi était-elle la seule à la voir ?

Un frôlement furtif lui caressa la joue à la manière d'une toile d'araignée répugnante.

Elle sursauta.

Puis ouvrit ses yeux baignés de larmes.

La dame était là.

Elle tendait son bras blanc vers elle, lui intimant de la suivre.

Résignée, la fillette se leva en chancelant et fit quelques pas vers la silhouette incertaine.

Cette dernière s'éloigna alors, semblant tracer un itinéraire blafard à emprunter.

Puis l'être se posta devant un vasistas percé dans la toiture et orienta son visage aux contours flous vers l'ouverture maculée de saleté.

Lorsque Rose la rejoignit, la femme disparut dans un halo opalescent.

Rose ressentit un soulagement intense.

Elle ne *les* aimait pas.

Elles lui faisaient peur.

Puis, à son tour, elle se positionna sous la fenêtre.

De là où elle se trouvait, elle pouvait voir les parapets de la tour et le ciel bleuté en toile de fond.

Ce qu'elle vit alors lui fit écarquiller les yeux.

Elle tendit ses doigts tremblants.

Puis poussa un hurlement strident.

2

18 ans plus tard – de nos jours

« *Ma psy m'a dit que je progresserais plus vite dans ma thérapie si je tenais un journal.*

Alors voilà…

Mais je ne sais pas quoi dire…

Un comble pour une romancière !

Le début peut-être…

Je m'appelle Rose Bénette, j'ai vingt-six ans. Je suis écrivain. J'écris essentiellement des thrillers. Mon héroïne principale Violet-Amber Carlyle est une détective intrépide qui côtoie à chaque enquête les pires tordus que la terre ait portés… et s'en sort toujours évidemment « in extremis ».

En plus, elle est très belle, très intelligente et est folle amoureuse de son coéquipier qui le lui rend bien même si ni l'un ni l'autre ne s'est encore déclaré !

Mince… je suis en train de sourire en écrivant ça. Je ne suis pas censée parler d'elle… mais de moi !

Jeanine, ma psy, pense que je vis à travers elle par procuration, que je fais une sorte de transfert quoi…

J'ai du mal à trancher.

Je vois cette psy depuis deux ans à présent et je n'avance pas beaucoup. Je fais toujours autant de cauchemars.

Chaque nuit…

Et je me réveille chaque matin le cœur battant, aussi épuisée que si j'avais couru un sprint.

Le souci, c'est que je n'arrive pas à me les rappeler. Je sais que je fuis un danger mortel, qu'il faut que je m'échappe. Mais je ne sais pas qui m'en veut ni même pourquoi.

Jeanine a l'air de croire que j'avancerai plus vite le jour où je réussirai à m'en rappeler.

Mais pour le moment, c'est un échec total.

Reprenons.

Je suis actuellement dans un avion qui s'élance vers la France.

Cela fait dix-huit ans que je vis aux États-Unis, à New York pour être précise.

C'est mon oncle – le frère de mon père – qui m'a recueillie lorsque j'avais huit ans, après que mes parents aient perdu la vie dans un accident de voiture.

Ça peut paraître horrible dit comme ça. Mais ce n'est pas ainsi que je vois les choses.

Oncle Bruno vit à New York depuis plus de vingt ans. Il y tient un restaurant « à la française » qui cartonne. « Chez Bruno » tout simplement. Mais qui attire des gens qui sont tout sauf simples, eux.

J'ai vécu de très belles années chez mon oncle. Très joyeuses, très festives aussi. Il est gay et vit avec Jeff, son compagnon. Il est toujours de bonne humeur et ne manque aucune occasion pour faire de bonnes blagues.

Quant à mon enfance, je n'en ai pas beaucoup de souvenirs.

Je me rappelle un peu mes parents. Il faut dire que j'ai une photo d'eux que je regardais beaucoup lorsque je suis arrivée chez mon oncle.

Puis de moins en moins souvent...

Ma mère était une déesse sculpturale, aux courbes affolantes et à la chevelure châtain méchée de reflets roux. Sur la photo, ils sont ramenés en chignon. Elle sourit à l'objectif, toutes dents dehors et ses yeux verts en amande pétillent de vie. Mon père paraît plus sérieux, mais il a l'air fier de poser à côté d'une si belle créature. Blond, les yeux bleus, il sourit un peu gauchement en serrant sa femme tout contre lui.

Ils sont morts alors qu'ils venaient de me déposer chez ma grand-mère pour les vacances d'été. Un véhicule qui doublait dans un virage, et c'en était fait d'eux...

Une bien triste fin en réalité.

Ma grand-mère n'a pas souhaité me prendre avec elle. Elle se trouvait trop vieille. Il y avait bien ma tante, la sœur de ma mère, mais d'après ce que Bruno m'a expliqué, non sans en sourire, c'était une femme qui préférait « s'amuser » plutôt que de s'occuper d'une enfant. Pourtant, elle avait elle-même une fille d'à peu près mon âge.

Mais je suis bien contente que ce soit Bruno qui ait eu ma garde au final !

A présent, je suis parfaitement bilingue, et je peux vivre de l'écriture, ce qui ne serait probablement pas le cas en France.

La France…

Je n'y ai pas mis les pieds depuis toutes ces années et une drôle de sensation me barre la poitrine à l'idée d'y retourner.

Jusqu'ici, je n'ai jamais souhaité le faire, bien qu'Oncle Bruno y soit déjà retourné et m'ait proposé de le suivre à ces occasions. Je lui suis reconnaissante de ne pas avoir insisté.

Je ne sais pas pourquoi j'appréhende tant ce voyage.

Mais ma grand-mère vient de mourir, et contre toute attente, elle m'a légué sa maison dans la petite ville côtière de Port-Launay.

Mon plan est très simple : je vais recevoir mon héritage et mettre au plus vite cette maison en vente.

Puis je reviens aussitôt à New York.

Jeanine pense que c'est une forme de fuite. Que je ne veux pas affronter la réalité et encore moins mon passé.

Et oui… elle a beaucoup d'avis pour une psy. Moi qui pensais que je n'aurais qu'à m'allonger et exprimer mes états d'âme… Pas du tout en fait ! Elle n'hésite pas à exprimer ses opinions me concernant. Mais cela a le mérite de me faire réfléchir.

De toute manière, je ne vois pas comment je pourrais affronter mon passé alors que je m'en souviens à peine !

Mais cette maison, je m'en souviens justement.

Un peu en tout cas.

Et les souvenirs qui s'y rapportent ne sont pas les meilleurs que j'aie à l'intérieur de mon cerveau.

Je me rappelle une maison lugubre, sombre, encadrée par de hauts bâtiments empêchant le soleil d'y pénétrer.

C'est une très ancienne bâtisse aux origines incertaines, mais il semble qu'elle soit dans ma famille depuis plusieurs générations.

Je ne sais pas si c'est à cause de l'air conditionné qui sature l'appareil, mais j'ai soudain des frissons en y pensant.

Je commence à regretter sincèrement de ne pas avoir réglé cette affaire grâce à une procuration...

J'ai voulu faire la brave et montrer à cette psy que je pouvais très bien affronter mes peurs...

Grave erreur...

Maudite psy ! »

Rose posa son stylo et referma d'un geste sec le journal dont la couverture rose bonbon plastifiée se mit à luire sous la lumière des liseuses directionnelles du plafonnier.

Puis elle ferma un instant les paupières.

Elle était fatiguée et la majorité des passagers s'étaient déjà assoupis. Elle n'avait plus qu'à en faire autant.

Elle rouvrit les yeux et observa le journal un instant avant de le ranger dans son sac. Cela ne lui semblait pas trop naturel d'y coucher ses pensées les plus intimes.

Mais puisqu'il fallait en passer par là...

Elle ramena la couverture qu'elle avait déjà préparée sur elle et tenta de trouver une position confortable.

Heureusement, l'avion était loin d'être plein, et le siège à côté d'elle était vacant. Elle redressa l'accoudoir et y posa les jambes.

Elle aurait pu voyager en première classe, elle en avait largement les moyens. Alors pourquoi ne l'avait-elle pas fait ? Elle le regrettait amèrement à présent tandis que les ronflements des autres voyageurs commençaient à bourdonner autour d'elle.

Mais elle était prévoyante. Elle sortit de son sac les bouchons d'oreille qu'elle avait pensé à apporter et les positionna. Très rapidement, les bruits s'estompèrent et elle commença à se détendre.

Elle ne tarda pas à s'endormir.

Une main posée sur son épaule la fit émerger de son sommeil. Elle ouvrit les yeux, le souffle court et trouva en face d'elle le visage avenant de l'hôtesse qui lui souriait tout en lui disant quelque chose.

Elle ne savait pas trop ce qu'elle lui racontait, mais d'une certaine manière, elle lui était reconnaissante de l'avoir tirée de son éternel cauchemar.

Elle lui sourit à son tour tout en tendant une main vers elle. Puis ôta ses bouchons d'oreille.

- Pardon… vous disiez ?

La jeune femme soupira discrètement mais conserva son sourire que Rose jugea un peu crispé :

- Je disais que nous n'allions pas tarder à atterrir, il faut que vous remettiez votre ceinture Mademoiselle.

- Oh oui, bien sûr… répondit Rose tout en se remettant en place.

Satisfaite, l'hôtesse s'éloigna.

Rose plia sa couverture, la posa à côté d'elle puis boucla docilement sa ceinture en observant la lucarne tout près d'elle.

Il faisait nuit et elle ne vit pas grand-chose, en dehors de quelques lumières éparses.

Puis elle aperçut les petits points lumineux annonçant les pistes de l'aéroport.

Rose inspira un grand coup tandis que l'appareil se rapprochait.

Elle n'aimait pas trop les avions, et les atterrissages avaient le don de la crisper.

Surtout lorsqu'ils se passaient sur un sol qu'elle n'avait pas foulé depuis des lustres…

3

Le taxi venait de la déposer après plus d'une heure de route. Elle était épuisée, anxieuse, et de mauvaise humeur.

Elle n'avait pas eu de plans précis en tête avant de prendre cet avion.

Aussi avait-elle simplement donné l'adresse de sa grand-mère au taxi.

Le 17 rue des Églantine. Port-Launay.

Un bien joli nom.

Mais elle n'en avait pas les clés…

Tandis que le taxi repartait après qu'elle eut réglé sa course, elle se mit à fouiller fébrilement dans son sac à main. Elle retrouva le courrier qu'elle avait reçu du notaire.

Maître Garnier.

Avec son imagination débordante, elle imaginait un vieux bonhomme barbu et rondouillard, un sourire suffisant aux lèvres, uniquement préoccupé par l'encaissement de ses honoraires.

Il fallait qu'elle le voie pour qu'il lui donne ces fichues clés.

Mais après avoir consulté sa montre, qu'elle avait réglée à l'heure française à l'aéroport, elle constata qu'il était encore bien trop tôt pour se présenter à l'office notarial, sis non loin de là, au numéro trois de la même rue.

Elle rassembla ses valises autour d'elle et prit une grande inspiration.

Puis leva les yeux en l'air lentement.

Très lentement…

Devant elle se dressait la bâtisse de son enfance.

Ceinturée de murs protecteurs surmontés de grilles en fer

forgé aussi pointues que des lances, elle s'élançait vers un ciel couleur cobalt veiné de rouge.

Elle était telle que dans son souvenir…

Grise… froide… impersonnelle et pourtant tellement belle…

Pour autant, le jardin ne semblait pas avoir été entretenu depuis bien longtemps et du lierre envahissait les blocs de granit qui la composaient.

La tour de guet montait toujours la garde au sommet de ce qu'elle savait être une cage d'escalier. Les étroites ouvertures qui jalonnaient l'élégante construction reflétaient le ciel sombre de cette journée naissante.

Quant aux autres fenêtres, les volets en bois à la peinture écaillée en étaient fermés.

Rose ne pouvait plus en détacher le regard, mais son cerveau n'était plus en état de fonctionner.

La maison, bien qu'étant en bien plus mauvais état que dans ses souvenirs, ne manquait effectivement pas de charme.

Mais aux yeux de Rose, elle avait le charme d'un serpent dormant paisiblement sur une pierre chauffée par le soleil.

Elle pouvait se réveiller si un danger la menaçait.

Et frapper…

Rose secoua la tête et eut un petit rire nerveux.

Elle était épuisée et le décalage horaire n'arrangeait pas les choses.

Une maison ne pouvait être menaçante, c'était évident !

Ce n'était pas une entité.

Juste un assemblage de pierres, de mortier, de bois et d'ardoises.

Elle arracha son regard de la maison et observa la rue des Églantine.

Ce devait être une des rues principales de la ville car elle était assez large.

Elle songea qu'il lui suffisait de trouver un troquet et de s'y installer jusqu'à l'ouverture de l'office notarial.

Elle se saisit des poignées de ses deux valises qui s'étirèrent et les fit rouler derrière elle.

Lorsqu'elle dépassa les limites de la maison, étrangement, un immense soulagement la saisit.

C'était comme si un poids venait de s'ôter de sa poitrine.

Elle fronça les sourcils. Sa réaction était vraiment disproportionnée...

Après avoir parcouru une centaine de mètres, elle aperçut ce qu'elle recherchait dans une ruelle s'élançant sur sa droite.

Elle se dirigea vers l'établissement, rassurée de voir qu'il était ouvert.

Elle poussa la porte et sourit machinalement à l'homme qui se tenait derrière le bar.

« Bonjour... vous êtes bien ouvert ? » ne put-elle s'empêcher de vérifier.

L'homme la regarda tout d'abord d'un air las, puis une lueur d'intérêt s'alluma dans son regard bordé de larges cernes.

Il lui adressa à son tour un sourire que Rose trouva parfaitement odieux.

- Oui ma petite demoiselle, entrez donc dans mon humble établissement !

Puis il se tourna vers un homme à la barbe naissante accoudé au bar – un pêcheur d'après son accoutrement.

- Même si d'habitude, il n'accueille pas d'aussi charmantes créatures ! Pas vrai Gaby ?

Puis il partit dans un rire gras tout en lorgnant sur la jeune femme qui retint son souffle.

L'autre haussa les épaules sans même prendre la peine de tourner la tête vers Rose.

- J'suis pt'être pas charmant, mais c'est des gars comme moi qui font tourner ta boutique mon vieux !

L'homme se tourna enfin vers Rose et lui fit un petit clin d'œil complice.

Rose expira enfin, rassurée par l'attitude amicale de l'homme. Puis elle fronça les sourcils en direction du cafetier et se dirigea vers une table.

Elle s'assit en soupirant, comme si elle n'avait pas été assise précédemment de longues heures durant.

Elle lorgna les murs autour d'elle : entièrement recouverts de lambris sombres et festonnés de fausses lucarnes, l'établissement semblait figurer l'intérieur d'un bateau.

Elle cala comme elle put ses valises près d'elle de manière à ne pas encombrer l'allée puis attendit, les yeux dans le vague.

Le cafetier s'approcha d'elle, ses petits yeux plissés et un sourire forcé aux lèvres.

- Qu'est-ce que je vous sers ?

- Un café s'il vous plaît. Répondit Rose sans hésiter. Puis elle vit sur une ardoise qu'il était également possible de commander des viennoiseries. Et un croissant si vous en avez.

L'homme hocha la tête.

- J'en ai... et ils sont encore tous chauds, vous m'en direz des nouvelles, ils viennent directement de la pâtisserie d'à côté !

Rose se força à ignorer le sourire faussement engageant de l'homme qui lui était de plus en plus antipathique. Elle hocha la tête en signe d'assentiment, mais n'eut pas envie de lui rendre son sourire. Elle l'observa rejoindre le bar d'une démarche qui lui fit aussitôt penser à celle d'un babouin. Elle réprima un éclat de rire et se reprocha aussitôt son manque d'empathie. En général, elle était plutôt le genre de fille à s'intéresser aux autres et à compatir à leurs malheurs. Un peu trop d'ailleurs à écouter son oncle...

Quelques minutes s'écoulèrent et elle put enfin déguster son café. Un vrai café à la française... Enfin, elle crut défaillir de plaisir en croquant dans son croissant. Croustillant et moelleux à la fois. Un pur bonheur auquel elle n'avait pas goûté depuis bien longtemps...

- Vous êtes encore plus jolie quand vous souriez vous savez...

Contrariée, Rose se tourna vers le bar et croisa le regard du pêcheur – Gaby – mais elle n'y lut aucun sarcasme. Elle se détendit et eut un petit rire :

- C'est que... je n'avais pas mangé de croissant de cette qualité depuis longtemps ! J'avoue, c'est délicieux !

L'homme sourit à son tour et son visage buriné par le soleil et le sel marin se creusa de plusieurs sillons profonds. Il quitta le bar et se rapprocha. D'un geste, il lui demanda l'autorisation de s'assoir à sa table ce qu'elle lui permit d'un nouveau sourire.

Il devait avoir une quarantaine d'années et avait une certaine allure malgré son accoutrement. En tout cas, il lui inspirait confiance et Rose se fiait toujours à son intuition. Puis elle se mordit l'intérieur de la joue. Elle avait tendance à sympathiser trop vite avec les étrangers, et certains hommes prenaient souvent ses élans d'amitié pour de l'intérêt vis-à-vis d'eux.

Là encore, son oncle l'avait prévenue : *« tu es bien trop jolie pour ton propre bien ma Rose, et le problème c'est que tu n'en as absolument pas conscience ! Crois-moi... si un homme s'intéresse à toi, ce n'est pas pour ton intelligence ni tes nombreuses qualités... pas dans un premier temps en tout cas ! »*

Rose repoussa bien vite les paroles de Bruno et se concentra sur son vis-à-vis. Était-ce de la concupiscence qu'elle lisait dans son regard brun ? Elle n'en avait pas l'impression. *Plutôt de la curiosité. De la saine curiosité.*

- Hum... vous avez un léger accent... vous n'êtes donc pas française ?

Rose ne s'offusqua pas de ses manières directes.

- Si ! Mais j'ai quitté la France lorsque j'étais encore enfant à vrai dire. Ma famille a toujours vécu à Port-Launay.

A ces mots, Gaby fronça les sourcils, et le propriétaire qui essuyait des verres derrière le comptoir suspendit son geste et se tourna vers elle.

- Comment avez-vous dit que vous vous appeliez ? Lui lança-t-il avec un aplomb désagréable.

Rose le toisa avec raideur :

- Je n'ai jamais dit mon nom Monsieur...

- Oh... vous pouvez m'appeler Ludo, comme tout le monde ici !

Rose inspira profondément pour ne pas montrer que l'homme la rebutait.

Puis elle surprit le regard plus intrigué que jamais de Gaby. C'est à lui qu'elle répondit.

- Je m'appelle Rose Bénette, vous connaissiez peut-être ma grand-mère, Anita…

Un bruit de verre brisé lui répondit. Elle tourna la tête et aperçut Ludo, les mains vides alors qu'il tenait une chope un instant avant.

- Bon sang ! Vous êtes la fille de ceux qui...

Rose soupira amèrement et compléta mentalement *« sont morts dans un accident de voiture »*.

- Oui… c'est moi…

Rose surprit alors toute autre chose que de l'intérêt dans le regard du cafetier. De la pitié… mais aussi… quoi…

De la… peur ?

Elle secoua la tête, sûre d'avoir mal interprété ce qu'elle avait vu.

Un silence avait accueilli ses dernières paroles, et il s'étirait de plus en plus. Très vite, elle se sentit mal à l'aise devant les regards scrutateurs des deux hommes. Même Gaby auparavant si amical commençait à se montrer grossier en la fixant d'un air inquisiteur.

Pourtant, ce fut lui qui se reprit en premier en se grattant la tête, visiblement embarrassé.

- Désolé Rose… inutile de vous dépêcher de finir votre café et votre croissant. On ne voulait pas se montrer impolis…

Il coula un regard vers Ludo qui opina du chef :

- Oui, désolé… bienvenue chez vous Rose… dit-il d'une voix forcée.

Rose remarqua que son visage était blême avant qu'il ne plonge sous le bar pour balayer les débris de verre.

Elle revint vers Gaby qui lui souriait, toute trace de curiosité envolée :

- Port-Launay est une petite ville vous savez… nous connaissions effectivement votre grand-mère, et votre maman. C'est une bien triste histoire en réalité…

- Heu… oui, bien sûr… mais je vous avoue que je n'en garde pas beaucoup de souvenirs… j'ai quitté la France pour les Etas-Unis alors que j'étais encore très jeune et j'y ai toujours été heureuse… alors, vous voyez, le passé, c'est le passé !

Rose se demanda pourquoi elle se sentait ni nerveuse tout à coup. Elle comprit alors qu'elle ne s'était pas assez préparée à son retour dans la petite ville. Évidemment qu'elle allait être amenée à rencontrer des personnes qui avaient connu sa famille… et peut-être même *elle*… à cette pensée, elle eut un petit choc. Des étrangers en connaissaient probablement plus sur elle qu'elle-même. *C'était assez déroutant…*

Ce retour dans son passé ne lui plaisait pas vraiment. Sa psy lui aurait sûrement dit qu'elle cherchait à le fuir et qu'il fallait qu'elle comprenne pourquoi… Rose réprima un sourire. Pourquoi engageait-elle des fortunes dans son analyse alors qu'elle était capable de deviner ce que sa psy pensait des situations qu'elle vivait ?

Gaby la regardait à présent avec bonhomie :

- Vous avez raison, j'ai moi-même l'habitude de ne pas trop regarder en arrière. C'est une perte de temps à mon avis… Mais qu'est-ce qui vous amène ici ? Vous souhaitez peut-être revoir votre tante et votre cousine ? J'imagine que vous le savez déjà, mais elles habitent toujours Port-Launay.

Rose se sentit totalement prise au dépourvu. En réalité, elle n'avait pour ainsi dire pas repensé à elles depuis son départ vers New York. Elle les avait tout bonnement reléguées dans un recoin sombre de son cerveau.

Elle secoua la tête distraitement.

- Non…enfin oui ! Finit-elle par dire devant le regard surpris du pêcheur. Pour tout vous dire, ma grand-mère m'a légué sa maison. Je ne resterai que le temps de remplir les formalités et de la mettre en vente. Puis je retourne aux États-Unis…

Un étrange éclat brilla dans les yeux de Gaby :

- Ainsi, c'est vous la nouvelle propriétaire de cette

maison…

- Oui… mais pas pour longtemps, du moins je l'espère !

- C'est tout le bien que l'on vous souhaite Rose…

La jeune femme observa le visage du pêcheur, se sachant trop comment interpréter ses paroles prononcées d'une voix étrangement grave.

Plus tard, tandis qu'elle patientait devant la porte de l'office notarial, cette phrase continuait à retentir dans son cerveau, la rendant un peu nerveuse.

Allait-elle avoir du mal à vendre la maison ?

Après tout, elle avait beaucoup de caractère et il ne devait pas exister beaucoup de maisons comme elle dans les environs. En tout cas, elle n'en avait pas vues depuis son arrivée. Mais cela suffirait-il pour une vente qu'elle espérait rapide ?

Elle consulta sa montre. Le cabinet n'allait pas tarder à ouvrir. Son regard s'arrêta sur la plaque grise brillante qui annonçait pompeusement en lettres dorées .

Ms A. Garnier & A. Garnier

C'est alors qu'elle vit la poignée s'ouvrir.

Un homme lui fit alors face et elle eut un petit choc en le voyant…

4

- Bonjour… bégaya-t-elle à l'inconnu. J'ai rendez-vous avec Maître Garnier.

Ce dernier eut un petit sourire en coin et ses yeux verts se mirent à briller.

- Bonjour Mademoiselle… vous devez être Rose Bénette… (c'était plus une affirmation qu'une question). Je suis Maître Garnier.

À ces mots, Rose eut l'impression de suffoquer. L'homme ne correspondait pas du tout à l'image stéréotypée qu'elle s'était faite de lui.

Grand, les épaules carrées, les cheveux noirs négligemment peignés, le regard pénétrant, il ne devait pas être loin de la trentaine.

Et il était diablement séduisant dans son costume sombre impeccablement taillé. Bien que Rose se doutât qu'avec une telle silhouette et un tel charisme, n'importe quel vêtement eut pu lui aller comme un gant…

Et sa voix était naturellement virile et un brin charmeuse.

Elle se sentait totalement déstabilisée. En se mordant les lèvres, elle se maudit pour cet horrible travers. Les hommes séduisants lui avaient toujours fait perdre ses moyens et celui-ci n'échappait pas à la règle.

Malheureusement.

Elle parvint à se soustraire au magnétisme de ses yeux verts et se mit à fouiller fébrilement dans son sac avant d'en extraire un courrier tout chiffonné.

- Vous êtes… Maître Alain Garnier ?

Le sourire de l'homme s'élargit et il eut un petit rire. Ce qui charma et agaça tout à la fois la jeune femme.

- Non… je suis Alexandre Garnier. Son fils. Mon père est absent aujourd'hui et il m'a demandé de prendre le relais. Mais ne vous en faites pas, je connais très bien le dossier. Ne restons pas là… entrez je vous en prie.

Rose hocha la tête et le suivit dans le couloir sombre. Tandis qu'il ouvrait la marche devant elle – et qu'elle s'obligeait à ne pas trop le détailler – elle sentit la colère grandir en elle. *Pourquoi était elle aussi coincée face à certains hommes ?* Ce n'était certainement pas comme ça que Violet, son héroïne aurait réagi. Elle, elle avait de l'aplomb à revendre… Elle était sûre d'elle, audacieuse et courageuse.

Elle dut se faire violence pour cesser de penser à Violet, qui ne serait jamais *elle*, malheureusement, et entra dans le bureau à la suite du notaire.

Après qu'il lui ait désigné le fauteuil en cuir noir qui se trouvait devant un large bureau de bois sombre, Rose fouilla la pièce du regard. Contrairement au vestibule, le bureau était baigné de soleil. Des murs couleur crème, des panneaux de bois et des plantes vertes disposées un peu partout parvenaient même à le rendre agréable. La jeune femme se détendit un peu et cessa de bloquer sa respiration.

Puis son regard se porta vers le jeune homme. Elle se figea. Il l'observait tranquillement, un petit sourire flottant sur ses lèvres.

Son sourire s'élargit alors et Rose se sentit plus vulnérable que jamais face à lui.

Mais elle inspira profondément, redressa la tête et lui rendit son sourire. Elle fut alors surprise de constater que l'homme paraissait soudain moins sûr de lui. Il se reprit cependant très vite tout en posant ses mains à plat sur son bureau.

- Bien, Mademoiselle Bénette… dit-il d'une voix soudain très professionnelle, j'ai ici le testament de votre grand-mère et elle vous lègue sans aucune forme de contestation possible sa maison ainsi que tout ce qui s'y trouve. Vous avez donc accepté cet héritage...

Rose haussa un sourcil surpris :

- Je ne savais pas que je pouvais le refuser à vrai dire...

Maître Garnier lui adressa un regard indulgent, mais légèrement arrogant qu'elle n'aima pas trop :

- Oui, vous auriez pu le refuser. Je vais être franc avec vous, vous auriez eu tort de le faire...

Rose haussa les épaules :

- Effectivement, je n'avais aucune raison de refuser, d'autant que ma grand-mère avait l'air de tenir à ce que je l'aie... je veux dire... elle avait une autre fille après tout. (Rose hésita). Si je peux me permettre... que va-t-elle recevoir de son côté ? Il me semble que la loi française ne permet pas de favoriser un héritier plus que l'autre ?

- Tout à fait... Votre tante a reçu de son côté des liquidités et un terrain en bord de mer. Cela correspond à l'estimation de votre maison.

- Alors... c'est parfait...

Rose ne voyait plus très bien quoi ajouter. Elle observa un instant son vis-à-vis qui vérifiait la liasse de papiers se trouvant sur son bureau. Puis il tourna les documents face à elle et lui tendit un stylo :

- Bien. Je vais donc vous demander de lire attentivement cet acte, puis de le parapher et de le signer à la fin si tout vous convient.

Rose fronça les sourcils et se saisit du document puis se mit à le parcourir.

Tout d'abord, il y avait l'état civil de sa grand-mère ainsi que le nom de ses héritiers. Malgré elle, elle sursauta lorsqu'elle vit le nom de sa mère « *Rachelle Bénette* » avec la mention « *décédée* ». Rose étant son unique enfant, elle devenait tout naturellement sa descendante.

Elle ne put s'empêcher de hausser les sourcils en lisant la valeur faramineuse de la maison dont elle venait d'hériter. Puis elle constata que sa tante Clarisse recevait effectivement une importante somme d'argent ainsi qu'un terrain dont la valeur n'était pas non plus moindre. L'ensemble équivalait bien au prix de la maison.

Sans se laisser davantage envahir par l'émotion, Rose s'exécuta puis tendit le crayon au notaire, puis la liasse de papiers.

- Voilà. Je crois que tout est en ordre.

Lorsqu'il se saisit des documents, leurs doigts se frôlèrent et la jeune femme fut saisie d'un frisson. Leurs yeux se rencontrèrent aussitôt et elle crut lire dans les siens de la surprise. Mais comme quelques minutes plus tôt, il se ressaisit rapidement.

- Effectivement... Répondit-il d'une voix ferme. Puis-je vous demander ce que vous comptez en faire ? Je crois savoir que vous vivez à New York, vous pensez revenir en France pour vous y installer ?

Rose eut soudain envie de rire. Elle réalisa cependant rapidement que ce n'était pas de la joie qu'elle éprouvait, mais de la nervosité.

- Non, pas du tout ! Répondit-elle précipitamment. J'allais justement y venir. Je souhaite la mettre en vente le plus tôt possible. Cela me permettra, en outre, de régler les frais de succession. Pensez-vous qu'elle partira au prix de son estimation ?

Maître Garnier l'observa pensivement avant de répondre d'une voix grave :

- Le marché n'est pas au mieux de sa forme, mais ce genre de maison est très recherché par un panel de clients fortunés. Je ne pense pas que vous aurez du mal à la vendre.

Elle sentit qu'il était sur le point d'ajouter quelque chose. Mais au dernier moment, il s'en abstint. Rose vit néanmoins à l'expression de son visage qu'il n'approuvait pas sa décision. Elle en fut un peu agacée.

- Alors, le plus tôt sera le mieux... Répondit-elle un peu sèchement. Je vais m'y installer quelques jours, le temps de trier et de regarder si je souhaite conserver certaines choses, puis je vous en confierai la vente, si vous êtes d'accord ?

- Oh… vous allez loger là durant votre séjour…

Rose l'observa, surprise :

- Eh bien oui… ce serait un peu bête d'aller à l'hôtel alors que je possède une maison vous ne croyez pas ?

Il hocha très vite la tête et lui adressa un sourire confus :

- Bien sûr… et pour répondre à votre question, j'accepte évidemment de m'occuper de la vente. Avec plaisir…

Tu parles… avec la commission que ça va générer, ça ne m'étonne pas !

Elle lui sourit poliment, puis se leva.

- Puis-je avoir les clés à présent ?

Il ouvrit un tiroir puis lui sortit un imposant trousseau.

- Et bien, plaisanta-t-elle, c'est la maison aux cent portes dont je viens d'hériter ?

Maître Garnier eut un petit rire.

- C'est vrai, il y en a beaucoup. Il hésita un instant. Si vous le souhaitez, je peux vous y accompagner…

La première intention de Rose fut de refuser. Mais quelque chose la retint de repousser son offre.

- Pourquoi pas… Dit-elle dans un souffle.

Lorsqu'ils quittèrent le bureau, ils croisèrent une petite brune qui toisa Rose des pieds à la tête. Elle la salua néanmoins et Rose en fit de même.

- Ah Linda, je te confie les bureaux, je vais accompagner Mademoiselle Bénette jusqu'à chez elle.

Le regard de Linda se fit alors plus aigu. Elle planta son regard brun dans celui de Rose et lança d'une voix monocorde :

- Pas de soucis Alex, à tout à l'heure…

Ils la dépassèrent puis sortirent. Rose jeta un regard interrogateur vers le notaire qui se mit à rire.

- Oh… Ne faites pas attention à Linda, elle a un caractère un peu spécial. C'est ma secrétaire.

Rose ne fit aucun commentaire, mais elle songea que la jeune demoiselle se montrait plutôt familière envers son patron. D'autre part, elle avait remarqué de quelle manière elle le regardait et devinait qu'il y avait certainement un peu de jalousie dans son attitude. Elle coula un regard vers son voisin. Il avait conservé l'empreinte de son sourire sur son beau visage. Elle se rabroua mentalement. Elle n'allait tout de même pas craquer sur le premier garçon séduisant qu'elle croisait ! Depuis sa rupture avec Jason, elle se méfiait comme de la peste des hommes un peu trop beaux. Et celui-ci lui paraissait encore plus dangereux que les autres. Quelque chose dans son attitude l'attirait et la repoussait tout à la fois. Il semblait trop sûr de lui. De plus il avait l'air un peu trop intelligent, trop charmeur, trop… *trop* !

Le genre d'homme qu'elle devait fuir en somme. *Pour son propre confort mental…*

Tandis qu'ils marchaient côte à côte dans la rue, il s'empara d'autorité de ses valises avec un petit sourire désarmant. Elle le laissa faire, tout autant surprise de sa prévenance que de l'ascendance qu'il prenait sur elle.

J'ai cru comprendre que vous étiez romancière…

Rose fronça les sourcils.

- Heu… et bien… oui. Mais comment le savez-vous ?

Cette fois-ci il éclata carrément de rire. Elle s'arrêta et l'observa, puis croisa les bras.

- Excusez-moi… mais vous avez eu l'air tellement surprise ! Il se recomposa un visage sérieux, mais conserva une lueur espiègle dans son regard.

- Eh bien oui, répondit-elle, décontenancée… je ne pense pas vous l'avoir dit…

- Vous ne l'avez sans doute pas remarqué… Mais c'est noté dans l'acte que vous venez de signer.

Rose se sentit confuse. Elle se rappelait à présent avoir dû confier un certain nombre d'éléments la concernant lorsqu'elle avait échangé avec le cabinet notarial, par téléphone tout d'abord, puis par mail. Elle se rappela alors que son contact était une jeune femme. *Linda certainement…*

- Oh… oui… je me rappelle que votre secrétaire m'avait

demandé ma profession.

Sans trop savoir pourquoi, Rose se sentait un peu déçue. Il dut le sentir, car il ajouta en prenant son temps :

- Ceci dit... votre nom ne m'était pas inconnu. On peut trouver vos romans en France il me semble...

Rose eut alors l'intuition qu'il avait en réalité déjà lu ses livres. Mais elle sut que si c'était le cas, il ne le lui dirait pas...

- Oui. Effectivement. J'ai la chance d'être traduite en plusieurs langues.

- La chance... ou le talent je suppose...

Rose ne répondit pas. Elle n'aimait pas trop s'étendre sur sa réussite. Elle écrivait depuis plusieurs années à présent et effectivement, elle n'était déjà plus une inconnue dans le monde sans pitié de l'édition.

Et elle aimait son métier avec passion. À cet instant son esprit vagabonda une nouvelle fois vers Violet. Elle avait le sentiment parfois de connaître intimement son héroïne. Comme si elle était un être de chair et de sang.

- J'ai l'impression de vous avoir perdue Rose...

La jeune femme sursauta et reprit pied dans la réalité. Puis elle tiqua.

Depuis quand l'appelait-il par son prénom ?

- Nous sommes arrivés, reprit-il en levant les yeux.

Rose suivit son regard.

Elle eut alors un frisson en contemplant la tour qui s'étirait à présent vers un ciel bleu azur parsemé de nuages opalins.

Elle eut aussitôt la sensation d'avoir en face d'elle une farouche sentinelle issue des temps anciens. Et à nouveau, une sensation désagréable s'insinua pernicieusement en elle.

Lorsque le notaire fit tourner la clé de laiton dans l'imposant portail en fer laqué de vert, et que celui-ci s'ouvrit dans un grincement assourdissant, elle fut saisie d'un vertige...

5

Lorsqu'elle recouvra ses esprits, un parfum musqué se pressait sous ses narines et elle retint à temps un soupir appréciateur.

Elle ouvrit les yeux et fut aussitôt happée par le regard empli d'inquiétude d'Alexandre Garnier. Ce dernier la tenait contre lui et l'observait attentivement.

Aussitôt, elle se dégagea, confuse.

- Je… je suis désolée. Balbutia-t-elle Je ne sais pas ce qui m'a pris. La fatigue sans doute. Le décalage horaire…

Vous allez bien ? Vous êtes sûre ? S'enquit-il tandis qu'elle se frayait un passage d'un pas incertain à travers la végétation luxuriante du jardin.

- Oui, pas de soucis ! Mais un peu de repos me fera du bien je pense…

Le jardin n'était pas bien grand. Elle parvint rapidement au pied de la tour. Un petit escalier en pierre menait à la porte d'entrée qui se logeait dans un renfoncement de la bâtisse. Soudain intimidée, Rose ralentit ses pas tandis que le notaire empoignait ses valises et la devançait dans l'escalier. Lorsqu'il fut sur la petite terrasse, il se tourna vers elle, puis lui fit signe de le rejoindre.

Ce qu'elle fit, les jambes flageolantes.

Pourquoi tant d'émotions ? Se questionna-t-elle.

Cette maison n'était rien pour elle. Elle n'avait que huit ans lorsqu'elle l'avait vue pour la dernière fois.

Cela n'avait pas de sens…

Sauf si tu as réellement enfoui des souvenirs sciemment dans les tréfonds de ta mémoire, comme le suggère ta psy, et que tu n'as pas envie de les exhumer...

Le jeune homme choisit une nouvelle clé, ouvrit la porte puis s'engouffra dans l'ouverture béante plongée dans l'obscurité.

Lorsqu'elle la franchit à son tour, un courant d'air la frôla et une odeur de caveau prit possession de ses narines. Elle eut soudain l'impression d'entrer dans la gueule humide et nauséabonde de quelque créature maléfique.

Elle tenta de relativiser ses pensées lugubres – *la maison avait juste besoin d'être aérée* – mais son cerveau paraissait totalement figé. Ou alors était-il imperméable à ce genre de considérations. Après tout, elle était plutôt du genre cartésien...

D'habitude en tout cas...

Mais ce qu'elle vit acheva de lui glacer l'échine et elle ne put retenir un cri d'effroi.

Là, face à elle, une femme aux traits figés se détachait de l'ombre et l'observait sans sourciller, une main tendue vers elle.

Avec ses cheveux châtains bouclés aux reflets mordorés, ses yeux verts ensorcelants, sa silhouette pulpeuse moulée dans une robe de teinte émeraude, elle était à la fois éblouissante et inquiétante.

« Maman... ?! »

Rose exhala un long soupir quand elle se rendit compte de sa méprise.

Le regard de sa mère avait été immortalisé dans un portrait en pied que quelqu'un avait placé face à la porte d'entrée.

Une vision troublante entrouvrant insidieusement les portes blindées de la mémoire de Rose....

Des larmes lui montèrent instantanément aux yeux et elle s'appuya contre le battant de la porte, le cœur soudain serré à lui en faire mal.

La femme lui souriait d'un air charmeur, mais son regard dégageait néanmoins une certaine douceur. Rose se demanda qui avait bien pu prendre la photo.

Était-ce à cette personne que Rachelle tendait la main et souriait ?
Et pourquoi diable sa grand-mère l'avait faite autant agrandir ?

Ainsi encadrée, on eut dit que sa mère était bien là, les attendant dans l'embrasure d'une porte. Le cadre n'était pas posé au sol, mais l'impression de réalité était tenace.

La voix qu'elle entendit à côté d'elle lui parut soudain déplacée en ces lieux et elle sursauta tandis qu'un écho désagréable lui battait les tympans :

- Je n'y avais pas pensé… j'aurais dû faire enlever la photo. J'imagine le choc que cela a dû vous causer…

Maître Garnier posa une main rassurante sur l'épaule de la jeune femme, et cette dernière frissonna aussitôt à son contact. La chair de poule s'empara de ses bras.

Pourquoi faisait-il si froid entre ces murs alors qu'il faisait si bon au-dehors ?

Le mois de septembre touchait à sa fin, cependant un été indien semblait s'être installé sur la petite ville, ce qui avait agréablement surpris Rose à son arrivée.

Mais cette maison contrastait désagréablement avec l'extérieur.

Froide, sombre, humide…

Tandis qu'elle soustrayait son regard à celui de sa mère, elle observa le vestibule. Sur sa droite, une porte. Fermée. Tout près de sa mère, une porte, fermée elle aussi. Un peu plus loin une autre porte. Toutes étaient closes. Puis, aussitôt sur sa gauche, un escalier en bois sombre.

Rose frissonna de plus belle. Elle leva les yeux et suivit ses courbes des yeux. La cage d'escalier n'était criblée que d'une seule minuscule fenêtre. La seule dans cette partie de la maison, ce qui expliquait pourquoi tout était plongé dans l'obscurité.

Un flot de souvenirs incertains se propagea alors en elle, et la silhouette tremblotante d'une fillette blonde grimpant les escaliers s'imposa alors à elle, accompagnée d'un petit rire argentin.

D'instinct, Rose posa sa main sur celle du jeune homme

qui n'avait pas bougé à côté d'elle et la serra très fort. Puis elle tendit vers lui un visage affolé.

Très délicatement, il ôta sa main de son épaule puis la fit pivoter vers lui. Dans un état proche de la panique, Rose s'accrocha aussitôt à lui, les larmes aux yeux et lui reprit la main.

- Bon sang... venez avec moi, lui dit-il d'une voix inquiète, tout en l'entraînant vers une des portes closes.

Lorsqu'il l'ouvrit, et qu'elle pénétra dans la pièce, une tempête se déchaîna aussitôt dans la tête de Rose et elle pressa plus que jamais la main du jeune homme.

Elle avait à peine conscience de l'incongruité de la situation. Après tout, elle le connaissait à peine, mais à cet instant, il constituait le seul élément sécurisant auquel elle pouvait se raccrocher dans cet environnement inquiétant.

La pièce ne lui disait pourtant rien. C'était comme si elle n'y était jamais venue. Mais une impression de *« déjà-vu »* commençait déjà à lui étreindre le cœur tandis qu'une boule désagréable se formait dans son ventre.

Les yeux de Rose se levèrent vers le plafond haut. Les pampilles de cristal d'un lustre jetaient un éclat terne sur la rosace ouvragée qui l'entourait, tandis que des moulures ornementales encadraient élégamment les plafonds.

La pièce était meublée avec goût : un canapé et deux fauteuils de velours de teinte « rose thé », une table basse et une bibliothèque de bois sombre.

Une cheminée ancienne munie d'une poutre impressionnante habillait le mur en face d'elle.

Lorsque le jeune homme la guida vers le canapé et l'invita à s'asseoir, elle commençait presque à trouver du charme à la pièce plongée dans l'obscurité.

Elle se détendait même un peu.

Mais le notaire ouvrit un volet et le charme fut rompu.

Le plafond était jaune et parcouru de fissures tandis que le lustre se voilait de toiles d'araignées filandreuses. Le tissu du canapé était rêche et élimé sous ses doigts. Quant au parquet à ses pieds, il était rayé et criblé de petits trous poussiéreux.

Rose hoqueta et se redressa :

- Vous êtes sûr qu'elle vaut le prix de son estimation ?

L'homme se rapprocha et s'assit près d'elle.

- Je vois que vous reprenez vos esprits… plaisanta-t-il.

Rose le dévisagea. Elle n'avait pas du tout envie de rire.

- Mais enfin… cette maison part en lambeaux ! Jamais je n'arriverai à la vendre !

- Rose… reprit-il plus sérieusement. Ne vous en faites pas, elle les vaut largement. Port-Launay est une cité balnéaire très cotée…

La jeune femme le fusilla du regard :

- Vous vous moquez de moi ?

- Mais pas du tout, croyez-moi, je connais mon travail… répondit-il, plus amusé qu'offensé. À présent, souhaitez-vous que nous reprenions la visite ?

Rose hocha la tête et Maître Garnier l'invita à le suivre.

Le reste du rez-de-chaussée se composait d'une vaste cuisine – dont les placards d'un blanc lasuré débordaient de conserves maison –, d'un cabinet de toilette et d'une salle à manger aux meubles anciens poussiéreux.

Rose s'avança dans la dernière pièce et toucha du bout des doigts les rideaux de teinte crayeuse déchirés par endroits. Elle ferma les yeux, tentant de faire venir à elle des souvenirs de l'endroit.

En vain.

Frustrée, elle se tourna vers le notaire :

- C'est à croire que ma grand-mère est morte depuis des années et qu'elle n'habitait pas vraiment là… Observa-t-elle d'une voix lasse.

Il passa une main dans ses cheveux noirs.

- Je crois qu'elle n'occupait pas toutes les pièces de la maison. Elle était bien grande pour une seule personne…

Rose tenta alors de faire revivre sa grand-mère dans sa mémoire, mais elle ne réussit pas à évoquer son visage.

- Bien sûr… Continuons si vous le voulez bien.

Les marches de bois grincèrent lorsqu'ils entamèrent la montée, et Rose recommença à se sentir oppressée à mesure qu'elle franchissait de nouvelles marches.

Au premier étage, ils trouvèrent trois nouvelles portes closes.

L'une d'elles était une immense salle de bain abritant une élégante baignoire de fonte émaillée rose perchée sur quatre pieds de fonte noire.

Les deux autres pièces étaient des chambres élégamment meublées et décorées. Mais là encore, tout y était défraîchi.

Silencieuse, Rose caressa un mur recouvert d'une tapisserie fleurie qui se décollait sous l'effet de l'humidité.

À nouveau, elle lança un regard éloquent à son compagnon. Celui-ci conserva néanmoins un masque impassible.

- À présent... le dernier étage si vous le voulez bien...

La jeune femme lança un dernier coup d'œil distrait vers le lit de la chambre, dont le couvre-lit satiné brodé de fils d'or évoquait le luxe de temps anciens révolus depuis longtemps, puis le suivit en retenant un soupir.

Il posa un pied sur la première marche de l'escalier et se tourna vers elle avec un sourire rassurant :

- Vous devriez aimer cette partie de la maison. C'est là que votre grand-mère passait l'essentiel de son temps. C'est très intime. Ajouta-t-il tout en montant.

Une fois sur le palier, ils trouvèrent deux portes. Rose fut surprise de constater que l'escalier poursuivait son ascension.

- Je croyais qu'il s'agissait du dernier étage ?

Le notaire suivit son regard d'un air ennuyé :

- Oh... oui, c'est bien le dernier étage. L'escalier mène à la tour.

À ces mots, Rose se sentit plus oppressée que jamais.

- Évidemment... et sur quoi mène cette porte en face ?

Il l'ouvrit et Rose découvrit une grande pièce servant de grenier, dont le sol était jonché de bric et de broc.

Rose ne broncha pas à la vue du spectacle, mais pesta intérieurement.

- Je crois que je ne suis pas encore prête de monter dans mon avion ! Plaisanta-t-elle, bien que le cœur n'y soit pas.

Le jeune homme eut un petit rire, mais referma un peu précipitamment la porte. Puis il se dirigea vers la suivante.

- C'étaient les appartements de votre grand-mère. Vous verrez c'est en bien meilleur état que le reste.

À peine eut-il tourné la poignée que Rose ressentit une sorte de soulagement teinté de bien-être.

Ils arrivèrent dans une petite pièce chaleureuse garnie d'un confortable canapé beige et d'une table basse en bois clair. Le mur latéral était quant à lui recouvert d'étagères croulant sous le poids de centaines de livres.

Ici, pas de poussière ni l'impression de parcourir les allées d'un musée.

C'était à la fois simple et douillet.

Rassurée, Rose tourna à droite à la suite du notaire et s'avança dans un petit couloir.

Elle le vit soudain se figer devant une porte entrouverte.

Sur le mur en face d'elle, il y avait un miroir qui reflétait l'intérieur de la pièce. Curieuse, elle y plongea le regard.

Il s'agissait d'une petite chambre mansardée dont un grand lit occupait presque tout l'espace. Une petite fenêtre laissait entrer une lumière tamisée.

Le lit était défait et Rose y surprit un mouvement tandis qu'un gémissement s'en élevait.

Le sang de Rose ne fit qu'un tour. Elle se rapprocha rapidement du notaire et se posta à ses côtés, posant une main tremblante sur son bras.

Un nouveau gémissement se fit entendre et Rose comprit aussitôt sa méprise.

Une femme à la chevelure rousse cascadant sur ses épaules nues offrait à leur regard un profil aussi parfait que sensuel. Les paupières mi-closes, les lèvres entrouvertes, les joues roses, elle incarnait le visage de la passion et de l'abandon.

Son corps cuivré était comme couvert de rosée et sa poitrine lourde et ronde se soulevait au rythme des coups de hanche de l'homme qui était allongé sous elle.

Un petit sourire flotta un instant sur ses lèvres pleines et Rose eut la certitude qu'elle savait qu'ils étaient là.

La panique l'envahit aussitôt, mais quelque chose la retint de s'en aller.

Elle pressa ses doigts sur le bras du notaire. Ce dernier se tourna vers elle, plongeant son regard dans le sien. Elle en fut troublée et tout son corps se mit à frémir. Mais très vite, elle se tourna de nouveau vers l'impudique inconnue, fascinée par sa grâce, son abandon et surtout par le plaisir qu'elle semblait éprouver.

Un feu dévorant semblait courir dans ses veines et la passion faisait vibrer son corps parfait.

Elle ouvrit ses lèvres puis laissa échapper un gémissement plus langoureux.

Puis ses yeux de chat se posèrent tranquillement et délibérément sur ceux du notaire. Elle esquissa un sourire lascif tandis que l'homme qu'elle chevauchait accélérait la cadence tout en lui pétrissant les seins dont la pointe rose se raidissait sous ses doigts.

Brusquement, l'homme l'empoigna par les hanches et poussa à son tour un grognement auquel elle répondit avec fougue.

Puis elle roula sur le côté et leur fit face, le souffle court.

Sa voix voilée par le plaisir troua alors le silence chargé de tension sexuelle.

- Et bien Alex… tu joues au voyeur à présent ?

Elle se leva gracieusement, enfila un peignoir satiné dont la finesse du tissu révélait plus qu'il ne cachait ses courbes, puis s'avança vers lui avec une lenteur délibérée.

Elle posa un doigt gourmand sur ses lèvres et le dévora des yeux.

- Tu sais très bien que tu n'as qu'un mot à dire pour te retrouver à sa place…

L'homme s'était tourné vers eux et les observait d'un air gêné.

Rose sentit alors le sol se dérober sous ses pieds.

Elle venait de reconnaître Gaby, le pêcheur au visage buriné qu'elle avait croisé au bar un peu plus tôt dans la matinée.

Il tentait à présent d'attraper ses vêtements éparpillés un peu partout dans la pièce.

Leurs regards se croisèrent et Rose eut bien du mal à ne pas détailler son corps musclé.

Elle fut alors traversée par une étrange sensation.

Que faisait-il là ?

Après tout, il devait bien se douter qu'elle allait prendre possession de la maison... Devait-elle y voir une sorte de provocation ? Pourtant, il lui avait paru sympathique et sensé lors de leur conversation...

Décidément, elle ne comprendrait jamais rien aux hommes...

Et cette sorcière provocante... qui était-elle ? Et surtout, de quel droit avait-elle fait de la maison de sa grand-mère un lieu de débauche ?

Le notaire n'avait pas dit un mot. Il se contentait de renvoyer à la rousse un visage dur et réprobateur.

Gaby quant à lui avait fini de s'habiller. Il s'avança vers eux et jeta un regard ennuyé vers Rose. Cette dernière croisa les bras.

- Désolée Mademoiselle Bénette... murmura-t-il d'une voix rauque en la frôlant avant de disparaître dans le couloir.

Rose le suivit du regard, les sourcils froncés. Quand elle se tourna à nouveau, elle croisa les yeux ambrés de la demoiselle. Celle-ci la détaillait avec curiosité tout en entortillant ses mèches autour de ses doigts.

- Carole... je peux savoir à quoi tu joues ?

Rose sursauta au son de la voix du notaire. Elle ôta sa main de son bras puis s'en écarta, effrayée par le ton brusque qu'il venait d'employer.

La rousse se mit à rire.

- Alex... mon ange... ne joue pas aux saintes nitouches avec moi... je te rappelle que tu as déjà été à la place de Gaby... et tu ne t'en étais pas plaint si mes souvenirs sont bons…

Le notaire se raidit puis la colère assombrit son beau visage. Il coula un regard ennuyé vers Rose.

- Carole… arrête ça tout de suite. Les circonstances…

- Arrête avec tes circonstances, le coupa-t-elle, un sourire narquois aux lèvres, tu étais pleinement consentant… et tu avais adoré ça… Ajouta-t-elle en appuyant sur chaque syllabe.

Le jeune homme emprisonna ses poignets dans ses mains tandis que la rousse éclatait de rire.

- Continue Alex… tu sais que j'adore quand tu me malmènes mon ange…

Il relâcha brusquement son étreinte.

- C'est de la provocation Carole. Je ne marche pas…

Elle se mordit les lèvres et un brasier s'alluma dans ses yeux mordorés.

Elle rapprocha son visage du sien et le frôla.

- Alex… murmura-t-elle dans un souffle, tu me rends totalement folle…

Mais le jeune homme conserva son masque impassible et ne répondit rien.

Rose se sentait déplacée en ces lieux. Elle eut soudain le sentiment de ne pas vraiment être à côté d'eux, que personne ne savait qu'elle était là. Qu'elle était invisible et que sa présence n'était pas souhaitée. Elle en eut le souffle coupé avec l'intuition désagréable d'avoir déjà éprouvé cela par le passé.

Mais à cet instant, la rousse se tourna vers elle :

- Alors comme ça, tu as retrouvé notre petite Rose finalement…

À ces mots, Rose sursauta et reprit pied dans la réalité tandis qu'un malaise persistant la tenaillait

- Que… quoi ? On se connaît ? Qui êtes-vous ?

La jeune femme la détailla des pieds à la tête et Rose eut le sentiment d'être déshabillée par son regard inquisiteur. Elle frissonna.

La rousse lui adressa un sourire espiègle :

- Oui Rose, on se connaît… la dernière fois que je t'aie vue, tu t'étais cachée dans le grenier. Je ne t'ai plus jamais revue après ça… je pensais même que tu y étais toujours ! Dit-elle avant d'éclater de rire.

- Ce n'est pas drôle Carole ! S'offusqua le notaire.

- Alex, c'est bon, je plaisante pour détendre l'atmosphère… vous paraissez tellement coincés tous les deux !

- Arrête. Dit-il d'un ton sans réplique.

La rousse soupira.

- Je ne suis pas très éloignée de la vérité tu sais Rose… Poursuivit-elle tout en affrontant le visage menaçant du notaire. Je ne t'ai plus jamais revue après que tes parents…

Elle s'arrêta net et Rose vit que le notaire venait de saisir la jeune femme par le bras. Elle sourit de plus belle avec un plaisir évident. Elle poursuivit en plantant ses yeux dans ceux de Rose :

- Après que tes parents aient trouvé la mort dans un accident…

Puis elle se tourna vers le notaire et ses yeux lancèrent des éclairs.

Rose sentit une morsure inconnue étreindre son cœur et une impression désagréable commença son cheminement dans les méandres de ses souvenirs.

Le grenier…

Ses parents…

Un parallèle dérangeant tentait de se frayer un passage dans son cerveau.

Un insupportable étau se mit à broyer son crâne. Une migraine aussi douloureuse que soudaine venait de s'installer. Elle posa sa main sur la zone qui pulsait à présent de manière aiguë.

Trop d'émotions… songea-t-elle tout en se dirigeant vers le canapé du salon.

Elle s'y installa, ferma les yeux, à peine consciente des paroles houleuses échangées à voix basse à quelques mètres d'elle.

Quelques minutes passèrent, puis le silence se fit.

Une main se posa sur son épaule et elle trouva encore en elle la force de sursauter.

Elle ouvrit les yeux.

La rousse lui faisait face. Elle avait relevé ses cheveux en une queue de cheval et portait à présent un chemisier rouge et un jean moulant.

Elle étira ses lèvres en un sourire félin puis se pencha vers elle et lui susurra d'une voix caressante :

- Alex a toujours eu un faible pour toi ma jolie... et à présent que tu es revenue, sache que je t'aurai à l'œil... ce mec, je l'ai dans la peau tu sais...

Elle coula un regard vers le notaire dont le visage sombre n'augurait rien de bon. Puis son rire se mit à lézarder l'atmosphère oppressante. Mais loin de la détendre, il ne fit qu'accentuer l'impression de menace et d'incongruité qui hantait les lieux.

- Rose... reprit-elle d'une voix réprobatrice tandis que la jeune femme serrait ses mains l'une contre l'autre, tu es très belle, mais tu n'en as pas conscience n'est-ce pas ? Tu ne sais absolument pas te mettre en valeur, et pourtant on ne voit que toi... Elle se mit à nouveau à rire. Mais je ne t'en veux pas, quand on est une Bénette, la beauté est en héritage après tout. Je pourrais même t'aider ... et tu auras tous les hommes à tes pieds. Ajouta-t-elle d'une voix de conspiratrice. Mais *lui*, je t'interdis de le toucher tu m'entends ?

La rousse lui sourit presque tendrement et Rose n'eut pas la force de la repousser lorsqu'elle posa ses mains sur ses cuisses.

Elle fut alors brusquement repoussée en arrière et Rose comprit que le notaire venait de la saisir par les épaules. Elle se tourna vers lui et planta ses yeux dans les siens tout en faisant courir un sourire lascif sur ses lèvres roses :

- Je m'en vais Alex, mais je n'en ai pas fini avec toi...

Elle se tourna ensuite vers Rose, fit quelques pas puis lui dit avant de franchir la porte du palier et de s'en aller :

- Ravie de t'avoir revue Rose… à très bientôt…

Abasourdie, Rose se tourna vers le notaire et lui dit d'une voix voilée :

- Il me semble que vous me devez des explications *Alex*…

Elle n'avait pas la force de se sentir en colère, mais elle était totalement dépassée par l'enchaînement des événements de cette journée surréaliste.

Elle leva les yeux vers lui et lut sur son visage de l'embarras puis de l'indécision. Enfin, il prit place à côté d'elle et soupira :

- Alors c'est vrai… tu ne te rappelles vraiment de rien…

Ce brusque passage au tutoiement lui fit l'effet d'une douche froide, mais elle se contenta de hocher négativement la tête, les sourcils froncés.

Son regard accrocha le sien et elle y lut un mélange d'espoir et de crainte qu'elle ne comprit pas.

- Rose… toi et moi, nous étions amis lorsque nous étions enfants. Je venais souvent jouer ici avec mon frère et ma sœur. Nos familles se connaissent depuis toujours et ta grand-mère nous invitait lorsque tu venais chez elle afin de rompre ta solitude…

Rose eut soudain l'impression de sentir le sol se dérober sous ses pieds.

Des rires étouffés s'élevèrent soudain dans sa mémoire atrophiée et elle eut la vision d'un jeune garçon aux cheveux noirs qui l'observait d'un air sérieux et protecteur.

- Alex ? Dit-elle dans un souffle tandis que les images d'un autre temps défilaient en elle, puis s'estompaient avant de revenir avec une intensité affolante.

Elle commençait à vaciller et elle dut s'accrocher au bras de son voisin qui l'observait d'un air inquiet.

- Oui, Rose… c'est bien moi…

Sans qu'elle comprenne bien pourquoi, des larmes se mirent à rouler sur ses joues.

Lorsqu'elle sentit les doigts du jeune homme se poser sur sa peau et essuyer ses larmes avec douceur, un violent frisson s'empara d'elle. Instantanément, elle s'écarta, puis se leva d'un pas chancelant.

- Je... je ne comprends pas ce qui arrive ici...

Alex se leva à son tour et lui fit face. À nouveau, sa présence et son regard magnétique mirent Rose mal à l'aise. Malgré elle, elle recula.

- N'aie pas peur Rose... je me doutais que revenir ici ne serait pas facile pour toi... c'est pour cela que j'ai insisté pour t'accompagner...

- Pourquoi ? Pourquoi ne pas m'avoir dit tout de suite que l'on se connaissait ?

Le jeune homme parut soudain perdre de sa superbe :

- On m'avait dit que tu avais perdu la mémoire après la mort de tes parents. Je ne voulais pas me montrer brusque.

Rose s'offusqua :

- Mais non... pas du tout... je n'ai pas perdu la mémoire ! J'étais très jeune quand j'ai quitté la France... c'est normal d'avoir du mal à reconstituer des événements aussi anciens !

La voix de Rose montait à présent dans les aigus et le jeune homme eut le bon sens de ne pas insister.

- Je vais t'aider à t'installer, puis je te laisserai te reposer. Tu as l'air totalement épuisée...

La jeune femme acquiesça. Elle était toujours au bord des larmes et sentait que la moindre parole de trop serait susceptible de rompre un barrage longtemps réprimé. Elle sursauta à cette pensée. Jusqu'ici, elle n'avait jamais eu l'impression d'avoir retenu ses larmes. Elle s'était sentie en sécurité à New York avec son oncle. Jamais elle n'avait ressenti cette chape de tristesse qui s'abattait à présent avec force sur elle.

Comme si le passé la rattrapait...

L'avait elle réellement fui toutes ces années ?

Rose n'était plus sûre de rien et les fondements mêmes de sa personnalité lui semblaient soudain branlants.

- Je descends chercher tes valises, lui dit-il avant de commencer à s'éloigner.

Elle lui courut après et s'accrocha à son épaule :

- Non ! Ne me laisse pas seule !

Elle était aussi surprise de son geste qu'il semblait l'être. Il lui sourit de manière rassurante :

- Ne t'en fais pas Rose… je reviens tout de suite.

Elle le laissa partir, encore effarée par son attitude.

Elle suivit le son de ses pas dans l'escalier avec un effrayant et tout aussi étonnant sentiment de perte.

Lorsqu'il revint, son regard chercha le sien et elle se sentit à nouveau en sécurité.

- Reste là Rose, je m'occupe de changer les draps du lit…

À nouveau, elle le regarda s'éloigner dans le couloir, ses valises à sa suite.

Étrangement, alors qu'il était encore tôt, la pièce fut soudain plongée dans l'obscurité.

Rose s'approcha de la fenêtre et constata que le soleil venait de disparaître derrière de gros nuages alors qu'il faisait si beau à leur arrivée.

Elle fut parcourue d'un long frisson, comme s'il s'agissait là d'un mauvais présage.

Lorqu'Alex revint, elle sursauta.

- Veux-tu t'allonger un peu ?

Sans lui laisser le temps de répondre, il la prit par la main et l'entraîna à sa suite.

Lorsqu'elle parvint dans la chambre, le lit était impeccable. Impossible de savoir qu'il avait fait l'objet d'une joute amoureuse peu de temps auparavant.

Mais un indicible parfum de sensualité continuait à imprégner l'atmosphère de la pièce.

Rose frissonna avant de s'assoir, puis ses yeux se posèrent sur les jambes du jeune homme, avant de remonter lentement vers son visage.

Il avait l'air si tendu… et en même temps, il était si beau…

Rose sourit malgré elle avant de s'allonger. Cela ne lui ressemblait pas d'avoir de telles pensées.

Elle ferma les yeux et eut une dernière parole cohérente :

- C'était qui… la rousse ?

- Ta cousine, Carole… entendit elle avant de sombrer dans le néant.

Lorsqu'elle en émergea, plus rien n'avait encore de sens…

6

Une fragrance fleurie et capiteuse lui chatouillait les narines.

De la violette…

De manière inexplicable, cette senteur l'arracha à la douce quiétude de son sommeil avec une violence telle qu'elle laissa échapper un petit cri.

Elle se redressa et ouvrit les yeux.

Mais son regard ne rencontra qu'une insondable obscurité. Totalement déboussolée, elle chercha à rassembler les pans de sa mémoire.

Où était-elle ?

Puis la réponse surgit, et un sentiment d'inquiétude, puis de peur à l'état brut la saisit.

La maison de sa grand-mère…

Non… la sienne à présent…

Elle était enfoncée jusqu'au menton sous une couette dont le tissu était un peu trop rêche.

L'odeur de violette resurgit, presque violemment, s'insinuant dans ses narines, la faisant tousser et hoqueter.

Était-ce le drap qui en était imprégné ?

Rose eut un haut-le-cœur. Le parfum était suave, mais un peu douceâtre, comme périmé. Il lui faisait penser aux senteurs écœurantes des fleurs en décomposition.

L'image d'une couronne mortuaire aux fleurs fanées s'imposa aussitôt à elle.

Elle frissonna et tenta de chasser ces pensées morbides de son esprit.

Un parfum, c'est juste un parfum, pas de quoi te faire des films...

Déjà, l'odeur se faisait plus ténue.

Mais elle frissonna de plus belle. Il faisait froid tout à coup... Elle réalisa alors que quelqu'un lui avait enlevé son pantalon. Elle ne portait plus que son tee-shirt et ses sous-vêtements.

Alex...

À l'idée qu'il l'avait touchée, et qu'il avait vu une partie de son anatomie, elle sentit une grande gêne l'envahir.

Mais cet intermède fut de courte durée...

Les souvenirs de la journée lui revinrent avec force et elle se redressa, haletante, le cœur battant au rythme d'un bateau ivre.

L'obscurité lui parut soudain plus menaçante que jamais. Elle chercha à tâtons un interrupteur sur le mur. N'en trouvant pas, elle tenta de mettre la main sur une lampe de chevet. Mais la panique la gagnait et elle sentait son corps commencer à se couvrir d'une sueur glacée.

Elle finit par abandonner la partie et se rallongea. Elle n'entendait plus que le martèlement de son cœur tandis que ses oreilles se dressaient, à l'affut d'autres bruits hypothétiques.

Les appelant de ses vœux pour rompre le silence oppressant et les redoutant tout à la fois...

Submergée par la peur, elle rabattit la couette sur son visage et ferma les yeux, pressant ses paupières presque douloureusement.

Une petite comptine enfantine surgit soudain de nulle part et martela son esprit de ses paroles entêtantes et inquiétantes :

La rose est rouge au pied de la tour,
La rose est rouge, belle comme le jour,
La rose est rouge, cours, cours !
Ne te retourne pas, car il est là,
Et il reviendra....

Rose retint un gémissement affolé.

Ce parfum, ces images morbides, cette comptine... D'où tout cela sortait-il ? Cela n'avait aucun sens !

À présent, elle percevait le bruit de sa respiration hachée.

Elle se sentait seule, abandonnée, misérable. Et tellement effrayée qu'elle en avait la nausée.

Elle tenta de faire venir à elle des pensées rassurantes. Puis comme cela ne fonctionnait pas, elle sombra peu à peu dans une détresse qui paraissait ne plus avoir de fond tant elle était abyssale.

Mais qu'est-ce qui m'arrive ?

Alors que ses pensées étaient de moins en moins cohérentes, elle sursauta.

Un bruit...

Un bruit lointain, qui serait sûrement passé inaperçu en pleine journée...

Rose se recroquevilla sur elle-même, l'ouïe aux aguets.

Un bruit de pas... lents et lourds tout à la fois.

Les pas de quelqu'un qui prenait son temps...

Un pas....

Comme pour un orage qui approche, elle compta : un, deux, trois, quatre...

Un autre pas....

Un, deux, trois...

Un nouveau pas...

Un, deux....

Ses yeux balayaient l'obscurité. Elle savait qu'il fallait fuir. Mais elle n'avait nulle part où aller... elle comprit alors avec horreur que la peur l'avait de toute manière clouée au fond de son lit.

À nouveau, la petite voix reprit :

La rose est rouge au pied de la tour...

Les pas se rapprochaient à présent.

La rose est rouge, belle comme le jour,

Cela venait du couloir...

La rose est rouge, cours, cours !

Quelqu'un marchait dans le couloir adjacent.

Ne te retourne pas, car il est là,

Mais qui bon sang !??

Et il reviendra....

Rose se redressa lentement. Ses lèvres frémirent et ses dents s'entrechoquèrent tandis qu'elle orientait son regard vers la porte qu'elle ne voyait pas.

Elle n'entendait plus les battements de son cœur, *comme s'il avait cessé de battre.*

Comme si elle était déjà morte...

Les pas se firent plus lourds, plus menaçants. Elle savait qu'*il* était à présent à sa porte.

Puis les pas se turent.

Rose se figea.

Elle sentait des yeux posés sur elle.

Quelqu'un l'observait, la fixait, la détaillait, se délectait de tout son être et de sa peur.

Quelqu'un la voyait, malgré l'obscurité...

Un homme... elle le sentait, elle le savait...

Elle fut alors secouée par un long spasme de terreur abrutissante.

Puis un son commença à se frayer dans sa gorge.

Et elle fit la seule chose qui avait encore un sens pour elle à cet instant.

Elle hurla.

Un bruit de cavalcade se fit soudain entendre et une lumière crue se répandit dans la pièce, l'aveuglant brutalement.

Elle vit alors apparaître devant elle le visage rongé par l'angoisse d'Alex.

- Rose ! Je t'ai entendue crier, que se passe-t-il bon sang ?

Rose le dévisagea, incapable d'émettre la moindre parole. Puis elle se pencha pour voir ce qui se trouvait derrière le jeune homme. Mais l'obscurité du couloir ne lui permit pas d'en voir davantage.

- Alex... dit-elle d'une petite voix chargée d'espoir... c'était toi ? Dans le couloir ?

Le jeune homme se rapprocha, les traits tendus, puis il s'assit au bord du lit. Rose constata qu'il avait enlevé sa veste et sa cravate. Quant à sa chemise parme et son pantalon, ils étaient tout froissés.

Elle le supplia du regard, mais il secoua la tête.

- Rose… tu as dû faire un cauchemar… ce n'est pas très étonnant à vrai dire. Tu n'avais pas mis les pieds dans cette maison depuis tant d'années !

- Alors… ce n'était pas toi ? Persista-t-elle.

- Je dormais sur le canapé du salon quand je t'ai entendue crier…

Les yeux de Rose s'écarquillèrent et sa voix monta dans les aigus :

- Je n'ai pas rêvé Alex ! Il y avait quelqu'un dans le couloir !

Puis elle se mit à pleurer. Le barrage venait de se rompre et Rose fut secouée par des sanglots dont l'intensité l'effraya.

Aussitôt, Alex se rapprocha d'elle et la prit instinctivement dans ses bras.

Elle colla son visage sur sa poitrine et se sentit rassurée par les fragrances musquées qui en émanaient. Elle eut alors un petit choc et ses sanglots cessèrent aussitôt :

- Le parfum de violette… je ne le sens plus…

Alex lui caressa les cheveux l'air plus inquiet que jamais :

- Je continue à penser que tu as fait un mauvais rêve Rose… mais si ça peut te rassurer, je vais explorer la maison.

Alors qu'il s'écartait, Rose se retrouva une nouvelle fois pendue à son bras. Elle le supplia :

- Non ! S'il te plaît Alex… ne me laisse pas seule… reste avec moi…

Il se mordit la lèvre puis se pencha vers elle :

- Tu es sûre ? Tu veux que je dorme avec toi ?

Rose sentit ses joues se colorer, comprenant à quel point sa demande pouvait paraître déplacée. Mais à cet instant, cela lui était totalement égal.

Elle hocha timidement la tête :

- Oui… s'il te plaît.

Il lui sembla alors voir naître l'esquisse d'un sourire amusé sur son visage hâlé :

- D'accord. Je dormirai par-dessus les couvertures.

Rose exhala un soupir de soulagement puis se pelotonna tout contre lui.

A présent, les choses lui paraissaient beaucoup moins sombres...

- Merci Alex...

- Je t'en prie, dit-il en s'installant plus confortablement. Mais tu as encore sommeil ? Tu as dormi presque toute la journée...

- Ne t'en fais pas pour ça... je suis épuisée.

Il se déplaça et Rose retint un petit cri apeuré lorsqu'il éteignit la lumière. Mais il revint rapidement vers elle.

- Alors dormons... dit-il.

Malgré sa fatigue, Rose ne parvenait pas à trouver le sommeil. Après seulement quelques minutes, le souffle paisible d'Alex lui apprit qu'il avait déjà plongé dans les bras de Morphée de son côté. Elle lui envia sa sérénité.

Des pensées confuses tournoyaient à présent dans sa tête.

Y avait-il quelqu'un d'autre qu'eux dans la maison ?

Elle regretta de ne pas avoir laissé Alex partir en exploration. Mais elle n'aurait pas supporté de se retrouver seule.

C'était cependant plausible... Sa cousine avait-elle refermé derrière elle après son départ ? Rien n'était moins sûr. La jeune femme n'avait pas l'air d'avoir particulièrement la tête sur les épaules.

Peut-être même était-ce elle qui rôdait dans la maison ?

Intuitivement, elle avait pensé qu'il s'agissait d'un homme, mais le retour de Carole n'aurait pas été vraiment étonnant après ce qu'elle lui avait dit. Elle était folle d'Alex – ce que Rose pouvait parfaitement comprendre – alors peut-être avait-elle voulu revenir s'assurer qu'elle ne tentait pas de le séduire...

Rose tressaillit.

Si elle revenait et les trouvait lovés l'un contre l'autre, qu'en déduirait-elle ?

Et de quoi était-elle capable si elle pensait qu'elle avait réellement tenté de le lui voler ?

Encore fallait-il qu'Alex eût voulu d'elle... ce qui ne semblait pas être le cas...

Pourtant, Carole avait laissé entendre qu'ils avaient déjà eu une aventure tous les deux... chose qu'Alex semblait ardemment vouloir oublier...

Carole...

Le visage constellé de taches de rousseur d'une fillette dansait à présent devant elle.

Elle s'en souvenait vaguement.

À vrai dire, aucun souvenir concret ne lui revenait réellement. Juste quelques bribes d'images cotonneuses et inconsistantes.

Seul le souvenir d'Alex était réellement tangible dans sa mémoire.

L'intensité de ses prunelles vertes et son visage sérieux étaient comme marqués au fer rouge dans les méandres de ses souvenirs.

À nouveau, elle respira son odeur. Un délicieux frisson la parcourut aussitôt et elle se morigéna.

Ils se retrouvaient après de longues années, mais en réalité elle le connaissait à peine...

Était-elle en train de tomber sous son charme ?

Rose soupira.

En réalité, elle était déjà tombée sous son charme...

Pour autant, elle n'aimait pas sa façon de décider à sa place et de tenter de la prendre sous son aile. Comme s'il cherchait à la contrôler.

Pourquoi se préoccupait-il ainsi d'elle ?

Était-ce réellement la perspective de faire entrer l'argent de la vente de sa maison qui le guidait ? Était-il purement intéressé ?

Ou alors, poursuivait-il un autre dessein ?

Et dans ce cas lequel ?

Elle se perdait en conjectures stériles, tout en repoussant des questions plus pertinentes, mais infiniment plus dérangeantes.

La maison...

Le parfum...

Les bruits de pas...

L'héritage...

Ses parents...

Rose tendit l'oreille, mais ne perçut que les craquements de la charpente de la vieille demeure que contrebalançait la respiration calme et rassurante du jeune homme tout contre elle.

Elle s'enfonça alors à son tour dans un sommeil agité avec comme seules compagnes des images qui ne lui laisseraient qu'une impression fugace de menace au réveil...

Des images qu'il fallait que son cerveau efface au plus vite...

ך

Alex était parti ce matin lorsque je me suis réveillée. Il avait laissé un mot sur mon oreiller me prévenant qu'il avait dû partir travailler et qu'il n'avait pas voulu me réveiller.

Il a proposé que l'on déjeune ensemble…

Alex… mon ami d'enfance que je retrouve alors que j'avais oublié jusque son existence…

Tout comme cette maison qui semble sortir d'un de mes pires cauchemars. Comme cette ville qui m'évoque si peu de choses si ce n'est une impression de menace et de tristesse.

J'ai rencontré ma cousine Carole. Revu pour être exacte. C'est une jeune femme vraiment atypique. Elle s'envoyait en l'air dans la chambre de notre grand-mère… incroyable ! Et en plus avec un homme que j'avais croisé dans la matinée. Un marin d'une quarantaine d'années au visage taillé à coups de serpe, aux mains calleuses et burinées. Viril, mais pas spécialement séduisant. Tandis que Carole… c'est une des plus belles filles que j'aie jamais rencontrées. C'est une dévergondée, mais en même temps elle a une classe folle. Et elle n'a pas froid aux yeux…

D'une certaine manière, elle me rappelle Violet.

Elle est folle amoureuse d'Alex. Elle le dévore des yeux et lui il fait comme s'il ne la voyait pas. Non. En réalité, il fait tout pour détourner son regard d'elle. Comme s'il était troublé, mais qu'il ne voulait pas que cela se sache.

Il faut dire qu'Alex est également un des plus beaux hommes dont j'ai croisé la route…

Et j'avoue qu'il me fait tourner la tête. Mais je compte bien la garder froide.

Je vais ranger la maison, trier et repartir au plus vite vers mon appartement adoré, et reprendre ma vie là où je l'avais laissée…

Cette maison est une abomination. Elle devrait me rappeler ma prime enfance et les doux souvenirs qui accompagnent d'ordinaire cette période de la vie. Mais elle me fait horreur et je n'arrive pas à me l'expliquer. Quand j'en ai franchi la porte, j'ai ressenti une sensation extrêmement dérangeante et la visite n'a fait qu'accentuer mon malaise.

Quant à cette nuit… j'ai entendu des bruits de pas dans le couloir.

Évidemment, il y avait certainement quelqu'un dans la maison. Mais c'est étrange… Alex est arrivé aussitôt et il n'a vu personne… J'ai eu horriblement peur. Et même si Alex a tenté de relativiser ce que j'avais vécu, je n'arrivais pas à être totalement rassurée.

Il l'a senti et a finalement dormi avec moi…

Il faut absolument que je le garde éloigné de moi et que je réussisse à dormir seule dans cette maison. Si je m'attache trop à lui, cela compliquera mon départ…

Et puis moi et les hommes… ce n'est pas une grande réussite.

Je crois que je ne me remettrai jamais de la fin de mon histoire avec Jason. Je l'aimais et il m'a abandonnée pour poursuivre sa carrière à l'autre bout du pays. Comme ça. Presque sans une explication. Sans rien me promettre.

Quand j'ai su quelques mois plus tard qu'il s'était marié, je me suis sentie trahie. J'ai pensé que je ne méritais pas d'être aimée. J'ai eu le sentiment que je ne méritais même pas de vivre…

Mais la vie a repris son cours. Je me suis plongée dans l'écriture d'un nouveau roman qui m'a aidé à dépasser ce sentiment de perte. Le personnage masculin de mon livre en a pris pour son grade et j'espère que cette punaise de Jason l'a lu !

Bref… tout ça pour dire que je laisse l'amour et ses turpitudes à d'autres. Ce n'est pas pour moi…

Rose fit claquer son journal en le refermant puis repoussa la couette. Elle le posa sur une commode en acajou et se dirigea vers sa grande valise bleu marine. Celle qui contenait l'essentiel de ses vêtements Elle songea alors à ce que lui avait dit Carole. Qu'elle ne savait pas se mettre en valeur…

Elle étala plusieurs tenues sur le lit et ne put que donner

raison à sa cousine. Quelques jeans informes, des tee-shirts colorés qu'elle avait choisis parce qu'ils étaient pratiques. Quelques robes confortables...

Elle rencontra alors son reflet dans un miroir ovale qu'elle n'avait pas remarqué. Il lui renvoya une image qu'elle eut aussitôt envie d'effacer.

Ses cheveux blonds pendouillaient négligemment sur ses épaules et ses yeux bien trop clairs étaient bordés de cernes sombres.

Quant à son tee-shirt noir, il moulait joliment son buste, mais il avait connu des jours meilleurs. Elle jeta enfin un œil réprobateur sur sa culotte en coton rose puis fit la moue.

Devait-elle changer toute sa garde-robe ?

Elle avait horreur d'attirer l'attention. Et les seules fois où elle s'était apprêtée – en général à l'occasion de soirées organisées par son oncle ou lors de dîners en compagnie de son éditeur – elle avait beaucoup attiré les regards.

Et elle n'aimait vraiment pas ça.

Elle vit son reflet ouvrir une bouche ronde. Elle venait de comprendre qu'en réalité, elle se cachait derrière ses tenues trop simples. Elle ne voulait pas qu'on la remarque.

Elle écarta ces pensées dérangeantes et choisit malgré elle la plus jolie robe qu'elle avait amenée avec elle. Une robe bleu turquoise qui rappelait presque la couleur de ses yeux et qui lui moulait le corps tout en laissant entrevoir la naissance de ses seins à la faveur d'un décolleté cache-cœur plutôt sage.

Rose brossa ensuite vigoureusement sa chevelure qui retomba bientôt en vagues soyeuses autour de son visage. Puis elle gagna la salle de bain adjacente. Une petite pièce qui offrait simplement une douche, un lavabo et des toilettes. Rose se sentit en sécurité dans cette petite pièce lovée sous les combles. Elle ombra ses yeux de brun orangé, posa une touche de mascara sur ses cils puis appliqua un gloss rose pâle sur ses lèvres.

Quand elle revint vers le miroir sur pieds, l'image d'une belle jeune femme lui renvoya un sourire timide.

Le soleil baignait la petite chambre de ses rayons tièdes et dorés et la jeune femme éprouva une sorte de soulagement teinté de gêne à la pensée de la sombre terreur qu'elle avait éprouvée durant la nuit.

La fatigue du voyage conjuguée aux émotions suscitées par ce retour aux sources lui avaient certainement joué des tours... et son imagination débridée avait fait le reste.

Néanmoins, une fois sur le palier, une onde d'inquiétude la rattrapa lorsque la porte du grenier lui fit face. Elle était munie d'une petite vitre au verre bleu granité qui ne permettait pas d'entrevoir grand-chose de la pièce, mais qui laissait deviner les silhouettes des meubles et des cartons qu'elle avait remarquées la veille.

Son regard se lança ensuite à l'assaut de l'escalier qui menait à la tour.

Elle réprima un frisson.

Elle fit un pas vers la première marche puis suspendit son geste.

Plus tard...

Elle allait d'abord prendre un petit déjeuner puis explorer un peu les lieux...

La cuisine était la seule autre pièce de la maison qui semblait avoir été habitée.

Elle fut surprise de trouver sur la table du café moulu et des muffins sous vide. Dans le frigo, elle trouva du beurre frais, du lait, des œufs et des tomates. Quelqu'un avait fait les courses...

Qui ?

Et pourquoi ?

Tout en se perdant en suppositions qui ne la menaient nulle part – en dehors d'Alex et de Carole, elle ne connaissait personne dans la ville – elle mit une dose de café dans une cafetière noire posée sur un plan de travail puis la mit en route. Rapidement, l'arôme du café se répandit dans la pièce et Rose commença à se détendre.

Elle observa les lieux. Les lambris avaient été blanchis et une lampe tempête habillait le plafond. Elle ne manquerait pas de provisions si elle comptait rester quelques jours. Sa grand-mère devait être un cordon bleu, car de nombreuses conserves « maison » garnissaient les étagères ouvertes.

Elle beurra ensuite ses muffins et choisit un mug coloré dans le placard dans lequel elle se versa une généreuse dose de café.

Elle se sentait un peu vaseuse.

Pas étonnant… j'ai dormi pas loin de vingt heures !

Elle n'en revenait pas. Cela faisait des années que cela ne lui était pas arrivé. Et pourtant, elle se sentait toujours fatiguée.

Tout en mâchouillant distraitement une bouchée de muffin, Rose consulta sa montre.

Huit heures trente-six.

Elle avait largement le temps d'explorer les lieux avant de rejoindre Alex.

Le salon était chargé d'une odeur de cendre froide et d'humidité.

La table basse avait été taillée dans un marbre jaunâtre et était festonnée sur son pourtour d'une dentelle d'un métal doré terni par les âges.

Une épaisse couche de poussière la recouvrait.

Sur la grosse poutre noire de la cheminée reposaient plusieurs objets inutiles.

Une lampe à huile au verre noirci, une pendule dorée sous son globe de verre voilé par la poussière et dont les aiguilles avaient dû arrêter leur course depuis une éternité.

Et une petite sculpture représentant une femme nue.

Perplexe, Rose s'en approcha. Sa posture était délibérément provocante et les pointes de ses seins avaient été sculptées de manière particulièrement réaliste.

Étrange… cette sculpture ne cadrait pas du tout avec la décoration sage des lieux…

Puis elle se dirigea vers la bibliothèque dont le bois était aussi noir que celui de la poutre de la cheminée.

De l'ébène...

Étant donné la finesse de son grain et sa teinte particulièrement sombre, il s'agissait à n'en pas douter d'un meuble de grande qualité.

Et de grande valeur...

La personne qui l'avait acquise – il paraissait très ancien – avait été fortunée sans aucun doute possible.

Parfait, elle en tirerait un bon prix à la revente.

Quelques livres à la reliure précieuse habillaient ses étagères. Des livres d'ornement sans intérêt particulier.

Puis elle en ouvrit les portes basses.

Rose fut à nouveau saisie d'un sentiment de *« déjà vu »* lorsqu'elle vit que les étagères croulaient sous le poids de nombreux albums photos.

L'un d'entre eux attira tout de suite son attention et elle s'en empara d'une main tremblante.

Elle s'assit sur le canapé de velours puis le posa sur la table basse de laquelle s'envola un nuage de poussière qui la fit éternuer.

Son regard ne parvenait plus à se détacher de la couverture ivoirine ponctuée de traces brunes.

Elle savait ce qu'il contenait.

Des souvenirs balbutiants se pressaient à présent à l'orée de sa mémoire.

C'était l'album photo du mariage de ses parents...

Elle l'avait parcouru à maintes reprises lorsqu'elle était enfant.

Lorsqu'elle l'ouvrit, elle retint son souffle, prête à se replonger dans les images de son enfance écourtée.

Karl et Rachelle...

Ils étaient plus jeunes sur ces photos que sur celle qu'elle possédait.

Mais l'impression restait la même.

On ne voyait qu'elle.

Elle était une reine, une déesse incarnée, sculpturale dans sa robe de dentelle blanche et comme auréolée d'une lumière céleste.

Son père, Karl, avait le visage et la posture d'un adorateur, les yeux rivés sur elle à chaque pose. Jamais il ne regardait l'objectif. Il ne voyait qu'elle, subjugué, ensorcelé…

Quant à elle, son regard était lumineux, mais elle paraissait être ailleurs. Son sourire était resplendissant, mais il semblait dissimuler derrière une façade impeccable quelques sombres fêlures.

Rose sentit une ombre lui recouvrir le cœur.

Se faisait-elle des idées ?

Elle songea qu'encore une fois ses habitudes de romancière prenaient le dessus.

Voir au-delà des apparences pour deviner les secrets des âmes… Les disséquer pour en extraire une liqueur précieuse qu'elle distillait page après page au fil de ses écrits.

Rose avait ce don et c'était ce qui lui permettait de donner vie à ses personnages. Elle comprenait la nature humaine et explorait chaque facette des êtres qu'elle mettait en scène.

Et c'était ce don – mot qu'elle n'aimait pas, mais que son éditeur lui rappelait souvent – qui lui avait permis de rencontrer le succès.

Violet était une femme attachante, mais ses petits travers la rendaient accessible. L'on pouvait s'identifier à elle. Quant à ses méchants, ils n'étaient pas que cela. Le lecteur avait accès à leurs doutes, à leurs blessures, à ce parcours qui les avaient menés à la folie et à la haine, les rendant presque attachants eux aussi.

Rose était fermement convaincue qu'en chaque être coexistait tout un dégradé de gris, allant du plus clair au plus sombre. Le blanc ou le noir n'existait pas.

Il n'y avait ni méchant, ni gentil. Seulement des êtres qui avaient parfois été si meurtris que rien de bon ne pouvait en ressortir.

D'où tenait-elle ces intuitions ? Elle ne le savait pas.

Mais souvent elle arrivait à lire dans le cœur des êtres.

Elle se concentra une nouvelle fois sur la photo de ses parents et une profonde émotion l'étreignit. Un brouillard opaque voila son esprit et un sentiment de vide immense lui noua les entrailles.

Sa mère l'observait à présent depuis une photo où elle était seule. C'était un portrait pris en studio. Elle fixait l'objectif et un sourire à la fois doux et mystérieux flottait sur ses lèvres.

Mais Rose eut le sentiment que c'était *elle* qu'elle regardait.

Elle frissonna.

Impossible...

Elle secoua la tête.

De quoi se souvenait-elle exactement ?

Elle ferma les yeux.

Dans un tourbillon douloureux, une image de sa mère lui apparut. Elle était sur un canapé de velours bleu et lisait un livre. Rose se rappelait à présent qu'elle l'impressionnait. Elle ne voulait pas la déranger, mais elle avait envie de se rapprocher. Alors elle s'avançait, presque timidement, espérant un geste tendre de sa mère.

Alors celle-ci levait les yeux vers elle. Elle lui souriait et le cœur de Rose se gonflait de joie. Elle courait vers elle et se pelotonnait tout contre elle.

Rose ressentit néanmoins un méchant pincement à l'évocation de ce souvenir.

Pourquoi ?

Après tout, c'était un souvenir heureux et innocent...

Elle fit alors venir à elle le visage de son père.

Mais il était flou, presque absent, comme à la lisière de ses souvenirs. Présent, mais pas tout à fait.

Elle tourna une nouvelle page et comprit.

Sur la photo, à nouveau, il tournait un regard subjugué vers son épouse.

Il ne voyait qu'elle.

Il n'avait vu qu'elle toute sa vie.

Rose suffoqua.

Une question particulièrement dérangeante la taraudait à présent :

Avait-il seulement remarqué qu'elle était entrée dans leur vie ?

Elle referma l'album, profondément ébranlée par ses souvenirs et ses pensées.

Puis elle retourna vers la bibliothèque, le rangea et décida de commencer son tri par là.

Elle mit de côté les albums qui ne concernaient que sa mère ou ses parents, et fit une pile avec les souvenirs du reste de sa famille.

Ce travail lui prit du temps. Il y avait un nombre incalculable de photos de toutes tailles qui encombraient le meuble. Certaines étaient vraiment anciennes, d'autres plus récentes. Sur plusieurs d'entre elles, elle reconnut sa grand-mère disparue Anita et quelques souvenirs commencèrent à effleurer son cerveau.

La vieille femme arborait sur une des photos l'air revêche qui semblait la caractériser. Petite, brune, les cheveux bouclés coupés courts, ses petits yeux bleus fixaient l'objectif sans aucune chaleur.

En poursuivant ses recherches, elle la découvrit posant sur un portrait, accompagnée d'une fillette de toute beauté. Sa mère probablement, à moins que ce ne fût sa tante. Anita était alors jeune et ses longs cheveux bruns ondulés adoucissaient son visage déjà trop sérieux. Mais elle était très belle elle aussi.

Ce constat lui fit penser aux paroles de sa cousine Carole.

Les femmes de la famille Bénette recevaient la beauté en héritage.

Elle consulta sa montre. Il était déjà onze heures trente. Elle n'avait pas vu le temps passer. Il fallait à présent qu'elle se prépare avant de rejoindre Alex.

Avant de quitter la pièce, elle fit également une pile avec les albums de ses parents.

Elle remarqua alors qu'une photo dépassait d'une des pages. Elle s'en empara. Il s'agissait d'une photo de groupe, prise plusieurs années après le mariage de ses parents qui avaient déjà un peu vieilli. Ils n'étaient pas côte à côte, ce qui surprit un peu la jeune femme. Apparemment, son père n'avait pas été homme à se séparer de son épouse. Il était debout à l'arrière du groupe. Il souriait sans chaleur, l'œil éteint. Sa mère se trouvait en bas, elle était accroupie près d'un homme dont elle serrait la main de manière complice. Et, chose surprenante, elle souriait à s'en décrocher la mâchoire tandis que ses prunelles vertes pétillaient de bonheur...

Rose fronça les sourcils.

Qui était cet homme à côté d'elle ?

Elle l'observa de plus près. Il était mince, très brun. Ses yeux marron fixaient patiemment l'objectif, mais il semblait réprimer un sourire, donnant une certaine douceur à ses traits arrogants. L'homme lui paraissait familier, mais elle eut beau chercher, elle ne fut pas en mesure de l'identifier.

Elle détailla alors les autres visages présents. Elle n'en reconnut aucun même si certains lui évoquaient vaguement quelque chose.

Elle regagna le dernier étage, l'esprit accaparé par de sombres pensées

Qui était cet homme ?

Sa mère l'avait-elle aimée ?

Et son père... qu'avait-elle éprouvé pour lui dans ce cas ?

Tandis qu'elle atteignait les appartements de sa grand-mère, un courant d'air répandit son souffle glacé sur sa nuque et elle se retourna en sursaut, presque certaine que quelqu'un se trouvait derrière elle.

Mais il n'y avait personne...

Son regard fut alors à nouveau attiré par l'escalier de la tour et elle fut secouée par un tremblement irrépressible.

8

Rose patientait dans l'espace ouvert servant de salle d'attente du cabinet notarial. Elle subissait depuis près de dix minutes les regards inquisiteurs de Linda, la secrétaire, qui pianotait nerveusement sur son ordinateur tout en la gardant à l'œil, le visage sévère.

Rose tenta de se faire plus petite sur son fauteuil afin de se soustraire à ce trop-plein d'attention.

Que lui voulait-elle ? Elle s'en doutait un peu en même temps...

Toutes les femmes de Port-Launay allaient-elles vraiment lui faire des crises de jalousie lorsqu'elle passait du temps auprès d'Alexandre Garnier ?

Elle n'aurait pas dû arriver aussi tôt, elle le regrettait à présent. Peut-être même aurait-elle dû l'attendre chez elle.

Chez elle...

Elle sursauta presque à cette pensée. *Non, ce n'était pas chez elle.* Elle était juste propriétaire de cette maison, rien de plus...

Enfin, la porte du bureau d'Alex s'ouvrit, et elle ressentit un étrange pincement au cœur en le voyant apparaître.

Il avait troqué ses vêtements froissés contre un nouveau costume gris foncé impeccable. Son regard s'adoucit instantanément lorsqu'il la vit.

Rose coula un regard vers Linda et remarqua que celle-ci s'était levée, les yeux tournés vers son patron.

- Alex... dit-elle d'une voix faussement ennuyée, Mademoiselle Bénette a insisté pour te voir... mais je ne crois pas qu'elle ait rendez-vous.

Elle jeta alors un regard perfide vers Rose et un petit

sourire mesquin se répandit sur ses lèvres peintes en rouge.

Il lui adressa un sourire avenant :

- Rose n'a pas besoin de rendez-vous Linda, c'est une amie. Et je l'ai invitée à déjeuner.

Puis il cessa brutalement de s'intéresser à sa secrétaire pour lui porter une attention pleine et entière. Elle vit son regard s'illuminer et elle en fut un peu secouée.

Linda de son côté tentait tant bien que mal de se composer une expression neutre, mais il était clair qu'elle fulminait.

Elle la fixa de façon meurtrière tandis qu'ils quittaient les lieux.

Une fois à l'extérieur, Alex ne put dissimuler son admiration :

- Tu es vraiment très belle dans cette robe, et cette coiffure te va à ravir…

- Oh… j'ai juste un peu relâché mes cheveux… et cette robe est ancienne…

Alex fit courir son regard sur son corps, un sourire appréciateur aux lèvres.

- Ne te rabaisse pas ainsi Rose. Tu es superbe. Mais j'imagine que tu n'as pas beaucoup d'efforts à fournir pour obtenir ce résultat…

La jeune femme ne sut quoi répondre. Elle ne s'attendait pas à ce qu'Alex ce montre si franc avec elle…

Tentait-il de la séduire ?

Le restaurant « *Les Mouettes* » portait admirablement son nom. Il se trouvait face au petit port de pêche de la ville et ses grandes baies vitrées offraient l'époustouflant spectacle de la rencontre d'un ciel azur et d'une mer céruléenne. Pas un souffle de vent ne venait agiter sa surface étincelante et des mouettes blanches et noires semblaient comme suspendues par un fil invisible au-dessus d'elle. C'était un spectacle magnifique dont Rose ne parvenait à soustraire son attention.

- Que c'est beau…

À son tour, il tourna la tête, presque surpris par la remarque de son amie.

- C'est vrai… à force de vivre ici, on n'y prête presque plus attention…

Rose posa son regard sur lui. Elle n'arrivait pas à lire en lui comme elle y parvenait avec la plupart des gens. Il était un mystère à ses yeux et ce mystère représentait pour elle un défi qu'elle comptait bien relever.

Qui était vraiment Alexandre Garnier ?

Il était charmant, et en même temps, une sorte de réserve accompagnait chacun de ses gestes, chacune des expressions de son visage.

Ses yeux verts étincelaient d'intelligence, mais semblaient également réprimer toutes sortes d'émotions qu'il jugeait peut-être inavouables.

Il plongea à son tour ses yeux dans les siens et elle eut un mouvement de recul.

Il semblait avoir capté le fil de ses pensées…

Impossible…

Les secondes s'écoulèrent sans que ni l'un ni l'autre ne relâche son regard.

C'est Rose qui baissa les yeux la première. Elle avait soudain le cerveau vide.

- Tu verras, ici, on déguste les meilleurs fruits de mer de la région.

Il avait radicalement changé d'expression. Son air perspicace avait fait place à un visage amical et souriant.

- Je n'en doute pas… Dit-elle un peu précipitamment tout en se saisissant du menu cartonné.

- On pourrait prendre le « *Plateau royal* » si cela te convient. C'est justement pour deux.

Rose eut l'intuition qu'il s'agissait davantage d'une requête que d'une suggestion.

Elle hocha distraitement la tête.

- Pourquoi pas… je me fie à toi.

Elle comprit à son expression qu'elle avait répondu ce qu'il attendait d'elle et en fut un peu contrariée. Puis elle se sermonna, Alex avait d'adorables attentions envers elle depuis son arrivée. Elle n'allait pas faire toute une histoire d'un simple conseil...

Ils commandèrent et Alex plongea une nouvelle fois ses yeux dans les siens.

Rose se mordit l'intérieur de la joue tandis qu'une décharge électrique la traversait.

Incroyable l'effet qu'il lui faisait !

Son visage exprima soudain de l'inquiétude :

- Comment s'est passée ta matinée dans ta nouvelle demeure ?

Rose fut tentée de lui faire remarquer que ce n'était pas « *sa nouvelle demeure* », mais elle voulait le rassurer, surtout après son attitude de la veille...

- Très bien ! Elle eut un petit rire ennuyé. D'ailleurs, je voulais m'excuser pour hier. J'ai dû te paraître un peu dérangée...

Il lui sourit avec compassion.

- Pas du tout... en réalité, je comprends. Cette maison symbolise pour toi la mort de tes parents et la fin brutale de ton enfance. Il est normal qu'elle te bouleverse.

Rose retint son souffle. Comment avait-il aussi bien réussi à analyser la situation ? Elle allait de surprises en surprises avec lui.

Elle se racla la gorge.

- Probablement... mais c'est vraiment adorable que tu sois restée avec moi cette nuit. Et... (elle hésita), je suis navrée de t'avoir obligé à dormir dans mon lit...

À peine eut-elle prononcé ces mots qu'elle se rendit compte de toute l'ambigüité qu'ils contenaient. Le regard d'Alex étincela soudain et Rose se sentit plus que jamais perdre pied.

- Je veux dire...

Il éclata de rire devant son embarras, mais éluda :

- Rose... je t'ai entendue crier... et j'ai vu combien tu étais effrayée. N'importe quel ami aurait fait de même...

Mortifiée, les joues en feu, Rose tourna ses yeux vers l'océan.

- Je… je me sens idiote pour toute cette histoire de pas dans le couloir. Tu avais raison, j'ai probablement rêvé…

Le regard d'Alex se fit plus que jamais mystérieux, mais il hocha la tête en signe d'assentiment. Rose soupira. Elle ne voulait pas qu'il la prenne pour une folle.

Mais en son for intérieur, elle entendait encore les pas et pouvait encore sentir ce parfum entêtant de violette…

Quant à ce courant d'air tout à l'heure et l'impression tenace d'une présence… d'une menace… elle ne comptait pas lui en parler.

- Es-tu allée visiter la tour finalement ? Questionna-t-il comme en écho à ses pensées.

Rose frissonna. Elle était comme aimantée par l'escalier de la tour, mais à aucun moment elle n'avait envisagé d'y aller pour de bon. Et lorsqu'elle avait ressenti cette présence, il lui avait semblé qu'elle venait justement de cette partie de la maison.

- Non… pas encore… (elle se força à lui sourire). Je me suis cantonnée à faire le tri dans les photos.

Ils se turent tandis qu'un serveur posait sur la table le plateau chargé de fruits de mer qu'ils avaient commandé.

Elle remarqua d'énormes pinces de crabes disposées de marnière artistique en son sommet.

- Du crabe royal. Répondit Alex à son interrogation muette.

Rose hocha la tête, mais elle était un peu distraite par le cours de ses pensées.

Les photos. L'homme auprès de sa mère. Pouvait-elle faire suffisamment confiance à Alex pour lui montrer le cliché sans avoir l'impression de trahir le souvenir de ses parents ?

- Alex… se lança-t-elle. Il y a une photo de mes parents que j'aimerais te montrer. J'aimerais connaître l'identité d'un homme qui pose avec eux…

Le visage d'Alex s'assombrit. Rose se figea. Avait-il deviné de qui il s'agissait ?

Puis ses traits se détendirent peu à peu :

- Bien sûr Rose... si cela peut t'aider. Je passerai ce soir, après mon travail.

Rose eut un petit rire :

- Je ne voudrais pas que cela pose problème. Si tu continues ainsi à venir me voir, je risque de recevoir des lettres de menace !

Alex eut le bon ton de ne pas faire semblant de ne pas comprendre son allusion.

Il joignit son rire au sien puis sa voix se fit plus profonde :

- Ne t'en fais pas pour ça Rose... je suis un grand garçon et je choisis toujours moi-même les personnes avec lesquelles j'ai envie d'être...

Rose en resta muette. Alex la dévorait à présent du regard et elle ne savait plus très bien où se mettre. Elle se tortilla sur son siège puis s'absorba dans la dégustation d'une palourde dont elle sentit à peine le goût.

Ainsi, il avouait qu'il avait envie d'être avec elle...

Elle tenta de se composer une attitude neutre. Il ne fallait pas qu'elle perde de vue qu'elle ne resterait probablement pas plus d'une semaine. Elle ne pouvait pas se permettre de tomber amoureuse de lui.

Mais était-ce la vraie raison ?

En réalité elle avait peur de lui. Peur de ce qu'il était. De ce qu'il représentait à ses yeux.

Mais quoi au juste ?

Elle ne comprenait pas très bien ce qui lui arrivait. Jamais elle n'avait ressenti ce genre de choses en présence d'un autre homme. Elle en eut le tournis.

Elle changea alors brutalement de sujet :

- Alex... te rappelles-tu de mes parents ?

Il acquiesça lentement :

- Oui, vous veniez tous les trois passer l'été dans cette maison depuis ta naissance. Je n'ai que trois ans de plus que toi, mais je me souviens parfaitement la première fois que je t'ai vue. Tu n'étais alors qu'un bébé. Puis tu as grandi, et tes parents t'ont accompagnée chez ta grand-mère à chaque vacance scolaire.

Rose fit la moue.

- C'est étrange… autant j'ai quelques souvenirs de cette maison, autant je n'en ai aucun de l'endroit où nous habitions avec mes parents… En dehors d'un salon et d'un canapé bleu !

Elle se mit à rire et Alex se joignit à elle.

- Ce n'est déjà pas si mal ! Remarqua-t-il.

- Oui… quant à toi… ce n'est que lorsque tu m'as dit qui tu étais que je me suis rappelé nos jeux dans la maison. Je revois également vaguement ma cousine, ton frère et ta sœur. Mais toi, je te revois à présent très clairement dans mes souvenirs.

Une nouvelle fois, Rose se maudit de sa spontanéité, surtout en voyant le jeune homme se rengorger.

- Ce n'est pas très étonnant… les autres ne jouaient pas beaucoup avec toi… dit-il d'une voix soudain très douce.

Mais toi, oui… pourquoi ?

Alex haussa les épaules.

- J'ai toujours eu de l'affection pour toi. Ça ne s'explique pas toujours… et puis tu m'intriguais. Dans mon esprit, tu dissimulais un secret. Tu abritais un mystère et je voulais savoir lequel. D'ailleurs… j'ai toujours cette impression…

Le souffle de Rose s'accéléra sous le regard inquisiteur du jeune homme.

Elle aurait pu lui dire sensiblement la même chose…

Elle secoua la tête et se mit à rire. Un rire nerveux qu'elle eut du mal à ne pas laisser pleinement s'exprimer.

- J'aime bien t'entendre rire… Ajouta-t-il. Tu ne riais jamais lorsque tu étais enfant. Tu étais toujours triste, effacée. Tu avais l'air d'un oisillon tombé de son nid, et moi… et bien moi j'avais envie de te protéger…

Ce fut au tour d'Alex de sembler regretter ses paroles. Il se tut, prit un air ennuyé puis s'empara d'une pince de crabe qu'il cassa d'une main experte.

Rose l'observait à présent, de plus en plus intriguée. Mais elle ne voulait pas le mettre mal à l'aise à ce sujet.

- Et ma mère ? Que pensais-tu d'elle ?

Alex se détendit aussitôt et lui sourit :

- Ta mère... je me rappelle qu'elle avait tous les hommes à ses pieds...

- Oh... et mon père, comment prenait-il la chose ?

Il haussa les épaules.

- Il savait à quoi s'attendre en l'épousant je suppose... On ne lie pas sa vie à une telle femme sans se douter des conséquences...

- Penses-tu... elle hésita puis se mordit les lèvres.

Voulait-elle vraiment savoir si sa mère était infidèle ?

- Je ne prétends pas connaître tes parents Rose... Répondit-il posément. Tu pourrais poser toutes ces questions à ta tante Clarisse par exemple... tout ce que je peux te dire c'est que tes parents venaient avec toi, restaient un ou deux jours, puis repartaient. Jusqu'au jour où...

Il s'interrompit et l'observa, soudain embarrassé.

Elle leva une main vers lui.

- Ne t'en fais pas Alex... l'accident de mes parents n'est pas un sujet douloureux pour moi...

Elle s'interrompit à son tour. Elle avait répété cette phrase un nombre incalculable de fois dès que ses interlocuteurs apprenaient qu'elle était orpheline ainsi que les conditions du décès de ses parents.

Mais était-ce toujours vrai ?

Cette maison avait fait remonter à la surface trop lisse de son cerveau la fange sagement dissimulée dans ses profondeurs abyssales durant toutes ces années.

À présent cette surface était trouble et elle pressentait que ce n'était malheureusement qu'un début...

Alex avait raison.
Elle dissimulait un sombre secret en son cœur.
Mais elle ignorait lequel...

9

Rose avait troqué sa robe bleue contre un jean et un tee-shirt et avait noué ses cheveux en une queue de cheval pratique.

Il fallait qu'elle s'attaque au rangement.

Elle trouva de grands sacs-poubelle dans un placard de la cuisine et choisit de commencer par les chambres du premier étage.

Lorsqu'elle pénétra dans la première, une impression d'abandon et de désolation prit le pas sur toute autre sensation. La pièce était glacée et des taches de moisi couraient un peu partout sur la tapisserie nacrée.

Elle eut soudain l'impression d'être en train de fouler le sol d'un sanctuaire figé dans le temps et eut bien du mal à ne pas s'en aller en courant.

À nouveau, elle ressentit comme une présence qui l'accompagnait.

Un frisson la parcourut, mais elle se força à continuer tout en se convainquant qu'elle se faisait des idées.

Elle se dirigea vers la fenêtre puis l'ouvrit. Ensuite elle poussa les volets de bois ajourés qui ne laissaient entrer qu'un mince filet de lumière dans la pièce.

Rose fut déçue du résultat car le soleil était caché par les hauts bâtiments dont la maison était encadrée.

Mais au moins à présent, elle y voyait plus clair et la pièce serait un peu aérée.

Elle remarqua un bureau. Des dizaines de papiers y étaient entassés. Rose fit la grimace. Elle allait devoir les trier et elle n'aimait pas trop ce genre de tâches.

Puis elle se dirigea vers l'armoire. Elle vit se rapprocher le reflet de son visage déformé par l'angoisse dans les miroirs de ses portes et un sombre pressentiment s'abattit sur elle. Elle avança une main tremblante vers la clé qui fermait le meuble puis l'ouvrit d'un geste brusque.

Elle n'était remplie que de vieux vêtements empestant l'humidité.

Rose eut un petit hoquet de soulagement.

Mais à quoi s'attendait-elle donc ?

Elle remarqua un somptueux manteau de fourrure qu'elle caressa distraitement, puis repoussa les portes et se retourna.

Le lit occupait une grande part de l'espace central et il semblait avoir été fait de fraîche date. Pas un pli ne venait déformer la surface du couvre-lit satiné.

Encore une fois, Rose frissonna.

Elle vit alors en pensée le corps d'une femme allongée sur ce lit, reposant sur son suaire de satin blanc, les mains jointes, les yeux tournés vers le plafond en une ultime supplique.

Elle cligna des yeux et la vision disparut tandis que son pouls s'accélérait.

On dirait une chambre mortuaire...

Elle posa une main sur son visage et se frotta les yeux.

Elle était en plein délire...

Un brusque claquement la fit soudain sursauter et elle se retourna, le cœur au bord des lèvres.

Un violent coup de vent venait de faire claquer les battants de la fenêtre...

Rose tenta de ramener du calme dans les battements désordonnés de son cœur.

Un coup de vent... c'était un simple coup de vent...

Mais une petite voix cynique résonnait à présent dans son esprit, cinglante :

Tu sais bien qu'il n'y a pas de vent aujourd'hui Rose...

Rose fit un pas en arrière, mais fut stoppée net dans son élan.

Quelque chose lui barrait le passage…

Elle se retourna, le cœur battant de plus en plus violemment.

Ce n'était que le bureau qu'elle venait de heurter.

Impressionnée, Rose s'assit sur le lit.

Elle fixa la porte par où elle était entrée, mais se sermonna.

Elle était une grande fille. Elle n'allait pas se laisser affecter par des événements aussi futiles… elle n'allait tout de même pas prendre la fuite à cause de son imagination débordante !

Elle se leva d'un pas chancelant puis s'approcha de l'armoire dont le miroir piqueté par l'humidité lui renvoya une nouvelle fois sa mine apeurée.

Elle tenta de se raccrocher à des pensées purement pratiques. Elle allait trier les vêtements : ils intéresseraient sûrement des organismes de charité.

Son cœur manqua alors un battement.

Car tandis qu'elle ouvrait l'armoire, une silhouette furtive s'était accrochée à la lisière de son regard dans le reflet de la glace.

Elle pivota, tremblante et balaya la pièce des yeux dans tous les sens.

Personne…

Alors pourquoi avait-elle surpris le visage livide d'une jeune femme dans le reflet du miroir ?

Le corps de Rose était à présent parcouru par des vagues de frissons glacés.

Elle se tourna dans tous les sens, prise de panique.

Elle était bel et bien seule dans la pièce…

Rose se frotta les yeux, mais le visage livide de la jeune femme continuait à flotter à la surface de ses pensées.

Elle eut soudain le sentiment de manquer d'air malgré la fenêtre ouverte.

Ses jambes la portaient à peine, mais un pic d'adrénaline la parcourut.

Elle se retrouva rapidement sur le palier.

Puis dans l'escalier qu'elle descendit fiévreusement.

Elle ne parvint à respirer que lorsqu'elle sortit de la maison et se retrouva dans le jardin.

Là, elle réussit enfin à se détendre et son pouls retrouva peu à peu un rythme plus calme.

Elle décida d'explorer le jardin, la tête un peu vide.

Elle n'arrivait plus à réfléchir, comme si un voile noir venait de s'abattre sur sa conscience, réprimant et occultant les pensées irrationnelles qui cognaient à sa surface.

Elle se fraya un passage entre d'immenses hortensias qui bordaient le chemin menant vers les profondeurs du jardin.

Elle s'égratigna même, mais réussit à trouver un espace un peu moins dense au bout de plusieurs mètres. Là, des herbes folles se mêlaient à des plantes de toutes sortes.

Cela avait dû être un potager. Elle ne s'y connaissait pas vraiment, mais il lui semblait reconnaître quelques herbes médicinales dans ce fouillis.

- Grand-mère était un peu sorcière... fit une voix sarcastique derrière elle.

Rose se retourna d'un bond et la nouvelle arrivante se mit à rire :

- Allons Rose... tu as vu un fantôme ou quoi ?

Carole...

Rose sentit la colère monter en elle à ces paroles :

- Tu ne devrais pas arriver comme ça, en silence, dans le dos des gens...

La jeune femme fit la moue et Rose la détailla, ne pouvant s'empêcher de se comparer à elle.

Comparaison qui n'était vraiment pas en sa faveur.

La rousse portait une robe rouge très *très* décolletée qui ne dissimulait pas non plus très bien ses longues jambes fuselées. Elle portait librement sa chevelure de feu sur ses épaules et ses yeux ambrés pétillaient de malice.

- Désolée si je t'ai fait peur... lui dit-elle d'une voix peu convaincante.

Rose soupira :

- Je suppose que tu as la clé de la grille et de la maison...

Carole la dévisagea :

- Il s'agissait d'une maison familiale… pourtant, je suppose que grand-mère avait prévu de te la léguer de longue date …

Rose se sentit soudain prise en faute. Mais après tout, elle n'avait rien demandé… et après réflexion elle aurait mille fois préféré recevoir la part de sa tante à la place de cette maison !

Elle haussa les épaules :

- De toute manière, je compte la vendre et repartir au plus vite à New York.

À ces mots, les yeux de sa cousine étincelèrent de colère :

- Tu n'as pas le droit Rose ! Cette maison *doit* rester dans la famille. Elle y est depuis toujours !

Rose sentit l'exaspération la gagner :

- Eh bien il faut une fin à tout ! Je ne vais pas la garder. Je ne *peux pas* la garder… je vis à des milliers de kilomètres d'ici. Que veux-tu que j'en fasse ?

Le visage de Carole sembla s'apaiser :

- N'en parlons plus pour le moment…

- Que nous en parlions ou non ne change rien. J'ai pris ma décision. Se buta Rose.

Carole soutint son regard sans rien dire.

Rose se racla la gorge, soudain intimidée par la calme assurance de sa cousine :

- Que voulais-tu dire tout à l'heure au sujet de grand-mère ?

- Oh… c'est vrai tu sais, elle était sorcière… elle connaissait les plantes et leurs usages… en d'autres temps, elle aurait sûrement été brûlée pour sorcellerie…

Rose eut un petit rire bien que le visage de sa cousine conserva un grand sérieux.

- Heureusement, ces temps d'obscurantisme sont révolus !

Cette fois-ci, sa cousine se mit à rire à son tour. Un rire spontané et sincère lui sembla-t-il.

- Tu parles comme dans un livre Rose… j'avais oublié que tu étais romancière…

Rose esquissa un petit sourire :

- Aurais-tu lu mes livres par hasard ?

Carole plissa ses yeux de chat :

- Rose... je suis sûre que tu as beaucoup de talent, mais lire ne fait pas partie de mes occupations préférées...

Aussitôt, les images débridées de sa cousine s'accouplant avec Gaby affluèrent dans sa mémoire.

À présent, le sourire de Carole s'était mué en une expression provocante.

- Oh... bien sûr... pas de problème... dit-elle en déglutissant avec difficulté.

- Rose... aurais-tu été choquée par ce que tu as vu hier ? Tu n'es tout de même pas encore vierge à ton âge ?

Rose secoua la tête, de plus en plus embarrassée :

- Non ! Bien sûr que non ! Tu fais ce que tu veux, cela ne me regarde pas... mais s'il te plait, pas ici...

Rose s'en voulut aussitôt. Pourquoi avait-elle répondu à sa provocation ? Avait-elle besoin de se justifier ?

- Je ne suis peut-être pas aussi... libérée que toi Carole, ajouta-t-elle, réprimant avec difficulté sa colère, mais j'estime qu'il y a d'autres endroits que la maison de notre grand-mère...

Carole ricana :

- Au contraire, cette maison est un lieu parfait pour ça...

Rose pencha la tête :

- Que veux-tu dire ?

Carole ménagea un petit silence avant de répondre, plus mystérieuse que jamais :

- Rien...

Les deux cousines s'affrontèrent du regard durant de longues secondes.

- Et notre petit Alex, comment le trouves-tu ?

Immédiatement, Rose sentit que sa cousine tentait de l'entraîner sur un terrain miné. Que pouvait-elle répondre à cela sans déchaîner la jalousie de la jeune femme ?

- Et bien... il est intéressant...

Carole s'esclaffa franchement :

- N'aie pas peur Rose... je plaisantais hier quand je t'ai dit de ne pas t'en approcher... Je ne suis pas jalouse. Mais toi...

j'espère que tu ne l'es pas non plus…

Rose se raidit :

- Pourquoi dis-tu cela ?

- Je vous ai vus tous les deux au restaurant ce midi, et vous ne pouviez détacher le regard l'un de l'autre… Vous étiez comme aimantés.

Carole pencha la tête et ses yeux la détaillèrent :

- D'ailleurs, poursuivit-elle, j'ai remarqué que tu avais suivi mes conseils. Tu es une vraie bombe lorsque tu prends le temps de te mettre en valeur… tu ne l'as probablement pas remarqué, mais tous les hommes présents dans le restaurant bavaient à l'unisson en te regardant. D'ailleurs, j'ai bien vu qu'Alex en semblait particulièrement fier…

- Je ne t'ai pas vue, où étais-tu ?

À nouveau, la rousse se mit à rire.

- Ça ne m'étonne pas… tu ne voyais que lui n'est-ce pas ? J'étais sur la terrasse avec quelques bons *amis*…

Rose n'eut pas envie de lui demander de quel genre d'amis il s'agissait.

- Pourquoi me conseilles-tu de ne pas être jalouse ?

- Rose… tu as bien regardé Alex ? C'est le meilleur parti de la ville. Il est beau, intelligent et riche… Il n'a jamais confié son cœur à qui que ce soit jusqu'ici, mais il n'est pas non plus de bois… et je ne compte pas m'arrêter de le séduire sous prétexte qu'il te fait les yeux doux…

À ces mots, Rose sentit un indésirable pincement meurtrir son cœur.

- Tu fais ce que tu veux Carole. Je serai bientôt partie de toute manière…

- C'est ce qu'on verra… répondit Carole dans un sourire énigmatique.

- Arrête un peu avec tes insinuations ! Ça commence sérieusement à m'agacer…

- Rose… ce n'est pas parce que des âmes bien pensantes t'ont éloignée d'ici durant toutes ces années que ton destin ne va pas te rattraper…

Rose croisa les bras et asséna d'une voix cassante :

- Et quel serait mon destin à ton avis Carole ?

- Inutile de t'énerver ma belle… Tu es une Bénette, que tu le veuilles ou non tu es liée à cette demeure, comme toutes les femmes de la famille le sont depuis le commencement.

- Mais le commencement de quoi Carole à la fin ?

- Rose Bénette… comment s'appelait ton père ?

Rose se sentit prise au dépourvu :

- Karl… il s'appelait Karl…

Les yeux de la rousse s'étrécirent :

- Karl comment ?

- Et bien…Karl Leprince !!

Elle avait énoncé cela comme une évidence, mais la réalité lui apparaissait soudain sous une lumière crue.

Et pourtant, elle avait toujours été là, sous son nez.

Pourquoi ne portait-elle pas le patronyme de son géniteur ?

Carole sourit de plus belle, ravie d'avoir remporté la partie.

- Et moi… je m'appelle Carole Bénette, ta mère s'appelait Rachelle Bénette, notre grand-mère s'appelait Anita Bénette, et sa mère avant elle était une Bénette, ainsi que la mère de sa mère… et je peux continuer longtemps comme ça…

- Que… qu'est-ce que cela veut dire ?

Carole se redressa, comme portée par un orgueil démesuré.

- Les femmes de notre famille ont toujours clamé leur indépendance vis-à-vis des hommes… Ils ne servent qu'à une chose après tout… nous donner du plaisir… et une descendance… Ta mère a cherché à échapper à son destin, elle a épousé un homme et s'est éloignée. Mais ce destin a fini par la rattraper elle aussi. À présent, elle appartient à la maison. Comme nous toutes…

Rose dévisagea Carole et nota qu'une lueur de démence s'était allumée dans son regard.

Elle lui dit très doucement, comme on parle à un jeune enfant capricieux.

- Carole… ma mère est morte…

Un nouveau ricanement fut la réponse de sa cousine et ses

traits de déformèrent sous l'effet de cette joie déplacée :

- Oui… elle est morte ! Mais t'es-tu demandé comment ? Et où ?

Rose se figea.

- Carole… tu commences à me faire peur, arrête ! Mes parents sont morts dans un accident…

À cet instant, ces mots lui parurent vides de sens. *Pire, mensongers…* Et une vérité qu'elle repoussait depuis longtemps fut sur les bords de sa conscience, sans pour autant réussir à les franchir.

- Si tu le dis… furent les paroles énigmatiques de Carole avant de tourner les talons.

Rose la regarda s'éloigner, sous le choc. Puis elle la héla :

- Carole ! Est-ce que tu es venue dans la maison cette nuit ?

La jeune femme se retourna et planta son regard dans le sien avant d'ébaucher un sourire entendu que Rose ne comprit pas.

Puis elle s'en alla et disparut de la vue de Rose.

Elle leva les yeux vers la maison et chancela devant sa hauteur vertigineuse.

Sa cousine était-elle folle ?

Ou alors… cette maison avait-elle vraiment une âme ?

Une âme sombre et maléfique qui attendait sa prochaine proie…

10

- Pourquoi je ne porte pas le nom de mon père ?

Un silence embarrassé lui répondit de l'autre côté de l'Atlantique.

- Bruno, je te parle !

- *Rose... ta mère tenait à conserver son nom de famille et à te le transmettre...*

- D'accord... mais pourquoi ?

Nouveau silence.

- *Je l'ignore... je crois que dans la famille de ta mère, il n'y a que des filles qui naissent. J'imagine que c'était le seul moyen de conserver ce patronyme...*

Ce fut au tour de Rose d'adopter le silence.

À peine rentrée dans la maison, elle avait gagné les appartements de l'étage et s'était saisie de son téléphone. Elle avait besoin de réponses, et vite...

À cet instant, seule la colère la guidait et tout le reste se trouvait relégué bien loin.

- Bruno... réponds-moi, comment mes parents sont-ils morts ?

Son oncle émit un petit rire peu naturel :

- *Rose, tu le sais bien ! Dans un accident de voiture !*

Devant les accents de sincérité bafouée adoptés par Bruno, Rose sentit la colère exploser :

- Arrêtez tous de me mentir ! Puis elle éclata en sanglots.

- *Rose,* dit son oncle d'une voix douce... *ça n'a pas l'air d'aller... tu as des soucis en France ? Tu as besoin d'aide ?*

Bien qu'il ne puisse la voir, Rose secoua la tête.

- Je n'ai besoin de personne…

Puis elle raccrocha.

Longtemps, elle fixa l'écran de son téléphone portable qu'elle avait éteint pour échapper à l'inévitable rappel de son oncle. Puis elle s'allongea sur son lit et ferma les yeux.

Elle avait néanmoins besoin de réponses et à présent elle devait trouver des personnes qui voudraient bien les lui donner.

À l'évidence, ce ne serait pas son oncle…

Elle se leva puis se changea une nouvelle fois, bien décidée à les obtenir.

Elle allait suivre les conseils d'Alex…

Tandis qu'elle descendait les escaliers qui grinçaient à chacun de ses pas, un bruit de sonnette retentit.

Rose accéléra le pas puis rejoignit la cour devant la maison.

Elle se rapprocha de la grille derrière laquelle se trouvait une femme qui devait approcher de la soixantaine.

De taille moyenne, les cheveux courts et teints en blonds, elle était boudinée dans un tailleur beige.

Lorsqu'elle vit Rose s'avancer d'un pas hésitant, la femme lui dédia un sourire manquant singulièrement de chaleur :

- Rose ! Ma petite Rose… que je suis heureuse de te revoir !

À ces mots, Rose se figea puis croisa les bras :

- On se connaît ?

La femme prit un air déçu :

- Oh, Rose, tu ne te rappelles vraiment pas de moi ?

La jeune femme se sentit prise en faute. Elle tenta de faire remonter à la surface des souvenirs ayant trait à cette femme. *Mais en vain…*

- Je suis navrée Madame, mais je n'ai vraiment que peu de souvenirs de mon enfance…

Cette fois-ci, la femme lui sourit avec bienveillance, mais Rose nota une lueur glacée dans son regard qui ne lui plut pas.

- Oh… vraiment… alors ce que l'on raconte est donc vrai, ma pauvre enfant, tu as perdu la mémoire…

Les notes de condescendance mielleuse dans sa voix hérissèrent la jeune femme.

- Pas tout à fait... répondit-elle entre ses dents. Qui êtes-vous ?

La femme parut s'offusquer de ses manières directes, mais elle répondit néanmoins :

- Je suis Marie-France Garnier, la maman d'Alex !

Rose observa plus franchement la femme. Elle n'avait pas pris le temps d'imaginer les parents d'Alex, mais elle ne correspondait absolument pas à l'image qu'elle se serait faite de sa mère.

- Oh... voulez-vous entrer ? Proposa Rose tout en redoutant une réponse affirmative.

- C'est très gentil Rose, mais je n'ai pas le temps... je suis la Présidente d'une association qui vient en aide aux plus démunis, et je dois justement rejoindre mon groupe...

Elle avait dit cela d'un ton à la fois tragique et vibrant qui renforça la mauvaise impression que Rose avait de la mère de son ami d'enfance.

Comment avait-elle pu oublier un tel phénomène ?

- C'est vraiment admirable... fit-elle remarquer d'une voix peu convaincue.

Mais Marie-France Garnier ne semblait pas s'en être aperçue. Elle se rengorgea :

- Oh, ce n'est vraiment rien... juste un peu de notre temps... C'est le moins que nous puissions faire. Si tu le veux, tu peux te joindre à nous tu sais ! Mes amies seraient ravies de faire ta connaissance (elle eut un petit rire), même si la majorité d'entre elles t'ont bien entendu déjà vue il y a longtemps... Évidemment, elles ne te connaissent pas aussi bien que moi !

- C'est vraiment très aimable de penser à moi... (elle tendit le bras vers la maison), mais j'ai vraiment beaucoup à faire ici. Je ne compte pas rester très longtemps et j'aimerais mettre les choses en ordre avant de repartir.

Les yeux de la femme prirent d'assaut la tour et se fixèrent à ses rebords ajourés de petites fentes, puis ils descendirent vers le sol pavé de la cour.

- Oui… j'imagine que cette maison recèle de très nombreux souvenirs…

Rose, qui avait suivi son regard, fronça les sourcils :

- Ce ne sont pas les souvenirs qui me posent problème, mais plutôt le fouillis qui va avec…

Elle vit le visage de la femme s'assombrir derrière les barreaux rouillés. Elle avait dû dire ça d'un ton un peu sec. Elle songea alors qu'elle était vraiment impolie de ne pas avoir ouvert le portail. Mais elle s'en moquait au final. Cette femme lui était de plus en plus antipathique derrière ses airs de matrone bien sous tous rapports.

Cette dernière lui dit d'un ton pincé :

- Je comprends. Néanmoins, aurais-tu le temps de te joindre à nous demain soir ? Oh, ce sera un dîner sans prétention, mais il y aura mon mari, ainsi que nos trois enfants… nous pourrons évoquer le bon vieux temps…

Rose fut tentée de refuser. Mais après tout, elle voulait des réponses… et ce couple avait certainement bien connu ses parents…

- Avec plaisir… répondit-elle.

- Bien ! Je dirai à Alex de passer te prendre. 19h30, cela te va ?

Rose eut un haut-le-cœur en entendant les inflexions doucereuses de sa voix, mais elle se reprit rapidement.

- Oui, très bien…

- Je te dis à demain alors Rose !

Elle hocha la tête :

- Oui, à demain…

Mais la femme avait déjà tourné les talons. Rose se rapprocha de la grille et la regarda s'en aller, très droite sur ses hauts talons et très guindée dans son allure générale. Elle tenait fermement une pochette de la même teinte que son tailleur contre elle.

Comme si elle se rendait à une soirée mondaine plutôt qu'à une réunion dédiée aux pauvres...

C'en était presque risible...

Rose consulta sa montre. Il était encore tôt. Elle avait du temps devant elle avant qu'Alex ne la rejoigne.

Et elle avait une personne à rencontrer...

Cela n'avait pas été très compliqué. Elle avait trouvé son adresse dans l'annuaire. À présent. Elle se trouvait devant le muret ceignant son jardin, le doigt posé sur la sonnette, hésitante.

Elle observa la petite maison dont les murs blancs étaient rehaussés par le bleu un peu passé des massifs d'hortensia.

À quoi devait-elle s'attendre ?

Puis, mue par une soudaine détermination, elle pressa le bouton.

En attendant, elle observa la mer qui brillait derrière le jardinet bien entretenu. Quelle chance que d'habiter là !

Enfin, la porte d'entrée laquée de rouge s'ouvrit et une femme apparut sur le seuil.

En la voyant, Rose recula, en proie à une panique subite.

Quand la femme arriva devant le portillon et lui fit face, Rose la dévisagea, osant à peine croire à ce qu'elle voyait, mais trop tétanisée pour faire le moindre geste.

La femme avait une somptueuse chevelure châtain veinée de mèches fauves, de grands yeux en amande d'un vert éblouissant et une silhouette à faire damner un saint.

Elle était surtout le parfait portrait de la femme de la photo à l'entrée de la maison...

Elle ressemblait tant à sa mère que c'en était insupportable.

Sa tante, Clarisse...

Cette dernière la regarda des pieds à la tête, semblant la jauger, soupesant des pensées dont elle seule avait le secret. Puis elle eut un petit sourire désabusé :

- Rose... tu as bien grandi...

Le visage de deux femmes identiques se superposa alors dans la mémoire de Rose. Elle se frotta les yeux.

- Tante… Clarisse ?

Cette dernière lui sourit :

- Quelque chose me dit que tu avais oublié que ta mère et moi étions jumelles, je me trompe ?

Rose ne put qu'acquiescer, encore sous le choc.

Le visage de sa tante s'assombrit :

- Navrée… j'imagine à quel point cela doit être difficile pour toi de me voir alors… mais ne reste pas là, entre donc.

Elle abaissa la poignée et prit la main de Rose, puis l'entraîna dans sa maison.

Une fois à l'intérieur, elle la mena vers un petit salon baigné de lumière et l'invita à s'assoir sur un canapé de cuir brun. Rose observa son environnement. Le salon était grand, clair, bien rangé et donnait sur la baie. La maison respirait le calme et Rose ressentit une onde de paix l'envahir. Puis elle se tourna vers sa tante et eut un nouveau choc en la voyant assise en face d'elle. Elle paraissait dix ans de moins que son âge et était très belle.

Mais surtout…

- C'est… c'est incroyable à quel point tu lui ressembles…

Clarisse sourit, mais quelque chose dans son regard l'effraya :

- C'est le principe des jumelles Rose. Mais ta grand-mère a toujours préféré ta mère… elle ne s'attendait pas à avoir deux filles. Tu comprends, habituellement, une seule fille naissait à chaque génération et c'est ta mère qui est née la première. Moi, je ne comptais pas vraiment…

Rose ne s'attendait pas à de telles révélations. Elle se racla la gorge :

- C'est bien triste… mais toi et maman, vous étiez proches ?

Sa tante haussa les épaules et un pli amer se dessina sur ses lèvres :

- Dès le départ, les choses ont été claires. Ta mère était une sainte, irréprochable aux yeux de ta grand-mère, et moi j'étais une sorte de canard boiteux dont elle ne voulait pas… alors j'ai multiplié les frasques et je me suis vengée sur ta mère !

(Elle eut un petit rire cynique). Je lui en ai fait baver. Je le regrette à présent, mais j'étais jeune et jalouse d'elle... donc pour répondre à ta question, non, nous n'étions pas proches elle et moi...

Rose se sentit embarrassée par la sincérité abrupte de sa tante et ne sut quoi lui répondre. Mais cela expliquait pourquoi c'était elle et non sa tante qui avait reçu la maison en héritage. *Et aussi pourquoi elle n'avait vu aucune photo d'elle dans les albums familiaux...*

- Je suis navrée... répéta-t-elle.

Son visage s'éclaira :

- Tu n'as pas à l'être, ce n'est pas de ta faute. C'est la vie... j'ai su mener ma barque, j'ai eu ma petite Carole et nous avons réussi à nous forger une vie bien à nous.

- Carole vit avec toi ?

- Oh non, Carole est indépendante... enfin, presque !

Clarisse se mit à rire et Rose s'en étonna :

- Pourquoi ris-tu ?

- En réalité Carole ne travaille pas... elle vit dans un appartement luxueux appartenant à l'un de ses amants, entièrement à sa charge. Il est totalement fou d'elle, le pauvre !

Rose fut une nouvelle fois surprise par sa franchise :

- Oh... et ça ne te dérange pas ?

Les yeux de Clarisse se mirent à pétiller :

- Rose, j'ai fait bien pire qu'elle à son âge... je n'ai pas à la juger...

Rose s'enfonça dans le canapé, plus très certaine de vouloir entendre les confidences de sa tante. Elle préféra changer de sujet :

- Tu as toujours vécu à Port-Launay ?

Le visage de Clarisse se rembrunit et Rose vit passer un éclair de nostalgie dans son regard :

- Non... après la mort de ta mère, j'ai pensé que je pourrais me rapprocher de ta grand-mère. Mais une nouvelle fois, elle m'a rejetée... alors j'ai fait mes bagages et je suis partie avec Carole.

- Mais… tu es revenue…

- Oui, il y a dix ans. J'ai été prévenue par une amie. La santé de ma mère se détériorait et mon devoir était de revenir auprès d'elle.

- Malgré tout ce qu'elle t'avait fait endurer…

Une profonde tristesse s'abattit sur le visage de sa tante :

- Oui, malgré tout… mais au fond, rien n'avait changé… je me suis occupée d'elle, et elle m'a toujours ignorée. *Pire*… alors que la fin était proche, elle avait réussi à se persuader que j'étais Rachelle, son enfant chérie… ce qui était pire que tout ! Enfin, je pouvais goûter à l'amour d'une mère, mais je savais qu'il ne m'était pas destiné…

La tristesse de sa tante finit par la happer et le souvenir du canapé bleu la rattrapa.

Ce mince souvenir parvenait à lui mettre un peu de baume au cœur, mais sa tante, elle, n'avait rien à quoi se raccrocher.

Ce devait être terrible que de se voir rejetée par sa propre mère.

De quoi devenir folle.

Elle n'osait l'imaginer. Pourtant, sa tante avait vraiment l'air d'avoir la tête sur les épaules…

Plus que sa fille en tout cas !

- Je suis navrée… et aussi pour la maison…

Clarisse braqua son regard sur elle :

- C'est vrai… j'aurais aimé l'avoir…

Rose se sentit prise au piège de ses propres paroles :

- Pour ma part… je n'y tiens pas du tout ! Si tu veux, tu peux me la racheter !

Rose sourit. Après tout, ce n'était pas idiot. C'était même la meilleure solution ! Pour elle, car elle n'aurait pas à chercher un acheteur, ni même à la mettre en ordre, et pour sa tante qui avait l'air de vraiment la vouloir. Même Carole y trouverait son compte, elle pour qui elle semblait tant compter.

Pourquoi n'y avait-elle pas pensé plus tôt ?

Cela aurait même pu lui épargner ce pénible voyage.

Instantanément, elle se vit dans son appartement douillet

et moderne non loin de Central Park.

C'était là qu'elle voulait être, et nulle part ailleurs !

Mais l'expression de sa tante se fit implacable :

- Je suis navrée Rose, mais je n'en ai pas les moyens...

- Oh... pourtant, tu as reçu de l'argent, et même un terrain... si tu veux, je peux attendre que tu trouves un acheteur. Normalement, la valeur de nos deux parts s'égale...

Clarisse soupira :

- Tu ne comprends pas... j'ai besoin de cet argent pour éponger mes dettes... je ne peux malheureusement pas te la racheter...

Ce fut au tour de Rose de soupirer :

- C'est vraiment dommage... cela aurait été si simple pour tout le monde...

- C'est comme ça...

Les deux femmes restèrent silencieuses, chacune semblant perdue dans des labyrinthes de réflexion sans issue possible. Puis Rose passa une langue sur ses lèvres sèches, tremblante.

Il fallait qu'elle sache...

- Clarisse... on se connaît à peine... (elle eut un petit rire sans gaité), mais je vois que tu es une personne franche et directe alors je compte sur toi pour me dire la vérité...

Elle hésita et sa tante lui adressa un regard sagace :

- Rose... la vérité n'est pas toujours belle à voir tu sais...

Rose secoua la tête :

- Je ne suis plus une enfant. Et je sens que l'on me cache quelque chose. En réalité, je crois que je l'ai toujours senti...

- Les enfants ont une étonnante capacité à deviner ce qu'on leur cache, même s'ils n'en ont pas toujours conscience... fit remarquer sa tante, soudain très sérieuse.

Rose observa sa tante et lut dans son regard qu'elle pouvait se fier à elle, et même s'appuyer sur elle :

- Clarisse... mes parents sont-ils vraiment morts dans un accident de voiture ?

- Non.

Cette réponse brutale jeta Rose dans un gouffre d'émotions

contradictoires.

Du soulagement d'abord. Toute sa vie on lui avait menti. Et elle avait toujours senti dans les profondeurs de son âme que sa vie reposait sur un sol mouvant, sans cette base solide dont chaque être a besoin pour grandir et s'épanouir.

Puis de la peur.

Était-elle vraiment prête à apprendre les raisons de ce mensonge ?

Car une véritable omerta s'était organisée autour d'elle. Pour qu'elle ne sache pas la vérité, elle avait quasiment été enlevée par son oncle, puis avait grandi loin de ses racines. Loin de sa grand-mère et de sa tante qui auraient sûrement pu s'occuper d'elle…

Elle ouvrit la bouche et une voix qu'elle ne reconnut pas s'échappa de sa gorge serrée, rauque et déformée par la peur :

- Comment… comment sont-ils morts ?

Cette fois-ci, sa tante marqua un temps de silence et Rose crut un instant qu'elle regrettait d'avoir ouvert les portes blindées de cette vérité visiblement dérangeante.

Elle se leva et se dirigea vers la baie vitrée, puis abîma son regard dans les profondeurs de l'océan.

Rose la suivit du regard, le corps secoué par une vague d'angoisse abrutissante :

- Clarisse ?

Sa tante se tourna enfin vers elle, puis se dirigea d'un pas martial vers un petit buffet. Elle l'ouvrit et en retira une liasse de documents dans laquelle elle chercha quelque chose.

Enfin, elle trouva.

Elle se rapprocha d'elle et lui tendit une enveloppe d'une main hésitante :

- Tiens… cette lettre t'apportera toutes les réponses…

Rose contempla le rectangle blanc jauni par les âges et s'en saisit d'un geste tremblant.

- Tu ne l'ouvres pas ? Demanda sa tante tandis que Rose ne parvenait plus à détacher son regard de l'objet.

- Qu'est-ce que c'est ?

- Lis… et tu sauras…

Rose leva brusquement la tête vers sa tante et chercha des réponses sur son visage. Mais cette dernière demeura impassible.

Elle caressa d'un doigt les bords de l'enveloppe, prête à le glisser dans l'ouverture.

Mais au dernier moment, elle recula sa main.

- Je ne peux pas... je crois que je ne suis pas prête...

Elle regarda Clarisse et crut lire une forme de déception sur son visage.

- Je comprends... surtout, prends ton temps. Ouvre-la uniquement quand tu seras prête. Après tout, tu es restée durant toutes ces années dans l'ignorance, tu n'es plus à quelques heures ou quelques jours près je suppose...

La jeune femme hocha la tête en signe d'assentiment, mais elle se sentait au bord de la nausée.

Puis elle consulta sa montre et sursauta. Il n'était pas loin de 19h00.

Alex...

Elle se leva d'un bond :

- Il est tard, il faut que je rentre... (Clarisse parut surprise par cette soudaine précipitation, Rose lui offrit un pâle sourire). Merci pour tout Clarisse... je crois que tu es la première personne qui se montre honnête avec moi...

Elle lui retourna son sourire, ce qui réchauffa le cœur de Rose :

- Je t'en prie, c'est bien normal... Mais dis-moi... dit-elle, le regard malin, qu'est-ce qui te fait ainsi te hâter ?

Rose se sentit étrangement prise en faute :

- Oh... je... un ami doit venir me rendre visite...

- Un *ami* ?

Rose fit semblant de ne pas comprendre l'allusion :

- Oui, un ami. Il s'agit d'Alexandre Garnier. Nous étions déjà proches lorsque nous étions enfants.

À ces mots, le regard de Clarisse se voila :

- C'est un très beau garçon, dit-elle d'une voix soudain mécanique.

- Je suppose… éluda Rose dont l'esprit était de son côté déjà ailleurs.

Elle se rendit alors compte que penser à Alex l'emplissait d'une émotion inédite. C'était à la fois grisant et apaisant. Elle eut alors hâte de partir pour le retrouver.

Même dans cette maison sinistre…

Tandis qu'elle franchissait le seuil de la porte d'entrée, elle fut stoppée net par la main de sa tante.

Elle se tourna vers elle et fut engloutie par le tourbillon affolé qu'elle lisait à présent dans les iris de sa tante.

- Rose… il faut te méfier des Garnier. Promets-moi… (elle déglutit). Promets-moi de te tenir le plus possible à l'écart de ces gens.

- Mais… Alex…

- Je sais, c'est ton ami. Mais ses parents sont des êtres fourbes.

Rose approuva aussitôt.

- Je veux bien te croire… j'ai rencontré sa mère tout à l'heure, et elle ne m'a pas laissé un souvenir impérissable.

Elle omit néanmoins de préciser que cette dernière l'avait invitée à dîner.

- C'est une affreuse commère. Asséna sa tante d'une voix cinglante. Elle te discréditera, puis traînera ton nom dans la boue comme elle l'a fait pour nous… quant à son mari… méfie-t'en comme de la peste. Sous ses abords aimables, c'est une vipère malfaisante…

- Pourtant, Alex est vraiment charmant. Se récria Rose.

Clarisse eut une moue méprisante :

- Charmant, ça oui, comme son père certainement ! Ne te méprends pas Rose, je vois bien comment ma fille lui tourne elle aussi autour. Effectivement, il a de nombreuses qualités et il s'est toujours montré très poli vis-à-vis de moi. Mais crois-moi, aucun homme ne peut être aussi parfait, aussi lisse… je ne pense pas qu'il soit tout à fait l'homme que tu crois.

Un brouillard opaque recouvrit instantanément le nuage rose dans lequel elle s'était enfoncée avec délice à la pensée de retrouver Alex.

Alex, un garçon dont il fallait se méfier ?

Puis elle songea aux impressions fugaces qu'elle avait ressenties en sa compagnie.

Le mystère dont il était auréolé était-il ténébreux ?

Elle avait vraiment du mal à le croire...

- Je vois que tu es sceptique, c'est normal, tu t'es déjà beaucoup attachée à lui...

Rose secoua la tête :

- Pas du tout... je repars bientôt pour New York, et je ne suis arrivée qu'hier matin, pas de quoi s'attacher...

Elle n'aima pas trop l'expression dubitative de sa tante.

- Si tu le dis... En tout cas, j'espère te revoir bientôt ma chérie...

« Ma chérie... ». À ces mots, le cœur de Rose se remplit d'un sentiment de félicité. Elle se sentait chez elle, comme si elle avait enfin retrouvé le chemin de sa maison.

À peine formulées, ces pensées l'horrifièrent. Elle se fourvoyait. La ressemblance de sa tante avec sa mère la troublait. N'importe qui se serait laissé abuser...

Ici, ce ne serait jamais chez elle.

- Bien sûr, balbutia-t-elle.

- Veux-tu que je te raccompagne en voiture ?

- Pas la peine... j'en ai pour dix minutes à pieds. La ville n'est pas bien grande.

- Comme tu veux.

Alors qu'elle venait de prendre congé de sa tante, elle revint sur ses pas.

- Clarisse...dit-elle d'une voix hésitante, penses-tu... (elle eut un petit rire gêné), écoute, je sais que c'est idiot... mais penses-tu que la maison est... hantée ?

Clarisse se mit à rire, soudain joyeuse :

- Rose... cette maison est très vieille et je sais qu'elle excite la curiosité des habitants avec sa tour, mais... *hantée ?* Non, pas à ma connaissance...

Rose joignit son rire à celui de sa tante, mais le cœur n'y

était pas. Pourtant, d'une certaine manière elle était rassurée.

Elle entama sa marche vers la maison, l'enveloppe serrée contre son cœur, en se demandant ce qu'elle allait y découvrir et si elle parviendrait à y faire face.

Elle ne se retourna pas et ne vit pas regard acéré de sa tante posé sur elle...

11

Elle fit les derniers mètres en courant, pestant contre ses chaussures à talons, bien que ceux-ci ne soient pas très hauts.

Pourquoi diable avait-elle remis cette fichue robe et les chaussures assorties avant de sortir?

Jusqu'ici, elle n'avait jamais fait preuve de coquetterie et cela lui avait plutôt bien réussi.

Vraiment ? Une vie cloîtrée dans un appartement à fantasmer ta vie sur un écran à travers Violet ? Pas d'amis, un oncle fantaisiste pour toute famille et une vie amoureuse au mieux inexistante, au pire désastreuse ?

Rose repoussa cette petite voix et ralentit, essoufflée.

Elle dépassa le cabinet notarial. Il était fermé et les volets étaient clos.

Pas étonnant à cette heure ! Se reprocha Rose.

De là, elle apercevait sa maison, mais personne ne patientait devant sa porte.

Déçue, Rose ralentit encore.

Incroyable comme ce garçon provoquait un sentiment de manque en elle !

Puis un homme apparut dans une ruelle adjacente et elle se sentit pousser des ailes tandis que son cœur se gonflait dans sa poitrine.

C'était lui !

Elle allongea sa foulée, et un sourire béat s'afficha sur son visage. Tandis qu'elle se rapprochait, elle se morigéna. Il allait la prendre pour une pauvre fille désespérée si elle affichait ainsi son plaisir de le revoir. Après tout, ils avaient déjeuné ensemble seulement quelques heures auparavant !

Puis les paroles de sa tante achevèrent de doucher son bel enthousiasme.

« *Il n'est pas l'homme que tu crois...* »

Si bien que lorsqu'elle arriva à ses côtés, son visage n'exprimait plus qu'une pâle froideur.

Alex la dévisagea longuement, puis fronça les sourcils :

- Tu n'as pas l'air dans ton assiette Rose. Vas-tu bien ?

La jeune femme ébaucha un sourire.

- Oui, ça va, dit-elle en sortant sa clé. (Elle la fit tourner dans la serrure et ils pénétrèrent dans la courette). Je suis navrée d'arriver si tard... j'étais chez ma tante et je n'ai pas vu passer l'heure !

Elle referma derrière eux et il lui fit face, le visage inquiet :

- Donc, tu l'as revue... Cela a dû te paraître étrange. La ressemblance est frappante.

À ces paroles, Rose ressentit une morsure de ressentiment la frapper :

- Oui... d'ailleurs, tu aurais pu me prévenir !

Le jeune homme adopta un air désolé :

- Bien sûr ! Je m'en veux à présent... tu avais oublié que ta mère et elle étaient jumelles... j'aurais dû y penser !

Puis il se plongea dans un abime de silence coupable.

Rose posa une main sur son bras, conquise et apaisée par sa contrition.

- Inutile de t'en vouloir Alex. C'est difficile de penser à tout. Et puis mon amnésie est sélective puisque je me rappelle de certaines choses. Tu ne pouvais pas savoir...

Il plongea une main dans ses cheveux noirs et ses yeux cherchèrent les siens.

Une nouvelle fois, le cœur de Rose fit un bond dans sa poitrine et une onde de chaleur parcourut tout son corps.

Il lui souriait à présent sans mot dire, mais l'expression de son visage était si caressante qu'elle aurait voulu que cet instant s'éternise.

Puis il rompit le charme :

- Vraiment, Rose, je suis désolé…

Elle haussa les épaules.

- Je sais que tu veux me protéger Alex, mais tu ne peux pas tout prévoir… je suis une adulte à présent et plus cette fillette blonde dont tu sembles si bien te rappeler !

- Tu as raison…

Rose avança puis se figea :

- C'est quoi ce panneau sous l'escalier ? Je ne l'avais pas remarqué.

Elle montra du doigt un endroit situé à droite de l'escalier de pierre menant au rez-de-chaussée surélevé.

- C'est vrai, je ne t'en ai pas encore parlé. C'est la porte qui mène à la cave. On peut y aller si tu veux, je ne pense pas qu'elle soit fermée.

- J'ignorais qu'il y avait une cave.

Elle se rapprocha puis s'accroupit :

- Cette porte est vraiment basse, il faut certainement une bonne dose de souplesse pour s'y introduire !

Alex la rejoignit et se baissa à son niveau :

- Oui, l'entrée n'est pas très pratique, mais je suis sûr que tu ne manques pas de souplesse…

Rose se tourna vers lui, interloquée et troublée par ses paroles ambigües.

Il lui rendit un regard à la fois tranquille et profond. Elle se demanda s'il fallait y voir une allusion d'ordre sexuel ou si elle se faisait des idées. Comme il ne bronchait pas, elle choisit de ne pas voir un sens caché dans ses paroles, mais les tourna en dérision :

- Tu vas voir Alex, comme je suis souple ! Dit-elle en riant.

Il rit à son tour et cette fois-ci leurs regards se soudèrent et un silence chargé de tension indéniablement sexuelle alourdit l'atmosphère.

Comme mus par un mouvement synchronique, leurs deux mains se dirigèrent vers la poignée puis s'effleurèrent.

Elle sursauta sous l'effet de l'onde de désir qui la secoua soudain à ce contact. Elle le regarda, étonnée. Jamais elle n'avait ressenti une telle attraction envers un homme. Lui-même paraissait sous le choc.

Avait-il éprouvé la même chose qu'elle ?

Le contact sur sa main se fit alors plus insistant et les prunelles d'Alex s'enflammèrent.

Apparemment oui…

Déboussolée, elle dit d'une voix voilée par l'émotion :

- Tu me suis ?

- Où tu veux… ajouta le jeune homme d'une voix rauque.

Rose hocha la tête puis ouvrit le battant. Aussitôt, un courant d'air saturé d'odeur d'humidité et de terre les heurta.

Les lieux étaient plongés dans l'obscurité, mais un escalier aux marches taillées dans la pierre s'enfonçait dans ses entrailles insondables.

- Où est l'interrupteur ? S'inquiéta Rose.

- J'ai bien peur qu'il ne se trouve tout en bas…

- Oh… je ne suis plus très sûre d'avoir envie de visiter cette cave… tenta de plaisanter Rose.

- Laisse-moi passer en premier.

Puis il s'élança dans le gouffre et fut bientôt happé par l'obscurité des lieux.

Le silence se fit puis s'éternisa tandis que Rose se rapprochait, comme attirée par ce trou sombre et froid qui paraissait l'appeler.

- Alex ? Héla-t-elle d'une voix inquiète.

Soudain, le puits de ténèbres ne fut plus qu'un souvenir. En contrebas, elle voyait à présent Alex, debout devant un mur de pierres.

- J'ai trouvé l'interrupteur, dit-il inutilement.

Elle descendit à son tour et constata qu'effectivement, il valait mieux ne pas être trop raide, car elle fut obligée de se plier pour pouvoir descendre.

Elle le rejoignit dans une petite pièce, sorte d'anti chambre du reste de la cave qui s'étendait sur une pièce plus grande au-delà d'une ouverture percée dans le mur.

Tout autour d'eux régnait un désordre inouï.

Dans cette partie étaient entassés un nombre incroyable d'outils de jardins encore gainés de terre ainsi que des pots de toutes tailles vides pour la plupart. Mais certains étaient garnis de plantes racornies par le manque d'eau et de lumière. *Étrange...*

Chose encore plus étonnante, des emballages de surgelés vides avaient été accumulés non loin de là dont certains étaient remplis de terreau ou de sable.

- On dirait bien que ma grand-mère ne jetait rien...

- Attends de voir le reste...

Elle le suivit dans le reste de la cave.

Là, elle ne put retenir un sifflement choqué.

Une longue étagère couverte de toiles d'araignées courait le long du mur en face d'eux. Elle était remplie d'objets hétéroclites dont certains étaient probablement très anciens. Elle vit une paire de téléphones en bois qui devaient avoir vu naître cette avancée technologique. Plus loin, il y avait des vases en pâte de verre polychrome. Des lampes et des statuettes se mêlaient également à des sacs remplis de tissus et des piles de vaisselle.

Elle pivota.

Sur le mur latéral, il y avait des étagères remplies de bouteilles de vin poussiéreuses, certaines étaient vides, d'autres non.

Elle s'en rapprocha puis en sortit une. Elle frotta l'étiquette et lut « *Petrus Pomerol – 1972* »

- Je n'y connais rien en vins... tu crois que ça a de la valeur ?

- Inestimable... dit-il d'une voix surprise. Si tous ces vins sont du même acabit, tu n'auras plus jamais besoin de travailler...

- Oh... à ce point ?

- Oui, à ce point...

- Alors je peux peut-être offrir une de ces bouteilles à une personne de bonne volonté pour qu'elle s'attaque à ce chantier à ma place... soupira-t-elle.

- Je pense que tu attireras les foules si tu fais ça !

- Je ne plaisante pas Alex. Je n'y arriverai jamais toute seule ! Dit-elle en désignant le sol en terre battue jonché de détritus et d'objets de toutes sortes, cassés pour la plupart. À ton avis, pourquoi quelqu'un a-t-il pris la peine de descendre ici ce lot de chaises cassées ? C'est presque du vice !

Alex se mit à rire devant la mine outrée de sa compagne.

- Tu as raison, ces gens étaient certainement vicieux, mais aussi très riches… songe à la valeur de certains de ces objets, je ne suis pas spécialiste, mais je pense que tu pourras obtenir un bon prix pour certains d'entre eux. Si tu veux, je peux faire venir un ami antiquaire…

- J'accepte volontiers…

- Pour le reste, je t'aiderai, cela ira plus vite.

Le visage de Rose se détendit :

- Alex, je te suis vraiment reconnaissante pour tout ce que tu fais pour moi, mais tu sais… je ne pourrai pas te rendre la pareille, je repartirai après…

Le visage d'Alex se fit impénétrable, mais il hocha la tête :

- Je sais tout ça. Je ne te demande rien.

Impressionnée malgré elle par l'expression un peu dure de ses traits, Rose voulut néanmoins connaître le fond de ses pensées :

- Pourquoi fais-tu ça Alex ? Tu ne vas pas me dire que c'est en souvenir du bon vieux temps ?

Ses traits de détendirent :

- Peut-être… mais si tu réfléchis un peu, tu trouveras sûrement une manière de me remercier…

Rose ouvrit la bouche, puis la referma en constatant que le jeune homme riait à présent :

- Alex, arrête donc de jouer au goujat ! Je sais très bien que tu plaisantes…

Mais un changement se fit dans son attitude et son regard se fit soudain insistant.

- On va dire ça…

Elle détourna le regard sans répondre, en espérant qu'elle était la seule à entendre les battements désordonnés de son cœur dans sa poitrine, puis fit quelques pas en direction de la sortie. Il lui emboîta le pas.

Puis elle se figea.

- C'est très étrange… regarde, ici le mur fait un coude alors que la maison a une base parfaitement carrée…

- Je suppose qu'ils n'ont pas creusé la cave à cet endroit… en tout cas tu as raison, la cave n'occupe pas l'intégralité du sous-sol de la maison.

Rose leva les yeux vers le mur nu et le balaya du regard :

- C'est plutôt étonnant… regarde, ici on est juste sous le couloir de l'entrée, et là où nous étions tout à l'heure, on se trouvait sous le salon et la salle à manger. Ce qui veut dire que cette partie pleine se trouve…

- Sous la cuisine… compléta Alex. C'est très mystérieux… je n'y avais jamais prêté attention, tu es très observatrice.

- Une vilaine habitude typique de romancière en jupon… dit Rose en riant.

- En parlant de jupon, regarde, ta robe est couverte de poussière…

Son regard baissé était appuyé.

- Ce n'est pas bien grave, mais s'il te plait Alex, arrête de me regarder comme ça !

Il eut le bon ton de ne pas jouer à celui qui ne comprenait pas et se contenta d'un sourire cajoleur.

- Tu continues ! Lui dit-elle en souriant malgré elle.

- Désolé. On remonte si tu veux…

Les sens de Rose étaient en feu. Elle savait que s'il tentait de l'embrasser, elle serait incapable de lui résister et cela la terrifiait. Elle ne pourrait pas se cacher tout le temps derrière l'excuse de son départ. Elle bouillait de désir pour lui et cela ne faisait qu'empirer. Qu'en serait-il dans quelques jours ? Elle commençait à craindre le pire…

À cet instant, alors que leurs yeux étaient soudés, elle le sentit hésiter. Il s'approcha d'elle et instantanément, elle cessa de respirer.

Mais au dernier moment, il s'écarta comme à regret puis se

dirigea vers l'escalier.

- Allez, je me lance en premier !

Rose le suivit du regard, désarçonnée. Elle allait avoir besoin d'une bonne douche froide pour éteindre le feu qu'il avait allumé en elle…

Elle le suivit, le regard sombre.

Puis elle prit une décision qui l'étonna elle-même tant cela lui ressemblait peu.

Elle ne lui laisserait aucun répit, mais il serait à elle…

Elle ferma les yeux et fut presque capable de sentir ses mains puissantes posées sur sa peau nue et frémissante.

Elle réprima un soupir et en eut le tournis.

Après quelques contorsions dans l'escalier étroit, elle le rejoignit dans la petite cour.

À cet instant, les pensées débridées qu'elle venait d'avoir lui parurent totalement déplacées… Bien sûr, elle ne pouvait nier la forte attraction qu'il exerçait sur elle, mais ses joues s'empourprèrent à la pensée du plan machiavélique qui avait commencé à germer dans son cerveau quelques instants auparavant.

- À quoi penses-tu Rose ? Demanda Alex d'une voix entendue.

Elle le dépassa à la hâte sans lui répondre, mais lui jeta un regard noir.

- Tu veux toujours la voir cette photo, oui ou non ?

Le jeune homme opina du chef. Furieuse – contre lui et contre elle-même – elle se précipita vers les escaliers qui grimpaient vers la demeure.

Rose hésita un instant. Elle tenait fermement la photo entre ses doigts, observant tous ces visages pour la plupart souriants. Indéniablement, sa mère sortait du lot. Son sourire était éclatant et ses yeux brillaient comme des soleils. Quant à l'homme à ses côtés, il était tout en retenue, mais son torse était gonflé sous l'effet d'une sorte de fierté… *non*… d'orgueil en réalité. Il était plutôt bel homme et avait une indéniable prestance.

- Rose, tu es totalement hypnotisée... vas-tu me montrer cette photo ?

Le regard de la jeune femme se détourna vers le visage de son compagnon assis sur le vieux canapé du salon. Il était sérieux tout à coup. Il avait l'air presque... *anxieux* ?

Elle lui tendit le cliché et il s'en empara.

De longues secondes s'écoulèrent durant lesquelles il fixa le bas de la photo en fronçant les sourcils.

- Alors... connais-tu cet homme ?

Alex hocha la tête comme à regret puis la lui rendit. Il avait soudain perdu de son assurance et s'était replié, les avant-bras reposant sur ses cuisses, les mains jointes.

- Il s'agit de mon père Rose...

La jeune femme le fixa comme si elle ne comprenait pas ce qu'il venait de lui dire.

- Je... tu es sûr ?

Il opina du chef, le regard hanté.

- Sûr et certain, dit-il d'une voix dure.

Elle posa à nouveau ses yeux sur le visage de l'homme sur la photo. *Alain Garnier.* À présent, elle comprenait pourquoi il lui était si familier.

- Tu ressembles beaucoup à ton père Alex... j'aurais dû m'en douter...

- Heureusement pour moi, cela s'arrête au physique, asséna-t-il, la mâchoire crispée.

Rose comprit soudain que la femme qui se trouvait près de son père, Karl, n'était autre que la mère d'Alex. Elle avait beaucoup changé depuis, mais elle avait déjà ce petit air pincé et suffisant qui lui avait tant déplu lors de leur rencontre. Elle souriait avec raideur, mais avait l'air totalement ailleurs. La scène se déroulant en contrebas ne semblait pas la perturber, à moins qu'elle ne l'ait tout simplement pas remarquée.

Alex sursauta au son du rire crispé qui sortit de la gorge de Rose.

- J'ai dû me faire des idées Alex... j'ai cru comprendre que nos deux familles se fréquentent depuis toujours. Ton père et ma mère devaient donc être de bons amis…

- Comme nous tu veux dire ?

Ce fut à son tour de sursauter au ton sarcastique de sa voix. Elle sentit qu'elle perdait pied

- Oui… nous sommes amis…tu le sais bien… Balbutia-t-elle en lissant nerveusement un pli sur sa robe.

Il se leva brusquement, et elle en fit autant instinctivement. Puis il bondit sur elle et s'empara de ses lèvres avec brutalité tout en plaquant ses mains de part et d'autre de sa tête.

Rose aurait voulu protester, mais le contact de sa bouche sur la sienne semblait avoir réduit à néant toute forme de pensée cohérente. Elle sentit son corps se ramollir. Il passa un bras autour de sa taille et elle sentit sa langue écarter sans douceur la barrière de ses lèvres.

Elle ne put retenir un soupir de plaisir tandis que le goût de sa bouche imprégnait la sienne.

Puis il pressa son corps contre le sien et sa raison bascula pour de bon à présent qu'elle sentait à quel point il avait envie d'elle.

Il la fit reculer puis la plaqua contre le mur. Il s'arracha ensuite à ses lèvres avant de plonger dans son cou, baisant chaque parcelle de sa peau frémissante. Elle gémit, au comble du désir puis ferma les yeux, goûtant à l'incroyable volupté qui avait pris possession de son corps.

Lorsqu'elle sentit sa main sur son genou, puis remontant doucement sur sa cuisse, retroussant le tissu léger de sa robe, elle commença à haleter. Elle se tortilla puis passa ses bras autour de sa taille afin de mieux sentir son corps contre le sien.

Elle était en transe et n'avait plus qu'une idée en tête, le sentir en elle.

- Alex… gémit-elle comme une supplique.

C'est alors qu'il s'écarta.

Elle ouvrit les yeux et rencontra ceux d'Alex, brûlants de désir.

Alors pourquoi reculait-il à présent ?

- Alex ?

Le son de sa voix était déformé par le désir et la frustration. Il se rassit sur le canapé et enfouit sa tête entre ses mains.

- Tu es vraiment sûre Rose... nous ne sommes que des amis ?

Rose repoussa le tissu de sa robe et tenta de reprendre ses esprits, mais la colère prenait peu à peu possession d'elle.

Elle fondit sur lui et lui fit face, les mains sur les hanches.

- En tout cas, nous l'étions jusqu'à maintenant ! Gronda-t-elle, tu essaies de prouver quoi au juste, que tu es irrésistible ? Alors, je peux te rassurer espère de goujat ! Oui, Alexandre Garnier, tu es *irrésistible* !

Il se leva et baissa un regard sombre vers elle. Elle recula, presque effrayée.

Puis soudain, il se radoucit et porta une main sur sa joue. Il contempla la larme qui perlait à présent à son doigt.

- Je ne voulais pas te faire pleurer Rose...

Elle se détourna, tremblante de rage, refoulant tant bien que mal les larmes qui s'échappaient de ses paupières.

Il posa sa main sur son épaule et la fit pivoter vers lui.

- Rose... (il eut un petit rire). Je... tu me rends complètement dingue. Tu es bien trop belle, bien trop séduisante, trop intelligente... trop... merveilleuse ! Tu m'as fait quoi au juste ? J'ai l'impression d'avoir été ensorcelé ! Et j'ai tellement envie de toi que c'en est presque insupportable !

Rose aurait aimé le repousser, mais lorsqu'elle vit son visage déformé par l'incompréhension, elle relâcha l'air qui était resté emprisonné dans ses poumons. Il avait soudain l'air d'un petit garçon déboussolé et elle eut envie de le prendre dans ses bras. Mais elle s'en abstint.

- Je n'ai pas d'explication Alex, dit-elle d'une voix plus douce. Il y a une forte attraction entre nous, ça ne s'explique pas toujours... mais ce n'était peut-être pas le cas de nos parents...

Alex eut un reniflement sceptique.

- Ta mère était comme toi Rose, je ne pense pas qu'un seul

homme ait pu ne pas la désirer…

Rose fronça les sourcils.

- Alors c'est de famille… il semble que tu n'aies pas non plus résisté à ma cousine…

Rose regretta aussitôt ces paroles chargées de jalousie, mais il était trop tard. Alex se contenta d'un vague haussement d'épaules.

- C'est du passé Rose. Elle a profité d'un soir où j'avais trop bu et c'est à peine si je m'en rappelle.

Un sentiment de triomphe se répandit dans ses veines. Il la voulait, *elle*, et personne d'autre !

- Pourtant, elle est très belle elle aussi…

Il se leva brusquement, mais elle ne recula pas. Elle aurait secrètement voulu reprendre là où ils s'étaient arrêtés, mais à son regard elle comprit qu'il était bouleversé.

Lorsqu'il s'écarta et gagna le hall d'entrée, Rose se précipita derrière lui.

- Tu ne restes pas dîner avec moi ?

Alex ne se retourna pas. Très vite, il fut dans l'escalier extérieur, Rose sur ses talons.

- Il ne vaut mieux pas tenter le diable Rose… furent ses dernières paroles.

12

Je ne me reconnais plus. C'est comme si cette maison était en train de me transformer. Jusqu'ici, je n'ai jamais été douée avec les hommes, je n'ai jamais pris d'initiatives et je n'ai même jamais réellement désiré l'un d'entre eux. Pas comme ça... Il s'est passé des semaines avant que Jason et moi fassions l'amour. Il n'était pas spécialement pressant et moi, et bien j'avais envie de prendre mon temps.

Mais avec Alex... je brûle de désir pour lui. Cela m'obsède totalement. Je crois que je pourrais lui sauter dessus et l'obliger à... je suis totalement possédée par cet homme. Je suis capable de tout je crois...

Et je viens juste de le rencontrer. C'est effrayant...

Ce n'est pas tout...

Je suis quelqu'un de rationnel. J'écris des livres partant de faits divers ou plausibles même si souvent mes méchants sont un peu plus machiavéliques que la plupart des vrais psychopathes à qui la justice a à faire. Le surnaturel et le fantastique ne m'ont jamais attirée. Je crois même que je n'ai jamais lu de livres de ce genre. Pas envie. Je serais incapable de monter une histoire autour de sujets farfelus et parfaitement improbables. Je ne crois tout simplement pas au paranormal et il faut un minimum de conviction pour écrire des livres sur les thèmes que l'on traite, même si souvent je lance mes lecteurs sur ce genre de pistes. Mais l'issue de mes livres est toujours rationnelle. Alors, le surnaturel, très peu pour moi.

Sauf que...

Il se passe vraiment des choses bizarres dans cette maison.

Je suis assise sur mon lit et je guette le moindre bruit, surtout qu'à présent, la nuit commence à tomber.

Aujourd'hui encore, j'ai ressenti comme une menace dans une des *chambres du premier étage, et j'ai vu… j'ai cru voir le visage d'une femme dans le reflet d'un miroir. Sûrement un mirage dû au stress, mais j'étais totalement tétanisée, terrifiée…*

Rose reposa son stylo et fit courir son regard sur les murs de sa chambre puis sur la porte donnant sur le couloir qu'elle avait soigneusement fermée.

« Je suis terrifiée » dit-elle à haute voix avant de reprendre son crayon, presque effrayée par le son de sa voix.

Et puis ici, il n'y a pas de télé, pas de radio pour rompre le silence oppressant de cette horrible maison. J'aurais dû amener mon ordinateur. Je me doutais que je n'aurais pas le temps d'écrire, mais au moins, j'aurais pu regarder des films ou écouter de la musique.

Je me sens horriblement seule et isolée. C'est complètement dingue, mais j'ai envie de pleurer !

Quant à Alex… j'aurais aimé qu'il reste avec moi ce soir encore, mais il était tellement bouleversé quand il est parti tout à l'heure que bien entendu, c'était totalement exclu…

Son père et ma mère étaient amants. Le doute n'est plus permis même si j'ai prétendu le contraire tout à l'heure.

Mes parents… Le mystère se creuse de plus en plus autour d'eux.

J'ai rencontré ma tante aujourd'hui. Quel terrible choc… elle et ma mère étaient jumelles et je n'en avais aucun souvenir ! Elle lui ressemble de façon très troublante.

Elle a répondu franchement à une question que je me posais de plus en plus.

Mes parents ne sont pas morts dans un accident et mon oncle m'a menti depuis le début…

J'aimerais l'appeler pour le mettre face à ses responsabilités, mais je ressens tellement de colère contre lui que je serais incapable d'aligner deux mots.

Je me sens trahie.

Je ne sais toujours pas de quelle manière ils sont morts, mais ma tante m'a donné une enveloppe contenant toutes les réponses.

Elle est là, devant moi, et je n'arrive pas à trouver la force de l'ouvrir pour les connaître.

J'ai horriblement peur à présent.

Si des personnes se sont donné autant de mal pour me cacher la vérité, il y a fort à parier que les circonstances de leur mort soient terribles.

Du coup, j'imagine les scénarios les plus scabreux, ce qui est certainement pire que tout...

Mais je m'apprête à passer une nouvelle nuit dans cette maison sinistre, alors je n'ai pas vraiment envie de découvrir tout de suite ce qui leur est arrivé.

Si Alex avait été là, j'aurais peut-être changé d'avis...

Non. En réalité, si Alex avait été là, j'aurais eu bien d'autres choses en tête que de lire ce papier... J'ai vraiment honte... c'est horrible.

D'ailleurs, je ne lui ai même pas parlé de ma découverte au sujet de mes parents.

Rose suspendit son geste puis reposa stylo et journal.

Elle avait allumé le plafonnier ainsi que les deux lampes de chevet dont les abat-jours bleutés opacifiaient la lumière émise par des ampoules grésillantes.

Elle avait à peine réussi à avaler une bouchée dans la cuisine austère et bien trop vaste tout à l'heure. Puis elle était montée, le cœur battant. Lorsqu'elle avait dépassé *la chambre*, elle s'était retenue de ne pas courir.

Puis elle avait gagné le dernier étage et s'était enfermée dans sa chambre.

À clé.

Par ailleurs, elle s'était assurée que la grille et la porte d'entrée étaient verrouillées également.

Les minutes s'égrainèrent au rythme des battements de son cœur affolé.

Elle tenta de lire un roman qu'elle avait amené avec elle. Un polar sombre et inquiétant qu'elle reposa rapidement.

Si j'avais su, j'aurais pris un roman d'amour ou traitant de sujets légers... songea Rose en soupirant.

Ses yeux écarquillés reprirent alors leur ballet sur les murs mansardés de lambris ternes et elle tendit l'oreille, attentive aux petits bruits du soir.

Quelques légers craquements émanant de la charpente, des sons étouffés provenant de l'extérieur.

Et un terrible claquement sonore.

Provenant de *l'intérieur* de la maison…

Rose se leva en sursaut, le cœur cognant dans sa poitrine.

Ses yeux se posèrent sur la porte close et elle s'avança, le corps secoué par des tremblements irrépressibles.

« Il y a quelqu'un ? » Héla-t-elle d'une voix brisée.

Elle sursauta violemment lorsqu'un nouveau claquement lui répondit.

Elle recula aussitôt et sentit des larmes de terreur couler sur ses joues.

Cela venait de l'étage inférieur.

De la pièce juste en dessous de là où elle se trouvait.

De la chambre…

Elle se mit à grelotter.

Il faisait si froid tout à coup !

Quelqu'un s'était-il introduit dans la maison, essayant de lui faire peur ?

À moins que ce ne soit…

Le visage livide de la femme afflua dans son esprit et un cri de terreur monta dans sa gorge. Mais seul un cri étouffé en sortit tandis qu'elle se retranchait sur le lit.

Puis les claquements reprirent de plus belle.

Elle tenta de ramener un souffle de raison dans son cerveau affolé.

Qu'est-ce qui pouvait provoquer ce vacarme ?

La réponse lui parvint presque aussitôt et elle ne la rassurait pas pour autant.

Elle n'avait pas refermé la fenêtre lorsqu'elle avait quitté précipitamment cette maudite pièce.

Elle écarta les rideaux de sa fenêtre dépourvue de volets et fouilla l'obscurité de la nuit. Le faible halo clignotant d'un lampadaire isolé ne parvenait pas à trouer la noirceur environnante. Mais elle constata que les arbres du jardin étaient agités par des bourrasques de vent.

Elle se figea.

Il fallait qu'elle descende fermer cette fenêtre, elle risquait de se briser sinon...

Mais pour le moment, elle était comme anesthésiée et ses jambes la portaient à peine.

Un nouveau claquement plus fort que les précédents fut accompagné par le son d'un objet tombant sur le sol.

Un objet, ou...

Rose secoua la tête et inspira longuement. Elle n'allait tout de même pas se laisser impressionner par un simple coup de vent !

Elle s'avança vers la porte et posa sa main sur la clé, puis la tourna d'un geste brusque. Elle attendit, fixant la poignée comme si elle allait se mettre à tourner toute seule.

Lorsqu'elle se décida enfin à sortir, elle se figea une nouvelle fois dans le couloir.

Là où elle avait entendu les pas...

N'y pense pas Rose ! S'exhorta-t-elle.

Elle alluma l'applique murale en tremblant puis poursuivit jusqu'à la porte suivante : celle du palier. Celle-là n'avait pas de clé.

Elle l'ouvrit, tous ses sens en alerte.

Un claquement l'accueillit aussitôt, suivi de deux autres. À cet endroit, elle les entendait encore mieux que dans sa chambre.

Elle ignora alors la porte du grenier et l'escalier de la tour, alluma les lumières et amorça sa descente en essayant de ne pas trop se poser de questions.

Mais dans la cage d'escalier, l'ampoule se mit à clignoter et un vent glacial s'infiltra dans le tissu de sa chemise de nuit, la faisant gonfler comme une voile dans la nuit.

Elle arrêta son pas sur le palier et se précipita vers l'interrupteur.

La lumière était trop jaune, trop crue, donnant l'impression que les lieux se trouvaient brusquement propulsés dans un autre temps. Elle eut soudain le sentiment qu'allaient bientôt apparaître des dames vêtues de robes à corsets et des messieurs coiffés de chapeaux hauts de forme. Une tapisserie murale évoquant une scène mondaine du 19ème siècle acheva de rendre cette impression tangible.

Elle secoua la tête alors que les notes vives et entraînantes d'un piano commençaient à résonner dans sa tête.

Elle eut brusquement le sentiment que le plancher se mettait à tournoyer sous ses pieds et elle dut se raccrocher au mur pour ne pas tomber.

Elle ferma les yeux avec le sentiment d'avoir été droguée. Puis les notes de musique moururent et un silence étouffant vint s'y substituer.

Rose réalisa alors qu'elle n'avait plus entendu de claquement depuis un bon moment.

Un froid mortel provoquait à présent des vagues de frissons sur sa peau glacée.

Lorsqu'elle rouvrit les yeux, hagarde, un rideau d'obscurité avait été tiré et aucun son ne venait le faire osciller. Le silence était total dans le gouffre de ténèbres qui l'avait avalé.

Ses yeux se firent peu à peu à leur environnement grâce au pâle halo provenant d'une fenêtre donnant sur la cour.

Elle se rapprocha de l'interrupteur et tenta de l'actionner.

En vain…

Elle repéra la porte de la chambre. Son cerveau ne parvenait plus à lui envoyer la moindre explication sur ce qui pouvait se tramer autour d'elle.

Il faisait noir, il faisait froid, elle devait fermer la fenêtre…

Elle avança d'un pas incertain, fit tourner la poignée et pénétra dans la pièce.

À peine était-elle entrée que la porte se referma dans un bruit assourdissant derrière elle.

Elle sursauta, mais ne se retourna pas.

Son regard était à présent happé par le spectacle qui se déroulait un peu plus loin.

Là, devant elle, les rideaux arachnéens tendaient leurs

voiles vers elle, comme autant de suppliques secrètes gonflées de désespoir.

Elle avança puis passa devant l'armoire sans jeter un œil dans le miroir, puis s'arrêta devant la fenêtre.

Les battants ne claquaient plus.

Par terre gisait une lampe à abat-jour. Le verre cassé de son ampoule brillait comme autant de petites pierres d'étoiles balayées par les voiles des rideaux.

Rose écrasa son pied sur les éclats en se rapprochant, mais son cerveau ne lui envoya aucun signal de douleur.

Elle ne trembla pas non plus lorsqu'une bourrasque se déversa sur elle et que le froid se répandit dans ses veines.

Lorsqu'elle eut refermé les volets et la fenêtre, la sensation d'étrangeté s'accentua. Elle se sentait fiévreuse, engourdie, aussi hagarde que dans un rêve.

Et surtout, elle était terrifiée...

Elle se retourna lentement et son regard se perdit dans le gouffre d'obscurité qui s'élançait face à elle. Les silhouettes des meubles se dessinaient à la faveur d'une pâle lueur émanant des volets ajourés, sombres et inquiétants dans leur immobilisme.

Un silence étouffant régnait en maître dans la chambre et plus rien ne bougeait à présent.

Les yeux de Rose clignaient à peine et son corps était comme pétrifié. Ses yeux se posèrent sur la porte à plusieurs mètres de là. Elle tenta de remettre son corps en mouvement, mais n'y parvint pas.

Ce n'est que lorsqu'un puissant et écœurant parfum de violette frappa ses narines que Rose sortit enfin de sa léthargie.

Ses sens refirent surface et elle grimaça lorsqu'elle ressentit le picotement de ses pieds meurtris.

Elle avança, tremblante, en essayant de déceler tout changement autour d'elle.

Mais rien ne bougeait.

Seule l'odeur entêtante du parfum floral venait saturer l'air autour d'elle l'amenant aux bords de la nausée.

Tandis que la porte se rapprochait, *les notes d'une petite musique aux accords nostalgiques et entêtants se répandirent sournoisement dans son esprit :*

« La rose est rouge au pied de la tour,
La rose est rouge, belle comme le jour,
La rose est rouge, cours, cours !
Ne te retourne pas, car il est là,
Et il reviendra…. »

Rose secoua la tête.
Non… laissez-moi tranquille !

Enfin, elle atteignit la porte et un sourd pressentiment s'abattit sur elle.

Elle ne sortirait jamais de cette chambre…
Elle serait son tombeau…

Elle posa une main tremblante sur la poignée.

Elle allait résister…

Les ombres de la maison allaient s'abattre sur elle et l'entraîner avec elles dans un gouffre sans fin…

Ses doigts se resserrèrent autour de la petite poignée ronde, s'y agrippèrent…
Elle amorça un mouvement.
Son souffle se bloqua.
Il y avait effectivement une résistance…
Non !!

Elle sursauta et se figea, les sens en alerte.

Il y avait quelqu'un derrière elle...

« Ne te retourne pas, car il est là ! »

Elle sentait *son* regard implacable fixé sur elle.
C'était l'homme du couloir, elle le savait...
Un souffle humide, fétide, se répandit sur sa nuque, et un léger déplacement d'air lui apprit que quelque chose se dirigeait vers elle.
Elle sut qu'il s'agissait d'une main...
Une main puissante, aux articulations saillantes et aux chairs livides.
Une main surgie des enfers amenant avec elle l'odeur de la mort...

Au bord de l'évanouissement, Rose s'acharna sur la poignée.
Enfin, cette dernière se fit plus accommodante.
Elle tourna sous ses doigts...
La porte s'ouvrit devant elle à la volée et Rose surgit sur le palier, convaincue d'avoir échappé à un danger mortel.
Elle ne se retourna pas.
Il ne me suit pas... il ne doit pas me suivre !
Les lieux étaient toujours plongés dans le noir et elle faillit tomber à plusieurs reprises tandis qu'elle montait les escaliers en courant.
Chaque nouveau pas la rapprochait de son refuge, mais la distance se creusait mystérieusement et les murs lui renvoyaient l'écho d'un silence inquiétant chargé de mélancolie.
Elle fut enfin sur le palier du dernier étage et passa la première porte qu'elle referma soigneusement derrière elle.
Puis elle s'y adossa et tenta de faire le point à travers les battements anarchiques de son cœur.
Il n'y avait plus d'odeur de violette et elle n'avait pas été suivie.
Ce constat ne parvint pour autant pas à la rasséréner.
Le petit salon était plongé dans le noir.
N'importe qui aurait pu s'y trouver, tapi dans un recoin, prêt à

s'abattre sur elle.

Elle bifurqua sur sa droite, l'oreille tendue, avec le sentiment sordide qu'une main n'allait pas tarder à tenailler son bras.

Enfin, elle atteignit sa chambre, y pénétra, prête à défaillir, puis referma et verrouilla la porte.

Lorsqu'elle se décida à faire quelques pas, ses pieds rencontrèrent un obstacle et elle ne put retenir un cri d'effroi trop longtemps réprimé.

Alors qu'elle fondait en larmes, la lumière revint.

Face à elle, le visage hagard d'une jeune femme blonde la fixait, suppliante et effrayante. Ses yeux étaient exorbités et de sombres sillons humides sillonnaient ses joues livides.

Non, pas ça !

Un cri muet mourut dans sa gorge.

Ce n'est que lorsque Rose recula qu'elle comprit que ce n'était que son reflet que lui renvoyait le miroir ovale dans lequel elle s'était contemplée un peu plus tôt.

Mais à cet instant, il ne subsistait plus rien de la jolie jeune femme apprêtée et maquillée qu'elle y avait vue dans la journée.

Rose laissa échapper un soupir de soulagement, puis se détourna de son reflet.

Je deviens complètement folle…

En abaissant son regard elle pesta intérieurement contre sa négligence en comprenant qu'il ne s'agissait que d'une de ses valises qu'elle avait heurtée. Elle aurait dû la ranger. Tant pis pour elle…

Enfin, elle regagna son lit puis fit le point sur ce qui venait de lui arriver.

Très objectivement, pas grand-chose en réalité…

Des coups de vent, une coupure d'électricité, des impressions fugitives.

Pas si fugitives…

Que fais-tu du parfum de violette, de la porte qui résiste et de la présence derrière toi ?

Rose s'enfonça sous sa couette et tenta de calmer les battements déchaînés de son cœur. Elle était bien décidée à apporter un éclairage rationnel à ces éléments.

Il le fallait !

Après tout, les parfums étaient tenaces... Il pouvait s'agir tout simplement d'un vêtement encore imprégné par une fragrance particulièrement puissante...

Concernant la poignée, la panique avait pu entraver ses gestes.

Quant à l'homme...

Eh bien, elle ne l'avait pas vu... elle pouvait très bien l'avoir imaginé !

Elle parvint à s'en convaincre et plongea peu à peu dans le sommeil, la tête dépassant à peine de la couette.

Mais les cauchemars qu'elle fit cette nuit-là ne lui apportèrent pas le repos dont elle avait besoin...

Et si elle s'en était rappelée, elle n'aurait su dire si cette voix de femme qui l'appelait appartenait au monde onirique ou... à une réalité dérangeante...

« Souviens-toi Rose... »

13

- Je peux vous en faire une bonne offre vous savez…

Rose lança un regard dubitatif vers l'homme qui se tenait à ses côtés, puis sur les objets qui s'étalaient sur les étagères poussiéreuses.

Elle se saisit d'un vase opalisé dans les tons rose et vert, puis le dégagea de sa gangue de toile d'araignée.

- Je ne pensais pas que tout ceci avait de la valeur…

L'homme passa une main sur son crâne dégarni puis la regarda de biais.

- Je vois bien que vous n'y connaissez pas grand-chose, mais vous êtes une amie d'Alex alors je ne souhaite pas vous arnaquer, croyez-moi. Laissez-moi une petite demi-heure, le temps que je regarde de près tous ces objets, ainsi que les bouteilles de vin, et je remonterai vous faire une proposition. Ça vous va ?

Rose hocha la tête en signe d'assentiment.

- Très bien, je vous fais confiance. Rejoignez-moi dans la maison une fois que vous aurez terminé, j'aurai d'autres objets à vous montrer.

L'homme lui sourit, mais il avait le regard rivé sur une paire de lampes chromées.

- Oui, on fait comme ça… répondit-il distraitement.

Rose regagna le rez-de-chaussée.

Elle avait été surprise en entendant la sonnette retentir alors qu'elle vidait le bahut de la salle à manger. Elle avait espéré trouver Alex derrière la grille du portail, mais lorsque l'homme s'était présenté et lui avait dit qu'il venait de sa part, elle avait été néanmoins soulagée qu'il ne l'ait pas oubliée.

Alex... elle aurait vraiment aimé le voir.

Elle regrettait tant qu'ils se soient quittés de cette manière la veille ! Elle regrettait également de ne pas lui avoir parlé des aveux de sa tante. Après tout, il devait savoir lui aussi que ses parents n'étaient pas morts dans un accident de voiture. Il aurait même probablement pu lui en dire plus...

Elle en eut alors le souffle coupé.

Tout le monde savait ici à Port-Launay...

Tout le monde, sauf elle...

Un sentiment de rancœur afflua aussitôt, noircissant son cœur et son esprit.

À cet instant, elle en voulut surtout à Alex. Il aurait pu tout lui dire après tout ! Puis elle secoua la tête. Ils venaient juste de se retrouver... et puis ce n'était pas lui qui avait édifié ce mur de mensonges autour d'elle.

C'était sa famille.

Elle devait également avouer que si elle n'en avait pas parlé, c'était tout simplement parce qu'elle ne se sentait pas prête à connaître les circonstances de leur mort...

Elle noua le sac-poubelle qu'elle avait rempli avec tout un tas de revues inutiles et d'objets cassés, puis jeta un œil sur la vaisselle empilée dans le buffet. Il en était rempli. Le service avait l'air complet. Elle sortit une assiette et l'examina. Le fond était d'une couleur « vieux rose » en dégradé tandis que les bords présentaient un décor doré. Elle posa son doigt dessus. Il était incrusté en relief. Elle songea aussitôt à Pierre Lenoir, l'antiquaire qui devait encore fureter dans la cave. Peut-être serait-il intéressé ?

Elle consulta sa montre. Déjà plus d'une demi-heure qu'elle l'avait laissé en bas. Elle se décida à aller voir ce qu'il faisait.

Lorsqu'elle arriva au seuil de la petite porte, un sombre pressentiment se faufila en elle.

Pas un bruit ne filtrait des lieux et seule une petite ampoule éclairait un recoin éloigné alors que lorsqu'elle l'avait quitté, toutes les lampes étaient allumées.

Était-il reparti sans même la prévenir ?

Étrange... d'autant que la porte de la cave était béante.

Face à ce boyau plongé dans une semi-obscurité, Rose hésita.

- Monsieur Lenoir ?

Elle tendit l'oreille, mais l'homme ne lui répondit pas.

Rose s'étonna pour de bon. Soit l'antiquaire était vraiment concentré sur sa tâche, soit il était réellement parti.

Elle devait en avoir le cœur net.

Elle se contorsionna une nouvelle fois puis descendit les quelques marches en évitant les toiles d'araignée qui pendaient tout autour d'elle.

Elle posa les pieds sur la terre battue de la première pièce plongée dans le noir, et le froid humide qui imprégnait les lieux la saisit à nouveau. Les lumières de cette partie de la cave étaient éteintes, mais elle avança courageusement, l'œil attiré par la lumière jaune émise par l'ampoule qu'elle apercevait dans la pièce suivante.

Elle pivota ensuite sur elle-même. Elle n'y voyait pas grand-chose, mais il était clair qu'il n'y avait plus personne !

Rose sentit la colère l'envahir.

Ainsi, il était parti comme un voleur...

D'ailleurs, il avait peut-être réellement volé les objets qu'il convoitait tant un peu plus tôt !

La jeune femme se ressaisit aussitôt. Cela n'avait aucun sens. C'était un ami d'Alex et un professionnel, il n'avait pas pu faire ça.

Non, c'était évident... il devait y avoir une autre explication...

Il avait peut-être été appelé et avait dû quitter les lieux précipitamment...

Alors qu'elle avançait pour gagner la sortie, l'ampoule se mit à clignoter.

Puis s'éteignit pour de bon...

À présent, seule la lumière blafarde de l'extérieur pénétrait les lieux par le tunnel du petit escalier.

Instantanément, le cœur de Rose se mit à battre plus vite. Elle fit quelques pas incertains, en tentant de ne pas se laisser impressionner par les ombres qui l'encerclaient.

Elle fixa alors la porte puis accéléra la cadence.

Tandis qu'elle posait un pied sur la première marche, elle vit le battant de la porte commencer à se rabattre vers elle.

Ses yeux s'agrandirent d'horreur à mesure que cette dernière se refermait dans un claquement sourd.

À présent, elle était plongée dans une obscurité totale et la panique la gagna.

Elle fila vers la porte et tenta de poussa le panneau.

En vain... celui-ci était verrouillé.

Impossible ! Il n'y avait pas de clé !

Horrifiée, Rose comprit.

Il y avait quelqu'un derrière le panneau...

Quelqu'un qui voulait l'empêcher de sortir...

Qui ?

L'antiquaire ?

Mais cela n'avait aucun sens !

Elle se mit à tambouriner de manière totalement hystérique.

- Ouvrez ! Ouvrez cette porte !

Elle s'arrêta puis tendit l'oreille.

Était-ce le son d'une respiration qu'elle entendait ?

- Pourquoi faites-vous ça ?

La jeune femme s'assit sur la dernière marche et sentit les larmes monter à ses yeux.

Qui pouvait à ce point lui en vouloir ? Et dans quel but faisait-il tout ça ? Pour lui faire peur ? Mais pourquoi ?

Rose se mit à trembler.

Cela fonctionnait très bien, elle était terrifiée.

Un son ténu se fit alors entendre.

Derrière elle...

Rose se retourna précipitamment et son regard fut aussitôt

noyé par les flots de ténèbres qui s'étalaient face à elle. Elle suffoqua avec l'horrible impression d'être enfermée dans une tombe.

Y avait-il quelqu'un dans la cave ?

Quelqu'un était-il tapi quelque part, attendant son heure ?

Rose se recroquevilla contre la porte puis n'émit plus aucun son. Elle retenait avec peine les sanglots qui naissaient dans sa gorge et se sentait plus misérable que jamais.

Elle tendit l'oreille.

Plus aucun son ne lui parvenait à présent, ni de l'extérieur ni de l'intérieur.

Elle tenta de ramener un souffle de raison dans l'anarchie de ses pensées.

Elle songea qu'elle pourrait atteindre les interrupteurs, mais elle avait peur de signaler sa présence à la personne qui se trouvait peut-être dans la cave.

S'il y a quelqu'un, il sait de toute manière où je suis… se dit-elle avec angoisse.

Elle quitta alors son piètre refuge et avança à tâtons le long du mur latéral. Les pierres étaient rêches sous ses doigts et les toiles d'araignées un peu trop nombreuses. Mais à cet instant, seule la volonté de retrouver la lumière la guidait. Le reste importait peu.

Alors qu'elle se rapprochait de l'endroit où se trouvait le premier interrupteur, elle entendit un autre bruit.

Il venait de derrière le mur…

Elle se figea.

Il n'y avait rien derrière ce mur…

La cave n'avait pas été creusée à cet endroit qui se trouvait sous la cuisine.

Elle frissonna puis se détacha de la paroi. Elle devait à présent se diriger vers la gauche. L'interrupteur se trouvait de l'autre côté de l'ouverture.

Elle tâtonna, mais ne trouva pas le boitier salutaire. Elle se doutait qu'elle s'en était à présent éloignée et la panique la submergea.

Elle heurta le mur du fond.

Je suis allée beaucoup trop loin...

Elle pivota, mais ses pieds se prirent alors dans un amas d'objets qui tombèrent sur le sol avec fracas.

Des pots en terre empilés probablement...

Rose les contourna. Elle pleurait à présent. Si quelqu'un était dans la cave, il n'allait probablement pas tarder à fondre sur elle.

Mais quel était le but de ces gens ? Et surtout, qui étaient-ils ?

Elle était à peu près au milieu de la pièce, éloignée du mur et de la sortie.

Était-elle perdue ? Non, elle apercevait un petit rai de lumière sous la porte à présent que ses yeux s'étaient habitués à l'obscurité.

Que devait-elle faire ?

Tenter une nouvelle fois de retrouver l'interrupteur ou regagner l'escalier ?

Alors qu'elle n'arrivait pas à se décider, elle fit un pas.

Et heurta à nouveau un obstacle...

Un obstacle mou...

Elle tenta de le contourner, mais il prenait beaucoup de place. Le cerveau de Rose se mit à crépiter.

Qu'est-ce que cela pouvait bien être ?

Un matelas ? Un tas de chiffons ?

Impossible, il n'y avait rien ressemblant à cela à cet endroit, elle en était sûre...

Elle se pencha, le cœur au bord des lèvres et posa une main sur l'objet...

Tout d'abord, elle sentit une matière poisseuse se répandre sur ses doigts.

Rose se mit à trembler.

Non... pas ça...

À présent, ses mains parcouraient une surface recouverte de tissu, puis... *de la peau...*

Une peau tiède et humide...

Rose retira ses mains et un petit cri monta de sa gorge.

Elle recula comme un animal pris au piège et tourna sur elle-même.

Elle était enfermée dans cette prison de ténèbres insondables *avec un cadavre…*

Un voile humide et glacé se répandit sur sa peau et elle sentit la pièce tournoyer sur elle-même tandis que son sang quittait son visage.

Elle s'affala sur le sol alors que plus aucune force ne semblait animer ses jambes.

Était-elle en train de mourir elle aussi ?

Son cerveau ne fonctionnait plus qu'au ralenti. Aussi, lorsqu'un flot de lumière se répandit sur son visage, ne fut-elle pas capable de comprendre d'où il provenait.

Des paroles déformées parvinrent ensuite à ses oreilles et un visage flou et livide se pencha au-dessus d'elle :

- Rose ! Rose !

Elle sombra ensuite dans le néant.

Deux yeux verts étaient braqués sur elle et la fixaient avec angoisse.

- Ne vous en faites donc pas Monsieur Garnier, entendit-elle derrière elle, la petite dame a fait un malaise vagal. Rien de grave. C'est impressionnant, mais ne présente aucun risque vital.

- Vous êtes sûr ?

- Absolument.

Les paupières de Rose s'ouvrirent pour de bon et ses souvenirs revinrent aussitôt.

La cave, le corps…

Elle se redressa en poussant un petit cri.

- Il y a un mort dans la cave ! Dit-elle d'une voix stridente.

Alex s'assit à ses côtés puis caressa sa joue. Il y avait tant de compassion dans son regard que Rose sentit une onde de bien-être l'envahir.

- Ne t'en fais pas Rose. Tout va bien. Tu es bouleversée, repose-toi…

À cet instant, le visage d'un autre homme apparut. Il devait avoir une quarantaine d'années et était blond avec des yeux gris un peu trop rapprochés. Il lui souriait avec bonhomie.

- Vous devriez vous rallonger, confirma-t-il, je suis le docteur Petitpierre, vous avez eu un choc et vous avez besoin de repos à présent.

La jeune femme hocha la tête, mais ne bougea pas.

- C'est toi qui m'as portée jusqu'au salon Alex ?

Ils étaient tous deux assis sur le canapé de velours rose.

Alex confirma d'un hochement de tête.

- Oui, dit-il en souriant faiblement, et cela n'a pas été sans mal. Non pas que tu sois bien lourde, mais la porte de la cave n'est pas très pratique !

- Co... comment savais-tu que tu me trouverais là ?

Les mains d'Alex caressèrent ses cheveux.

- Je m'en voulais de t'avoir laissée seule hier soir, mais... je n'étais pas moi-même en repartant (il jeta un œil vers le médecin, mais ce dernier se contenta de ranger ses affaires dans son sac). J'ai à peine dormi en songeant à quel point tu devais être anxieuse de rester seule dans cette maison ! (Il lui sourit, gêné). Mais je n'ai pas osé revenir, ni même t'appeler. Il était tard, et j'avais peur de te réveiller... La première chose que j'ai faite ce matin a été d'appeler Pierre. Je ne pouvais pas venir moi-même, mais j'espérais qu'il pourrait te rendre service (son sourire s'effaça soudain). Et puis j'ai réussi à me libérer du cabinet, et j'ai décidé de venir vous voir. La grille était ouverte et la porte de la maison aussi. J'y suis entré, mais il n'y avait personne... quand je suis ressorti, j'ai remarqué que la porte de la cave avait été bloquée par des parpaings. Je me suis demandé pourquoi... et j'ai ouvert, puis je t'ai vue allongée par terre...

Alex fut interrompu par l'arrivée de deux hommes en uniforme.

Des policiers...

Ils se postèrent devant Rose et l'un d'eux sortit un calepin puis fronça les sourcils :

- Mademoiselle, je suis le lieutenant Vittoz, nous aurions quelques questions à vous poser.

Les yeux de Rose s'écarquillèrent, mais le docteur Petitpierre s'interposa aussitôt :

- Messieurs, je vous avais pourtant prévenus qu'elle aurait besoin de repos !

Le policier ne broncha pas. Il lui fit face calmement.

- Navré docteur… mais il y a eu un meurtre dans cette maison et Mademoiselle Bénette est le seul témoin dont nous disposons…

Rose se leva en chancelant. Le policier qui lui faisait face était beaucoup plus grand qu'elle et avait une carrure imposante. Il se tenait bien droit et toute son attitude indiquait une rigidité qu'accentuait le port de son uniforme.

- Alors… il y a bien un… *cadavre* dans la cave ?

Ses lèvres tremblaient et quand elle se frotta nerveusement les mains elle vit que ces dernières étaient couvertes de sang séché.

- Oh mon dieu ! Hoqueta-t-elle.

Son regard passa du premier au deuxième policier posté un pas en arrière.

Le policier qui lui faisait face adopta un air un peu plus compréhensif :

- Oui Mademoiselle… un homme est mort et nous avons toutes les raisons de penser qu'il a été assassiné. Connaissiez-vous Monsieur Pierre Lenoir ?

Rose se tourna vers Alex. À son visage peiné, elle comprit que le policier disait vrai. Elle revint vers, lui, plus choquée que jamais :

- Pierre Lenoir ? Oui… il est antiquaire…il… il est venu estimer des objets… Il avait l'air de penser qu'ils avaient de la valeur et je… je…

Rose se tut, réalisant à quel point ses propos étaient confus et inappropriés.

Imperturbable, le policier commença à prendre des notes, puis, sans lever les yeux, poursuivit son interrogatoire tandis qu'Alex venait se positionner auprès d'elle et passait un bras possessif autour de sa taille.

- Donc, c'est vous qui lui aviez demandé venir ?

- Non, c'est à ma demande qu'il est venu.

Le lieutenant leva les yeux vers Alex et un pli contrarié lui barra le front comme s'il ne s'attendait pas à l'intervention d'une autre personne.

- Vous êtes Alexandre Garnier, c'est bien ça ? (Alex hocha la tête et le policier tourna les pages de son carnet). Donc, c'est vous qui avez trouvé Mademoiselle Bénette et le... le corps dirons-nous dans la cave... et donc, vous connaissiez Monsieur Lenoir...

- Oui, je connais... je connaissais Pierre depuis plusieurs années. C'était un antiquaire sérieux et je l'ai recommandé à Rose.

- Mais c'est vous qui l'avez appelé...

- Oui... approuva Alex avec un air agacé. Mais en quoi cela a-t-il de l'importance ?

- Peut-être aucune... contra le lieutenant en braquant son regard sur le jeune homme. Mais je me dois de prendre en considération tous les détails que je pourrais récolter. Aussi, si vous n'y voyez pas d'inconvénient, pouvez-vous répondre à ma question ?

À l'arrière, Rose entendit des voix s'interpeller et aperçut par la fenêtre les lumières de plusieurs gyrophares. Elle soupira. Toute la ville devait être alertée à présent.

- Rose ne connaît personne dans la ville et elle envisage de rentrer rapidement chez elle après avoir mis cette maison en vente. Je voulais simplement l'aider...

- Quels sont vos rapports avec Mademoiselle Bénette ?

Alex serra les poings :

- Je ne vois pas pourquoi... il exhala un soupir exaspéré. Nous sommes amis. J'ai connu Rose alors que nous n'étions que des enfants. Cela vous va ?

- Écoutez Monsieur Garnier, je ne fais que mon travail, inutile de vous montrer agressif...

Le visage d'Alex s'assombrit :

- Peut-être… mais en attendant, vous nous traitez comme des suspects. Asséna Alex d'une voix tranchante.

Le policier ne répondit pas. Il referma son calepin et se tourna vers son collègue qui était resté en retrait.

- Grégoire… va voir où ils en sont.

L'homme s'exécuta et Rose interpella le lieutenant :

- Que se passe-t-il dehors ?

- Les pompiers viennent d'évacuer le corps après avoir constaté le décès et nos agents balisent les lieux du crime mademoiselle. Nous allons à présent rechercher tout élément susceptible de faire progresser l'enquête. Aussi, je vous demanderai de ne pas vous approcher des lieux tant que nous n'aurons pas terminé nos investigations.

- Co… comment est-il mort ? Demanda Rose, les larmes aux yeux.

Le regard de l'homme s'adoucit :

- Il a eu la gorge tranchée…

Rose sentit la main d'Alex étreindre la sienne.

- Oh non… c'est horrible !

- Mademoiselle Bénette, reprit-il d'une voix moins impersonnelle, pourriez-vous me dire à quelle heure vous avez vu la victime vivante pour la dernière fois ?

Rose réfléchit un instant avant de répondre :

- Il devait être 14h30. Il est arrivé peu de temps après le déjeuner et je l'ai laissé ensuite seul une bonne demi-heure avant d'aller voir ce qu'il faisait.

- Donc, c'est durant cette demi-heure que le crime a eu lieu… résuma le policier d'un air pensif. Ce qui laissait largement le temps à l'assassin d'agir et de prendre la fuite… Que s'est-il passé exactement lorsque vous êtes partie le retrouver ?

Rose lui résuma alors ce qu'elle avait traversé dans la cave et la manière dont elle avait découvert le corps. Elle lui raconta également que quelqu'un l'avait empêchée de ressortir en bloquant la porte.

- Ainsi, l'assassin était toujours sur les lieux lorsque vous êtes arrivée... il est fort probable que vous ayez surpris sa fuite. (il la regarda intensément). Vous avez eu de la chance mademoiselle, il aurait pu vous tuer également...

Rose hocha la tête, pensive. Elle ne lui avait pas dit qu'elle avait entendu du bruit dans la cave, ainsi que derrière le mur. Elle se demanda si elle devait lui en faire part, mais décida de garder ces éléments étranges pour elle.

L'équipe de police était en train d'évacuer les lieux dans la cour. Le médecin avait pris congé depuis longtemps de son côté. Rose et Alex étaient dans l'allée du jardin et observaient les agents plier bagage.

- Ils vont revenir tu crois ? Demanda Rose d'une voix craintive.

- Je suppose... oui. Répondit distraitement Alex tout en lançant des regards noirs aux badauds qui se trouvaient derrière la grille du jardin.

L'attroupement était plus restreint qu'auparavant, mais la petite ville devait déjà bruire des événements qui s'étaient produits un peu plus tôt.

Rose se rapprocha d'Alex et il la prit dans ses bras. À cet instant, elle surprit des paroles échangées sur le trottoir entre deux commères qui parlaient particulièrement fort :

- Cette maison est vraiment maudite... tous ces morts, tous ces morts ! Cela n'en finira donc jamais ?

- Oui, répondit la deuxième, je comprends pourquoi on la dit hantée... ce n'est guère étonnant...

- Mais cela faisait longtemps... dix-huit ans je crois depuis les derniers décès ?

Rose était pétrifiée. Elle lança un regard perdu vers Alex. Ce dernier avait le regard sombre. Il la prit par la main et l'entraîna à sa suite. Ils gagnèrent la cuisine.

- Je vais nous faire du café... dit Alex en se saisissant du paquet moulu. Le silence s'installa tandis qu'il s'activait autour de la cafetière.

Rose posa la main sur son bras :

- Que voulaient-elles dire Alex ? Qui d'autre est mort dans cette maison ?

Alex se tourna lentement vers elle, mais baissa les yeux :

- Il y a toujours eu des… des rumeurs. Il y aurait eu plusieurs décès effectivement dans cette maison, mais…

- Alex… l'interrompit Rose, le regard embué, qui est mort ici il y a dix-huit ans ?

Il leva les yeux vers elle et son regard vacilla. Il ouvrit la bouche, mais aucune parole n'en sortit.

- Ce sont mes parents n'est-ce pas… répondit-elle à sa place d'une voix éteinte.

Alex hocha la tête. Il l'observait à présent, quêtant sa réaction.

- Je sais que tu l'ignorais Rose… je suis navré que tu l'apprennes ainsi…

Rose secoua la tête. Puis elle gagna une chaise et s'assit lentement.

- Ma tante m'avait dit qu'ils n'étaient pas morts dans un accident, mais j'ignorais où cela s'était produit…

- Oh… ta tante te l'a dit…

Rose renifla :

- Cela a l'air de te surprendre.

- Un peu, je l'admets… ta famille a toujours tout fait pour te cacher les circonstances de leur mort…

Rose leva les yeux vers Alex et plongea son regard dans le sien :

- Apparemment… mais je ne sais toujours pas *comment* ils sont morts…

- Je ne sais pas si c'est à moi de te le dire Rose… dit Alex d'une voix enrouée.

- Pourquoi Alex ? Pourquoi tant de mystères ? Qu'est-ce qui a poussé ma famille à me mentir ?

Elle se leva pour se rapprocher de lui

- Ils voulaient te protéger je suppose…

- Mais de quoi ? Rose écarquilla les yeux puis se figea

- Oh non… ils ont été assassinés eux aussi, c'est ça ?!

Alex secoua la tête et un éclair sombre passa dans ses jolis yeux verts :

- Non Rose… ce n'est pas ça… Ils se sont suicidés.

14

Rose observait à présent Alex sans comprendre. Un nuage sombre s'était abattu sur ses pensées. Elle ouvrit la bouche, puis la referma.

Le jeune homme soupira puis versa du café dans deux tasses. Il les posa sur la table et entraîna Rose à sa suite, puis la fit asseoir à côté de lui :

- Rose, boit un peu de café, cela te fera du bien...

Le regard de Rose se posa sur le breuvage sombre et surprit son reflet déformé par les oscillations à sa surface.

- Ils se sont suicidés... répéta Rose d'une voix brisée. Mais... pourquoi ?

- Ça, je l'ignore...

Rose se tut. Les implications de ce qu'elle venait d'entendre avaient du mal à lui apparaître clairement.

Comment les êtres qui étaient censés prendre soin d'elle avaient-ils pu se donner la mort ?

Insidieusement, un sentiment de culpabilité s'insinua en elle.

Étaient-ils morts à cause d'elle ?

Avait-elle un lien avec tout ça ?

Qu'avait-elle pu faire — ou ne pas faire — pour qu'ils en arrivent à de telles extrémités ?

- Alors... mes parents ne m'aimaient pas assez pour dépasser les problèmes qu'ils avaient... dit-elle d'une voix éteinte. Ils m'ont abandonnée et ils l'ont fait en toute connaissance de cause... c'est... c'est ignoble !

Elle tremblait à présent. La culpabilité avait rapidement

laissé place à la colère. Elle repoussa sa tasse et se mit à sangloter.

Alex se leva et s'accroupit à ses côtés.

- Je pense que c'est pour ça que ta famille ne t'a rien dit...

- Pour *ça* quoi ? Gémit la jeune fille.

- Pour ne pas que tu te sentes aussi mal. C'est déjà dur pour une petite fille de perdre ses parents. Mais lorsqu'en plus elle sait qu'ils l'ont fait exprès, il est difficile de se construire. Je pense que c'est mieux que tu l'apprennes seulement maintenant...

Rose haussa les épaules.

- Comment... comment cela s'est-il passé ?

Alex se leva et la prit dans ses bras. Elle s'accrocha à lui et colla son visage contre son torse, aspirant les effluves de son odeur rassurante.

- Ils ont sauté... depuis la tour...

Rose se mit à sangloter de plus belle. Elle réalisa alors qu'elle ne les avait probablement jamais pleurés et songea avec colère qu'ils n'en méritaient pas tant.

- Ensemble ?

- Oui...

- Je... je n'ai aucun souvenir de cette période... de mon départ... je me vois juste arriver à l'aéroport de New York avec mon sac à dos et mon ours en peluche...

Rose hoquetait à présent, le cœur lourd.

- C'est normal... le choc de leur mort a été trop dur à encaisser... C'est pour ça que tu as si peu de souvenirs. Tu les as enfouis pour ne pas souffrir...

Rose se leva et fit face à Alex :

- J'ai une enveloppe Alex... ma tante me l'a donnée en me disant qu'elle contenait toutes les réponses...

Le jeune homme hocha lentement la tête :

- Veux-tu l'ouvrir ?

Rose sentit l'affolement étendre sa toile sur elle et l'emprisonner dans ses rais poisseux.

- Je suppose qu'il le faut...

Un détail inopportun lui revint soudain en mémoire :

- Oh, Alex… j'avais oublié, ta mère m'a invitée à dîner ce soir en compagnie de toute ta famille…

- Je sais… mais ne t'inquiète pas pour ça… elle comprendra que tu sois trop bouleversée après ce qu'il s'est passé.

- En fait Alex, je crois que je veux y aller…

Rose ne s'était pas appesantie sur les raisons qui l'avaient poussée à se rendre à ce dîner. Après tout, elle n'avait pas du tout aimé la mère d'Alex et elle se sentait totalement vidée après cette horrible journée.

Mais à présent, elle avait soif de savoir…

Une porte avait été ouverte et il était bien trop tard pour faire marche arrière.

Il existait visiblement un lien entre sa famille et celle d'Alex. *Elle voulait en avoir le cœur net.*

Trop de mystères planaient autour des Bénette et les Garnier avaient peut-être les clés…

D'autant qu'Alain Garnier et sa mère avaient été très proches.

Trop proches…

Et avant d'ouvrir la lettre, elle voulait comprendre qui étaient *vraiment* ses parents.

Elle soupira. Rester seule ne serait-ce que trois-quarts d'heure dans cette maison porteuse de tant de deuils avait été une épreuve pour elle.

Mais à présent qu'elle se trouvait sur le siège passager de la luxueuse voiture d'Alex, elle arrivait presque à se détendre. Les Garnier habitaient à l'autre bout de la ville, mais en voiture – d'après Alex – seules cinq petites minutes seraient nécessaires pour s'y rendre.

- Où habites-tu Alex ? Questionna Rose tandis qu'ils dépassaient l'artère principale de Port-Launay.

- Dans un appartement pas très loin. D'ailleurs, puisque tu as l'air réceptive aux soirées mondaines, je t'invite à dîner demain soir. Qu'en dis-tu ?

Rose coula un regard vers lui :

- Pourquoi pas...

Elle vit aussitôt naître sur son visage un sourire satisfait et sourit à son tour.

Ce diable d'Alex obtenait-il toujours ce qu'il désirait ?

Probablement...

Ils contournèrent un petit bras de mer et grimpèrent sur une petite colline surplombant l'océan. Sur son flanc, elle aperçut des croix dépasser et un frisson la parcourut lorsqu'elle comprit qu'il s'agissait du cimetière de la ville.

C'était là certainement que toute sa famille était enterrée...

Elle songea qu'il faudrait qu'elle s'y rende afin de s'y recueillir. Elle n'y avait même pas pensé avant ça !

Preuve qu'elle refoulait réellement le deuil de ses parents...

Ils arrivèrent rapidement au seuil d'un portail ouvert sur un immense parc paysagé. Rose tourna la tête. De là, elle voyait parfaitement les tombes se détacher sur le fond bleu biffé de vaguelettes blanchâtres.

Quelle horrible vue ils avaient depuis leur maison !

Le pavillon lui apparut alors. Il devait être aussi ancien que sa maison, peut-être davantage même...

Il ressemblait à un château miniature avec ses pierres apparentes, ses corniches saillantes et ses fenêtres à meneaux.

- Et bien... s'étonna-t-elle, ta famille ne semble pas connaître les affres du quotidien...

Alex lui jeta un regard en biais et se mit à rire :

- Ah, parce que toi oui ?

Elle se joignit à son rire.

- Non, pas vraiment... mais je ne suis probablement pas aussi fortunée que tes parents !

- Tu sais, c'est une maison familiale. On se la transmet de génération en génération depuis des lustres.

- Tiens, cette tradition m'en rappelle une autre...

- Oui, tu as raison, c'est pareil pour ta maison... mais c'est souvent le cas dans les familles aisées.

- La mienne ne l'est pas tant que ça ! Se récria Rose tandis qu'Alex se garait dans l'allée gravillonnée.

Le moteur était à peine éteint que la porte s'était ouverte sur la mère d'Alex. Elle avait quitté son tailleur beige pour une robe bleu marine qui ne la mettait par ailleurs pas plus en valeur.

Un lourd collier de perles ne noyait dans son décolleté généreux. Elle arborait un grand sourire, mais celui-ci sonnait faux, de même que les paroles qui suivirent alors qu'elle les rejoignait :

- Ah mes enfants, vous voilà enfin ! J'ai cru que cette journée n'en finirait jamais ! Le téléphone n'a pas arrêté de sonner… (elle planta son regard dans celui de Rose et agrippa ses mains dans les siennes, la griffant au passage de ses bagues tape-à-l'œil). Ma pauvre petite Rose… après tout ce que tu as déjà traversé, te voilà à nouveau au cœur d'un horrible drame !

- Je… bonsoir Madame Garnier. Répondit Rose tout en maudissant au passage le ton larmoyant et théâtral de son hôtesse.

- Oui… bonsoir bonsoir… Dit-elle d'une voix absente tout en plantant un baiser sonore sur la joue d'Alex. Oh mon chéri, que je suis heureuse de te voir ! Comment vas-tu ? Cela a dû être très éprouvant pour toi également… ton pauvre ami Pierre ! Quel malheur frappe à nouveau notre communauté !

Alex ébaucha un sourire, mi-attendri, mi-agacé :

- Bonsoir Maman. Ça va. Mieux que tout à l'heure en tout cas…

Marie-France Garnier fit une moue apitoyée :

- Bien sûr… Mais entrez donc, ne restez pas là ! Clama-t-elle d'une voix un peu trop forte tout en les entraînant vers la porte d'entrée. Vous me raconterez tout à l'intérieur. Tout le monde vous attend ! Hélène a passé une partie de l'après-midi aux fourneaux pour vous préparer de bons petits plats. Oh bien sûr, nous nous sommes tous demandés si tu allais venir malgré tout ma pauvre petite, mais Alex m'a rassurée sur ce point. C'est une très bonne chose pour toi tu verras, cela va te sortir de cette maison et te permettra de penser à autre chose !

Rose croisa le regard goguenard d'Alex. Ils avaient à priori pensé à la même chose : *sa mère ne les lâcherait pas d'une semelle tant qu'ils ne lui auraient pas tout raconté des événements de la journée...*

Le hall d'entrée avait des proportions extraordinaires. Un superbe escalier en marbre clair était planté en son milieu et grimpait à l'assaut d'un palier ouvert donnant sur des pièces aux portes closes.

Rose leva encore la tête. Une immense rosace en verre coloré évoquant un paysage champêtre éclairait le plafond.

Le sol était également recouvert de marbre et de longs tapis grenat rectangulaires couraient de part et d'autre de l'escalier, donnant une touche colorée aux sols un peu trop pâles.

Tandis qu'elle observait les lieux avec admiration, elle surprit le regard chargé d'orgueil de sa propriétaire.

Comme si c'était elle qui avait construit tout ça... songea Rose.

- Votre maison est bien jolie... dit Rose, polie, en voyant le regard insistant de Madame Garnier.

- Oh, c'est gentil à toi... dit-elle d'un ton faussement modeste. Mais venez, passons directement au salon, tout le monde vous attend !

Elle ouvrit alors une immense porte en chêne sculpté sur leur gauche et les invita à entrer d'un signe de main.

Trois personnes les attendaient de l'autre côté. Rose balaya rapidement la pièce du regard. Deux grands canapés en cuir couleur crème se faisaient face au cœur d'un immense tapis rond aux reflets dorés. Une somptueuse table basse en bois sombre séparait les canapés et était recouverte d'amuse-gueules variés et de flutes de champagne. Plus loin, une immense bibliothèque, probablement réalisée sur mesure, couvrait le mur en face d'elle. Elle croulait sous le poids de centaines de livres aux reliures précieuses. Sur le mur latéral se trouvait une magnifique cheminée dont les proportions étaient dignes de la demeure qui l'abritait.

Tout ici respirait le luxe et l'opulence.

De même que ses occupants...

Son regard s'arrêta à nouveau sur les trois personnes qui lui faisaient face et sa respiration se bloqua lorsqu'elle croisa le regard de l'un d'entre eux.

Alain Garnier…

Il était plus âgé que sur la photo, mais il avait conservé le même air arrogant et la même prestance. Ses cheveux étaient à présent marbrés de gris et un léger embonpoint soulevait son polo rose pâle. Mais il était indéniablement toujours très séduisant. Ses yeux bruns ne la quittaient plus, s'accrochant à elle comme un félin qui étudie sa proie.

Ainsi c'était de lui dont sa mère était tombée amoureuse…

Elle ressentit aussitôt un élan de haine envers lui. Cet homme avait remplacé son père dans le cœur de sa mère.

Et lui était toujours vivant…

À ses côtés, se tenaient deux jeunes gens d'à peu près son âge. La jeune femme avait des cheveux châtains bouclés coupés au carré, encadrant un joli visage lumineux parsemé de taches de rousseur. Ses grands yeux bruns lui donnaient un air à la fois chaleureux et espiègle. Aussitôt, elle la trouva sympathique.

Contrairement à l'homme qui se tenait à ses côtés…

Grand, dégingandé, il avait les mêmes cheveux noirs qu'Alex, mais ses yeux étaient aussi bruns que ceux de son père et de sa sœur. Il était lui aussi très beau garçon. Mais son regard ne lui plaisait pas. Il la jaugeait d'un œil appréciateur, mais aussi froidement que l'aurait fait un éleveur de chevaux. À cette pensée, Rose dut se retenir de rire. *Tant qu'il y était, allait-il vérifier l'état de ses dents ?*

Mais elle suivit alors son regard et ne fut plus très sûre du choix de sa tenue. Elle avait revêtu une jupe beige et un top rouge brillant, tandis que ses hôtes étaient vêtus comme s'ils s'apprêtaient à se rendre à l'opéra… Elle releva la tête et soutint le regard du jeune homme. Elle crut y lire une brusque étincelle d'intérêt.

Apparemment, il aimait les défis…mais il en serait pour ses frais avec elle…

Marie-France les rejoignit et se tourna vers elle.

- Rose, tu ne connais pas encore Alain mon mari – du moins, j'imagine que tu ne t'en rappelles pas ! (Elle émit un petit gloussement). Et voici mes deux autres enfants : Rodrigue et Laurette.

Alex posa une main de propriétaire sur son bras et l'entraîna avec lui. Ce geste sembla aussitôt accentuer l'intérêt de son frère vis-à-vis d'elle.

Elle s'apprêtait à leur serrer la main, mais Laurette la prit aussitôt dans ses bras :

- Oh Rose, pas de ça entre nous, nous avons joué à la poupée ensemble, tu ne te rappelles pas ?

- Rose a perdu la mémoire Laurette, répondit Alex à sa place.

Rose le fixa d'un air contrarié.

- Alex, je peux répondre tu sais...

Il porta la main sur ses cheveux, comme il le faisait à chaque fois qu'il était gêné.

- Oh, bien sûr, excuse-moi Rose !

La jeune femme croisa une nouvelle fois le regard de Rodrigue : il souriait, ravi de voir son frère en mauvaise posture. Elle fronça les sourcils puis revint vers Laurette.

- Je me souviens un peu de toi Laurette... mais je dois dire qu'Alex a raison. J'ai très peu de souvenirs de cette période de ma vie...

Laurette lui serra les mains, le regard humide :

- Ma pauvre Rose ! C'est si triste ! Je suis vraiment navrée pour tout ce que tu as dû traverser depuis cette période...

Rose hocha la tête, conquise par les accents de sincérité qui vibraient dans sa voix.

Comme elle est différente de sa mère !

Lorsqu'elle fit un pas vers Rodrigue, elle ne sut quelle posture adopter. Ce fut lui qui fit le premier pas, les yeux brillants de malice. Il se rapprocha et lui fit la bise. Malgré elle, elle se dégagea rapidement.

- Nous n'avons pas joué à la poupée ensemble Rose, mais

je me rappelle très bien de toi également…

Son regard un peu trop insistant faisait l'aller-retour entre ses yeux et ses lèvres qu'il observait avec une nuance de concupiscence qu'il ne tentait même pas de masquer. Lorsqu'il descendit vers sa poitrine, Rose faillit croiser les bras. Il sourit aussitôt, apparemment conscient de son trouble.

Il se pencha vers elle et lui susurra d'une voix seulement audible par elle :

- Tes seins se sont mis à pointer à travers le tissu dès que j'ai posé mon regard dessus ma belle…

Rose recula et seule sa bonne éducation l'empêcha de le gifler. Elle le transperça du regard puis s'éloigna de lui en direction d'Alain Garnier, le souffle court. Ce dernier la fixait également, mais son regard ne quittait pas ses yeux.

Elle lui tendit la main. Il la saisit, puis, à son grand désarroi, lui fit un baise-main tout en s'inclinant légèrement vers elle.

- Ravie de te compter à nouveau parmi nous Rose…

Rose retira sa main comme si elle avait été mordue par un serpent. Mais elle ne pouvait nier que le père de son ami était réellement charmant.

Elle entendit aussitôt le rire crispé de son hôtesse :

- La galanterie de mon mari finira par le perdre…

Elle lui adressa alors un regard assassin qui alourdit considérablement l'atmosphère.

Elle se reprit rapidement et indiqua l'un des canapés à Rose :

- Ma chérie, assieds-toi donc ! Tu dois être épuisée ! Alex m'a raconté que tu avais fait une syncope !

Rose s'assit et Alex la rejoignit aussitôt. Les trois autres prirent place en face d'eux.

On dirait un tribunal prêt à entendre le déroulement des faits lors d'un procès… songea Rose, soudain mal à l'aise.

- Eh bien oui… j'ai fait un malaise lorsque j'ai découvert le corps de Pierre.

Laurette hocha la tête de manière compatissante :

- Bien entendu, ce serait arrivé à n'importe qui…

Rose sourit à la jeune femme, de plus en plus conquise par ses manières douces et chaleureuses.

Marie-France se leva puis distribua les coupes remplies d'un liquide doré pétillant.

- Avant toute chose, je propose que nous trinquions au retour de Rose ! S'écria-t-elle d'une voix stridente.

Chacun leva alors son verre en souriant :

- Au retour de Rose ! Dirent-ils à l'unisson.

Mais Rose nota que seul le regard de Laurette venait corroborer cette assertion.

Rodrigue de son côté avait les yeux rivés sur ses jambes. Rose tira aussitôt sur le tissu de sa jupe qui s'était un peu relevée lorsqu'elle s'était assise. Elle regretta de ne pas avoir mis un pantalon. Il leva un regard caressant chargé de convoitise vers elle, s'attardant une nouvelle fois sur sa poitrine avant de capter ses yeux. Les siens étaient brillants et il lui souriait de manière entendue.

Au moins, se dit-elle, *il ne cache pas son jeu celui-là...*

Marie-France de son côté lui jeta un regard faussement affecté :

- À présent mes enfants, si vous nous racontiez tout...

Rose soupira. La soirée risquait d'être longue. Elle regretta d'être finalement venue.

C'est alors qu'elle surprit le regard d'Alain Garnier fixé sur elle.

Il avait soudain l'air d'un dément...

15

- Je me demande qui a bien pu tuer se pauvre homme… dit Marie-France d'une voix tragique.

- C'est incompréhensible, poursuivit Laurette, le visage grave, Pierre était vraiment quelqu'un de bien. Je ne vois pas qui aurait eu des raisons de le tuer.

- Surtout dans de telles circonstances ! (Marie-France s'était tournée vers Rose, les yeux humides). Ma pauvre Rose, te retrouver ainsi dans le noir, enfermée dans cette cave avec ce corps, c'est tout simplement terrifiant !

Rose se trémoussa sur le canapé. Elle venait de relater ce qu'elle avait vécu avec un sentiment grandissant de gêne et à présent que tous les regards étaient braqués sur elle, cela allait en s'accentuant.

- Oui…

Elle se tourna vers Alex qui capta sa détresse.

- Si nous passions à table à présent, proposa-t-il, je crois qu'il est temps de faire honneur aux talents culinaires de notre chère Hélène. (Il s'adressa à Rose). Hélène aide maman à s'occuper de cette grande demeure depuis des années…

Rose hocha poliment la tête. *Une employée de maison…* cela cadrait parfaitement avec l'ambiance bourgeoise qui régnait ici.

Tous se levèrent après avoir approuvé la proposition d'Alex. Ils prirent place autour d'une grande table ovale dans la salle à manger attenante au salon. Une dame d'un certain âge émergea alors d'une porte donnant sur la cuisine avec les premiers plats. Rose lui sourit aimablement, mais cette dernière resta enfermée dans son rôle d'employée discrète tandis qu'elle posait devant elle une bisque de homard aux arômes délicats.

Ses yeux furent ensuite attirés par les murs de teinte crème décorés de multiples huiles évoquant des paysages marins.

- C'est un artiste local de grand talent qui les a peints. Précisa Marie-France après avoir suivi le regard de Rose. Je pense qu'il est promis à un avenir brillant.

- C'est très joli, répondit Rose, sincère.

- Il a une galerie dans le centre-ville si tu veux aller y jeter un coup d'œil ajouta Alain Garnier, assis face à elle.

Il avait à peine ouvert la bouche dans le salon, aussi fut-elle un peu surprise de constater qu'en réalité il suivait les conversations. Lorsqu'elle avait raconté les événements de la journée, c'est à peine s'il avait cillé.

Mais au moins, l'éclair de folie qu'elle avait noté dans ses yeux avait disparu...

- Oh vous savez, je ne vais pas trop m'éterniser. Je compte rapidement rentrer à New York.

À cet instant, Alex frôla sa jambe comme pour signaler qu'il n'approuvait pas sa décision. Malgré elle, un frisson la parcourut des pieds à la tête.

Elle se sentait très mal à l'aise. Rodrigue s'était empressé de prendre la chaise à sa gauche, tandis qu'Alex avait pris celle de droite.

Elle était encadrée par les deux frères Garnier et avait par moment l'impression d'être un trophée qu'ils avaient tous deux décidé de remporter.

Lorsqu'elle sentit le pied de Rodrigue se plaquer sur le sien, elle eut la sensation d'être prise au piège. Elle eut envie de se lever et de partir en courant. Mais encore une fois, sa bonne éducation l'en empêcha.

- Cela doit être formidable de vivre à New York ! S'exclama Laurette, rêveuse, en plus tu es romancière, quelle chance tu as !

- Oui... je suppose...

Rose était au supplice. Elle avait la tête qui tournait et ses pensées étaient au point mort. Elle vida d'un trait la coupe de champagne qu'elle avait ramenée du salon. Marie-France l'observa d'un air vaguement réprobateur, mais elle l'ignora.

Elle goûta ensuite sa bisque et ses papilles frémirent de plaisir tant elle était délicieuse.

Puis elle se rappela les raisons de sa présence. Elle devait les faire parler. Peu à peu, elle se détendit. Peut-être était-ce grâce au champagne, mais elle parvint à demander d'une voix détachée :

- Et donc, vous connaissiez bien mes parents ?

Un silence un peu gêné suivit sa question. Marie-France et Alain se jetèrent un coup d'œil embarrassé. Rose eut alors un petit rire qui les plongea dans la perplexité :

- Oh, ne vous en faites pas, je suis au courant, Alex m'a tout raconté par rapport à leur décès !

Alain tourna un visage courroucé vers son fils :

- Alex, ce n'était pas à toi…

- Il l'a fait à ma demande. Le coupa froidement Rose.

À son air choqué, elle comprit que l'alcool commençait à altérer le vernis social qui l'empêchait habituellement de se montrer tout à fait honnête. *Mais au diable les conventions étriquées et hypocrites qui façonnaient le monde !*

- Oh… alors…

Rose lui sourit :

- Et donc, vous les connaissiez bien ?

L'homme la dévisagea comme s'il tentait de lire en elle. Loin de s'en trouver impressionnée, Rose soutint son regard. Ce fut lui qui cligna des paupières en premier.

- J'ai connu ta mère lorsqu'elle était enfant. Nos parents se fréquentaient. Quant à ton père, je l'ai moins connu, mais il avait l'air d'être quelqu'un de bien.

Rose nota que Marie-France s'était retirée dans un silence boudeur, mais elle enfonça le clou malgré tout :

- Vous avez dû être surpris par leur… *décès* j'imagine.

Alain approuva gravement de la tête, mais n'ajouta pas un

mot. Rose comprit qu'elle n'arriverait à rien en public. Il faudrait qu'elle le rencontre en privé. Il était évident qu'il n'allait pas clamer devant sa famille que le suicide de sa maîtresse l'avait probablement anéanti...

- Cette maison est maudite... persiffla la maîtresse des lieux, apparemment incapable de se contenir davantage. Puis elle darda un regard venimeux vers Rose.

Celle-ci lui sourit aimablement en retour :

- Que voulez-vous dire Marie-France ?

La femme eut un mouvement de recul. Elle paraissait à présent regretter ses paroles, mais elle ne pouvait plus revenir en arrière. Elle eut un petit rire crispé :

- Et bien, cela me paraît évident...Pierre aujourd'hui, tes parents il y a des années, et...

Le corps de Marie-France tressauta légèrement et Rose comprit que son mari venait de lui indiquer d'un mouvement de pied de ne pas en dire plus. Ce qui décupla l'intérêt de la jeune femme.

- Et ? Insista-t-elle.

Son visage se mua en un masque colérique qu'elle tourna vers son mari.

- Et bien, il semble qu'il y ait eu d'autres décès dans cette maison avant cela !

Rose eut du mal à retrouver son souffle. *Ainsi, elle avait réellement hérité d'une maison maudite.* Les mots restèrent bloqués dans sa gorge.

Un ricanement retentit sur sa gauche :

- Toutes les vieilles maisons ont leurs fantômes...

Ces paroles, prononcées par Rodrigue d'un ton calme et énigmatique, trouvèrent un écho désagréable dans la tête de Rose. Le visage blafard aperçu dans le miroir lui apparut avec force. Elle cligna des yeux pour tenter de faire partir cette horrible vision et seule la main d'Alex qu'il venait de poser sur la sienne réussit à lui procurer un peu de réconfort.

- Mais pour ce qui est de ton retour à New York, poursuivit le jeune homme sans la regarder, cela risque d'être plus long que prévu…

Elle tourna la tête vers Rodrigue, sentant la colère monter en elle :

- Ah oui ? Et pourquoi dis-tu cela ?

Il daigna enfin la regarder, et son regard étincela soudain :

- Cela me paraît évident ! Ta maison a été le théâtre d'un meurtre et tu en es le témoin principal. Ne crois pas qu'ils vont te laisser partir comme ça…

Rose eut le sentiment que le piège s'était définitivement refermé sur elle.

Bien sûr, il avait raison… comment n'y avait-elle pas pensé ?

Elle fit le tour de ces visages orientés vers elle avec le sentiment grandissant que cette ville ne voulait pas qu'elle s'en aille.

Et qu'elle ferait tout pour la retenir…

Jusqu'à tuer ?

Rose secoua la tête. Elle commençait à délirer totalement…

À peine le dessert terminé, Alex se leva, au grand soulagement de Rose. Ce dîner avait été un supplice. Cette journée un interminable cauchemar… Elle était pressée d'en finir. Aussi leva-t-elle un visage reconnaissant vers le jeune homme.

La suite du repas s'était heureusement poursuivie sur des banalités et son niveau de stress était un peu descendu. Mais elle était éreintée et n'avait plus qu'une idée en tête : dormir…

- Oh, vous ne prenez pas un café avant de repartir ? Demanda Marie-France. Mais il était évident qu'elle aussi était pressée d'en finir.

Alex la rejoignit et posa ses lèvres sur sa joue :

- La journée a été bien longue maman. Rose a besoin de se reposer…

- Et toi aussi mon chéri… ajouta sa mère en adoptant brusquement une attitude protectrice.

Alex se mit à rire, mais Rose sentit combien il était

réellement las.

- Oui, tu as raison…

Tous se levèrent à leur tour. Rodrigue récupéra ses affaires et les suivit dans le hall d'entrée. Ses parents et sa sœur fermaient la marche.

Laurette sourit à Rose tandis qu'Alex ouvrait la porte :

- Je reste dormir là de mon côté, avant de repartir demain matin, je n'habite pas tout près. Mais j'ai vraiment été ravie de te revoir !

- Moi aussi, répondit sincèrement Rose.

De leur côté, les Garnier se tenaient côte à côte et l'expression de leurs visages était impénétrable.

- Merci pour ce dîner. Dit Rose poliment.

- Mais je t'en prie. Répondit Marie-France d'une voix pincée. C'était un plaisir pour nous.

Tu parles… songea Rose.

Alain, de son côté, se contenta de hocher la tête et de lui sourire. Rose n'aimait pas trop son expression qu'elle n'arrivait pas à déchiffrer. Son sourire et son regard sonnaient faux, mais elle n'aurait su dire pourquoi.

Ils refermèrent la porte et les trois jeunes gens se dirigèrent vers leurs voitures, garées côte à côte.

Il faisait sombre à présent et seule la lueur d'une lampe extérieure éclairait les lieux.

À cet instant, Rose réalisa qu'elle avait oublié son sac à main. Elle s'excusa puis se précipita vers la maison. Elle toqua, mais ne notant aucune réaction, tourna la poignée. La porte n'était pas fermée à clé. Elle entra puis héla en s'excusant :

- Je suis navrée, j'ai oublié mon sac…

Elle le vit alors posé dans l'entrée et s'en saisit.

- C'est bon, je l'ai trouvé…

Mais les échos d'une dispute arrivaient à présent jusqu'à elle depuis la porte entrouverte du salon.

La voix de Marie-France était montée dans des aigus insupportables :

- Quand est-ce que les hommes de cette famille arrêteront

de renifler le cul des Bénette ? Vous n'êtes tous que des immondes porcs ! Cela ne s'arrêtera donc jamais ?!

Elle entendit alors la voix très calme et posée de son mari lui répondre, imperturbable :

- Tu deviens vulgaire ma chère. Mais tu ne peux pas reprocher à nos fils de s'intéresser à elle. Elle est superbe…

- Superbe ! Je t'en foutrai moi du superbe… c'est une garce, comme sa tante, sa cousine et sa putain de mère avant elle ! Elles se trémoussent toutes comme des chiennes devant vous, et vous… vous n'avez qu'une idée en tête. Les culbuter ! Même toi espèce de vieux pervers… si tu crois que je n'ai pas vu de quelle manière tu la reluquais !

Rose était figée, son sac à la main. Elle n'arrivait plus à se soustraire au flot d'insanités qui montait jusqu'à elle, la salissant et venant contredire toutes les belles paroles entendues dans la soirée. Le rire d'Alain monta jusqu'à elle.

- Ma pauvre Marie-France, tu es jalouse, voilà tout… mais tu sais, si tes amies apprenaient quel est ton vrai visage et le langage que tu utilises, tout Port-Launay te tournerait le dos. Toi la sainte qui prétend aimer ton prochain…

- Je me fous de ce que tu peux penser ! éructa sa femme.

À cet instant, Rose aperçut un œil brun amusé l'observer depuis la porte entrebâillée et comprit qu'Alain savait qu'elle était là.

Elle recula, tremblante, puis referma la porte derrière elle, serrant son sac contre son cœur.

Elle rejoignit les deux frères qui l'attendaient. Le silence se fit à son arrivée. Au visage fermé d'Alex, elle sut qu'ils venaient de se disputer.

À cause d'elle ?

Pourquoi était-elle soudain le centre d'intérêt général ?

Elle avait été presque transparente toute sa vie et à présent, tout le monde avait les yeux braqués sur elle.

Mais elle était lasse et n'avait pas très envie de savoir ce qui avait pu contrarier ainsi son ami.

- Bonsoir Rodrigue, dit-elle en lui tendant la joue.

Ce dernier en profita pour l'embrasser de manière très appuyée. Elle frissonna à ce contact un peu trop familier.

- Bonsoir Rose... j'espère que nous nous reverrons bientôt...

À cet instant, elle sentit la main d'Alex se poser sur son bras.

- Viens Rose, je te raccompagne.

***

- Tu es sûre que tu ne veux pas que je dorme ici cette nuit ? Demanda Alex d'une voix inquiète.

Rose se tourna vers lui et lui sourit :

- Tu es gentil Alex, mais je suis tellement fatiguée que je crois que je serais même capable de m'endormir dans le château de Dracula cette nuit !

Alex sourit à son tour, mais à ses sourcils froncés, Rose comprit qu'il ne la croyait qu'à moitié. Il caressa distraitement le cuir de son volant puis braqua ses yeux sur elle. Malgré l'obscurité de l'habitacle, elle pouvait presque ressentir l'intensité de ses yeux verts posés sur les siens. En dépit de son immense lassitude, son corps répondit instantanément à leur magnétisme. Elle se trémoussa sur son siège puis posa sa main sur la poignée de la porte, prête à prendre la fuite.

Elle ne se rappelait que trop bien leur baiser de la veille, puis de la manière dont il l'avait laissée en plan... Ce garçon ne savait pas ce qu'il voulait et elle n'avait pas le moins du monde envie de se laisser mener en bateau. Elle avait eu son compte avec Jason. Bien sûr, Alex s'était excusé, mais il semblait surtout regretter de l'avoir laissée toute seule la veille dans la maison, et pas de l'avoir embrassée puis abandonnée pantelante de désir...

Il était probablement trop lâche pour assumer ses désirs et elle n'avait pas de temps à perdre avec lui. Elle se demandait d'ailleurs pourquoi elle avait accepté de dîner avec lui le lendemain soir. Mais après tout, ce serait l'occasion de mettre les points sur les i avec lui…

- Rose… je m'en voudrais de te laisser en sachant ce que tu as vécu ici aujourd'hui, sans parler de la nouvelle concernant tes parents… je peux sans mal imaginer à quel point tu as été choquée par tout ça…

Les inflexions de sa voix étaient lentes, profondes et particulièrement rassurantes. Ses paroles étaient en outre pleines de bon sens.

Évidemment qu'elle était perturbée !

Mais Alex lui apparaissait encore plus dangereux que tout le reste… elle ne parvenait pas à se l'expliquer. Une petite voix lui soufflait de le fuir, qu'il pouvait la blesser. *Vraiment…* Il la terrifiait en réalité.

Il lâcha son volant et repoussa une mèche de cheveux qui s'échappait de sa queue de cheval. Puis ses doigts frôlèrent sa joue et elle se pinça les lèvres pour ne pas laisser échapper un gémissement.

Un silence chargé de désir emplit alors la voiture, et lorsqu'il approcha son visage du sien, les pensées de Rose s'envolèrent comme une nuée d'oiseaux insouciants.

Au moment où ses lèvres se posèrent sur les siennes, elle noua ses bras autour de son cou et se laissa glisser dans la volupté de ce baiser auquel elle participa avec fougue. Ses lèvres étaient douces, mais le baiser était quant à lui presque brutal et leurs langues exigeantes. Elle se sentait comme enivrée et aurait souhaité que ce moment dure toujours.

Lorsqu'elle sentit une main se glisser sous son top et se poser sur son mamelon, elle laissa échapper un soupir de plaisir. Les doigts d'Alex commencèrent à le caresser doucement, puis elle sentit un léger pincement sur la pointe de son sein.

- Il me semblait bien que tu ne portais pas de soutien-gorge, susurra-t-il d'une voix rauque après s'être détaché d'elle. Tu veux me rendre fou c'est ça ? Il eut un petit rire. Et bien tu as parfaitement réussi….

Il enfouit ensuite sa bouche dans son cou, puis reprit son

exploration sous son top.

Rose avait les sens en feu et seul un petit cri sortit de sa gorge pour toute réponse. Elle passa à son tour une main sous la chemise d'Alex et ne fut pas surprise de trouver un torse dur et musclé sous ses doigts.

Elle frémit soudain lorsqu'elle sentit une main quitter sa poitrine puis se glisser entre ses cuisses. Rose les desserra en tremblant tandis qu'elle remontait toujours plus haut. À cet instant, Rose perdit toute notion de temps et d'espace. Seule comptait l'envie qu'elle avait de lui. D'autorité, elle souleva son menton et s'empara à nouveau de sa bouche tiède qu'elle voulait goûter encore et encore. Elle tremblait et haletait tout à la fois. Elle ouvrit les yeux et constata qu'Alex avait gardé les yeux ouverts et continuait à la fixer. Une étincelle brillait dans son regard enfiévré.

Il s'arracha à nouveau à leur baiser puis dit dans un petit rire :

- Rose... nous avons passé l'âge de faire ça dans une voiture... si tu m'invitais ?

Incapable d'avoir la moindre pensée construite, Rose approuva aussitôt cette proposition :

- Viens... lui dit-elle tout en ouvrant la portière.

Elle ne se rappelait même plus de quelle manière elle s'était retrouvée dans sa chambre, mais il était là, devant elle, les yeux agrandis par le désir.

- Tu es tellement belle Rose... presque trop belle...

En un instant, il fondit sur elle et s'empara de ses lèvres. Elle se plaqua aussitôt contre lui et appuya ses mains sur ses fesses. Elle sentit aussitôt la force de son désir tout contre elle et en fut totalement bouleversée.

Elle sentit ses doigts s'activer dans son dos, puis le tissu de son top glissa sur ses hanches, puis sur ses pieds. Aussitôt, il abandonna leur baiser et plongea sa bouche entre ses seins dont les pointes étaient de plus en plus dures.

- Alex... gémit-elle.

Isabelle Rozenn-Mari

Puis ses lèvres se dirigèrent vers son ventre tandis que ses mains baissaient lentement sa jupe qui rejoignit rapidement son top.

Alex recula un instant puis la dévora du regard.

- Je retire ce que j'ai dit… tu n'es pas belle… tu es tout simplement magnifique…

Il fondit alors sur elle, la prit dans ses bras puis plaqua à nouveau sa bouche sur la sienne. De son côté, ivre de désir, Rose s'activait à déboucler sa ceinture d'une main, tandis que l'autre se posait voracement sur son sexe durci.

Alex grogna aussitôt, puis l'empoigna par les épaules.

- Tu me rends complètement dingue Rose !

Rose hoqueta brusquement tandis que sa peau se couvrait d'une vague de frissons.

Une main glacée était posée sur sa taille.

Elle eut un regard d'incompréhension envers Alex.

La main remonta alors lentement le long de son épine dorsale, provoquant de violents tremblements le long de son corps.

Son regard fut attiré par le miroir non loin d'elle *et ce qu'elle vit lui arracha un cri de terreur…*

16

Une jeune femme blonde au visage blafard se trouvait juste derrière elle et lui souriait de manière lascive.

Ses yeux cernés de noir étaient agrandis par un éclat pervers tandis que ses lèvres craquelées souriaient de manière démente.

Rose était comme hypnotisée par ce reflet et de violents frissons continuaient à la secouer, faisant taire son propre désir.

La main de la femme était de plus en plus glacée et remontait à présent vers son cou, laissant une trainée létale sur son passage.

La bouche de Rose s'agrandit et elle n'entendit pas les paroles d'Alex, de plus en plus pressantes, de plus en plus inquiètes.

Elle pivota alors avec une lenteur totalement surnaturelle, prête à faire face à la femme *tandis qu'un parfum écœurant de violette montait jusqu'à ses narines.*

Elle s'attendait à ne voir personne, comme dans la chambre du bas.

Mais elle était bien là, face à elle et Rose crut défaillir encore plus en constatant combien la femme lui ressemblait.

Elle aurait pu être sa jumelle.

Mais elle était surtout son ombre…

Une ombre maléfique, cruelle, dont le reflet risquait à tout instant de se briser sous l'effet de sa propre terreur…

La femme était vêtue d'une robe blanche, sertie de dentelles précieuses, mais élimées et déchirées, tout comme son vêtement.

Sa silhouette était floue, entourée d'un halo spectral tremblotant qui fit resurgir dans la tête de Rose l'écho de souvenirs enfouis depuis bien longtemps.

Une voix lointaine et assourdie sortit de ses lèvres blanchâtres dans un râle :

« *Rose… te voilà… enfin… nous t'attendions…* »

Puis son visage s'assombrit et une lueur démente anima plus que jamais ses yeux étrécis. Un filet de sang se mit alors à couler depuis son front, puis il s'agrandit en un flot pourpre continu. Sa robe blanche en fut bientôt recouverte.

La femme se mit alors à rire.

Un rire aigu et névrosé.

« *Je vois que le garçon t'a trouvée… tu verras, ils sont tous fous de nous, tu en feras ce que tu voudras ! Mais il y a un revers… il y a toujours un revers !* »

Puis le visage du spectre se fit plus dur :

« *Prends garde… il est là… il rôde… il revient toujours ! Il ne renoncera jamais, surtout maintenant que tu es là…* »

Une lueur blanche l'aveugla soudain l'obligeant à fermer les yeux.

Lorsqu'elle les rouvrit, la femme avait disparu.

Elle se tourna vers Alex, les yeux écarquillés et put enfin entendre ses paroles et constater son air paniqué.

- Rose… Rose ! Tu m'entends ? Mais bon sang, il se passe quoi là exactement ?

Elle s'assit sur son lit puis se mit à pleurer, vaincue par le déchaînement de peur à l'état brut dont elle était l'objet.

Folle… je suis folle…

Puis elle ferma les yeux, écrasant une larme amère entre ses paupières serrées.

Lorsqu'elle les rouvrit, elle était allongée sous ses draps. Une faible lueur éclairait la pièce, et les ombres éparses s'étiraient autour d'elle, noires et inquiétantes.

Elle sentit aussitôt les battements de son cœur s'accélérer

et tourna la tête dans tous les sens, balayée par une onde de panique abrutissante.

Elle tendit l'oreille et ses lèvres se mirent à trembler.

Était-elle toute seule dans cette horrible maison ? Alex l'avait-il abandonnée à son triste sort ?

Mais elle ne pouvait lui en vouloir.

Qui n'aurait pris la fuite face à son comportement de pauvre folle ?

Il fallait qu'elle sache.

- Alex ? Tu es là ?

Pas de réponse.

Elle se rallongea et fixa le plafond mansardé, l'œil vide.

Soit elle était vraiment folle, soit sa maison était réellement hantée comme tout Port-Launay semblait le penser...

Elle ne savait pas trop laquelle des deux hypothèses étaient la plus effrayante et dérangeante...

La porte du couloir s'ouvrit soudain dans un son feutré.

Puis des pas résonnèrent.

Des pas se dirigeant vers elle...

Rose remonta ses draps au-dessus de sa poitrine soulevée par sa respiration saccadée.

Lorsqu'elle aperçut la tignasse noire d'Alex apparaître dans l'encadrement de sa porte, un immense soulagement l'envahit.

- Alex, Dieu merci...

Il l'observait, les traits tirés.

- Rose... comment te sens-tu ?

Sa voix était voilée par l'inquiétude, mais il se forçait à sourire malgré tout.

Elle répondit à son sourire, mais sa voix était éteinte :

- Mieux, à présent que tu es là... j'ai eu peur que tu te sois enfui...

Il se rapprocha puis s'assit sur le lit sans la quitter du regard.

- Rose... bien sûr que je ne suis pas parti... mais je t'avoue que je ne suis pas habitué à susciter de telles émotions, j'ai tout de même été un peu surpris... je ne m'attendais pas à te faire un tel effet !

Rose eut un petit rire nerveux :

- Tu es bête… lui dit-elle gentiment.

- Plus sérieusement Rose, tu veux me raconter ce qui s'est passé tout à l'heure ?

À présent, son visage exprimait un grand sérieux et une compréhension acquise d'avance. La jeune femme secoua la tête.

Il ne pourrait jamais la croire.

Qui croirait ça ?

Mais face à son regard insistant, elle renonça à lui mentir. De toute manière elle n'en avait pas la force. Elle soupira, puis se lança :

- Je ne t'ai pas tout dit Alex… je n'ai pas fait qu'entendre des pas dans la maison… j'ai aperçu le reflet d'une jeune fille dans un miroir. Là, dans la chambre qui se trouve juste au-dessous de la mienne… et l'atmosphère était étrange… Puis elle a disparu. J'ai eu très peur…

Alex fronça les sourcils et lui caressa les cheveux. D'un geste, il lui intima de poursuivre.

- Et tout à l'heure… il y avait (elle hésita longuement). Il y avait une femme derrière moi… une femme vêtue d'une robe démodée depuis… au moins deux siècles ! Et elle saignait, et elle me disait des choses… que je n'ai pas comprises… elle avait l'air d'être complètement folle ! (Rose baissa les yeux). Oh tu dois te dire, *« pas plus que moi ! »* et tu as certainement raison… mais je te jure Alex je l'ai vue ! Et… Alex, nous aurions pu être sœurs tant nous nous ressemblions…

Le jeune homme posa une main sous son menton et releva son visage vers lui avec une grande douceur.

- Je te crois Rose.

Les lèvres de la jeune femme se mirent à trembler :

- Comment peux-tu me croire, même moi, j'ai peine à le faire !

Le jeune homme lui sourit :

- Je t'observais beaucoup lorsque tu venais en vacances chez ta grand-mère et, toute petite, je te voyais suivre du regard des choses que personne ne voyait en dehors de toi.

Parfois même, tu leur parlais… Comme tu as vu que tout le monde se moquait de toi, tu t'es faite plus discrète, mais j'ai remarqué que ton regard se troublait régulièrement. À l'époque, j'étais très ouvert d'esprit, et comme ma mère racontait que la maison était hantée, je me disais que tu voyais des fantômes…

- Et maintenant Alex, tu continues à y croire ? Demanda-t-elle, les larmes aux yeux.

- Oui… (il leva les yeux au plafond). J'avoue que tout ça me dépasse, mais… oui, j'y crois. Du moins… j'essaie !

Il se passa une main sur le front et l'observa longuement.

- Rose, il est indéniable que cette maison, hantée ou non, déclenche des morts violentes. Tes parents, puis mon ami. Sans compter toutes ces rumeurs… je refuse que tu restes ici plus longtemps. Viens, fais tes bagages, tu vas t'installer chez moi.

Puis il lui prit la main et tenta de l'entraîner à sa suite. Mais à sa grande surprise, la jeune femme résista. Il la dévisagea, incrédule.

- C'est gentil Alex, mais… j'ai besoin de réponses… il y a trop de zones effacées dans mon cerveau et je ne peux pas continuer toute ma vie à les ignorer. J'ai besoin de savoir… Et ce besoin est encore plus fort que la peur que j'ai en restant ici. Je suis sûre que cette maison pourra me rendre ma mémoire… je dois rester, tu comprends ?

Le visage d'Alex s'assombrit et il soupira longuement tout en l'observant.

- Tu es sûre de toi ?

- Oui…

- Alors, je reste moi aussi. Il est hors de question que je t'abandonne à ton sort.

Rose sentit son cœur bondir dans sa poitrine devant tant de sollicitude.

- Alex… tu es adorable, mais tu n'es pas obligé… Tu l'as dit, cette maison est dangereuse. Rien ne te force à rester…

- Rien ne me force en effet, dit-il très sérieusement, hormis que j'ai envie d'être avec toi et de te protéger...

- Alex... tu sais bien que je ne resterai pas à Port-Launay. Dit Rose d'une voix chevrotante.

Le jeune homme secoua la tête.

- Pour le moment, je ne veux pas y penser. Je veux juste être avec toi...

Pour toute réponse, Rose l'attira à elle et se lova dans ses bras en tremblant.

- Merci...

Il lui caressa la joue tendrement.

- Je t'en prie. À ton avis... qui était ton fantôme de tout à l'heure ? Était-ce le même que dans la chambre du bas ?

Rose frissonna de plus belle.

- Non... elles étaient différentes...

- Il y aurait donc plusieurs fantômes... Et si tu dis que cette femme te ressemblait, ce peut-il que ce soit une de tes ancêtres ? Après tout, cette maison appartient à ta famille depuis des lustres...

- Oui... j'y ai pensé...

- Et que t'a-t-elle dit exactement ?

Rose hésita.

- Je te l'ai dit... je n'ai pas compris ses paroles... et sa voix était si lointaine...

Alex se tut, semblant méditer ses paroles. Rose se mordit les lèvres. Elle ne voulait pas en réalité lui répéter les paroles du spectre. Elle était à présent convaincue que le fantôme avait parlé d'Alex. Mais elle l'avait également prévenue qu'il y aurait un revers à leur relation.

Mais lequel ?

Lorsqu'elle lui avait dit « *qu'il revenait toujours* », il s'agissait néanmoins de quelqu'un d'autre...

Qui ?

La réponse fusa : *l'homme du couloir, qui d'autre...*

Un autre spectre...

Mais que lui voulait-il !?

Pourquoi avait-elle dit qu'il ne renoncerait jamais ?

Renoncer à quoi ?
Et pourquoi « surtout maintenant qu'elle était là » ?

A nouveau, les paroles de cette odieuse comptine furent dans sa tête :

« *La rose est rouge au pied de la tour,*
La rose est rouge, belle comme le jour,
La rose est rouge, cours, cours !
Ne te retourne pas, car il est là,
Et il reviendra....

S'il s'agissait bien de ce spectre, qui était-il bon sang ?
Et cette affreuse ritournelle, était-ce une chanson qu'elle avait apprise lorsqu'elle était enfant ?
Devait-elle vraiment fuir ?
Était-il dangereux ?
Sa vie était-elle en jeu ?

Alex se racla la gorge.
- Rose... imagine que le suicide de tes parents ait un rapport avec tout ce qui se passe ici... tu ne veux pas lire la lettre ?
La gorge de la jeune femme se serra un peu plus encore et son souffle se fit court.
- Si... bien sûr... je dois la lire, tu as raison...
Alex lui fit face et la regarda avec une telle sollicitude que Rose en fut émue :
- Il est tard... veux-tu le faire maintenant ? Il serait peut-être préférable d'attendre demain matin...
Elle secoua la tête :
- Non... je vais le faire tout de suite. Et puis de toute manière, je crois que je serais incapable de dormir. Et si tu es avec moi, je n'aurai pas peur.
Elle se leva et se dirigea vers la commode, en ouvrit le tiroir du haut puis en retira son journal dans lequel elle avait glissé

l'enveloppe.

Elle l'observa un instant, indécise, puis revint vers le lit, le cœur battant.

Alex la regardait, un sourire aux lèvres :

- Rose... peux-tu t'habiller s'il te plait ? Je crois que je vais avoir du mal à veiller sur toi et à rester concentré si tu te balades dans cette tenue...

- Oh... je n'avais pas fait attention... lui répondit-elle, un peu gênée.

- Note que je ne m'en plains pas... répondit-il, son sourire s'élargissant de plus belle.

Rose attrapa une chemise de nuit dans la commode et la revêtit en souriant à son tour, finalement heureuse de cette diversion, puis elle regagna le lit, l'enveloppe serrée contre son cœur.

Elle déchira avec application le revers scellé avec le sentiment d'ouvrir la boite de Pandore.

Elle découvrit une écriture raffinée courant sur plusieurs pages et son sang se figea.

Elle allait enfin savoir ce qui avait poussé ses parents à se donner la mort...

Puis elle hoqueta en découvrant que la lettre commençait par son prénom...

17

« Rose,

Tu n'es pour le moment qu'une toute petite fille et lorsque tu liras ces lignes, tu seras une jeune femme.

J'espère alors que tu auras la force de me pardonner. De nous pardonner...

Je suis atteinte d'une grave dépression depuis des années mon ange et la vie m'est devenue totalement insupportable.

Je suis victime d'hallucinations depuis que je suis enfant. Je vois des « fantômes » et je suis la seule à les voir. Ils me parlent, tout le temps ! Et je n'en peux plus.

Je n'ai plus la force de me battre.

Je n'ai plus la force de les repousser.

Je n'ai même plus la force de m'occuper de toi...

Lorsque tu liras ces lignes Rose, je serai morte.

Je suis lasse de cette vie, lasse de les voir, lasse de les ignorer. Lasse d'être folle.

J'ai grandi dans cette maison et ces fantômes m'ont accompagnée durant toute mon enfance.

Puis j'ai tenté de fuir cette maison, ainsi que ta grand-mère qui avait beaucoup trop d'attentes envers moi, et je me suis même mariée. Elle voulait que je prenne le relais de cette lignée de femmes solitaires, ne vivant que pour et à travers cette demeure à laquelle elle semblait tenir par-dessus tout.

En réalité je crains que maman ne soit folle elle aussi...

Lorsque tu es née, elle n'a plus vu que toi, espérant que tu reprendrais un flambeau que j'avais moi-même rejeté.

Mais toi Rose, tu as pu t'échapper, grâce à notre mort et, je l'espère, vivre loin d'ici. J'ai laissé des consignes, et j'ai demandé à Bruno, le frère de ton père, qu'il fasse les démarches nécessaires afin qu'il devienne ton tuteur légal en cas de décès. Je n'ai confiance qu'en lui. Surtout pas en ta grand-mère et encore moins en ma sœur qui n'a pas un seul sou de jugeote...

Je vois bien que Bruno a trouvé ma requête étrange... mais après notre mort, il comprendra. Je lui ai laissé une autre lettre afin qu'il te prenne avec lui et qu'il t'amène à New York où tu pourras grandir loin de toute cette folie, et y échapper.

Fuis cette maison Rose ! Si tu lis cette lettre, c'est que tu es revenue. Peut-être à l'occasion du décès de ta grand-mère. Si c'est le cas, ne t'attarde surtout pas. Prends le premier avion et repars au plus vite. Sinon, tu risques de le regretter.

Les femmes de notre lignée sont maudites et je suis persuadée que c'est à cause de cette demeure.

Tu dois penser que tout ceci est insensé, mais en dehors de ta grand-mère, elles sont toutes mortes jeunes, et de morts violentes...

Je n'ai pas la force de rester. Je veux juste fuir. Fuir cette maison, fuir ma mère, fuir ma vie, fuir les fantômes, fuir ma folie surtout...

Pardonne-moi, mais je n'ai pas le choix. Je me sens si lasse que je n'appelle que la mort de mes vœux.

Pardonne-moi également, car je vais emmener ton père à ma suite. Il connaît mon projet, il voit comme je vais de plus en plus mal de jour en jour, comme je traîne mon malheur.

Ton père m'aime trop pour vivre sans moi. S'il ne tenait qu'à moi, je partirais seule. Mais voilà, il veut me suivre, et j'en suis navrée pour toi. Ne pense pas que ton père ne t'aime pas pour autant, mais il n'était probablement pas fait pour être père.

Cette maison sera notre tombeau.

Je te souhaite une belle vie Rose, et n'oublie pas, pars au plus vite !

Ta maman qui t'aime.... »

Après en avoir fini la lecture, Rose n'avait plus qu'une envie : chiffonner la lettre et la balancer le plus loin possible...

Une énorme boule s'était formée dans son ventre et les prémices de sombres sanglots commençaient à la secouer. *Mais elle ne voulait pas pleurer.*

Malgré les belles paroles de sa mère, elle les haïssait profondément pour ce qu'ils avaient fait.

Elle haïssait même son oncle qui avait participé à cette sordide mise en scène.

Elle relut la signature de la lettre et cela lui donna la nausée.

« Ta maman qui t'aime ».

Elle eut envie de hurler.

On n'abandonne pas ceux que l'on aime, surtout par lâcheté !

Si sa mère était dépressive, elle aurait pu être soignée ! Rose revit aussitôt la scène du canapé bleu, lorsqu'elle s'était pelotonnée contre elle et les larmes réprimées se mirent à couler le long de ses joues.

Leur suicide l'avait privée de la tendresse de sa mère.

Eh oui, elle s'était construite loin d'eux, mais sur des mensonges.

Sa vie ne reposait en réalité sur rien...

Quant à son père, elle se sentait doublement trahie par son geste. Il aurait pu au moins rester auprès d'elle. Il avait le choix. Mais non... il avait préféré la suivre dans la mort, *elle*. Qu'il n'ait pas été fait pour être père n'était pas un argument valable à ses yeux. Quelle que soit son histoire personnelle, il aurait dû être capable de la dépasser et prendre soin d'elle. Après tout, il avait participé à sa conception.

Fuir était bien trop facile.

Une vague de colère irrépressible prenait à présent son esprit d'assaut. Une vague qui grossissait et menaçait de tout emporter sur son passage...

C'est alors qu'elle remarqua la coupure de journal pliée en quatre dans un coin de l'enveloppe. Elle s'en empara et la déplia dans un geste de rage.

Une photo de la maison y apparaissait en noir et blanc,

accompagnée d'un titre racoleur.

« *Double suicide sur la propriété des Bénette à Port-Launay : un couple se donne la mort depuis la tour de la demeure* »

« C'est un horrible drame qui frappe la petite communauté de Port-Launay. Hier, dans la soirée, la fille de la propriétaire, Rachelle Bénette, ainsi que son mari, Karl Leprince, se sont donné la mort en sautant depuis la tour de la maison familiale. Ils laissent derrière eux une petite fille Rose, huit ans. Personne ici ne semble comprendre les raisons de ce double suicide.

« Ils avaient tout pour être heureux, confie Natacha Rio, une amie d'enfance de Rachelle, Karl était ingénieur automobile et gagnait très bien sa vie, et Rachelle incarnait la joie de vivre, et elle était si belle ! Quant à la pauvre petite Rose, c'est une enfant superbe, intelligente et très attachante. Je ne comprends pas... je ne comprends vraiment pas... »

« C'est un choc terrible, ajoute Marie-France Garnier, une amie de la famille bien connue pour sa contribution au sein des œuvres sociales de notre ville. Je connaissais Rachelle depuis toujours et jamais je n'aurais pensé qu'elle serait capable de se donner la mort, et encore moins de faire de sa pauvre enfant une orpheline, même si elle était un peu bizarre il faut bien l'avouer... je connaissais moins son mari, il parlait peu. Mais il semble que cette maison ait connu de nombreux drames... Je n'étais pas née, mais j'ai entendu dire qu'il y aurait eu d'autres morts étranges... »

Quant à Anita Bénette, elle n'a souhaité faire aucun commentaire, et nous respectons bien entendu son deuil. »

- Rose, vas-tu bien ?

La jeune femme était figée dans un mutisme empli de colère et en avait presque oublié son environnement.

Elle se tourna vers Alex qui l'enveloppait d'un regard soucieux et chargé de sollicitude.

- Non... non, je ne vais pas bien... confia-t-elle d'une voix voilée par le ressentiment. Tu... tu as lu la lettre et l'article ?

- Oui, confia-t-il une voix apaisante, en même temps que

toi... Je suis vraiment navré Rose...

Elle releva le menton en un geste de défi.

- Il fallait que je sache et à présent, tout est clair...

Alex leva un sourcil interrogateur.

- Eh bien oui... continua-t-elle en se raidissant de plus belle et en essuyant ses yeux. Mes parents ne m'aimaient pas assez pour tenter de trouver des solutions à leurs problèmes. Je n'étais pas assez importante à leurs yeux. Et tu sais quoi ? Et bien je m'en fiche complètement ! Ils avaient raison, j'étais bien mieux loin d'eux et je me suis construit une belle vie à New York. Je suis romancière et ma vie est... ma vie est...

Son regard s'agrandit et elle éclata en de violents sanglots, se réfugiant dans les bras d'Alex qui la serra contre lui tout en lui caressant les cheveux.

- Pleure Rose... il est l'heure pour toi de commencer ton deuil... Je sais parfaitement que tu ne t'en fiches pas. Tu es en colère et c'est normal. Et cette colère dissimule une grande tristesse. Alors, vas-y pleure ma belle...

Rose se dégagea de son emprise et planta ses yeux embués dans les siens :

- Ils n'en méritent pas tant Alex ! Se récria-t-elle avec des accents de désespoirs.

- C'est vrai... mais ils ont fait ce qu'ils pensaient être le mieux.

Rose eut un petit rire désabusé :

- Tu prends leur défense ou quoi ?

- Pas du tout. Leur geste est inexcusable je m'en rends bien compte, et il est de toute manière bien trop tôt pour que tu leur pardonnes. Mais cette lettre est un début pour toi. Elle te permettra de prendre un nouveau départ. Loin des mensonges et des faux-semblants...

Rose se tut et s'enfonça dans un mutisme empli de souffrance qu'elle n'arrivait pas très bien à comprendre.

Elle s'enfonça sous la couette et se lova contre Alex, puis elle sentit ses paupières devenir lourdes. Avant de s'enfuir vers un sommeil libérateur, elle entendit les paroles rassurantes d'Alex :

- Dors bien mon ange…

Au milieu de la nuit, Rose fut sortie du sommeil par un rêve épouvantable.

Elle était en nage et le seul mot qu'elle avait dans la bouche à présent était :

Non !

Mais une nouvelle fois, impossible de se rappeler de la teneur de son cauchemar. Encore engourdie par le sommeil, elle roula sur le côté et sentit avec reconnaissance et soulagement la chaleur du corps d'Alex tout contre elle.

C'est alors que tout lui revint en mémoire, et elle pressa un bout de la couette contre ses lèvres pour étouffer un sanglot.

La lettre…

Pourquoi cela lui arrivait-il à elle ?

Pourquoi toute cette folie ?

Insidieusement, la colère qu'elle éprouvait commença à se retourner contre elle. Elle n'avait pas dû être une bonne fille pour qu'ils choisissent de l'abandonner ainsi. En réalité, ils avaient dû être horriblement déçus par elle…

Sinon, ils auraient sûrement cherché des solutions, non ?

De frustration, elle mordit dans son poing jusqu'à ce qu'elle éprouve de la souffrance. Elle avait envie de se punir. Envie d'avoir mal. Aussi mal physiquement que ce qu'elle éprouvait moralement.

Elle se repositionna sur le dos et son corps se raidit sous l'effet de la noirceur qui commençait à l'envahir.

Elle frissonna et sentit une onde glacée la recouvrir entièrement.

Elle réalisa peu à peu que ce n'était pas seulement son esprit qui ressentait ce froid intense.

L'atmosphère de la pièce s'était considérablement rafraîchie et elle sentait à présent sa respiration s'exhaler en de petits souffles aussi piquants que des glaçons.

Peu à peu ce froid mordant s'insinua à travers sa chemise

de nuit, puis de sa peau, et elle se mit à trembler tandis qu'il traversait douloureusement ses os à la manière de petites lames acérées.

L'obscurité était totale, insondable, et les yeux de Rose balayaient inutilement ce gouffre de noirceur qui recelait probablement un danger qu'elle ne parvenait à appréhender, tandis que les battements de son cœur s'affolaient.

Elle remarqua alors que le parfum de violette commençait à se répandre autour d'elle, mais cette fois-ci, il était accompagné par une autre odeur, se mêlant aux fragrances fleuries dans une association particulièrement répugnante. Rose en eut instantanément la nausée.

C'était une odeur douceâtre, fétide, écœurante.

Une odeur de putréfaction...

Elle l'avait déjà sentie dans la chambre du bas !

L'odeur de la mort...

Non !!!

C'était lui !

Il venait pour elle !

Rose aurait voulu se redresser, secouer Alex pour le réveiller, mais elle était incapable du moindre mouvement.

Elle était tétanisée par la peur.

Une terreur abrutissante qui l'empêchait de bouger, et même de crier.

Seul un petit son à peine audible parvint à franchir sa gorge, mais il eut juste pour effet d'accentuer son sentiment d'impuissance.

Elle sentait la panique l'envahir tandis que ses yeux poursuivaient leur ballet inutile à travers l'obscurité glacée.

Elle sentait que cette nuit, les forces maléfiques qui habitaient la vieille demeure allaient se mettre en mouvement pour de bon.

Qu'il ne s'agirait pas que d'ombres inoffensives sans réel pouvoir de nuisance.

Elle sentait que ces forces l'appelaient à elles.

Qu'ils la voulaient.

Elle.

Et personne d'autre….

Insidieusement, elle commença à se dire qu'elle pourrait les rejoindre.

Et tout serait fini.

La boucle serait bouclée.

Avec elle.

Cette nuit…

Elle sentit alors une colère éclore en son cœur, puis se déployer en une gerbe abrutissante et envahir tout son être.

Cette colère était-elle la sienne ?

Elle ne savait plus trop. Mais au-delà de sa propre colère, elle sentait, *elle savait*, que cette maison était imprégnée de rancœur, de peur, de haine et surtout d'une rage froide et implacable. Et que ce sentiment réclamait à être nourri et entretenu…

Était-ce cette colère qui l'avait éveillée ? Qui l'avait appelée ?

Elle trembla de plus belle tandis que son corps se couvrait de chair de poule.

Le silence étendait son voile sur elle, accentuant de seconde en seconde la peur létale qui l'envahissait.

Un souffle glacial et nauséabond se répandit soudain sur son visage.

Des lèvres mortes et putréfiées se trouvaient tout près d'elle et des yeux vitreux l'observaient à cet instant, elle en était sûre…

Elle se figea encore plus, espérant ainsi échapper à son visiteur nocturne.

Espérant qu'il parte, qu'il la laisse tranquille !

Impossible, la dame le lui avait dit :

« Prends garde… il est là… il rôde… il revient toujours ! Il ne renoncera jamais ! »

Une masse s'écrasa alors sur le bord du lit, à quelques centimètres d'elle et elle sut que ses prières n'avaient pas été entendues.

Elle sentit alors son drap se soulever, puis des doigts visqueux et glacés se posèrent sur sa peau, à la manière d'un serpent malfaisant.

Elle entendit le son répugnant de la chair avariée se coller contre son mollet, puis remonter lentement le long de sa jambe en un ballet immonde. Les doigts s'insinuèrent sous le tissu de sa chemise de nuit. Rose retint son souffle, à la fois affolée et avide de savoir ce que ces doigts obscènes allaient oser lui faire alors qu'elle ne pouvait faire le moindre mouvement. Elle trembla et suffoqua lorsqu'ils frôlèrent son pubis et remontèrent lentement sur son ventre. Puis ils s'arrêtèrent sur un de ses mamelons, qu'ils pressèrent fiévreusement, s'attardant sur la pointe durcie par la peur et le froid.

Un son rauque et caverneux s'insinua alors dans son oreille. *Une voix d'homme déformée par la rage et le désir.*

« *Anna...* ».

Les doigts s'arrachèrent à la tiédeur de son corps et Rose ressentit un soulagement immense.

Plus rien ne bougeait à présent et la jeune femme crut un instant que le pire était derrière elle.

C'est alors que son drap s'écarta et qu'une masse immonde s'abattit violemment sur elle, l'écrasant de tout son poids. Puis une bouche glacée et putride se pressa sur ses lèvres tandis que des mains relevaient le tissu de sa chemise de nuit dans une lenteur surnaturelle.

Rose sentit un pic d'adrénaline se répandre dans ses veines et elle commença à nouveau à pouvoir bouger. Elle tendit les bras vers l'avant et tenta de repousser son assaillant tandis que l'odeur qu'il dégageait menaçait de la faire défaillir. Elle rencontra un vêtement rêche, visiblement en lambeaux puis ses doigts heurtèrent une matière dure et froide.

De désespoir, elle parvint à se dégager de ses lèvres odieuses puis poussa un hurlement de terreur mêlé de dégoût.

Une lumière se répandit alors sur elle. Elle tourna la tête et tomba sur le visage d'Alex, rongé par l'inquiétude et l'angoisse.

Ses yeux se dirigèrent alors devant elle, espérant et craignant tout à la fois rencontrer le visage de son agresseur.

Mais il n'y avait rien face à elle, et ses bras tendus ne rencontrèrent qu'un vide aussi rassurant qu'inexplicable.

18

Jusqu'ici, je faisais de nombreux cauchemars la nuit. Des rêves dont je ne me souvenais jamais. Mais à présent, c'est ma vie qui s'est transformée en un long et douloureux cauchemar et je sais que je suis prise au piège.

Je ne peux pas fuir cette maison….

La police est revenue ce matin. Le lieutenant Vittoz m'a annoncé que je devrais rester à Port-Launay le temps que l'enquête se termine.

Me voici plongée dans une enquête policière comme pourrait l'être Violet…

Car il y a eu un meurtre dans ma maison.

Mais s'il n'y avait que cela, ce serait presque simple !

Car au-delà de cet acte barbare, et très au-delà de mes convictions les plus profondes, je sais que cette maison est hantée.

Hier soir, j'ai vu le spectre d'une femme qui me ressemblait traits pour traits, et cette nuit, j'ai été attaquée par celui d'un homme qui a tenté de me violer… Un être abject, puant et répugnant. Je me dégoûte moi-même d'avoir été touchée par cette abomination.

Mais qu'y puis-je ?

Je crois d'ailleurs que ce spectre me surveille depuis mon arrivée…

Je me rends compte que tout ceci est complètement fou. Mais Alex me croit. Heureusement. Je ne sais pas ce que je ferais sans lui. Il est mon phare dans la tempête et je m'y accroche comme une noyée sur un rocher au milieu de l'océan démonté.

Et incroyablement, il y a pire…

Suite au meurtre de ce pauvre homme dans la cave, les langues ont commencé à se délier et j'ai su qu'il y avait eu d'autres décès dans cette maison, que les habitants de la ville la pensaient maudite. Alex a fini par m'avouer que mes parents y avaient eux-mêmes trouvé la mort.

Ils se sont suicidés !

J'ai finalement lu le courrier que m'avait remis ma tante Clarisse. Il avait été rédigé par ma mère avant son décès. Ma mère était dépressive et mon père l'aimait trop pour la laisser partir seule. Alors ils m'ont abandonnée...

Lorsque j'ai su qu'ils s'étaient suicidés, j'ai songé qu'ils avaient certainement eu de bonnes raisons de le faire. Des raisons implacables qui expliquaient leur geste, le rendant inévitable.

Mais à la lumière de cette lettre, je sais à présent qu'il n'en est rien... ma mère était juste malade. Elle n'a pas cherché à se soigner. Et mon père – ce lâche ! – n'a rien trouvé de mieux à faire que cautionner son geste absurde et d'en faire autant !

Je suis en colère contre eux, je leur en veux tellement !

J'appellerai mon oncle pour avoir plus d'explications, mais pour le moment, la rage obscurcit trop mon jugement. Je serais incapable de lui parler sans l'injurier il me semble.

Je n'ai jamais ressenti de telles émotions. J'ai l'impression que cela me ronge comme de l'acide et me détruit de l'intérieur.

Je ne me reconnais plus.

Je ne sais même plus qui je suis...

J'ai peur.

Peur de ces spectres, peur de cette maison, peur de moi...

J'ai même peur des sentiments que je commence à ressentir pour Alex ! J'ai peur d'Alex lui-même, malgré tout le réconfort que je trouve auprès de lui. Et cela non plus, je ne l'explique pas.

J'ai rencontré sa famille, et en dehors de sa sœur Laurette, ils forment une belle brochette de tarés. Sa mère est une mégère sans aucun scrupule derrière ses airs de bourgeoise « très comme il faut » – elle a carrément dit que j'étais une trainée comme toutes les femmes de ma famille ! Quant à son mari, qui n'est autre que l'ex-amant de ma mère, il a un regard vicieux et fourbe. Pour finir, il y a Rodrigue, son frère, il n'a fait aucun mystère sur l'attirance qu'il éprouve pour moi. C'était carrément indécent. Alex et Laurette s'en tirent plutôt bien avec de tels parents...

Pour le moment, ma colère me donne un semblant d'énergie que je vais utiliser pour en apprendre davantage sur toute cette histoire. Car je sais *qu'ensuite, je m'écroulerai...*

Rose posa son stylo et jeta un regard angoissé vers son lit.
Là où le spectre l'avait agressée.

Elle frissonna longuement à l'évocation de ce pénible souvenir.

Qui était-il ?

Et pourquoi l'avait-il appelée Anna ?

Elle avait demandé à Alex de consulter le dossier de sa maison afin d'en apprendre plus sur ses propriétaires successifs.

Elle avait connu de nombreux drames, des morts mystérieuses et même sa mère avait écrit que les femmes de sa famille mouraient jeunes et de morts violentes.

Il fallait qu'elle en sache plus.

Et surtout...

Pourquoi quelqu'un avait-il pris la peine d'assassiner Pierre Lenoir ? Était-ce réellement un acte gratuit ? Ou bien cet homme avait-il découvert quelque chose dans la cave qu'il n'aurait pas dû voir ?

Une chose qu'il fallait absolument cacher...

Rose soupira. Hormis sa tante et sa cousine, il ne subsistait plus rien de sa famille. À qui pourrait nuire un secret enfoui dans les entrailles de cette maison ?

Cela n'avait aucun sens....

***

- Tu sais qu'il y a eu un meurtre dans notre maison je suppose ?

Clarisse eut une moue contrariée tandis que Rose s'évertuait à afficher un calme qu'elle ne ressentait pas.

Elle s'était décidée à retourner voir sa tante et à présent qu'elle se tenait face à elle dans son salon lumineux et aéré, elle se rendait compte qu'elle ressentait également de la colère contre elle.

Pourquoi n'était-elle pas venue lorsqu'elle avait appris le meurtre ?

Elle avait pourtant eu l'air heureuse de la revoir l'avant-veille…

Avait-elle joué la comédie ?

Rose tenta de reprendre le contrôle de ses nerfs à vif.

Pourquoi attendait-elle de l'affection de la part de sa tante ?

Parce qu'elle ressemblait à sa mère ?

Il ne fallait pourtant pas qu'elle se fasse des illusions sur elle. C'était une personne bien trop centrée sur elle-même pour s'occuper du bien-être de quelqu'un d'autre. Sinon, elle aurait pris la peine de prendre de ses nouvelles… Or, ni elle ni sa grand-mère n'avaient pris la peine de l'appeler ou de lui écrire en dix-huit longues années.

Remplie de cet amer constat, la jeune femme croisa les jambes puis les bras en une parodie de protection illusoire contre toutes ces déceptions qui prenaient d'assaut ses murailles.

Clarisse lui sourit, mais son regard était fuyant.

- Rose, ma chérie… bien sûr que je l'ai appris ! Mais je n'étais pas chez moi hier et je ne l'ai su que tard dans la soirée. Je ne voulais pas te déranger. Bien entendu, je pensais passer te voir dans la journée. C'est vraiment terrible…

Malgré elle, Rose consulta sa montre.

Quinze heures… Sa tante ne s'était pas vraiment précipitée à sa rencontre…

Le regard de Clarisse se fit néanmoins inquiet :

- Rose… quoique tu en penses, je me préoccupe beaucoup à ton sujet. Ne crois pas que tu me sois indifférente. Après ton départ avec ton oncle à New York, j'ai appelé à plusieurs reprises, mais il refusait toujours de te passer la communication… Je n'en suis pas très fière, mais au bout d'un moment, j'ai fini par laisser tomber…

À ces paroles, le regard de Rose s'embua.

- Je… je l'ignorais.

- Je m'en doute… mais n'en veux pas trop à ton oncle, j'imagine qu'il pensait ainsi te protéger… (son regard se fit plus aigu). As-tu lu la lettre ?

Rose s'enfonça dans le canapé et son regard se figea sur le plafond. Elle hocha la tête, retenant un sanglot. Mais elle ne put prononcer la moindre parole tant des sentiments contradictoires se bousculaient en elle.

- C'est normal que tu leur en veuilles... ajouta sa tante d'une voix compatissante. Mais ne les juge pas trop hâtivement. Ta mère n'allait vraiment pas bien...

- Dépressive... cracha Rose. Mais mon père allait bien lui...

- Pas tant que ça...

À ces mots, Rose ramena son regard sur sa tante et la détailla avidement.

- Pourquoi dis-tu cela ?

Clarisse prit un air ennuyé.

- Eh bien, ce n'est pas à moi de te le dire... mais comme ils sont morts, je suppose qu'il y a prescription. Je ne pense pas vraiment que ta mère aimait ton père. Mais lui, il était totalement fou d'elle. Désespérément fou d'elle... je ne suis pas très étonnée qu'il l'ait suivie dans la mort.

- Je crois qu'elle avait un amant... confia Rose après quelques secondes de silence méditatif.

- Oh... tu es au courant ?

La jeune femme fronça les sourcils.

- Donc, j'avais raison... Alain Garnier, c'est bien de lui dont il s'agit ?

- Je vois que tu n'as pas mis longtemps à tirer tes conclusions... dit Clarisse dans un petit rire gêné. Oui, c'était bien lui. Mais peu de temps avant son suicide, ils s'étaient séparés. Je pense que c'est la vraie raison qui l'a poussée à mettre fin à ses jours...

- Mais... tu as lu la lettre... elle dit qu'elle se croyait folle... qu'elle voyait des fantômes, et que c'est à cause de ça qu'elle était dépressive !

Clarisse lui opposa une moue patiente et compréhensive :

- Rose...enfin... *des fantômes ?* Et puis quoi encore ? Non, ta mère était juste une femme qui n'acceptait pas d'avoir été quittée. C'est ce que je pense, mais cela n'engage que moi évidemment.

Rose se tut. Sa tante écartait durement l'hypothèse de la folie de sa mère et des fantômes qu'elle voyait, ou croyait voir. Elle s'était d'ailleurs gentiment moquée d'elle lors de sa première visite lorsqu'elle lui avait demandé si elle pensait que la maison était hantée. Impossible de lui parler de ce qu'elle avait vu là-bas dans ces conditions…

- Mais je ne comprends pas… j'ai vu une photo de ma mère et du père d'Alex. Ils avaient pourtant l'air très amoureux… Pourquoi l'aurait-il quittée ? Tu crois qu'il ne l'aimait pas ?

Rose se sentait vaguement nauséeuse de parler ainsi des relations extra-conjugales de sa mère, mais elle devait comprendre.

- Je pense qu'il l'aimait, confia Clarisse d'une voix soudain incertaine, mais à sa manière. Alain Garnier est un être fourbe et lâche. La seule personne qu'il aime vraiment, c'est lui… et il tenait trop à sa réputation pour continuer ainsi. Lui et Marie-France forment un couple lié par le souci des apparences. Et Marie-France n'était pas femme à laisser leur liaison perdurer…

- Tu penses que c'est elle qui lui a demandé d'y mettre un terme ?

- Oui… j'en mettrais ma main à couper…

Rose se tut une nouvelle fois et se réfugia dans ses pensées. *Ainsi, d'une certaine manière, cette femme détestable était à l'origine du suicide de ses parents…*

Cela ne la surprenait pas vraiment.

- Je suis vraiment navrée que tu apprennes toutes ces vilaines choses en si peu de temps ma chérie, ajouta sa tante en se pressant les mains l'une contre l'autre, mais il fallait bien que tu saches…

- Je suppose, oui…

Clarisse quitta son fauteuil et vint se placer sur le canapé à côté de sa nièce. Puis elle posa une main réconfortante sur sa cuisse.

- J'ai su que c'était toi qui avais découvert le corps de ce pauvre homme dans la cave. C'est vraiment horrible. Comment te sens-tu ?

Rose lança un regard las à sa tante :

- Je ne sais pas trop à vrai dire... il se passe tellement de choses dans ma vie en ce moment que je n'arrive plus très bien à faire la part des choses. Je t'avoue que je ne sais pas comment je fais pour ne pas m'écrouler...

- Je m'en doute... et... (elle hésita un instant), la police a-t-elle une idée de qui peut-être le coupable et ses raisons ?

- Pas vraiment... répondit Rose en se remémorant les paroles de Vittoz. Comme Pierre Lenoir était antiquaire, ils essaient de voir s'il était lié à un trafic quelconque qui aurait pu le mener à se faire des ennemis, mais il est trop tôt pour tirer des conclusions. D'après Alex, c'était un homme droit qui faisait son travail honnêtement... il ne croit pas en cette hypothèse.

- Évidemment... Alexandre Garnier ne va pas dire le contraire... persiffla son ainée.

- Clarisse... je vois bien que tu n'aimes pas trop Alex, mais pourquoi dis-tu cela ? Demanda Rose, de plus en plus lasse.

- Réfléchis ma chérie... Alex et Pierre étaient amis et ils avaient régulièrement l'occasion de travailler ensemble. Alex appelait Pierre pour estimer les biens lors des successions, il était facile de monter un trafic et de flouer les propriétaires en leur mentant sur la valeur de leurs objets. Je suis d'accord avec les policiers et j'ajoute que je me méfie de ton ami. Mais cela, je n'en fais pas mystère...

Rose secoua la tête, irritée par les paroles de sa tante.

- Tu te trompes Clarisse... Alex est un garçon vraiment bien, il n'aurait jamais fait ça.

- Je sais que tu traverses une période difficile ma chérie, mais il ne faut pas que cela obscurcisse ton jugement. N'oublie pas, les fruits ne tombent jamais bien loin de l'arbre qui les a portés. Ses parents sont bien trop tordus pour qu'il ne le soit pas lui aussi, ne serait-ce qu'un peu, tu ne crois pas ?

Rose dévisagea sa tante avec rancœur. Évidemment que les parents de son ami étaient odieux, mais Alex, lui, était adorable, de même que sa sœur Laurette.

- Non, je ne crois pas, asséna-t-elle d'une voix tranchante.

- Bon, je vois que tu l'as dans la peau ce garçon, soupira Clarisse. Je m'incline. Mais garde dans un coin de ta tête ce que je t'ai dit malgré tout, on ne sait jamais…

Rose se leva précipitamment. Elle n'avait plus du tout envie d'écouter sa tante. Elle avait espéré trouver un peu de réconfort auprès d'elle. C'était plutôt raté.

Avant de prendre congé, elle lui avait demandé où habitait Carole. Elle avait encore du temps devant elle avant de rejoindre Alex pour le dîner. Elle espérait pouvoir faire parler sa cousine au sujet de la maison. *Et peut-être des fantômes…* quelque chose lui disait que la jeune femme serait beaucoup plus ouverte d'esprit que sa mère.

Elle fit le trajet à pieds, en empruntant un chemin côtier. Elle n'avait pas pris la peine de louer une voiture et s'en félicitait tant les paysages étaient splendides. Les vagues de l'Océan Atlantique étaient démontées malgré un ciel sans nuage, augurant d'une tempête lointaine ou à venir. L'eau était d'un gris bleuté parsemé de crêtes d'écumes blanchâtres.

Ce spectacle parvint à l'apaiser tandis qu'elle aspirait l'air chargé d'effluves marins. Un vent frais s'était levé dans la matinée et elle avait dû se vêtir un peu plus chaudement que la veille. Mais au regard des quelques passants masculins posés sur elle, elle comprit que son jean et son pull ne suffisaient pas une nouvelle fois à la soustraire à l'attention des hommes. Elle frissonna à cette pensée.

N'était-elle qu'une jolie poupée à leurs yeux ? Ne voyaient-ils en elle qu'un jouet dont ils pourraient disposer ? Ne voulaient-ils pas connaître ses pensées profondes ? Sa personnalité comptait-elle si peu pour eux ?

Elle eut envie de tous les envoyer aux diables et décocha un regard noir à un homme qui arrivait à ses côtés.

Ce dernier prit aussitôt un air confus.

- Bonjour Mademoiselle Bénette... je vois que vous m'en voulez encore pour l'autre jour... Je suis navré que vous m'ayez surpris avec Carole...

Rose eut un mouvement de recul. Elle venait de reconnaître Gaby, le pêcheur rencontré au bar et qu'elle avait surpris dans un corps à corps torride avec sa cousine. Elle le détailla. Il était lui aussi vêtu d'un jean et d'un pull bleu marine, mettant en relief les courbes musclées de son corps. Leurs yeux se croisèrent et elle comprit qu'il avait suivi son regard. Elle en fut troublée.

Ses traits étaient durs, mais il dégageait malgré tout un certain charme.

Elle baissa les yeux, confuse.

- Bonjour Gaby... je...oui... il était évident que j'allais venir dans ma maison. Je ne comprends pas...

Elle le regarda à nouveau. Son regard démentait l'expression confuse de son visage. Il pinça son nez et le frotta vigoureusement.

- Je... nous ne pensions pas que vous viendriez si vite... J'avais dit à Carole que je vous avais croisée, mais elle n'en fait qu'à sa tête. Elle voulait que nous fassions... enfin, vous voyez... avant que vous récupériez la maison. Et moi, Carole, et ben je ne sais pas lui résister ! Dit-il dans un petit rire rocailleux.

Rose croisa ses bras contre sa poitrine.

- J'ai l'impression que c'est le cas de nombreux hommes...

- Oh... faut pas la juger comme ça. C'est une gentille fille, c'est juste qu'elle aime bien... s'amuser...

- Bien sûr... éluda Rose. Et d'après ce que j'ai vu, elle aime beaucoup s'amuser avec vous...

Aussitôt prononcées, Rose regretta ses paroles. Gaby ne s'en offusqua pas au contraire, il lui sembla qu'il s'en rengorgeait.

- Je suppose... dit-il d'une voix chargée de fierté tout en parcourant rapidement les courbes de Rose.

La tête de Rose commença à lui tourner. Elle se rabroua aussitôt en comprenant qu'elle n'était pas totalement insensible aux avances détournées du pêcheur.

Elle soupira, son oncle avait raison. Elle ne pouvait pas sympathiser avec un homme sans qu'il ait envie de la posséder. Elle devait se faire une raison…

Mais ses réactions à elle la laissaient perplexe. Elle avait toujours été exemplaire dans ses relations amoureuses. À vingt-six ans, elle n'avait eu que trois petits amis sérieux. Elle n'avait fait l'amour avec eux qu'au bout de plusieurs semaines et jamais de façon inconsidérée. Elle n'avait de toute manière jamais vraiment été attirée par le sexe.

Jusqu'à son arrivée à Port-Launay…

Comme si ce retour aux sources avait ouvert les portes d'une nature qu'elle avait jusque-là gardée sous clés.

Était-elle secrètement aussi dépravée que sa cousine ?

Elle songea à nouveau aux regards dont Rodrigue l'avait abreuvée la veille au soir. Elle devait bien avouer qu'elle n'y avait pas été totalement insensible… Son regard sur sa poitrine avait éveillé un feu qui couvait en elle, de même que lorsqu'il avait regardé ses cuisses.

Un feu qu'elle avait continué à alimenter en se jetant dans les bras d'Alex…

Si le fantôme n'était pas arrivé, elle se serait donnée à lui sans aucune retenue alors même qu'elle ne le voyait que depuis quelques jours….

Elle avait mis ça sur le compte d'une sorte de coup de foudre auquel elle n'avait pu résister. Mais puisque tous les hommes séduisants qu'elle croisait commençaient à lui faire de l'effet, elle se posait de plus en plus de questions sur elle.

Se connaissait-elle vraiment ?

Non, bien sûr… puisque toute son enfance ou presque avait été effacée de sa mémoire.

L'homme face à elle dut se méprendre sur son silence, car il se rapprocha d'elle et lui sourit sans dissimuler son désir.

- Mademoiselle Bénette… si vous le voulez, je peux passer

vous voir un soir...

Rose fit un pas en arrière, le cœur battant soudain plus vite, puis elle regarda tout autour d'elle. Il n'y avait personne d'autre qu'eux sur le chemin. Elle eut soudain peur qu'il ne tente quelque chose et son visage se crispa.

- Gaby... non, ce ne sera pas utile... je... je vois Alex en ce moment...

L'homme recula à son tour et son regard se durcit :

- Alexandre Garnier sera donc toujours sur mon chemin... (il cracha par terre). Bien... Carole ne jure aussi que par lui. (Il la contempla en silence puis s'inclina légèrement). Si vous changez d'avis, faites-moi signe !

Puis il reprit sa route non sans lui dédier un nouveau regard admiratif.

Rose frissonna longuement avant de poursuivre à son tour la sienne.

Même si les hommes l'avaient toujours admirée, jamais elle n'avait ainsi fait l'objet d'avances aussi directes...

19

- Tiens, ma chère cousine… lui dit Carole après avoir ouvert sa porte.

Rose laissa courir son regard sur sa cousine, vêtue d'une robe fluide de teinte vert émeraude soulignant ses courbes voluptueuses. Elle était coiffée négligemment et ses lèvres gonflées étaient dépourvues de maquillage.

- Ne me dis rien Carole… tu étais avec Gaby je me trompe ?

La jeune femme étira ses lèvres en un sourire félin tout en l'invitant d'un geste à entrer.

- On ne peut rien te cacher…

Rose eut le souffle coupé en découvrant la vue incroyable que sa cousine avait depuis son appartement placé au dernier étage d'un immeuble moderne. Les baies vitrées étaient entièrement recouvertes d'un dégradé de bleu, partant d'un ciel azur jusqu'à l'océan marbré de gris. Seules les courbes lointaines d'un bateau de pêche au loin venaient rompre ce déferlement bleuté.

Elle étudia ensuite l'intérieur de l'appartement et fut à peine moins impressionnée. Tout ici respirait le luxe. Depuis les parquets chaleureux jusqu'aux meubles design et la décoration soignée.

Carole lui désigna un immense canapé d'angle blanc :

- Je t'en prie, assieds-toi… je suis ravie de te voir cousine. Ajouta-t-elle tout en s'asseyant tout près d'elle. Puis elle croisa ses jambes fuselées et passa une main dans sa chevelure de feu, la regardant d'un air amusé et curieux.

- Heu... merci, moi aussi. Dit-elle un peu précipitamment.

- Je t'offre un café, un thé ?

- Un café, je veux bien. Noir, sans lait et sans sucre.

Carole eut un petit rire.

- Décoince-toi un peu ma belle... tu aurais pourtant bien besoin de douceur et de légèreté tu ne crois pas ?

Rose fronça les sourcils, consciente qu'elle ne parlait pas que du café :

- Tout va très bien de ce côté, je te remercie...

- Si tu le dis...

Carole s'éclipsa puis revient quelques minutes plus tard avec un plateau chargé de deux tasses de café, d'une bombe de crème fouettée et de sucettes de sucres candis cristallisés, brillantes et colorées. À côté, elle avait disposé une assiette qu'elle avait garnie de petits cookies au chocolat.

Rose ne put s'empêcher de sourire :

- On dirait que tu aimes bien te faire plaisir !

- Oui, définitivement oui !

Elle reprit sa place puis ajouta de la chantilly dans sa tasse. Enfin, elle prit un bâtonnet de sucre et s'en servit pour remuer le contenu d'un air gourmand.

- Tu es sûre que tu n'en veux pas ? Questionna-t-elle d'une voix engageante.

Rose hésita. Elle n'avait pas l'habitude de faire des excès. Elle aimait bien contrôler son alimentation et manger sainement. Elle haussa les épaules :

- Après tout, pourquoi pas, ce n'est pas tous les jours !

- Je m'en doutais ! Rétorqua sa cousine d'un air complice, tu n'es pas aussi coincée que tu en as l'air...

Elle ajouta aussitôt la crème et le bâtonnet et présenta la tasse à Rose.

- Je... heu, merci... je suppose que c'est un compliment venant de toi !

Carole eut un sourire en coin et ses yeux ambrés se mirent à briller. Elle dévisagea carrément Rose, ce qui mit aussitôt la jeune fille mal à l'aise :

- Alors, as-tu finalement couché avec notre Alex ?

Rose faillit s'étouffer avec le café qu'elle était en train d'avaler.

- Je... non... et puis ça ne te regarde pas !

La rousse lui lança un regard perspicace :

- Hum... pas encore, mais cela ne saurait tarder apparemment... quand le revois-tu ?

Rose se sentit aussitôt rougir.

- Oh, ce soir ? Conclut Carole en riant.

- Arrête avec ça, tu ne crois pas que j'ai autre chose en tête en ce moment ?

- De mon côté, à ta place, rien d'autre ne m'intéresserait en tout cas...

- Tu es tout de même au courant pour le meurtre ?

- Bien sûr. C'est très triste, mais on y peut quoi ? Rétorqua-t-elle d'une voix neutre. Absolument rien, alors autant continuer à s'amuser...

Rose la dévisagea, choquée :

- Tu n'as donc aucune conscience ?

- Absolument aucune... confirma Carole dans un sourire implacable. Honnêtement Rose, le monde est assez fou et dangereux comme ça et nous ne pouvons pas le changer. Alors, moi, je préfère prendre du bon temps et ne pas y penser. C'est ce que tu devrais faire toi aussi, tu serais beaucoup moins ennuyeuse...

- Je ne suis pas ennuyeuse... contra-t-elle d'une voix crispée.

- Si, et à mourir... ajouta la rousse en levant les yeux au plafond.

- Tu ne sais pas de quoi tu parles... tu n'as aucune idée de ce que j'ai traversé ni ce que je vis actuellement. Pas de quoi rire à se rouler par terre !

Rose sentait la colère refaire surface.

Qui était cette petite dévergondée pour lui faire ainsi la morale ?

- Oh, je t'en prie... je la connais par cœur ton histoire... la pauvre petite fille dont les parents sont morts et qui a vécu comme une princesse auprès d'un oncle richissime et qui est devenue une romancière reconnue. Arrête, tu vas me faire pleurer... Regardons les choses en face Rose, la mort de tes parents était la meilleure chose qui pouvait t'arriver.

La jeune femme écarquilla les yeux, choquée.

- Tu... tu ne sais pas de quoi tu parles ! Mes parents se sont suicidés ! Sa voix partait à présent dans les aigus.

À sa grande stupeur, la rousse éclata d'un rire sarcastique :

- La belle affaire... ils étaient tarés de toute manière, ils ne pouvaient pas te faire un plus beau cadeau. Sois un peu lucide, si tu étais restée, tu n'aurais rien fait de ta vie. Tu serais devenue une jolie poupée autour de qui tous les hommes auraient tourné. Tu aurais fini par mettre le grappin sur un vieux cochon et tu aurais vécu dans le luxe et l'ennui...

Rose parvint enfin à relâcher le souffle qu'elle avait retenu tout au long des paroles de sa cousine. Elle se radoucit :

- Tu veux dire... comme toi ?

Les yeux de la rousse se mirent à briller de plus belle :

- Eh oui, princesse. Comme moi... J'ai grandi sans père auprès de ma mère et de ses nombreux amants. Ma mère n'en a peut-être pas l'air comme ça, mais elle a vraiment un grain... Alors, je vis, comme je peux, et surtout, je m'amuse ! Inutile que tu prennes ton air plein de pitié va... je ne m'en sors pas si mal que ça...

Le silence s'installa entre les deux cousines et Carole en profita pour piller l'assiette de gâteaux au chocolat. Rose de son côté touillait inlassablement sa tasse de café sans parvenir à se prendre au jeu gourmand instauré par la jeune femme.

C'était dur à encaisser, mais ses paroles avaient fait écho à des pensées qu'elle tentait de contrer coûte que coûte.

Elle n'aurait pas été celle qu'elle était aujourd'hui sans la mort de ses parents.

C'était triste, mais vrai et elle le savait.

Cela n'empêchait pas son cerveau de partir dans tous les sens. Mais au moins, sa cousine lui avait permis de dédramatiser un peu la situation. Elle décida de jouer cartes sur table avec elle :

- Carole, la maison… tu crois qu'elle est hantée ?

Le visage de la jeune femme s'éclaira et un rire perçant naquit de sa gorge avant de se répandre en une cascade claire et vibrante.

- Oh… il paraît oui… mais je n'ai jamais vu de fantômes de mon côté !

Rose ne put s'empêcher de se sentir déçue. Mais sa cousine redevint soudain plus sérieuse.

- Mais c'est normal… seules les propriétaires légitimes de la maison ou ses héritières peuvent les voir. Alors… moi et maman n'avons jamais aperçu le moindre petit bout de spectre. Cela t'est réservé mon ange… (elle lui fit un clin d'œil). Maman me le disait déjà quand tu étais petite *« Rose voit les dames de la maison… »*. Alors comme ça, ça a recommencé à ton retour ?

Rose ressentait chaque fibre de son corps se hérisser aux paroles de sa cousine.

- Oui…dit-elle d'une voix blanche. Et pourtant je ne suis pas du genre à croire au surnaturel. Mais je n'ai pas eu le choix. C'était ça ou j'admettais que je sombrais dans la folie. Comme ma mère l'a cru elle aussi.

Le front de Carole se plissa et elle se pencha vers elle comme pour lui confier un secret :

- Rose… ta mère a toujours su que c'était réel…

- Mais… alors, pourquoi a-t-elle prétendu le contraire dans sa lettre ?

- Ça je n'en sais rien… c'est même étonnant. C'est un secret qui se transmet de mère en fille dans la famille. Elle ne pouvait pas passer à côté !

Rose se tut à nouveau, un peu dépassée par les aveux de sa cousine.

- Je ne comprends pas… même ta mère m'a dit qu'elle n'y croyait pas !

À ces mots, ce fut au tour de Carole de se renfermer.

- Je te l'ai dit, maman a un grain. Elle a commencé à

dérailler quand on a quitté Port-Launay. Comme si partir d'ici l'avait profondément chamboulée. Depuis, elle dit ou fait des choses bizarres. Bien sûr qu'elle y croit ! Enfin, elle y a cru en tout cas puisque c'est elle qui m'en a parlé. Mais raconte... à quoi ils ressemblent ces fantômes ? Je mourais d'envie de te poser la question lorsque nous étions enfants, mais grand-mère m'avait interdit de t'en parler. Comme si je n'étais pas assez *pure* pour participer au secret familial ! Maman a dû te raconter, mais à chaque génération, il ne nait qu'une fille. L'une des deux jumelles était de trop, et son rejeton avec !

Rose acquiesça, mais elle n'était plus trop sûre d'avoir envie d'en parler.

- Oh... tu sais... c'est difficile à décrire.

- Essaie quand même !

- Très bien... j'ai aperçu une première dame. Mais rapidement, dans un miroir. Elle était brune et son visage était brouillé, comme mêlé de brume, mais elle était effrayante... L'autre dame était blonde. Son visage et son corps n'étaient pas trop définis, son visage était d'une blancheur livide et ses vêtements étaient d'une autre époque. Et surtout... (Rose frissonna), elle avait du sang partout...

- Wahou... j'adorerais voir ça moi aussi ! S'exclama la rousse avec une mine admirative.

- Non, crois-moi, tu n'aimerais pas ! Contra-t-elle. Sans compter les bruits, les odeurs bizarres, et... (Rose se figea).

- Et quoi ?

Rose tourna un visage tourmenté vers sa cousine :

- Et il y a l'homme....

- Un homme ? S'étonna Carole. Mais d'après maman il n'y a que des femmes qui hantent la maison !

Au souvenir des mains qui l'avaient touchée, Rose se recroquevilla sur elle-même. Elle eut un sourire désabusé :

- Moi, je peux te dire qu'il y a un homme...

Carole haussa les épaules :

- Après tout, pourquoi pas... et dis-moi, ils t'ont parlé ? Ils t'ont touchée ? À ces mots, le visage de la rousse se fit avide.

Rose se recroquevilla de plus belle :

- Je… heu… non…

Carole la regarda longuement, visiblement peu dupe de son mensonge, mais elle n'insista pas.

- Parle-moi de Grand-Mère… demanda brusquement Rose, désireuse de changer de sujet.

Carole fit un geste désabusé :

- C'était une vieille peau, une teigne, une saloperie sans nom…. Cracha-t-elle, la voix chargée de mépris.

- À ce point ?

- Oui, à ce point… répondit Carole très calmement. Elle n'avait jamais un mot gentil pour moi ou pour maman, sauf quand elle la prenait pour ta mère ! Là, ce n'était plus la même !

- Je vois… mais tu disais qu'elle était un peu sorcière…

Le visage de la rousse exprima une gêne inhabituelle.

- Oh, je te l'ai dit, elle faisait pousser ses putains de plantes dans son carré de potager et préparait des potions qu'elle vendait à tout un tas de crédules qui ne juraient que par elle. Elle disait qu'elle était « phytothérapeute », rien que ça ! Comme si elle était médecin ou un truc du genre ! C'était un *don* qui se transmettait de mère en fille. Mais comme elle a tout appris à sa fille chérie et rien à ma mère, ses secrets sont morts avec cette vieille bique ! J'ai moi-même appris deux, trois trucs en l'observant, mais pas assez pour en savoir autant qu'elle. Si ta mère avait vécu, tu aurais eu le grand honneur de devenir la nouvelle sorcière en chef !

- Oh, ça a l'air réjouissant dit comme ça… j'ai loupé quelque chose apparemment.

Carole l'observa, un sourire en coin :

- Tiens donc, tu aurais même un peu d'humour… arrête, je vais finir par bien t'aimer…

- Dieu nous en préserve ! Renchérit Rose en souriant également. Et sinon, tu as connu notre grand-père ?

Carole ricana :

- Rose… tu n'as pas encore compris ? Les femmes de notre lignée ne se lient à aucun homme. Sauf ta mère, mais cela ne l'a pas tirée d'affaire pour autant ! Grand-mère était comme moi. Pour les hommes, c'était une putain de salope. Moi je dis simplement qu'elle s'amusait... mais à l'époque ce n'était pas perçu ainsi évidemment. Alors te dire qui était notre grand-père ? Je n'en sais rien, et elle-même ne devait pas le savoir non plus ! Pas plus que ma mère ne sait de qui je suis la fille !

Rose ouvrit la bouche en rond. Sa grand-mère était *« une salope »*... Ces mots avaient de quoi surprendre...

- Tu as l'air choquée... remarqua Carole d'une voix amusée.

- Choquée ? Répéta-t-elle, interloquée. Oui... j'avoue, quand même un peu !

- Ne le sois pas... Et donc, tu revois ce cher Alex ce soir... passe-lui le bonjour de ma part, ainsi que mes meilleurs souvenirs...

- Carole, arrête avec ça s'il te plait... répondit Rose d'une voix lasse.

La jeune femme lui sourit malicieusement :

- Connais-tu Rodrigue, son frère ?

Rose soupira longuement.

- Oui, j'ai eu le déplaisir de le rencontrer hier soir...

Carole se mordit les lèvres :

- Tu as tort de dire ça, il fait l'amour comme personne...

- Évidemment, tu as couché avec lui aussi... soupira Rose.

- Évidemment ! Et tu devrais essayer toi aussi... Je suis sûre qu'il t'a fait des avances, je me trompe ?

Rose jeta un œil contrarié vers sa cousine :

- Plus ou moins, mais nous étions en compagnie de ses parents, alors il ne s'est pas montré trop insistant.

- Il le fera. Une fois qu'il a repéré une proie, Rodrigue ne la lâche plus !

- Une proie ? Charmant...

- Oui, une proie. D'autant que son frère est fou de toi, c'est presque une mission divine pour lui.

- Rien que ça...

La rousse posa un doigt sur les lèvres de Rose qui écarquilla les yeux :

- Oui, et je peux te dire qu'il finira par t'avoir…

Rose s'empara de la main de sa cousine et l'écarta d'un geste brusque.

- Ça suffit maintenant. Je ne suis pas une débauchée, je n'ai rien à voir avec…

- Avec moi ? Compléta Carole en riant tandis que Rose se sentait prise en faute. Peut-être pas pour le moment, mais je sens des pulsions courir dans tes veines. Tu les as réprimées très longtemps, mais elles ne demandent qu'à être assouvies et tu le sais parfaitement ! Arrête de lutter Rose, tu as ça dans le sang comme toutes les femmes de ta famille… comme ta mère avant toi…

- Non ! S'énerva Rose, je ne suis pas comme ça !

- À oui, c'est vrai, j'avais oublié… persifla Carole, tu es une princesse, une sainte remplie de bons sentiments !

- Arrête !

Rose s'était levée et serrait à présent les poings en direction de sa cousine. Celle-ci se mit à nouveau à rire. Puis elle se leva et lui fit face tout en parcourant la ligne de ses seins d'un doigt provocateur.

- Tu ne peux pas lutter contre ta vraie nature Princesse…

À nouveau, Rose captura sa main. Elle la serra ensuite, consciente de faire mal à sa cousine.

- Oh, la princesse se rebelle… mais tu peux y aller, la douleur ne me fait pas peur. Elle lui dédia alors un sourire équivoque.

- Arrête de m'appeler Princesse, et garde tes distances !

Rose tourna aussitôt les talons et se dirigea vers la porte. Tandis qu'elle l'ouvrait, elle entendit la voix de sa cousine la héler, un brin moqueuse :

- Il y en a un autre qui adorerait te culbuter, c'est Gaby… tous les hommes en ont envie Princesse ! Ils te désirent tous, tu devras t'y faire, et tu verras, tu adoreras ça toi aussi…

- La ferme ! Rugit Rose en faisant claquer la porte derrière elle.

Elle sortit de l'immeuble, le cœur empli d'une rage meurtrière sans regarder en arrière, certaine que sa cousine l'observait depuis sa tour d'ivoire.

Elle se dirigea d'un pas vif vers le centre-ville, prête à fondre sur le premier idiot qui oserait la regarder de trop près.

Elle était furieuse, mais elle ignorait si c'était contre sa cousine ou contre elle-même. D'une certaine manière, elle savait que sa cousine avait raison et c'était cela qui la dérangeait le plus. Elle n'avait fait que dire tout haut ce que Rose commençait à craindre.

Le sexe n'avait jamais été une équation dans laquelle elle avait brillé jusque-là. Au contraire même. Et à présent, de la lave semblait avoir subrepticement remplacé la substance aqueuse qui coulait jusque-là dans ses veines.

C'était effrayant.

Mais pas plus que les fantômes, le meurtre et le suicide de ses parents...

Lorsqu'elle arriva devant sa maison, une vague de frissons la parcourut tandis que cette dernière déversait son ombre tentaculaire sur elle.

Oui, il y avait bien plus effrayant que les pulsions qui venaient de naître en elle...

Il suffisait de regarder cette demeure pour s'en convaincre...

20

Trouver l'appartement d'Alex n'avait pas été bien compliqué. Il l'avait appelée et lui avait proposé de passer la chercher, mais elle aimait bien marcher. Elle ne pouvait s'empêcher de comparer le calme de ces rues à l'animation échevelée des avenues de New York. Et elle en appréciait le contraste.

Dix minutes lui suffirent pour atteindre l'immeuble de son ami. Tout comme celui de sa cousine, il était tourné vers l'océan. Il était de facture plus ancienne, mais son architecture parsemée de moulures ouvragées indiquait clairement son caractère ostentatoire.

Rose appuya sur la sonnette de l'interphone signalé au nom d'Alexandre Garnier. Aucun son ne sortit de l'interphone, mais la porte s'ouvrit presque instantanément.

Alex attendait visiblement son arrivée avec impatience…

Dans le hall d'entrée, elle admira les sols en marbre qui lui confirmèrent l'impression de luxe qu'elle avait eue à la vue de la façade. Elle s'arrêta devant une surface recouverte de miroirs et contempla son reflet.

Elle ne pouvait nier qu'elle avait mauvaise mine, les nuits précédentes avaient été mouvementées et bien trop courtes, mais elle ne s'en sortait pas si mal que ça.

Agacée par les commentaires de sa cousine, elle avait mis un simple jean et un chemisier noir plutôt sage. Elle avait laissé ses cheveux cascader sur ses épaules et avait juste souligné ses yeux d'un trait de Khôl et ses lèvres d'un gloss rose pâle. Elle se figea devant son image, puis soupira. Elle avait l'air d'avoir à peine dix-sept ans ainsi apprêtée ! Mais elle releva le menton en signe de défi et se dirigea vers l'escalier, boudant l'ascenseur qui lui tendait les bras.

Le visage d'Alex s'éclaira dès qu'il ouvrit sa porte et elle ne put elle-même empêcher ses lèvres de s'étirer en un sourire rayonnant.

Elle s'attarda sur sa chevelure sombre, ses yeux d'un vert étincelant et sa bouche délicatement ourlée. C'était à peine croyable, elle l'avait vu le matin même, mais il lui avait horriblement manqué...

Lui-même paraissait sous le choc. Il s'effaça sans dire un mot tout en la laissant entrer en la dévorant du regard.

Elle s'arracha à ses yeux le temps d'étudier son environnement. L'appartement était vaste. Elle venait d'entrer dans un immense salon décoré de façon très masculine avec plusieurs fauteuils de cuir brun assemblés autour d'une table de verre aux rebords biseautés. Les murs avaient une teinte gris acier et gris clair selon les zones de la pièce. Une immense télé dernier cri s'étalait sur l'un d'entre eux, tandis qu'un poêle en fonte apportait à l'ensemble une touche rustique.

- C'est très joli... remarqua Rose d'une voix éraillée.

Leurs regards se soudèrent et il fallut une détermination sans faille à la jeune femme pour ne pas fondre sur lui.

Ce fut lui qui allongea ses pas vers elle. Il la prit d'autorité dans ses bras et s'empara de ses lèvres en retenant un soupir de plaisir.

Rose sentit son corps se ramollir et s'ouvrit à ce baiser qu'elle réclamait de toutes les fibres de son corps. Leurs langues se mêlèrent avec avidité tandis que les mains d'Alex enveloppaient sa taille tout en la pressant contre lui. De son côté elle passa ses bras autour de son cou.

Il se détacha d'elle et la regarda, un sourire aux lèvres, tandis qu'elle conservait ses yeux mi-clos.

- Rose... c'est fou, mais tu m'as manqué. Je ne devrais pas te le dire, mais j'ai pensé à toi toute la journée...

À ces paroles, Rose se sentit défaillir.

- Pourquoi t'es-tu arrêté ? Dit-elle dans un murmure langoureux.

Elle entrouvrit ses lèvres, appelant les siennes de tout son être. Alex la fixait, comme hypnotisé. Mais d'un geste, il s'écarta d'elle pour de bon avec un sourire d'excuse.

- Plus tard Rose…

La jeune femme écarquilla les yeux et prit une moue boudeuse.

- Pourquoi plus tard ?

Alex eut un sourire que Rose jugea à la fois adorable et agaçant.

- Le travail d'abord… aurais-tu déjà oublié ce que tu m'as demandé ce matin ?

Rose l'observa, troublée. En présence du jeune homme elle perdait totalement le fil de ses pensées. C'en était presque gênant. Il occupait tout son espace. Il n'y avait alors de place pour rien d'autre.

Alex se mit à rire, visiblement flatté, ce qui l'agaça encore plus.

- Rose… poursuivit-il, tu m'as demandé de faire des recherches sur les propriétaires de ta maison, tu t'en souviens ?

La jeune femme hocha la tête, confuse.

- Oh, oui, bien sûr… la maison… puis elle se mura dans un silence confus.

Elle n'aimait pas être à ce point sous l'emprise d'une autre personne. Elle sentit une boule désagréable se former dans sa gorge. Alex lui faisait perdre la tête et elle n'aimait pas cette sensation. Jusqu'ici, elle avait toujours dit être une femme indépendante. Lorsqu'elle était avec Jason, elle pouvait très raisonnablement passer plusieurs jours sans le voir sans que ce ne soit un drame.

Alex lui… et bien il lui manquait au bout de quelques heures seulement. Il l'aimantait littéralement et cela lui faisait peur.

Elle regarda d'un air absent le jeune homme se diriger vers

une petite étagère de laquelle il extirpa un dossier cartonné marron délavé.

Il revint vers elle, le regard rivé sur ses yeux, à la fois sûr de lui et attentif à elle.

Il posa le dossier sur la table basse et passa une main derrière son cou.

- Je suis navré, mais je n'ai pas eu le temps de le consulter. Je n'ai pas arrêté de la journée...

Rose se rapprocha et porta la main sur le dossier. Puis elle la posa à plat dessus, sans pour autant l'ouvrir, un peu hésitante.

- Oh... c'est le titre de propriété de ma maison ? Il est plutôt épais...

- Ce n'est pas étonnant, elle est vraiment ancienne.

Puis il délia agilement l'attache en tissu dans la boucle qui fermait l'ensemble.

Rose recula légèrement puis s'installa dans un fauteuil à l'assise un peu dure. Elle observa Alex étaler quelques feuillets, le cœur s'accélérant dans sa poitrine. La plupart des documents étaient jaunis par les âges et leurs bords s'émiettaient par endroits. Le jeune homme fit un tri rapide, les sourcils froncés puis se tourna vers elle tout en lui désignant un premier document.

- Ici, il est dit que la première propriétaire a hérité du terrain en 1820 et que la construction de la maison a démarré cinq mois plus tard. Elle s'est terminée en 1822.

Rose contempla le feuillet bruni. Tout était rédigé à la main dans une écriture raffinée agrémentée d'arabesques élaborées. Des taches d'encre ponctuaient le document de minuscules gouttelettes étoilées.

Rose sortit un carnet de son sac puis se saisit d'un stylo, prête à prendre des notes.

- Peux-tu me dire le nom de cette femme ?

Alex hocha la tête distraitement puis sourit :

- Ce document m'en apprend également plus sur ma famille. C'est un certain Émilien Garnier qui a rédigé et signé l'acte !

- Tu veux dire que l'étude notariale appartient à ta famille depuis si longtemps ? S'étonna Rose. C'est fou…

- Oui, moi-même je n'y avais pas prêté attention… je savais que c'était une affaire familiale de longue date, mais à ce point…

- Tu as toujours voulu être notaire Alex ?

- Cela a l'air de te surprendre… mais oui… en fait, c'est à peine si je me suis posé la question ! Comme Rodrigue semblait plus intéressé par la peinture – obsédé serait plus approprié d'ailleurs ! – et bien je me suis tourné naturellement vers les études de notaire pour reprendre le flambeau. C'est comme un héritage en fait…

- Oh… Rodrigue est artiste peintre ? C'est marrant, je le voyais plutôt… non en fait, je ne le voyais pas du tout ! Pouffa Rose. Il fait un peu dandy sur les bords quand même. Il vit de sa peinture ?

Alex lui sourit de plus belle et son visage exprima un étonnement amusé :

- Bizarrement, oui…

- Et il peint quoi ?

Une lueur espiègle s'alluma dans les yeux d'Alex :

- Oh, et bien, des paysages marins par exemple…

À ces mots, les yeux de Rose s'agrandirent de surprise :

- Non… tu veux dire que les huiles que j'ai vues chez tes parents étaient de lui ? C'est lui *« l'artiste de grand talent promis à un grand avenir »* si l'on s'en tient aux paroles de ta mère ?

Alex se mit à rire :

- On peut compter sur maman pour tout théâtraliser, mais oui, effectivement, il s'agit bien de Rodrigue.

Rose fit la moue :

- Cela aurait été plus simple de le dire…

- Nous aimons entretenir le mystère dans la famille, que veux-tu…

- On dirait… et sinon, que peint-il ?

Le regard d'Alex se durcit :

- Toutes sortes de choses. Parfois assez sombres. Tout dépend de son humeur qui n'est pas très constante. Mais j'avoue, il est très doué. Bon, assez parlé de mon frère, revenons à tes ancêtres…

Rose croisa les bras, surprise par le ton soudainement brusque d'Alex tandis que ce dernier s'abîmait dans la lecture du feuillet.

S'était-elle montrée trop insistante ? Craignait-il la concurrence de son aîné ?

Le regard de Rose s'adoucit.

Alex, jaloux ? Étonnamment, ce constat emplit son cœur de joie.

- Alors, le nom de la première propriétaire, tu l'as ?

- Oui. Je peux même te dire qu'elle est née en 1799.

Il l'observa soudain en souriant, comme si la tempête qui s'était levée dans sa tête avait soudain fait place au soleil. Rose songea qu'elle aurait adoré pouvoir lire dans ses pensées. Il était parfois si imprévisible…

- Ce suspense est intolérable Maître Garnier ! Pouffa Rose.

Alex lui fit un sourire en coin et la regarda intensément.

- Anna… elle s'appelait Anna Bénette. La première d'une longue lignée de Bénette visiblement… (puis il fronça les sourcils). Rose, tu es toute blanche… ça ne va pas ?

La jeune femme dut prendre appui sur les accoudoirs de son fauteuil tant la tête lui tournait. Alex s'approcha, s'accroupit à côté d'elle puis lui prit la main.

- Rose ? Répéta-t-il d'une voix inquiète.

Elle tourna un visage tourmenté vers le jeune homme.

- Le spectre de la nuit dernière… L'homme…

- Je sais, tu as eu très peur de lui… dit Alex d'une voix rassurante.

Rose sentait à présent son visage se couvrir de sueur glacée. Elle avait rapporté à Alex qu'elle avait vu le fantôme de cet homme, mais sans lui révéler ce qui s'était passé exactement. Elle avait eu peur – non elle avait été terrifiée ! – et surtout elle avait eu honte… terriblement honte…

- Alex… poursuivit-elle d'une voix éraillée. Ce fantôme… il m'a touchée…

Le visage d'Alex exprima tout d'abord de l'incrédulité, qui se mua peu à peu en fureur.

- Touchée ? Tu veux dire…

Rose se mit à pleurer :

- Oui… j'ai même cru qu'il allait me… mais c'est impossible n'est-ce pas ? Je veux dire… il n'est pas réel !

Alex se leva brusquement et son visage se ferma.

- Je ne sais plus très bien ce qui est réel ou pas avec toi Rose…

Rose se leva à son tour, lui faisant face, titubante.

- Tu… tu ne me crois plus ? Pourquoi es-tu en colère Alex ? Je n'ai rien fait de mal !

Les yeux d'Alex s'adoucirent un peu et il la saisit par la taille tandis qu'elle basculait. Il soupira.

- Rose… je te crois. Je veux dire… j'essaie ! Mais tu admettras que c'est parfois difficile. Imaginer un esprit qui a des gestes déplacés envers toi, c'est tout de même dur à avaler… et sacrément perturbant aussi.

Rose hocha la tête puis enfouit son nez contre le torse d'Alex.

- Je sais… j'ai même de la chance que tu ne partes pas en courant ! Dit-elle en étouffant un sanglot.

Il l'écarta doucement :

- Je tiens à toi Rose… je ne ferai jamais ça. Mais dis-moi, pourquoi me parles-tu de ce fantôme maintenant ?

Rose sentit le peu de sang qui lui restait dans le visage se retirer.

- Il m'a appelée Anna…

Alex hocha la tête, perplexe, puis la raccompagna sur le fauteuil.

- Admettons… ce fantôme t'a appelée Anna… Mais personne ne nous dit qu'il s'agissait de cette *Anna*-là.

- Reconnais tout de même que c'est troublant comme coïncidence ! Et puis je te l'ai dit… la dame que j'ai aperçue un peu plus tôt dans la soirée, elle me ressemblait beaucoup…

- Tu penses que ce spectre était celui d'Anna ? Qu'il t'a prise pour elle ?

Rose haussa les épaules :

- Qui sait ? Cela se tient…

- Mais alors… lui, qui était-ce ?

Rose exhala un long soupir :

- Probablement un homme qui l'a aimée… Si j'en crois les paroles de Carole, les femmes de ma famille ne semblent pas laisser les hommes indifférents…

Alex l'observa sans mot dire, mais son regard exprimait clairement de la désapprobation.

Rose n'ajouta rien non plus tout en espérant que le jeune homme ne la suspectait pas de ressembler au reste de sa famille…

Ils poursuivirent leurs investigations dans un calme irréel, chacun plongé dans leurs pensées et Rose se trouva très vite à la tête d'une longue liste de propriétaires. Une fois son crayon posé, elle la relut :

- Nous avons donc, Anna Bénette (elle frissonna), qui a intégré les lieux en 1822, ensuite Marie Bénette, sa fille, qui en a hérité en 1827, ce qui nous indique qu'Anna est morte très jeune. Marie n'en a pris réellement possession qu'en 1845, à sa majorité.

Elle leva les yeux vers Alex :

- Où était-elle dans l'intervalle ?

- Dans un orphelinat, j'imagine…

Rose se pinça les lèvres et poursuivit la lecture :

- Marie est morte en 1856 et c'est sa fille Blanche Bénette la propriétaire suivante. Ensuite, nous avons Gabrielle Bénette, en 1901. Tiens, je ne vois pas la date de sa mort, c'est plutôt étrange tu ne trouves pas ?

- Oh, tu sais, dans ces années-là, ils étaient peut-être un peu moins scrupuleux que maintenant !

- Hum… admettons… c'est donc Sophie Bénette, la

suivante. Elle est née en 1909 et c'est mon arrière-grand-mère… Elle est morte en 1939. La suite, tu la connais, ma grand-mère a suivi, puis moi, puisque ma grand-mère est morte après ma mère.

- C'est une lignée plutôt étonnante… remarqua Alex. Uniquement des femmes et toutes portant le nom de Bénette… comme si aucun homme n'était entré dans leurs vies. Et elles n'ont eu que des filles. *Et une seule fille à chaque génération.*

- Sauf à celle de ma mère… En tout cas, s'il y a eu des fils, ils n'ont rien reçu en héritage…

- Si tu veux, j'ai une amie qui travaille aux archives départementales, je peux lui demander de retracer les membres de ta famille jusqu'à cette Anna Bénette…

- Tu crois qu'elle accepterait ? C'est un gros travail…

Le visage d'Alex se mua alors en un masque de présomption éclairé par un sourire faussement modeste.

- Évidemment… elle le fera… encore une femme qui est incapable de te résister ! Maugréa Rose dans un sourire indulgent.

- Je l'appellerai demain, conclut Alex en souriant de plus belle.

- Tu leur vends du rêve…

- Je ne leur promets rien, contra Alex avec une moue boudeuse.

- Si tu les regardes et leur sourit comme tu le fais avec moi, bien sûr que si ! Il s'agit de promesses implicites mon cher Alex…

Il quitta son fauteuil puis vint rejoindre Rose, et lui prit la main.

- Avec toi, elles sont parfaitement explicites… Souffla-t-il d'une voix incroyablement profonde et virile.

D'un geste, il l'attira à lui. Rose frissonna instantanément en se retrouvant dans ses bras tandis qu'il plongeait son regard dans le sien.

- Alex… estimes-tu que la partie studieuse de la soirée est

terminée ?

Ses yeux se mirent à briller et il glissa une main dans sa chevelure.

- Oui...

- Oh... et que prévois-tu pour la suite ? La voix de la jeune femme se cassait sous l'effet des sensations qui commençaient à naître en elle au contact du corps d'Alex.

Il lui sourit :

- Si tu veux, nous pouvons dîner...

- Dîner ?

Alex éclata de rire et pressa de plus belle son corps contre le sien. Il chuchota dans son oreille d'une voix sensuelle :

- Tu as l'air déçue... tu avais autre chose en tête ?

Rose resta sans voix. Le petit jeu auquel se prêtait Alex ne l'amusait pas. Ses veines charriaient à présent un sang en ébullition et tout son corps réclamait celui d'Alex. Ce fut elle qui attira le visage d'Alex contre le sien avec une audace qu'elle ne reconnut pas.

- Assez joué... haleta-t-elle.

Elle s'empara alors de ses lèvres tandis qu'il l'observait, un peu amusé. Mais très vite, alors que leur baiser s'approfondissait, le regard d'Alex se mua à son tour en un lac en fusion. Rose finit par fermer les yeux, prête à basculer dans une extase qu'elle n'avait jamais connue avant lui. Elle sentit ses mains se poser sur ses fesses et il ramena son bassin contre le sien en grognant. Elle sentit aussitôt son érection contre elle et des sensations enivrantes se frayèrent un passage en force dans son bas-ventre.

Puis il glissa une main sous son chemisier et frôla sa poitrine à travers la dentelle de son soutien-gorge. Elle sentit aussitôt la pointe de ses seins se durcir et elle ne put retenir un gémissement de plaisir.

Elle n'avait jamais été aussi réactive. Alex la rendait totalement folle...

Il repoussa d'une main enfiévrée la fine barrière de dentelle et plongea ses doigts dans la douce moiteur de son décolleté.

Rose ouvrit les yeux en haletant. Alex l'observait, le regard assombri par le désir.

- Tu es si belle Rose… tu me rends totalement fou… dit-il d'une voix rauque mêlée d'étonnement.

Puis ses mains furent sur les boutons de son chemisier qu'il détacha avec empressement. Il la contempla longuement, presque religieusement, et fit glisser lentement les bretelles de son soutien-gorge. Son visage exprimait une telle passion que Rose en fut bouleversée. Il enfouit ensuite son visage dans sa poitrine en gémissant. Il embrassa les tendres renflements dépassant du tissu puis les empoigna. Enfin, il les libéra de leur prison et sa bouche fut aussitôt sur leurs pointes durcies. Rose avait la tête qui tournait et ne parvenait plus à retrouver son souffle. Jamais un homme ne lui avait fait ça rien qu'en touchant ses seins ! C'était tout simplement incroyable.

Elle crut défaillir pour de bon lorsque les lèvres d'Alex se détachèrent pour suivre un chemin torride menant directement jusqu'au bas de son ventre. Elles se heurtèrent très vite à la barrière de son jean. Il leva vers elle un regard coquin puis dégrafa le bouton d'un geste rapide et précis.

Rose était au supplice. Elle avait tellement envie de lui qu'elle était prête à lui arracher ses vêtements pour accélérer le rythme.

Mais elle comprit qu'Alex avait envie de jouer… *encore*…

Il laissa son jean en place et glissa un doigt sous l'élastique de sa culotte. Rose ne put retenir un cri de plaisir à ce contact prometteur. Il caressa longuement son pubis puis sa main s'enfonça dans la chaleur de son entrejambe.

- Rose… aurais-tu envie de moi par hasard ?

Les doigts d'Alex s'activaient à présent sur cette zone gonflée par le désir. Elle eut envie d'empoigner les cheveux d'Alex pour le faire taire et qu'il accélère le mouvement.

- Alex… c'est toi qui me rends folle ! Bredouilla-t-elle en gémissant.

À travers ses paupières mi-closes, elle vit le sourire triomphant d'Alex illuminer son visage.

Soudain, ses pieds ne furent plus sur le sol. Alex venait de la soulever et l'emportait comme un trophée vers une porte entr'ouverte plongée dans l'obscurité.

Elle fut très vite allongée sur une surface moelleuse. Alex s'éloigna un instant et une douce lumière se propagea dans la pièce.

- Je veux te voir Rose... tu es bien trop belle pour faire ça dans le noir...

Rose l'attira à elle tandis qu'il se rapprochait du lit, le regard brillant :

- Viens... murmura-t-elle d'une voix exigeante.

Le jeune homme ne se fit pas prier, et il couvrit son corps du sien. Lorsque Rose voulut lui enlever sa chemise, il lui apporta tout son concours. Leurs torses se rejoignirent et leurs bouches se mêlèrent furieusement. Rose sentait le sexe durci d'Alex contre le sien et son désir pour lui en fut décuplé. Elle appuya ses mains contre ses fesses et se tordit de plaisir anticipé.

Alex se détacha lentement, puis sans la quitter du regard, lui retira son jean. Il en fit de même sous le regard enfiévré de Rose. Elle l'admira un instant. Il était vraiment superbe. Son corps était musclé et divinement proportionné. Son sexe tendait à présent le tissu de son boxer de manière impudique. Ses mains s'en emparèrent et les yeux d'Alex s'agrandirent de surprise et de plaisir. Mais très vite, il posa une main sur la sienne.

- Doucement...

Puis il ouvrit le tiroir de sa table de chevet et s'empara d'un petit carré brillant qu'il déchira habilement. Puis il se dévêtit, laissant à Rose l'occasion de l'admirer à loisir. D'un geste précis il enfila le préservatif et son regard enfiévré se noya dans le sien, s'y reflétant et s'y perdant pour de bon.

Enfin, il se rapprocha et se positionna au-dessus d'elle. Rose sentit son corps trembler tandis qu'il écartait le tissu de sa culotte et se frottait contre elle.

Très vite, il se réappropria sa bouche tout en faisant porter le poids de son corps sur elle. Elle sentait le contact brûlant de son sexe contre le sien, mais il faisait durer encore et encore l'attente insupportable qui faisait bouillir tout son sang. Elle se tortilla sous lui, le suppliant par de petits mouvements de bassins de mettre fin à ce supplice.

Enfin, il ôta sa culotte puis s'insinua partiellement en elle. Elle fut aussitôt secouée par une vague de jouissance qu'elle eut du mal à réfréner.

Incroyable... les choses sérieuses avaient à peine commencé !

Voyant qu'il prenait son temps, elle avança son bassin à sa rencontre, et enfin, il fut entièrement en elle. Alors démarra un époustouflant va-et-vient qui fit naître dans le corps et dans la tête de Rose une fantastique explosion de sensations inédites. Très vite, elle eut le sentiment de perdre pied et son corps fut secoué par une série de vagues délicieuses. Cela dura un temps que Rose fut bien incapable de décompter. Mais les sensations ne faisaient que croître, et Rose ne pouvait s'empêcher de gémir, tout en s'accrochant à la taille d'Alex. Elle se mit à trembler de plus belle, puis l'explosion se mua en un déferlement de lave venue des profondeurs de son corps et elle ne put retenir un cri qui vint se mêler à celui d'Alex au même moment.

Puis il se laissa tomber sur elle, pour ensuite basculer à ses côtés.

Rose regardait le plafond, incapable d'analyser ce qui venait de se passer, la poitrine soulevée par son souffle accéléré.

- C'était quoi ça ? Finit-elle par demander d'une voix hachée.

Alex se tourna vers elle, s'appuyant sur son coude. Ses cheveux noirs étaient collés sur son front et son visage exprimait une certaine arrogance. Il était si beau que Rose sentit une boule se serrer dans sa gorge.

- Tu as eu un orgasme mon ange… ne me dis pas que c'était la première fois ?

Rose se sentait bien trop alanguie pour s'agacer de l'attitude de son amant :

- Non ! Je veux dire… enfin, pas comme ça… et pour toi… c'était… différent ? Rose se sentait soudain intimidée par la présence solaire d'Alex.

Il fronça les sourcils et la regarda attentivement :

- C'était extraordinaire… lui dit-il d'une voix chargée de sous-entendus. Tu es extraordinaire Rose…

Rose sentit son visage s'illuminer :

- Je ne sais pas quoi répondre à ça…

- Alors ne dis rien. Il hésita. Je propose que tu dormes ici cette nuit, qu'en dis-tu ?

- C'est que… je n'ai rien amené avec moi… contra la jeune femme.

- Je te donnerai une brosse à dents, et… tu n'as pas besoin de chemise de nuit… dit-il dans un sourire coquin. Et puis, je pense qu'une nuit en dehors de ta maison te fera du bien. Tu as l'air à bout de force…

- Je reconnais bien là ton côté protecteur Alex… répondit Rose dans un sourire.

- Je n'ai pas raison ?

- Si… bien sûr. J'accepte avec joie.

Plus tard, alors qu'elle était couchée dans le lit d'Alex après avoir pris une douche délassante, elle écoutait le ruissellement de l'eau sur le corps du jeune homme. Elle se sentait en sécurité dans ce lit tiède, dans cet environnement rassurant. Elle attendait avec impatience le retour d'Alex pour pouvoir se lover contre lui.

Mais le sommeil vint la prendre par surprise bien avant son arrivée…

21

Une sombre angoisse lui broyait les entrailles lorsqu'elle rentra chez elle au petit matin après qu'Alex l'eut déposée.

Dans le petit patio, à côté de la porte de la cave, se mêlaient encore les signalisations bariolées de la scène du crime. Un instant, elle fut tentée de briser les scellées et de pénétrer dans ce lieu chargé de secrets.

Elle était de plus en plus persuadée que le meurtre de Pierre Lenoir était lié à sa maison et non à l'activité professionnelle de cet homme.

La maison avait des secrets à dissimuler.

Était-ce un spectre qui l'avait tué ?

Après tout, elle le savait à présent, ils avaient le pouvoir de toucher les êtres vivants… Elle frissonna à cette pensée, faisant à nouveau naître les souvenirs de ce fantôme qui l'avait si odieusement touchée.

Puis ses yeux se posèrent au pied de la tour.

Là où ses parents s'étaient certainement écrasés…

Une tache sombre s'étalait comme une ombre inquiétante sur les dalles de calcaire. Rose sentit tout son corps se hérisser de frissons glacés.

La pierre avait bu leur sang…

Puis elle secoua la tête.

Non… cela faisait si longtemps… c'était impossible…

Mais son regard ne pouvait se détacher de l'ombre ténébreuse.

Elle tenta de ramener du calme dans sa respiration saccadée et pénétra dans l'antre du monstre.

Le monstre qui n'était autre que sa propre peur.

Dès qu'elle en franchit l'entrée, Rose fut à nouveau parcourue par une angoisse abyssale et elle dut s'appuyer contre le mur pour ne pas chanceler.

Il y avait toujours cette odeur de renfermé et d'humidité malgré qu'elle ait aéré chaque pièce durant des heures.

Elle finit par s'installer dans la cuisine – une des rares pièces à ne pas la pousser à s'enfuir et à traverser l'Atlantique à la nage pour rejoindre son appartement – puis se saisit de son téléphone. Elle se connecta sur Internet puis chercha le numéro d'un antiquaire. Elle prit soin de sélectionner une personne éloignée de Port-Launay, qui n'aurait peut-être pas eu vent du meurtre.

Mais elle fut rapidement déçue.

Toutes les personnes contactées connaissaient à la fois l'affaire et l'antiquaire et aucun ne voulut se déplacer. Elle parvint néanmoins à convaincre le dernier d'entre eux en promettant qu'ils s'en tiendraient à l'intérieur de la maison et que la cave était de toute manière inaccessible.

Rose raccrocha en soupirant. L'homme ne pouvait se déplacer avant plusieurs jours, mais au moins, il viendrait. Elle lui avait laissé entendre qu'elle lui laisserait l'ensemble du mobilier et des objets pour un bon prix à condition qu'il embarque tout dans la foulée. L'homme avait senti qu'il y avait une bonne affaire à conclure et avait laissé rapidement ses réticences de côté.

Ensuite, Rose fit une autre recherche sur l'annuaire et composa fébrilement le numéro.

***

La femme l'observait à la dérobée, un petit sourire crispé figé sur ses lèvres fines aux commissures ridées. Elle ne devait pas encore avoir cinquante ans, mais elle paraissait un peu plus âgée. Sa chevelure sombre coupée au carré était à peine adoucie par une frange effilée. Ses petits yeux bruns papillonnaient de sa tasse à ses mains, pour venir se poser sur le visage de Rose avant de repartir. Elle était nerveuse et Rose se demanda pourquoi.

Étaient-ce les souvenirs qu'elle tentait de lui arracher qui l'angoissaient à ce point ?

Depuis qu'elle avait lu son nom sur l'article relatant le suicide de ses parents, elle avait eu envie de l'interroger. Natacha Rio semblait avoir été une amie proche de sa mère. Elle avait sûrement des choses intéressantes à lui révéler…

- Vous ne lui ressemblez pas… finit-elle par dire d'une voix fluette et haut perchée, presque accusatrice. Vous êtes si blonde… et vos yeux sont si… bleus… (Rose retint un soupir, exaspérée par ces platitudes). Et vous êtes très mince, et plus grande qu'elle également…

- Je sais… je n'ai pas grand-chose en commun avec ma mère… Concéda Rose en s'exhortant à la patience. Donc, vous l'avez connue enfant ?

- Oui… dit-elle en serrant compulsivement sa tasse de café. Oh… buvez votre thé avant qu'il ne refroidisse ! (Rose s'exécuta poliment tout en l'incitant à poursuivre d'un regard). Nous étions à l'école ensemble. Nous étions amies et nous le sommes restées même après son mariage. Même si elle ne revenait pas souvent…

- Pouvez-vous me parler d'elle Natacha, s'il vous plaît ? Questionna-t-elle d'une voix engageante.

- Oh… et bien, Rachelle était une très jolie petite fille, toujours bien habillée, très gaie, très intelligente ! (le regard de la femme s'illumina). Contrairement à sa sœur qui n'en était que le pâle reflet… vous savez, moi j'étais plutôt renfermée et pas très populaire, contrairement à elle, mais elle m'a choisie comme amie, et j'en étais vraiment heureuse… nous avons grandi ensemble et je l'ai vue se transformer en cette belle jeune fille que tous les garçons admiraient…

Rose soupira discrètement. Visiblement, sa mère avait eu une fan, *une vraie*… en observant l'environnement de Natacha Rio, elle constata que sa maison reflétait la solitude dans laquelle la femme semblait être ensevelie. Tout y était sombre et impersonnel. C'est alors qu'elle remarqua qu'une photo de sa mère avait été posée sur le buffet, entourée de fleurs et de jolis bibelots. Elle ressentit aussitôt un profond malaise s'abattre sur elle. On eut dit un autel dédié à la gloire de sa mère qui souriait malicieusement à l'objectif.

- Tous les garçons lui tournaient autour, poursuivit-elle d'une voix chargée d'amertume.

Rose considéra à nouveau le petit visage prématurément fripé.

Natacha avait-elle été jalouse de son amie ?

Cela n'aurait été guère étonnant...

Puis elle surprit le regard brillant de la femme se poser sur la photo.

Non... Natacha avait été amoureuse de sa mère...

Elle en aurait mis sa main à couper... Ce qui expliquait pourquoi elle vivait encore seule, empêtrée dans le souvenir de celle qu'elle n'aurait jamais pu avoir de toute manière.

- C'est à cette période qu'elle a rencontré mon père ? Demanda-t-elle, mettant fin à la rêverie de Natacha.

Elle ramena un regard surpris vers elle :

- Non ! Elle l'a rencontré bien plus tard, lorsqu'elle est partie faire ses études. Ensuite, ils se sont rapidement mariés et installés ensemble. Puis tu es née...

Ce fut au tour de Rose de laisser voguer ses pensées.

Ainsi, sa mère avait vraiment tenté de fuir Port-Launay et la maison...

Avait-elle tenté d'échapper à la malédiction familiale ?

Si elle s'en tenait aux paroles de son amie, elle ne manquait pourtant pas de prétendants dans la ville...

- Voyait-elle quelqu'un en particulier lorsqu'elle vivait encore ici ?

Le visage de Natacha se mua en un masque de fureur.

- Les frères Garnier lui tournaient autour sans arrêt ! On aurait dit des animaux en rut dès qu'ils étaient avec elle. C'était à celui qui se mettrait le plus en avant. C'était... abject...

cracha-t-elle. Elle n'avait que quatorze ans, et eux avaient dix-sept ans et dix-huit ans. Oh, ils étaient très beaux tous les deux et ils faisaient tourner la tête de Rachelle, sans aucun doute ! Mais elle était si jeune… et si inexpérimentée. Mais cet aspect-là n'a pas duré…

À peine ces paroles prononcées, Natacha tourna un regard gêné vers Rose.

- Je… je ne devrais pas vous dire tout ça… c'était votre mère après tout. Mais… Rachelle avait une nature plutôt passionnée…

Rose se renfonça dans son siège. Elle était mal à l'aise, non pas à cause des débauches passées de sa mère, mais de cette même nature qu'elle sentait bouillonner et grandir en elle.

- Je…j'ignorais qu'Alain Garnier avait un frère… finit-elle par dire dans un souffle.

Natacha posa sa tasse bruyamment et lança un nouveau regard vers la photo.

- Patrick… Il a un an de moins qu'Alain. Ces deux idiots se seraient entretués pour obtenir les faveurs de Rachelle. Après la mort de votre mère, Patrick s'est d'ailleurs complètement renfermé et il est devenu peu à peu une sorte de marginal. Lui qui menait une carrière brillante dans la finance, il s'est totalement étiolé. À présent, c'est un alcoolique notoire qui écume les bars quand il ne s'effondre pas dans sa caravane miteuse. Un vrai rebut de l'humanité… une loque… cracha Natacha non sans dissimuler son mépris.

Rose resta silencieuse.

Ainsi la mort de sa mère avait bouleversé bien des vies…

La sienne tout d'abord, puis celle de Natacha qui vivait dans son souvenir, et enfin celle de ce Patrick qui n'était visiblement plus que l'ombre de lui-même.

Comment une simple femme avait-elle pu susciter tant de passions ?

- Qu'avez-vous pensé quand ma mère s'est éloignée de Port-Launay et a épousé mon père ?

Le visage de la femme se rembrunit à se souvenir visiblement pénible pour elle.

- J'étais triste qu'elle s'en aille. Mais je savais qu'elle ne pouvait plus supporter sa mère. Elle semblait faire peser tellement d'espoirs sur sa fille ! C'en était presque étrange... je pense que c'était trop de pression pour elle. Elle a préféré s'enfuir. Et elle a fini par épouser... (*le premier venu... songea Rose avec amertume*). Votre père... finit-elle par lâcher, avec un sourire coupable.

Rose n'eut pas le courage de demander à Natacha ce qu'elle pensait de son père.

A priori, il n'était qu'un pion dans cette histoire. Un simple géniteur la concernant. Il n'était rien pour sa mère, il suffisait de regarder les photos pour s'en convaincre. Sa mère avait été follement amoureuse d'Alain Garnier et l'était probablement restée jusqu'à la fin tandis que son mari se languissait d'amour pour elle.

Elle réussit presque à éprouver de la pitié pour cet homme qui avait participé à sa conception, mais qui appartenait corps et âme à une femme qui ne l'aimait pas... *qui l'avait utilisé... Aurait-elle préféré épouser son amant ?*

Impossible... sa tante lui avait expliqué qu'il devait épouser une femme de son rang...

Les conventions avaient été les plus fortes.

- Et... les frères Garnier, qu'en ont-ils pensé ? Questionna Rose, de plus en plus avide de savoir.

La femme renifla avec mépris :

- Patrick aurait tué pour l'épouser ! Mais c'était Alain qu'elle aimait. Oui... elle était vraiment dingue de cet homme. Ce que je n'ai jamais compris, il était tellement arrogant et imbu de lui-même ! Même un peu brutal et vicieux. Tandis que son frère était beaucoup plus doux, beaucoup plus tendre — enfin... d'après ce qu'elle m'a dit ! Ajouta-t-elle précipitamment, le rose aux joues.

Rose se demanda jusqu'où étaient allées les confidences de sa mère à son amie. Natacha avait-elle vécu par procuration les ébats sexuels de sa mère ? Elle frissonna à ces pensées. Avait-elle vraiment envie de connaître cet aspect de la vie de sa mère ?

- Et Clarisse, ma tante… l'avez-vous un peu côtoyée ?

Natacha parut soulagée de pouvoir parler d'autre chose :

- De loin. Elles avaient beau se ressembler physiquement, elles étaient vraiment différentes. Rachelle était son pendant lumineux. Elle était toujours enjouée, elle aimait plaire et s'amuser, tandis que Clarisse était son ombre maléfique. Elle était profondément jalouse de sa sœur et ne manquait pas une occasion de lui faire du tort. Une fois, elle s'est même fait passer pour elle pour passer la soirée avec Patrick. Il a fini par s'en rendre compte d'ailleurs. Je crois qu'elle était amoureuse de lui. Malheureusement pour lui, ce n'était pas la bonne jumelle… Ils sont néanmoins sortis quelques mois ensemble lorsque Rachelle est partie faire ses études. Mais ça n'a pas duré. Elle n'était pas celle qu'il voulait. Elle a eu de nombreuses relations, mais jamais sérieuses… elle semblait totalement perdue. (Elle se pencha vers elle et lui dit sur le ton de la confidence). Je crois qu'elle aimait *bien* votre père également…

Rose la considéra, surprise.

Quoi… sa tante avait été amoureuse de son père ?

Tout cela commençait à devenir un petit peu trop compliqué pour elle…

Pauvre Clarisse… amoureuse de ceux qui n'avaient d'yeux que pour sa jumelle.

Sans compter que leur mère la méprisait ouvertement et adulait son autre fille…

Elle avait dû détester sa sœur…

Quel triste destin !

- Et… vous vous souvenez de moi ? Poursuivit Rose, une nuance d'espoir dans la voix.

Peut-être cette femme pourrait-elle l'aider à rassembler les pièces du puzzle de sa mémoire éparpillée ?

Le regard de Natacha s'embua :

- Oui… tu étais un joli bébé… (Rose nota le passage subit au tutoiement mais ne broncha pas). Rachelle me disait que si tu avais été baptisée, et bien j'aurais été ta marraine (elle se rembrunit). Bien sûr, ta famille n'a jamais été religieuse, alors c'était totalement exclu... mais c'était tellement gentil d'y avoir pensé !

- Oh... oui, c'est très... touchant... et sinon, comment était ma mère avec moi ? J'ai très peu de souvenirs...

- Ta mère n'était pas des plus démonstratives il me semble, en tout cas, en public... j'ignore comment elle se comportait en privé... mais tu étais toujours bien coiffée et bien habillée. Je pense qu'elle s'occupait bien de toi !

Rose hocha la tête, mais ces paroles n'éveillèrent absolument rien en elle. Elle se sentit frustrée.

- J'imagine...

- Rachelle était une belle personne... ajouta Natacha avec une nuance de reproche dans la voix.

- J'en suis persuadée ! Répondit Rose, apaisante. Vous aviez l'air de beaucoup l'aimer, l'annonce de sa mort a dû être un choc terrible...

- Plus que tu ne l'imagines... répondit la pauvre femme d'une voix vibrante.

- Oh... et vous n'avez pas été surprise ? Je veux dire, par son suicide... vous disiez que c'était une personne enjouée...

Natacha planta un regard aigu dans le sien dans lequel flotta soudain une lueur de folie.

- Rose... tu dois être forte...

Rose hocha la tête tandis qu'une boule d'angoisse naissait dans son ventre.

- Je ne pense pas que ta mère se soit suicidée...

Rose recula, faisant crisser les pieds de la chaise sur le carrelage émaillé.

- Mais...c'est impossible....

Rose avait le sentiment de se noyer. *Oui, impossible...* il y avait la lettre après tout ! Même la police avait conclu à un suicide !

Le visage de Natacha se durcit encore :

- Rachelle ne se serait jamais suicidée ! Elle tenait trop à la vie pour ça ! C'est ça qui est impossible ! Glapit-elle d'une voix hystérique.

- Et… selon vous… comment serait-elle morte ? Interrogea Rose d'une voix blanche.

- Elle a été victime d'un meurtre… Je ne vois que ça… lâcha-t-elle d'une voix exaltée.

- Un meurtre… répéta Rose. Et donc mon père…

Natacha fit un signe de main agacé signalant son ignorance.

- Ton père, je ne sais pas quel rôle il a joué dans tout ça… mais, j'imagine que lui également…

Rose laissa quelques secondes s'écouler durant lesquelles elle soupesa les paroles de l'amie de sa mère. Elle se rendit compte qu'elles étaient creuses et probablement dictées par l'aveuglement passionnel dont la femme avait visiblement été frappée au sujet de sa mère.

Cette dernière ne pouvait tout simplement concevoir que la femme qu'elle aimait ait pu vouloir se donner la mort.

Elle décida de couper court à la conversation qui ne menait nulle part.

- Bien, je vais vous laisser, dit-elle en se levant, je vous remercie de m'avoir reçue…

Natacha se leva à son tour en se frottant les mains l'une contre l'autre.

- Oh… je vois que je t'ai choquée… je suis désolée. Mais reviens me voir quand tu veux ! Après tout, c'est comme si tu étais ma filleule…

En marchant dans la rue, Rose fut secouée par une brusque bourrasque tandis qu'une nuée de feuilles jaunies tourbillonnaient autour d'elle. Elle resserra les pans de sa veste, en proie à de nombreux questionnements. Des nuages de plus en plus foncés s'amoncelaient au-dessus d'elle et quelques gouttes s'écrasèrent sur sa tête. Elle accéléra l'allure, Plus que jamais, elle avait envie de coucher ses pensées dans son journal. Sa psy avait eu raison de la pousser à se le procurer…

***

J'ai rencontré Natacha Rio, la meilleure amie de ma mère. J'avais lu son nom dans l'article que j'avais trouvé avec la lettre. C'est une femme bizarre, qui semble vouer un culte déraisonnable au souvenir de ma mère. Je crois qu'elle vit seule et il est peu probable qu'elle ait un jour été liée à une autre personne.

Elle me fait un peu penser à ces religieuses qui ont tout quitté pour consacrer leur vie à un messie inatteignable qu'elles révèrent de toute leur âme, lui prêtant toutes les qualités, ignorant ou minimisant ses défauts.

Natacha possède une photo de ma mère qu'elle a entourée de fleurs et de bibelots colorés. On dirait un autel à sa gloire. C'est très perturbant de constater que ma mère a déchaîné de telles passions...

Natacha m'a également appris qu'Alain Garnier avait un frère, Patrick. Visiblement, ma mère a vécu des moments torrides avec les deux... mais si j'ai bien compris, elle n'était amoureuse que d'Alain. Le pauvre Patrick a lui-même totalement sombré lorsque ma mère est morte. Un marginal... voilà ce qu'il est devenu. Je vais essayer d'en savoir plus sur son compte. Il m'intrigue. Peut-être pourrai-je le rencontrer...

Comme on pouvait s'y attendre, Natacha a laissé entendre que ma mère n'avait épousé mon père que pour échapper à sa mère, et probablement aussi par dépit puisque d'après ma tante, Alain avait fini par choisir une femme de sa classe sociale.

Elle ne l'aimait pas. C'est pour cela qu'elle continuait à voir Alain. Mais quand ? Après tout, elle habitait à une centaine de kilomètres de là. Se retrouvaient-ils à certaines occasions ? Alain était-il vraiment amoureux d'elle ? Pas au point de briser les conventions sociales en tout cas...

Natacha affirme que mes parents ne se sont pas suicidés. Elle n'y croit pas une seule seconde. D'après elle, ils ont été tués... j'ai du mal à y croire. Ma mère m'a laissé une lettre après tout ! Mais cette hypothèse me séduit malgré tout... mon égo la préfère entre toutes... cela voudrait dire qu'ils ne m'ont pas abandonnée. Pas de leur plein gré en tout cas...

Mais c'est impossible. Cette lettre en est la preuve.

Pourtant, Natacha a l'air si sûre d'elle... j'aurais dû lui demander si elle avait des soupçons ou le moindre début de preuve, mais j'étais trop bouleversée. J'ai pris la fuite.

Je pense que je retournerai la voir...

Et... sinon... j'hésite à l'écrire... je ne sais même pas si c'est le genre de choses que l'on couche sur le papier ! Hier soir, Alex et moi, nous avons fait l'amour... et c'était... indescriptible... même dans mes rêves les plus fous je ne me serais pas attendue à ressentir de telles sensations, de telles émotions ! Je suis encore sous le choc... Je suis un peu novice en bien des matières, je m'en rends compte à présent, mais je me demande si je ne suis pas en train de tomber amoureuse de lui. Je veux dire, vraiment ! Quoi qu'il en soit, je n'avais jamais ressenti des choses aussi fortes. Faire l'amour avec lui a été une totale révélation...

Ce garçon est unique.

Mais ce n'est pas tout... cela m'effraie, mais la plupart des hommes attirants que je rencontre me font de l'effet. Jamais auparavant je n'avais été aussi légère dans mon attitude. Je crois que ma cousine commence à avoir une mauvaise influence sur moi !

Mais visiblement, il s'agit là d'une vilaine tendance familiale. Ma cousine est ainsi, de même que ma tante, ma mère, ma grand-mère... Toutes des débauchées...

Alex m'a amené l'acte notarié de ma maison. Aucune de mes ancêtres n'était mariée. Elles s'appelaient toutes Bénette. Et une seule fille naissait à chaque génération. Étrange non ? Pourquoi ne se liaient-elles pas à un homme ? À notre époque, cela se conçoit facilement, mais jadis ce n'était absolument pas monnaie courante. Mes ancêtres devaient être vraiment mal vues par la société bien-pensante de Port-Launay... Cela ne m'étonne pas que – au final – un homme comme Alain Garnier n'ait pas voulu de ma mère comme épouse...

Nous venons d'une lignée bien trop sulfureuse...

Concernant le meurtre de Pierre Lenoir, plus j'y pense et plus je suis persuadée qu'il a été tué pour que quelque chose ne se sache pas.

Quelque chose qu'il aurait découvert, dans la cave...

Je pense qu'il y a une porte dérobée, un passage secret, un souterrain, une pièce cachée, que sais-je ?

Je sais... mon imagination débordante est à nouveau en train prendre les commandes. Mais, alors que j'étais seule dans la cave, j'ai entendu des bruits... il faut que j'en aie le cœur net.

Je dois descendre dans la cave...

Rose referma son journal en frissonnant. Elle se sentait moins brave tout à coup dans l'obscurité quasi permanente de sa maison. Elle avait fui son lit et s'était installée sur le canapé du salon adjacent à sa chambre, mais son regard ne parvenait à se détacher du couloir qui y menait.

Elle se demandait même comment elle arrivait à trouver la force de rester dans cette maison. Depuis son arrivée, un meurtre y avait été commis, elle avait croisé des spectres, *et l'un d'entre eux l'avait même agressée...*

Le spectre du couloir...

Arrête de regarder ce putain de couloir !!

Elle se força à tourner la tête.

Très mystérieusement, elle ne parvenait pas à s'imaginer vivre ailleurs qu'ici. Bien entendu, la nuit passée chez Alex avait représenté pour elle un véritable havre de paix et elle avait enfin pu dormir toute une nuit. Mais elle n'entendait pas y retourner.

Du moins, pas pour y dormir...

Elle eut un sourire coupable à cette pensée et frissonna à nouveau, mais pas de peur cette fois-ci. Elle se rabroua mentalement. Elle n'allait tout de même pas passer ses journées à imaginer de nouveaux ébats avec Alex ! C'était indécent...

Son regard se posa alors sur la porte qui menait au palier. Mue par un élan soudain, elle se leva et sortit de ses appartements. Très vite, la porte munie d'une vitre granitée bleue lui fit face.

Le grenier et la tour...

C'étaient les seuls endroits de la maison qu'elle n'avait pas visités.

Il était temps de changer ça...

Elle poussa le battant qui grinça sournoisement puis

pénétra dans la pièce, avec le sentiment de braver un interdit.

Immédiatement, un malaise indéfinissable se faufila dans son esprit et elle dut se faire violence pour ne pas rebrousser chemin.

Un rayon de lumière s'infiltrait par une petite lucarne ronde percée dans le mur du fond. Une myriade de petits grains de poussière y flottaient, comme autant de secrets bien gardés enfin révélés au grand jour.

De nombreux meubles de toutes tailles étaient dispersés un peu partout et des cartons étaient empilés tout autour.

Le regard de Rose fut rapidement attiré par une coiffeuse visiblement très ancienne qui se dressait un peu à l'écart, sous la lucarne ronde. Elle aussi était baignée de soleil. Ce qui était bien rare dans cette maison sinistre.

Rose s'approcha d'un pas hésitant, la poitrine oppressée par l'étau d'une ombre mystérieuse et s'assit sur un petit tabouret face à la coiffeuse. Une épaisse couche de poussière recouvrait son plateau laqué d'une peinture blanche écaillée. Un miroir ovale pivotant surmontait le meuble et renvoyait à Rose un reflet déformé piqueté de taches noires. Le miroir portait une trace d'impact ronde qui avait créé un fendillement net en forme de toile d'araignée qui empêchait Rose de voir son reflet.

Seuls ses yeux retournaient vers elle une lueur effrayée.

Car oui, elle ne pouvait le nier… elle était effrayée par cette pièce et par cette ambiance surannée chargée de poussière à l'odeur âcre.

L'atmosphère tiède de la pièce ne se transforma pas avec soudaineté. C'est pourquoi, dans un premier temps, Rose ne se rendit compte de rien.

C'est lorsqu'un fourmillement désagréable vint lui picoter la nuque qu'elle commença à être envahie par un sombre pressentiment.

Elle sentit ses oreilles se dresser, comme un animal qui perçoit un danger encore invisible, mais qu'il sait être réel.

Elle se retourna brusquement, la bouche sèche, persuadée

qu'elle n'était plus seule dans la pièce…

Rien…

Derrière elle, il n'y avait que l'ombre des meubles. Ses yeux tourbillonnèrent de l'un à l'autre dans un mouvement hypnotique. Leur nombre lui apparaissait à présent comme une masse écrasante, oppressante…

Elle sentit son souffle s'accélérer et son sang se mit à pulser au niveau de ses tempes.

Elle tenta de se lever, mais son corps ne semblait plus vouloir la porter.

Elle se rassit face à la psyché fendillée et tenta de remettre de l'ordre dans ses pensées dispersées.

Elle ne devait pas céder à la panique.

Elle était seule dans la pièce.

Le fantôme de cet homme n'était pas là…

Cette pensée ramena à elle un souvenir tremblotant qu'elle tenta de chasser rapidement.

Mais il était trop tard…

Elle le connaissait…

Elle l'avait toujours connu…

Il avait toujours été là, à l'orée de la nuit, guettant son heure…

Ses paupières frémirent et tout son corps se révulsa à ce souvenir qu'elle refusait désespérément d'accueillir.

Mais à présent, l'écho d'une fillette tremblant sous ses draps ne cessait de la frôler, à la manière d'un essaim d'abeilles furieuses et apeurées.

Elle sentit des larmes monter à ses yeux et elle les essuya d'une main rageuse.

Elle contempla une nouvelle fois ses yeux dont le bleu lui évoqua de la glace mentholée.

Elle frissonna. Elle avait froid tout à coup. Son corps se mit à trembler et son esprit lui apparut comme une horrible coque vide qui n'avait été remplie que de mensonges ou de non-dits.

Une idée sournoise s'infiltra alors.

Si elle avait tout oublié, ce n'était pas sans raison. Son

cerveau savait que ses souvenirs n'étaient pas de ceux qui pouvaient être tolérables.

Elle ne devait pas se rappeler…

Elle risquait de devenir folle sinon…

Elle devait suivre les conseils posthumes de sa mère et quitter au plus vite cette maison et tous ses fantômes, au propre comme au figuré…

Elle tenta de se lever une nouvelle fois. Mais ses jambes restaient molles sous son bassin.

Elle sut alors qu'elle n'aurait jamais dû entrer dans cette pièce.

Elle était une des clés de sa mémoire effacée…

La sensation de froid s'intensifia.

Elle ressentit brusquement un frôlement sur sa tête.

Elle ne leva pas tout de suite les yeux, car ce qu'elle venait de voir dans le miroir était bien plus effrayant.

Obsédant… dérangeant…

Là, en face d'elle, des yeux d'un vert doré étaient rivés aux siens.

Des yeux hantés par l'épouvante, qui l'imploraient, la suppliaient, pour se muer finalement en deux fentes emplies de haine et de douleur tandis que l'écho d'un coup de feu retentissait…

Le miroir se craquela soudain encore plus et les yeux verts disparurent, se muant peu à peu en un bleu qu'elle connaissait bien.

Ses prunelles l'observaient à présent, une lueur choquée accrochée à ses pupilles noires dilatées par l'horreur.

Rose exhala un souffle glacé qui vint couvrir le miroir d'une fine buée évanescente.

Elle garda le visage tourné longuement vers son reflet, en état de choc.

Enfin, elle passa une main dans ses cheveux. Son cœur s'accéléra à nouveau lorsqu'elle rencontra une matière rêche et filandreuse.

Dans un mouvement brusque, elle leva son visage vers la charpente apparente tandis qu'elle ramenait en tremblant un fragment de cette matière vers elle.

Elle comprit alors qu'il ne s'agissait que des vestiges d'un vieux nid poussiéreux qui avait commencé à se disloquer. Il était lové contre une poutre rongée par les âges.

Rose jeta les matériaux poussiéreux et épousseta sa chevelure d'un geste un peu trop brusque. Elle se fit mal et se mit à jurer comme elle ne l'avait encore jamais fait.

Enfin, elle parvint à se lever.

Encore chancelante, elle se fraya un passage autour des cartons, tournant irrévocablement le dos à la coiffeuse et à son fantôme.

Elle se rendit alors compte qu'il avait toujours été là, distillant petit à petit ses effluves fleuris et suaves, trop progressivement pour qu'elle s'en rende compte tout de suite.

Le parfum de violette...

Un violent frisson secoua à nouveau son corps et elle pressa le pas vers la porte.

C'est alors qu'elle la remarqua et son esprit menaça de vaciller pour de bon vers la folie...

22

Rose s'était figée au milieu de la pièce.

Elle savait qu'elle avait déjà vécu pareille situation dans un passé lointain, enterré, piétiné, enseveli à tout jamais…

Non… pas à tout jamais…

Car il resurgissait, là, maintenant.

Et il était précédé par une cohorte d'émotions abrutissantes qu'elle ne parvenait plus à endiguer.

De la peur à l'état brut…

De l'impuissance…

De la colère…

De la haine…

Elle n'arrivait plus à respirer. Dans un mouvement de défense chimérique, elle croisa ses bras sur sa poitrine et se mit à pleurer tout en se balançant d'avant en arrière.

Un cri retentissait dans son esprit…

Un cri qui l'éveillait quasiment chaque nuit depuis qu'elle était enfant.

Le cri de ses cauchemars.

Le cri d'une petite fille qui avait vu l'insoutenable.

Son cri…

Rose ne parvenait plus à s'en détacher.

Ses paupières ne clignaient plus et sa bouche était entrouverte, ses lèvres tremblantes.

Elle leva une main vers l'objet et des images insupportables vinrent s'écraser dans le vide de sa mémoire engourdie, le remplissant peu à peu de son contenu nauséabond.

Elle ne l'avait pas remarquée en entrant dans la pièce.

Elle n'avait pas voulu la voir...

Une fenêtre de toit.

Une simple fenêtre percée dans la toiture oblique, probablement du temps de sa grand-mère pour apporter plus de lumière à la pièce.

Elle s'avança et se positionna dessous. Le verre était recouvert par une épaisse couche de saleté, mais l'on pouvait aisément deviner la silhouette massive qui se dressait derrière sa paroi :

Le sommet de la tour et son parapet ajouré de fentes rectangulaires.

Comme dans un mauvais rêve, son cerveau les ressuscita :

Ses parents...

Ils étaient adossés contre cette rambarde, acculés, agitant leurs bras en de grands gestes décousus.
Puis tout était allé très vite.
Elle avait soudain vu le visage de sa mère cogner contre le velux, croisant son regard épouvanté, avant que son corps ne rebondisse disgracieusement et disparaisse de sa vue. Le corps de son père quant à lui avait pris un chemin beaucoup plus direct.
Alors que leurs cris résonnaient encore à ses oreilles, elle avait vu une autre silhouette penchée vers elle, le regard rivé sur le sien.
Un regard perçant, malveillant...
Le regard du mal absolu, brillant de l'éclat de la démence.
À travers ce regard, elle avait su que ces yeux voulaient lui faire du mal. Beaucoup de mal...

Alors elle s'était enfuie…
La suite était beaucoup plus floue.
Aussi floue que cette silhouette malfaisante…
Elle se voyait dévaler les escaliers en hurlant tandis que des cris retentissaient au-dehors.
Elle avait déboulé dans la cour avant que quiconque puisse intervenir.
Et ils étaient là, tous les deux.
Grotesques dans leurs positions improbables, méconnaissables avec leurs visages ensanglantés.
Elle s'était approchée de sa mère et s'était agenouillée à ses côtés puis avait caressé la chevelure empoissée de sang et de petits bouts roses gluants et mous.
Enfin, quelqu'un l'avait tirée en arrière puis l'avait fait entrer dans la maison.

Le reste se perdait dans les brumes de sa mémoire.

La pièce semblait tourner autour de la jeune femme. Son regard était comme aimanté vers la fenêtre et les yeux de sa mère, pourtant aperçus très brièvement, ne cessaient de la hanter.

Enfin, elle trouva la force de reculer. Dans un état second, elle s'éloigna puis regagna la porte.

Lorsqu'elle fut sur le palier. Son regard se porta aussitôt vers l'escalier qui montait vers la tour.

Elle eut aussitôt un haut-le-cœur et détourna les yeux.

Impossible d'y aller.

C'était au-dessus de ses forces.

Elle regagna les appartements, ferma la porte et se rassit sur le canapé en proie à des émotions qui la dépassaient totalement.

Elle amena ses doigts tremblants devant ses yeux.

Du sang.

Des bouts de cervelle.

Voilà ce qu'elle y voyait à présent.

Elle se leva et se précipita vers la salle de bain, puis ouvrit le robinet à fond. Ensuite, elle se versa une grosse dose de savon liquide sur les mains et les frotta durant de longues minutes avant de les rincer.

Elle leva les yeux vers le miroir et y rencontra son visage livide hanté par ses yeux qui lui renvoyaient une lueur étrange. Ils paraissaient vides tout à coup, comme si son âme avait déserté son corps.

Elle recula puis se dirigea vers son lit où elle s'allongea avec une lenteur surnaturelle.

Elle croisa ses mains sur sa poitrine et garda ses yeux dirigés vers les lambris de la sous-pente.

À présent que ce souvenir habitait à nouveau son esprit, il se plaisait à y repasser en boucle les odieuses images.

Natacha avait raison.

Ses parents avaient bien été assassinés.

Et elle avait assisté à la scène.

Elle avait vu le visage de leur agresseur.

Alors pourquoi ne parvenait-elle pas à s'en souvenir ?

Quel qu'il soit, son amnésie avait bien dû *l'*arranger...

Elle manqua brusquement d'air quand elle réalisa que cela l'avait probablement sauvée.

Il ne l'aurait pas laissée vivre sinon...

Elle ferma les yeux, écrasant au passage une grosse larme tandis qu'une puissante tristesse s'abattait sur elle.

Elle se roula en boule puis se laissa peu à peu glisser dans un sommeil abrutissant.

Elle rêvait qu'un animal dormait sur son épaule. Elle ne le voyait pas, mais elle savait qu'il était là. À travers la fine barrière de sa conscience, une partie d'elle constatait avec un certain plaisir qu'il s'agissait d'un simple rêve, et non pas d'un cauchemar.

Mais quand l'animal se mit à s'agiter, s'appuyant de plus en plus sur son corps, elle se rebella.

Non... elle n'avait pas envie de se réveiller.

Elle voulait rester le plus longtemps possible dans ce

sommeil dans lequel elle avait fui une réalité bien trop horrible à envisager.

Elle ne voulait pas de cette vie.

Elle voulait rester là, dans ce cocon protecteur qui la protégeait de… *de ce qu'elle ne voulait plus savoir…*

Mais l'animal insistait.

Elle tenta de l'écarter, mais la peau de l'animal était dénuée de pelage.

Elle était froide et dure sous ses doigts.

Ce n'était pas un animal…

Rose sentit son esprit chuter et atterrir sans douceur dans son corps.

Elle était à présent éveillée.

Et il y avait bien quelque chose qui la bousculait.

Une main…

Non… pas lui !!!

Rose refusait d'ouvrir les yeux, incapable d'affronter l'être qui se trouvait à côté d'elle.

Elle pressa les paupières jusqu'à en avoir mal.

- Je sais que tu es réveillée, belle endormie, inutile de faire semblant !

Rose se redressa, le cœur battant, et tomba sur le regard amusé de sa cousine qui l'observait, les bras croisés.

- Carole… croassa-t-elle, ça ne va pas de rentrer comme ça dans la maison ! Tu m'as fait peur… tu aurais pu sonner non ?

Rose avait trop peur pour ressentir vraiment de la colère. Et elle était soulagée qu'il ne s'agisse que de sa cousine et non d'un spectre vicieux…

Carole s'assit à côté d'elle.

- Hum… les habitudes, tu sais…

Rose se rallongea. Elle se sentait bien trop déprimée pour échanger des platitudes avec sa cousine, ou pire, pour continuer à se disputer avec elle.

- Tu voulais quoi Carole ? Demanda-t-elle d'une voix éteinte.

Elle réalisa alors que son indomptable et insoumise cousine

avait comme une lueur de culpabilité accrochée à son regard.

- Écoute... je suis désolée pour hier, je voulais m'excuser...

Malgré elle, la curiosité de Rose fut piquée. Elle haussa les sourcils.

- Toi, désolée ? Je ne te connais pas beaucoup, mais je dirais que cela ne te ressemble pas...

Les lèvres de Carole s'étirèrent en un sourire contrit et elle frotta sa main contre son bras.

- Écoute Rose... toi et ma mère vous êtes à présent ma seule famille, et je ne voudrais pas me fâcher avec toi... j'aimerais que nous soyons en bons termes. Je promets de ne plus jamais te traiter de princesse, ni de laisser entendre que... *bref,* je souhaite que nous soyons amies.

La rousse l'observait à présent presque craintivement, mais elle avait relevé le menton, comme si elle s'attendait à se faire rejeter, mais qu'elle souhaitait garder sa dignité intacte.

Rose sentit un sourire étirer ses lèvres sèches. Elle posa sa main sur celle de sa cousine :

- Carole... je ne demande pas mieux. Je déteste les conflits. Et comme tu dis, notre famille se compose de bien trop peu de membres pour que nous nous fassions la guerre.

La jeune femme lui rendit son sourire.

- Alors tant mieux... après notre dispute d'hier, j'avais peur que tu ne m'adresses plus jamais la parole de ta vie !

Rose roula sur le côté et observa le ciel nuageux à travers la petite fenêtre.

- Tu sais Carole, il y a bien pire dans la vie qu'une stupide dispute...

Un léger silence s'installa.

- Rose... je ne suis pas très douée pour l'empathie ou les conneries de ce genre. La plupart du temps, je me fiche pas mal des états d'âme des gens... mais, tu es ma cousine... et j'ai l'impression que ça ne va pas très fort, je me trompe ? Tu as des ennuis ?

Rose pivota à nouveau vers sa cousine, de plus en plus surprise par son attitude. Son visage exprimait de la tension et une certaine inquiétude. Elle exhala un soupir douloureux et fut incapable d'endiguer la lame de sanglots qui attendait patiemment son heure pour se déverser.

- Non… ça ne va pas fort ! Hoqueta-t-elle.

Puis elle se mit à pleurer. À pleurer comme elle ne l'avait jamais fait de sa vie.

Aussitôt, Carole s'allongea à ses côtés et la prit dans ses bras, puis lui caressa les cheveux dans un mouvement lent et apaisant.

- Là… ça va aller… si c'est ce salaud d'Alex qui t'a fait du mal, je peux te jurer qu'il va en entendre parler ! Qu'il me laisse en plan, moi, je peux encaisser… mais toi qui es si douce et si fragile… c'est vraiment un connard de première !

Les pleurs de Rose se muèrent peu à peu en un sourire, puis en un rire nerveux.

- Non Carole… non ! Alex n'y est pour rien du tout…

- Alors quoi ? Demanda Carole, perplexe.

Rose inspira profondément.

Jusqu'où pouvait-elle se confier à sa cousine ? Elle faisait soudain preuve d'une grande gentillesse, mais pouvait-elle vraiment lui faire confiance ?

Puis ses résistances s'évanouirent.

Qu'avait-elle à perdre après tout ?

- J'ai assisté à la chute de mes parents Carole… chuchota-t-elle d'une voix apeurée.

Carole écarquilla les yeux.

- Non… c'est pour ça que tu avais perdu la mémoire !? Tu ne voulais pas te souvenir ! S'exclama Carole, les lèvres tremblantes. Mais, comment ? Tu étais sur la tour avec eux ?

Rose secoua la tête, de nouvelles larmes roulant sur ses joues :

- J'étais dans le grenier… souviens-toi de notre partie de cache-cache. Vous êtes tous partis, et moi je suis restée là. Et tu sais, il y a ce velux… et bien, je me rappelle à présent. Une des dames de la maison m'a attirée sous cette fenêtre. Je l'ai suivie. Et là, j'ai vu mes parents adossés au parapet. Puis ma mère a basculé... elle... elle s'est écrasée sur la vitre, et j'ai croisé son regard ! (Sa voix partait à présent dans les aigus). Elle semblait me supplier de l'aider Carole... Ensuite son corps a rebondi puis a disparu dans le vide... mon père quant à lui a chuté directement, comme une vulgaire pierre...

Rose fit une pause, reprenant sa respiration. Mais sa poitrine était dure et tendue et l'air ne parvenait à entrer qu'avec difficulté. Carole avait à présent une expression horrifiée.

- C'est vraiment terrible ce que tu as vu ma pauvre... mais tu te fais sûrement des idées... ta mère n'a pas pu te lancer un tel regard de détresse. Souviens-toi... elle s'est suicidée ! Elle voulait mourir et tu ne pouvais rien faire pour elle.

Rose secoua la tête frénétiquement :

- Non ! Non Carole, elle ne voulait pas mourir ! Elle ne s'est pas suicidée, et mon père non plus ! Ils ont été tués !

Carole eut un mouvement de recul et l'observa attentivement, avec une lueur soudain un peu dure dans le regard.

Rose se figea brutalement.

Elle venait de commettre une terrible erreur...

Elle n'aurait jamais dû en parler à sa cousine.

À présent, toutes les pièces du puzzle se mettaient en place dans son esprit.

La lettre...

Ce n'était peut-être pas sa mère qui l'avait écrite...

Et si c'était Clarisse ?

Les pensées de Rose s'éclaircirent et elle eut soudain la conviction que sa tante avait participé de près ou de loin au meurtre de sa sœur...

Elle avait rédigé elle-même la lettre d'adieu...

Le sang de Rose se glaça dans ses veines.

Ce n'était pas une simple animosité qui animait le cœur de sa tante.

Elle haïssait sa jumelle.

Elle lui avait tout pris.

L'amour et l'attention de sa mère.

L'amour de Patrick Garnier.

Et enfin, l'amour de Karl, son père…

Oui… mais son père était mort lui aussi…

Ce n'était donc pas la main de sa tante qui avait agi, sinon, elle l'aurait épargné…

Mais elle avait probablement encouragé et aidé l'assassin à perpétrer son acte ignoble. Puis elle l'avait couvert en rédigeant la lettre de suicide.

Une lettre qu'elle avait présentée aux enquêteurs puis conservée soigneusement en attendant son retour.

Car sa tante savait qu'elle avait vu le visage du meurtrier.

Elle s'était assurée qu'elle était bien amnésique, puis avait rassuré le monstre qui lui avait enlevé ses parents…

Peut-être même était-ce pour cela qu'elle téléphonait régulièrement à Bruno, soi-disant pour avoir des nouvelles d'elle.

En réalité, elle voulait savoir si sa mémoire ne lui revenait pas…

Puis, rassurée après quelques années, elle avait arrêté d'appeler…

Cela faisait d'elle une comédienne hors pair, comme le prouvait d'ailleurs son attitude amicale envers elle…

Elle croisa le regard pénétrant de sa cousine qui semblait vouloir deviner le fil de ses pensées.

Carole était-elle au courant depuis le début ?

Connaissait-elle le secret de sa mère ?

Elle ne pouvait pas se permettre de laisser la place au doute.

Sa vie en dépendait.

Le fil de ses déductions continua à se dérouler :

L'assassin de Pierre Lenoir et celui de ses parents était probablement la même et unique personne.

Elle retint un hoquet.

Sa tante n'était pas venue la voir après avoir appris le meurtre de l'antiquaire. Et, elle avait également posé des questions quant aux pistes suivies par les enquêteurs… elle n'avait d'ailleurs pas hésité à appuyer les soupçons portant sur une vengeance professionnelle tout en mettant en doute l'honnêteté de l'homme. *Et celle d'Alex au passage...*

Une affreuse migraine était en train de prendre son cerveau d'assaut. Elle porta la main à sa tempe qui pulsait douloureusement

Une chose paraissait en tout cas indéniable : quelque part dans la cave, il y avait encore des indices permettant de désigner le ou les coupables...

Mais quoi ?

- Rose... pourquoi dis-tu cela ? Finit par demander Carole d'une voix engageante. Ça n'a pas de sens...

- Je... non, tu as raison... je ne sais plus trop où j'en suis... je... j'ai été très choquée par ces images qui me sont revenues. Et puis, tu sais... j'ai également vu leurs corps écrasés sur la cour...

Le visage de Carole se radoucit. Elle hocha la tête :

- Je sais... maman m'a raconté. Moi et les autres, nous avions fini par aller jouer au ballon dans la rue derrière la maison. Je suis vraiment navrée Rose, tu as vu des choses vraiment horribles ce jour-là... pas étonnant que tu sois bouleversée...

- Ta mère était là au moment du... de l'accident ?

Carole fit la moue.

- Non. Je ne crois pas... il n'y avait que nous et Grand-Mère dans la maison. Maman est arrivée après il me semble... mais tu sais, j'étais jeune. Je ne me rappelle plus très bien. Je sais juste qu'il régnait un chaos épouvantable et qu'on nous a empêchés d'approcher des lieux...

Rose se tut.

Ainsi, Clarisse n'avait pas été là au moment du meurtre... à moins que sa cousine ne s'en souvienne réellement pas.

Ou qu'elle protège sa mère... susurra une petite voix perfide.

- Écoute... poursuivit Carole. Il commence à être tard, et je ne suis pas sûre que ce soit une bonne idée que tu restes seule. Veux-tu que je dorme ici cette nuit ?

- C'est gentil Carole... mais Alex doit passer tout à

l'heure…

Le regard de sa cousine laissa passer un éclair de colère, qu'elle balaya rapidement d'un clignement de paupière.

- Oh… alors, c'est parfait ! Dit-elle d'une voix pincée.

Puis son visage se détendit peu à peu et elle se leva puis se pencha avant de faire surgir devant Rose une boite en plastique scellée par un couvercle rouge.

- C'est pour me faire pardonner… je suis sûre que cela te fera du bien.

Curieuse, Rose s'en empara et l'ouvrit.

Des truffes au chocolat…

- Je les ai faites moi-même ! Se rengorgea-t-elle. Le chocolat, il n'y a rien de tel dans les moments difficiles crois-moi !

Rose ne put s'empêcher de sourire :

- Je croyais que tu passais ta vie à t'amuser ? Tu as donc toi aussi des moments difficiles ?

- Ne te moque pas cousine ! Rétorqua-t-elle en retenant un sourire. C'est justement grâce au chocolat que ces moments ne durent pas… Allez, prends-en un. Ordre du docteur !

Rose lorgna sans conviction sur les friandises. Puis devant le regard insistant de la rousse, elle en saisit un et le glissa entre ses lèvres.

Aussitôt, ses papilles s'éveillèrent puis émirent des signaux d'intense plaisir à son cerveau.

- Hum, c'est un vrai délice !

- N'en abuse pas trop quand même ! S'exclama Carole en riant. J'ai l'impression que c'est tout ou rien avec toi. Tu pourrais vite basculer dans l'excès inverse, je me trompe ?

Rose lui lança un regard de biais.

Parlait-elle toujours du chocolat ?

- Je sais parfaitement me retenir, affirma-t-elle en refermant la boite.

Carole eut un sourire en coin :

- Bien… je vais donc te laisser, je ne voudrais pas gêner vos retrouvailles à toi et à notre mâle dominant préféré… Bonne soirée et ne fais pas trop de folies ma belle…

Elle lui fit un clin d'œil appuyé puis tourna aussitôt les talons, s'éclipsant aussi soudainement qu'elle était arrivée.

23

Rose exhala un long soupir après son départ, comme si elle avait retenu son souffle durant leur conversation. Puis elle consulta sa montre.

19h00.

Alex n'allait pas tarder à arriver. Elle avait hâte de le voir. Elle avait hâte de se confier à lui.

À lui, elle pouvait tout dire...

Puis ses pensées se regroupèrent. Sa conversation avec sa cousine avait eu le mérite d'éclaircir un peu la situation.

Si sa tante avait un lien avec le meurtre de sa mère, cela ne lui disait pas pour autant qui avait pu en être l'instigateur.

Qui, en dehors de sa tante avait pu haïr sa mère ?

Puis la réponse lui parvint, aussi fulgurante que dérangeante.

Marie-France... la mère d'Alex...

Elle avait eu toutes les raisons du monde de vouloir la mort de sa mère. C'était elle que son mari aimait et désirait. Il ne l'avait épousée que pour répondre à un stupide code social qu'il n'approuvait pas totalement.

Les paroles amères et cinglantes, imprégnées de jalousie qu'elle avait entendues après le repas pris chez les Garnier indiquaient clairement que les apparences étaient trompeuses et que cette femme était rongée par un poison puissant.

« Quand est-ce que les hommes de cette famille arrêteront de renifler le cul des Bénette ? »

Tel était le vrai visage de cette femme revancharde et pétrie de haine.

Les deux femmes s'étaient-elles alliées pour précipiter la mort de ses parents ?

Peut-être…

Mais dans ce cas, comment Marie-France était-elle entrée dans la maison, et surtout, comment en était-elle ressortie sans se faire remarquer ?

D'ailleurs, cette question était valable quelle que soit l'identité du meurtrier…

Rose sentit une douce langueur l'envahir. Elle se détendait imperceptiblement.

L'effet du chocolat peut-être…

À moins que ce ne soit la fin de cette tension qui l'habitait depuis toutes ces années. À présent, elle savait. Et elle touchait du doigt la vérité. D'une certaine façon, elle était presque soulagée.

Ses parents n'avaient pas voulu mourir.

Ce n'étaient pas de sombres égoïstes.

Ils l'aimaient.

Ils n'avaient pas voulu la laisser toute seule.

Il n'y avait qu'à se remémorer le geste tendre que sa mère avait eu pour elle sur le canapé bleu…

C'était le seul souvenir qu'elle avait de sa mère et elle le chérissait de plus belle.

Ça et le regard implorant de sa mère alors qu'elle rebondissait sur la surface de la fenêtre…

Elle chassa au plus vite ce souvenir dérangeant et tenta de se concentrer sur ses pensées.

Qui, en dehors de la mère d'Alex ?

Patrick Garnier…

Oui, bien sûr. C'était plausible. Il avait aimé sa mère et elle l'avait rejeté sans l'ombre d'un remord pour les bras de son frère.

Une jalousie implacable pouvait l'avoir poussé au meurtre.

Un crime passionnel…

Elle avait déjà traité de ce sujet dans un de ses livres. Elle s'était beaucoup documentée et avait même posé plusieurs questions à sa psychanalyste à cette occasion.

Oui, l'amour déviant pouvait conduire à de telles extrémités.

Un amour chargé d'attentes et d'espoirs auquel la principale intéressée ne pouvait – *ne voulait* – répondre.

De plus, Patrick avait la force physique pour mener à bien un tel acte. Surtout face à Karl, son père.

Était-ce son regard menaçant qui s'était plongé dans le sien ?

Impossible de répondre à cette question… Elle ne savait pas à quoi il ressemblait et la silhouette aperçue restait figée dans une brume épaisse et tenace.

Quoi qu'il en soit, cela pouvait expliquer pourquoi cet homme avait sombré dans l'alcool et la marginalité…

Qui pouvait décemment vivre normalement après avoir commis un acte aussi barbare ?

Seule sa tante menait une vie paisible…

N'éprouvait-elle donc aucun remord ?

Un doute commença néanmoins à s'immiscer dans ses certitudes.

Et si Clarisse avait elle aussi été dupée ?

Après tout, n'importe qui pouvait avoir écrit la lettre et l'avoir déposée avant de s'en aller…

Quelqu'un qui connaissait suffisamment sa mère et son histoire pour pouvoir écrire des mots qui avaient du sens…

Le visage de Natacha flotta aussitôt dans son esprit.

Avait-elle pu s'allier à Patrick ?

Impossible… elle avait aimé sa mère. D'ailleurs, elle continuait à célébrer son souvenir à travers sa photo qu'elle devait regarder à longueur de journée.

Justement… le culte que cette femme vouait à sa mère n'était pas très sain.

Une passion amoureuse bafouée avait pu animer les deux êtres et les rapprocher…

La tête de Rose commençait à tourner.

Elle n'avait qu'une seule certitude : au moins une femme était liée aux meurtres de ses parents puisque l'écriture de la lettre était sans conteste féminine.

Mais laquelle, ou lesquelles ?

Clarisse ?

Marie-France ?

Natacha ?

Elle avait néanmoins de gros doutes concernant Natacha... après tout, c'était elle qui l'avait lancée sur la piste des meurtres...

Justement... peut-être voulait-elle ainsi se dédouaner à ses yeux...

Ou alors, elle avait basculé dans la folie après avoir participé au meurtre de la femme qu'elle aimait... et peut-être croyait-elle à ses mensonges...

Une pensée aussi légère qu'une plume essayait en vain de se faufiler dans le cours de ses pensées.

La lettre...

La lettre contenait les réponses.

Mais son cerveau engourdi fut incapable de lui ouvrir.

Elle allait s'endormir quand son portable se mit à sonner. Elle décrocha en constatant qu'il s'agissait d'Alex :

- Hum ?

- *Oh... tu ne t'étais pas déjà endormie ?* Fit la voix chaude et profonde d'Alex, avec une petite pointe d'amusement.

Rose sentit ses lèvres s'élargir en un sourire conquis.

- Non... mais quand est-ce que tu arrives ?

- *Écoute... j'ai un petit souci. Rodrigue m'a envoyé un texto. Il est parti rejoindre un client qui visiblement refuse de lui payer le tableau qu'il a peint pour lui. J'ai peur que cela ne dégénère. Cela ne t'ennuie pas si on reporte à demain ? Ce n'est pas la porte d'à côté et je risque de rentrer tard...*

- J'ignorais que tu volais ainsi au secours de ton frère... dit-elle, avec l'esprit soudain léger, presque amusé.

- *C'est mon frère...* rétorqua-t-il d'une voix un peu agacée.

Rose eut un petit rire.

- Je te taquine. Pas de problème. On se voit demain ?

- *Avec plaisir.* Répondit le jeune homme visiblement soulagé. *Mais ça m'embête de te laisser seule dans cette maison. Si tu veux, je te dépose à mon appartement avant de partir et tu y passes la nuit… Qu'en dis-tu ?*

- Tu t'inquiètes beaucoup trop… dit Rose en riant. Ça ira, ne t'en fais pas. Et puis je suis épuisée. Je crois que je vais dormir d'une traite…

- *Je te trouve bien insouciante Rose…* asséna Alex d'une voix réprobatrice. *Après ce que tu as vécu dans cette maison, cela ne me semble pas raisonnable.*

Rose s'allongea sur son lit puis ferma les yeux. Elle se sentait bien. Aucun danger ne la guettait. Elle voulait juste dormir… Elle bâilla. Elle était si fatiguée…

- Je ne risque rien, j'en suis sûre…

Un silence tendu lui répondit.

- *Si tu le dis…* finit par dire le jeune homme.

- Écoute, va aider ton frère et n'y pense plus. On se voit demain, OK ?

- *Oui…* soupira-t-il. *A demain Rose. Et bonne nuit…*

- Bonne nuit Alex.

Puis elle raccrocha.

Alex s'en faisait beaucoup trop pour elle. Elle se sentait si légère, si engourdie. Elle avait presque envie de rire…

Rose songea que la tension nerveuse était en train de bouleverser totalement la chimie de son cerveau, mais à cet instant, cela lui importait peu.

Elle avisa la boite de chocolat et s'en empara avec avidité. Les petits morceaux luisants l'appelaient de toutes leurs forces. Impossible de leur résister.

Elle plongea ses doigts dans la boite et amena une truffe vers ses lèvres. Elle n'en fit qu'une bouchée avec un soupir de délectation. Très vite, d'autres prirent le même chemin. Après tout, sa cousine n'avait pas tort. Une fois qu'elle avait goûté au plaisir, elle en voulait encore plus.

Elle renonça à prendre un repas et se dirigea vers la salle de bain.

Elle se dévêtit en se demandant si les fantômes étaient en train de la regarder.

Étrangement, cette idée ne la révulsait pas.

Au contraire même...

Puis elle fit couler l'eau et se glissa sous le jet tiède et délassant. Elle savoura le contact du liquide sur son corps et frotta lentement, presque voluptueusement, le savon contre sa peau. Elle se lava ensuite les cheveux et le parfum fleuri et gourmand de son shampoing l'emplit de ravissement.

En sortant de la douche, elle vacilla, prise d'un vertige.

Aucun doute, elle était épuisée...

Elle se retint au radiateur et se saisit de sa serviette. Lorsqu'elle eut fini d'ôter les dernières gouttes d'eau sur son corps, elle sécha rapidement ses cheveux, les brossa, puis revêtit sa chemise de nuit dans un état second des plus plaisants.

Enfin, elle se glissa en frissonnant de bien-être dans son lit, et ferma les yeux...

***

Rose souriait. Elle naviguait dans un plan de conscience qu'elle n'avait jamais eu l'occasion d'explorer auparavant.

Le monde des rêves et ses bizarreries lui ouvraient enfin ses portes. Elle qui avait si peu rêvé durant sa vie ou du moins qui ne s'en était jamais distinctement souvenu...

Elle se sentait bien. Elle avait l'impression de planer. Rien n'avait vraiment d'importance. Tout était étrange et en même temps parfaitement normal.

Elle portait une robe noire à fines bretelles, largement fendue sur le haut de sa cuisse. Elle sentait la soie du tissu lui caresser la peau en d'exquises sensations. Elle ne portait aucun sous-vêtement.

Lorsqu'elle porta ses doigts à son visage, elle sentit les contours d'un masque en dentelle qui lui emprisonnait les yeux et le nez. Ses cheveux, quant à eux, cascadaient librement sur ses épaules.

Elle se mit alors à observer les gens qui évoluaient autour d'elle.

Il y avait des hommes et des femmes. Tous étaient vêtus de noir. Tous la regardaient derrière leurs propres masques.

Elle était le centre d'attention.

Normal, songea-t-elle en souriant, *il s'agit de mon rêve…*

Elle observa son environnement. Tout était flou, tout oscillait autour d'elle, mais elle constata qu'elle se trouvait dans une pièce obscure, sans aucune fenêtre. Les murs de pierre étaient tendus de tentures rouge sombre par endroits, et seul l'éclairage tamisé de quelques bougeoirs surmontés de bougies noires éclairaient les lieux. Le sol était constitué de terre battue.

On aurait dit une sorte de réception. Chaque convive avait une coupe en cristal noir ciselé dans leurs mains. Un homme voulut lui en donner un, mais une femme l'en empêcha en écartant son bras tout en secouant la tête.

Puis elle fut conduite au milieu de la pièce et allongée sur une table de pierre. Elle frissonna sous l'effet de la fraicheur de l'objet contre sa peau.

Que lui voulaient ces gens ?

Deux hommes s'approchèrent d'elle et se positionnèrent de part et d'autre de la dalle, puis le reste des convives fit cercle tout autour.

La femme qui avait empêché qu'on lui donne un verre leva ses bras vers le plafond et scanda des paroles lancinantes et entêtantes que Rose ne put comprendre. Elle constata avec étonnement que ses cheveux roux ressemblaient étrangement à ceux de sa cousine.

Mais à cet instant, tout lui était égal.

Le reste des participants reprit les paroles de la jeune femme en une litanie hypnotique et fascinante.

L'air de la pièce se refroidit soudainement, puis se mit à vibrer, et des rubans de lumières opalisées se mirent à tournoyer autour d'eux en un spectacle époustouflant, pour venir se concentrer autour des deux hommes qui se tenaient près de Rose.

« *Choisis-moi !* » Entendit-elle de leurs bouches.

Puis les rubans se concentrèrent en un tourbillon luminescent avant de se précipiter sur le corps du plus grand. Celui-ci eut un soubresaut, puis se plia en deux avant de se redresser, plus fier et plus droit qu'il ne l'était auparavant.

Il s'approcha de Rose et planta ses yeux bruns dans les siens et ses lèvres s'étirèrent en un sourire victorieux.

« Tu es mienne ce soir… *il* m'a choisi, *il* est avec moi… »

Malgré sa torpeur, Rose lui rendit son sourire. Elle ne voyait pas son visage, mais il avait une mâchoire carrée et des lèvres sensuelles.

Comme Rodrigue…

Lorsqu'il plaqua ses deux mains sur sa poitrine, Rose ne s'en offusqua pas. Ce n'était qu'un rêve après tout, et elle pouvait y faire tout ce qu'elle voulait…

Même avec le frère de son petit ami…

Elle frissonna tandis qu'il écartait le tissu de sa robe, puis le déchirait sans retenue, exposant son corps au regard des convives qui ne perdaient pas une miette du spectacle.

Il écrasa ses mains sur ses seins et les enserra presque avec rage, puis ses lèvres furent sur les pointes, les léchant et les mordillant, lui arrachant un cri de surprise mêlé de douleur.

Était-on censé ressentir cela dans ses rêves ?

Rose l'ignorait, mais elle ne détestait pas ces sensations. Au contraire même, son corps commençait à les apprécier et lorsque l'homme – *Rodrigue* – positionna son visage entre ses jambes, un frisson d'excitation la parcourut.

La langue de *Rodrigue* se mit à explorer son intimité et elle se cabra sous l'effet de ses caresses impudiques, puis son corps fut balayé par un spasme de plaisir intense.

Rapidement, les autres convives furent autour de *Rodrigue* qui se redressait déjà. Ils le débarrassèrent de ses vêtements tandis que la rousse se frottait à lui. Il l'écarta sans ménagement et revint vers Rose. Puis il lui prit la main et l'aida à s'assoir.

La jeune femme fut prise d'un vertige et voulut se rallonger, mais derrière elle, l'autre homme l'en empêcha et se positionna de manière à la maintenir droite.

Les yeux mi-clos, Rose admirait le sexe dressé de *Rodrigue* tandis que son entrejambe pulsait presque douloureusement. Elle le voulait en elle à présent. Elle leva une main enhardie par son désir vers le membre et s'en saisit. *Rodrigue* eut un sourire satisfait et se positionna entre ses jambes en grognant.

Puis il lança son bassin en avant et la pénétra brutalement, arrachant à Rose un cri de plaisir. Il entama aussitôt un va-et-vient aussi puissant que rapide.

Le corps de Rose ne fut alors plus que pures sensations de jouissance et elle se laissa aller contre le corps de l'autre homme qui la tenait pour ne pas qu'elle tombe. Elle ne s'offusqua pas lorsqu'elle sentit sa bouche embrasser son cou et ses mains rêches empoigner sa poitrine.

Tout était parfait… tout était merveilleusement bon…

Ce ne fut que lorsque *Rodrigue* lui susurra un prénom à l'oreille qu'elle se contracta.

« Anna… oh…ma Anna... »

Mais les sensations en elle étaient si délicieuses qu'elle continua à les accueillir. Puis l'homme s'arque bouta et poussa un grognement presque animal avant de retomber contre elle.

À cet instant, la femme rousse vint à sa rencontre et porta une coupe à ses lèvres, l'incitant à boire d'un sourire. Rose, encore alanguie, lapa le liquide épais et sucré, puis fut à nouveau allongée sur la dalle tandis que *Rodrigue* s'écartait.

Elle sentit presque aussitôt des ondes d'une langueur extrême s'abattre sur elle.

Elle ferma bientôt les yeux puis sombra dans un néant absolu.

24

Je ne sais plus du tout où j'en suis. À vrai dire, je ne sais même plus QUI je suis !

La vérité m'est apparue hier. Mes parents ont bien été assassinés et j'ai été témoin de ce meurtre.

C'est étrange. Ces images sont apparues soudainement et se sont installées dans mon cerveau comme si elles avaient toujours été là.

J'ai l'impression d'étouffer à présent, mais je ne suis pas sûre de vraiment réaliser. Cela me paraît encore un peu irréel malgré tout.

Étonnamment, j'ai dormi d'une traite cette nuit. C'est la lumière du jour qui m'a sortie de mon sommeil. Je n'avais même pas pris la peine de fermer les rideaux tant j'étais fatiguée.

J'ai dormi plus de douze heures et je me sens reposée, peut-être un peu pâteuse, ce qui est normal après une nuit aussi longue.

J'ai horriblement honte du rêve que j'ai fait cette nuit ! Je me trouvais dans une pièce sombre dans laquelle des personnes masquées étaient réunies autour d'un autel de pierre, se prêtant à une sorte de cérémonie secrète. J'étais sur l'autel et tous les regards étaient rivés sur moi. Deux hommes se pressaient contre moi. L'un d'eux a été choisi, comme s'il avait été possédé par un esprit, puis... nous avons fait l'amour... Le pire dans tout ceci c'est que dans mon esprit, il s'agissait de Rodrigue, le frère d'Alex. Non, le pire, c'est qu'il m'a appelée Anna, comme ce spectre qui me hante... Je crois que Carole y était aussi.

Bref, c'est un des premiers rêves dont je me souvienne clairement de ma vie, et il faut que ce soit un rêve de débauche !

En parlant de spectre, j'en ai vu un autre hier. Du moins ses yeux. C'était dans le grenier, juste avant que je me rappelle du meurtre de mes parents...

Le meurtre de mes parents…

Je sais à présent que j'ai vu leur meurtrier, mais ses traits sont encore flous. J'ai néanmoins toute une liste de suspects.

Des parents assassinés…

Un homme – ou une femme ? – qui veut ma mort, ou du moins qui la voudra quand il saura que j'ai découvert la vérité…

Des spectres qui me hantent…

Ma vie n'a plus aucun sens…

Rose referma son journal et consulta sa montre. Il était dix heures du matin et elle n'avait toujours pas réussi à se résoudre à se lever.

Qu'allait-elle faire de sa journée ?

Elle voulait découvrir la vérité, mais une immense lassitude s'était emparée d'elle.

Elle se résolut néanmoins à s'habiller.

Il fallait qu'elle en apprenne plus sur Patrick Garnier…

Tandis qu'elle se saisissait de son téléphone portable, celui-ci se mit à vibrer. Elle regarda l'écran.

Un texto d'Alex.

« J'ai eu des nouvelles de mon amie des archives départementales. Elle m'envoie tout par mail dans la journée. On se voit ce soir ? »

Une onde de joie s'était répandue dans le corps de Rose à la lecture de ces mots. Alex avait ce pouvoir sur elle…

Elle répondit aussitôt.

« Super ! Bien sûr qu'on se voit ce soir. Comment s'est passée ta soirée hier ? »

La réponse suivit rapidement :

« Nulle… je t'en reparle ce soir, je suis avec un client. Je t'embrasse. »

Rose aurait voulu lui parler tout de suite et lui avouer ce qu'elle avait découvert sur son passé, mais, consciente de ses obligations, elle se retint.

Après tout, cela pouvait bien attendre ce soir…

Elle descendit et se fit un sandwich rapide avec ce qui lui

restait dans la cuisine puis mit sa veste et se saisit de son sac.

Lorsqu'elle sortit, une bourrasque froide et humide l'accueillit. Elle ferma la porte à clé puis boutonna sa veste jusqu'en haut. Elle leva les yeux au ciel, tout en tâchant d'éviter de regarder la tour, et constata que le ciel avait une teinte gris acier.

Son regard s'attarda sur les dalles de la cour et l'image du corps de ses parents se matérialisa aussitôt devant elle,

La tache noire sur le sol se transforma alors sous ses yeux, s'épanouissant en pétales écarlates.

En rose rouge...

Une rose rouge au pied de la tour...

Puis elle vit la silhouette d'une fillette blonde dont les sanglots faisaient vibrer l'air autour d'elle.

La fillette se redressa alors et pivota vers elle, la désignant d'un doigt poissé de sang, le regard accusateur...

Les prémices de la petite comptine étaient à présent au bord de sa conscience, mais elle la chassa en clignant des yeux, apeurée et choquée. Les trois silhouettes disparurent aussitôt.

D'un pas mal assuré, elle se dirigea vers la grille puis l'ouvrit d'une main tremblante avant de la refermer et de la verrouiller.

Je deviens complètement folle...

Elle se mit ensuite en marche d'un pas vif puis se dirigea vers la rue principale en essayant de garder ces images éloignées de ses pensées. Elle tourna à un angle, et y parvint rapidement. À une centaine de mètres, elle aperçut l'enseigne du bar dans lequel elle s'était réfugiée à son arrivée dans la ville. Le « *Whydah Gally* » était son nom. Elle n'y avait pas prêté attention la première fois.

Ses talons claquèrent sur les pavés de la ruelle. Elle croisa peu de passants tandis que de grosses gouttes de pluie commençaient à s'écraser sur elle.

Elle accéléra encore le pas et aperçut du coin de l'œil la vitrine éclairée d'un magasin dont la devanture était ornée de nombreux tableaux aux teintes sombres.

Il s'agissait sans nul doute de la galerie de Rodrigue...

Mais tandis que la pluie s'abattait de plus en plus rageusement sur elle, elle se mit à courir sans prendre le temps de regarder les œuvres exposées.

Elle ouvrit la porte du bar à la volée et entra avant de refermer la porte. Très vite, une petite flaque naquit à ses pieds, témoignant de la violence de l'averse. Elle constata avec plaisir qu'un poêle avait été allumé au fond du bar apportant une douce chaleur aux lieux.

Son sourire s'évanouit lorsqu'elle aperçut les nombreux visages tournés vers elle. Son entrée n'était pas passée inaperçue. Des hommes en grande majorité. Seule une femme d'une cinquantaine d'années était accoudée au bar dans une attitude détachée et nonchalante. Elle l'observait également.

Ludo, le cafetier, vint aussitôt à sa rencontre, tout en s'essuyant les mains sur un torchon à la propreté douteuse.

Il lui sourit, mais ses petits yeux bordés de cernes étaient toujours aussi éteints.

- Mademoiselle Bénette ! Vous devez être transie de froid ! Venez donc vous réchauffer près du poêle. Je ne suis pas mécontent de l'avoir allumé, quand je vois le temps qu'il fait ! Quand on pense qu'il faisait encore si beau ces derniers jours… il fallait bien que cela change, c'est l'automne après tout…

Rose le suivit rapidement tandis qu'il l'entraînait vers une petite table près de l'appareil en fonte noire. Elle n'écouta qu'à moitié son bavardage stérile, mais lui adressa un sourire reconnaissant tout en enlevant sa veste trempée.

- Merci Ludo. Vous pouvez m'appeler Rose vous savez.

Il l'observa un instant et une lueur étrange anima son regard.

- Rose… répéta-t-il pensivement comme s'il s'agissait d'un mot à la portée magique

La jeune femme l'observa avec curiosité tout en prenant place sur la banquette. Cet homme ne lui inspirait pas confiance, mais pour le moment elle avait besoin de lui. Elle tourna la tête dans tous les sens et fut rassurée de constater que Gaby était absent. En mer peut-être... *ou trop occupé avec sa cousine...* L'amertume de ses pensées la surprit et elle fronça les sourcils, mécontente de ses réactions.

- Je vous sers quoi Mad... Rose... se reprit-il dans un sourire d'excuse.

- Un chocolat chaud s'il vous plait Ludo... cela arrivera peut-être à me réchauffer !

- Et un chocolat chaud ! Dit-il en haussant la voix avant de regagner son bar.

Rose remarqua que de nombreux regards étaient toujours rivés sur elle et elle concentra le sien sur les flammes du poêle, embarrassée par l'intérêt qu'elle suscitait et qu'elle n'appréciait pas particulièrement.

Mais que lui voulaient tous ces gens ? Était-ce de la curiosité ?

Elle eut alors envie de hurler :

« Oui, c'est moi, la fille Bénette, celle dont les parents sont tombés de la tour, qui vient d'une famille de débauchées... et qui prend le même chemin ! »

Elle eut un pauvre sourire à ces pensées et sursauta lorsqu'elle entendit la voix du cafetier :

- Et voilà !

Puis il posa devant elle une tasse fumante à la mousse onctueuse parsemée de grains de chocolat.

- Merci. Dit-elle d'une voix polie.

- Bon... et tout se passe bien pour vous ? Vous avez emménagé dans la maison à ce que j'ai entendu dire...

Elle l'observa. Il avait l'air soudain très mal à l'aise et se tenait droit devant elle, le regard papillonnant de gauche à droite, comme si ses clients l'avaient désigné pour lui faire subir un interrogatoire en règle.

Évidemment... Tout autant que son passé, c'était le meurtre de l'antiquaire qui intriguait toutes ces bonnes âmes.

- Oui. Répondit-elle laconiquement.

L'homme se dandina d'un pied sur l'autre.

- Ah... et vous comptez rester ? Je veux dire... j'ai entendu dire que vous vouliez vendre, mais... il y a eu... heu... le décès de Pierre alors…

- Vous connaissiez Pierre Lenoir ? Demanda aussitôt Rose sans se soucier de lui répondre.

Des gouttes de sueur sillonnaient à présent le visage livide du cafetier.

- Pierre ? Oh, oui, comme tout le monde ici… Un gars bien… vous savez où en est l'enquête ?

Rose soupira.

- Non. Pas vraiment…

- Et donc… vous restez parmi nous ?

Elle planta son regard dans le sien, et il recula.

- Ce n'est pas dans mes intentions.

Puis elle se radoucit. Si elle voulait obtenir des informations, il fallait qu'elle se montre plus courtoise. Elle lui sourit et parla à voix basse, de sorte qu'il se rapprocha.

- Ludovic… j'aimerais vous poser une question.

- Oui… je vous écoute… dit-il d'une voix légèrement inquiète.

- Connaissez-vous Patrick Garnier ?

- Patrick ? Oh oui, il était là pas plus tard que tout à l'heure ! Un client fidèle, et pas qu'à mon bar !

L'homme paraissait un peu plus dans son élément à présent et sa voix s'éclaircissait.

Rose baissa encore d'un ton pour lui signifier que la conversation devrait rester confidentielle.

- Savez-vous où je peux le trouver ?

Cette fois-ci, il la regarda franchement, comme s'il cherchait à connaître ses motivations profondes. Ce fut au tour de Rose de se sentir mal à l'aise. Avait-elle eu raison de venir et de poser des questions sur cet homme – qui était peut-être un meurtrier – dans un lieu public ? *Elle n'en était plus aussi sûre.* Mais à présent, les dés étaient jetés…

- Bien sûr… je vais vous mettre tout ça sur un papier, avec le plan puisque vous n'êtes pas du coin. Enfin… si vous l'êtes… mais vous ne connaissez probablement pas…

Il s'éloigna en claudiquant, les regards de ses clients à

présent tournés vers lui. Rose en profita pour boire son chocolat tout en essayant de se faire la plus discrète possible.

Lorsqu'il revint, elle posa des pièces dans la coupelle de la note, puis se leva et remit sa veste trempée tout en frissonnant.

- Tenez, tout est là… dit-il en lui tendant un papier plié en quatre.

- Merci Ludo. Dit-elle en le prenant avec un sourire poli. Je vous dis à bientôt.

Le visage de l'homme s'éclaira :

- Oh… mais avec plaisir !

Elle n'aima pas le ton un peu vicieux qu'il avait employé. Elle eut envie de lui rétorquer qu'elle n'était pas *ce genre de Bénette*, mais elle s'en abstint. La réputation des femmes de sa famille n'était plus à faire, et de toute manière, elle serait bientôt loin d'ici.

À peine eut-elle refermé la porte vitrée qu'elle aperçut les visages s'animer et les lèvres se desceller. Elle exhala un long soupir avant de s'éloigner. Durant toute sa présence, seuls des chuchotements s'étaient faits entendre. À présent, le bar devait bruire de conversations endiablées à son propos. Elle n'avait pas demandé au cafetier de rester discret sur leur conversation, c'était inutile elle en était consciente. *Bientôt, tout Port-Launay saurait qu'elle était à la recherche de Patrick Garnier…*

La pluie s'était calmée. Elle étudia le plan. Il l'amenait dans la direction opposée à sa maison. Elle s'y dirigea d'un bon pas, malgré les inquiétudes qui commençaient à la tarauder.

Si cet homme était bien le meurtrier de ses parents *et à fortiori de l'antiquaire*, elle allait devoir se montrer prudente.

Qui savait ce qu'un alcoolique rongé par les remords était capable de faire ?

Elle fut surprise en arrivant sur les lieux. Il s'agissait d'une sorte de camping aménagé avec quelques mobil-homes séparés par des haies rabougries. Les terrains donnaient directement sur la mer et les bourrasques de vent y étaient encore plus fortes. Tout en suivant le plan, elle avisa la parcelle désignée sur la carte. Une barrière délabrée en empêchait l'accès, mais au-delà, devant le mobil-home jauni par les âges, se dressait un fouillis indescriptible. Des objets y avaient été jetés – dont de nombreuses bouteilles vides – et reposaient dans un réseau de mauvaises herbes inextricables.

Rose n'hésita pas et posa sa main sur le portail qui s'ouvrit sans aucune résistance. Puis elle se fraya un chemin à travers la verdure avant de parvenir à une petite terrasse. Elle observa d'un air méfiant les marches glissantes et vermoulues qui y menaient puis se décida à les gravir. Elles craquèrent sous ses pieds, mais elle parvint sans encombre sur la terrasse en bois qui avait elle aussi dû connaître des jours meilleurs.

Elle inspira profondément, frappa à la porte puis patienta. De longues secondes s'écoulèrent avant qu'elle ne perçoive des pas lourds et trainants se diriger vers elle.

L'ombre d'un homme apparut dans l'encadrement. Sa chevelure noire était parsemée de mèches grises filasse et la peau de son visage était ramollie et piquetée de pores dilatés. Il l'observait de ses yeux bruns éteints, la bouche pincée avec l'expression de celui qui attend la délivrance.

Malgré elle, Rose fit un pas en arrière. Tout, dans cet homme inspirait le malheur et la déchéance.

- Vous voulez quoi ? Dit-il en soupirant profondément.

- Je… Bonjour Monsieur Garnier. Je voulais vous parler.

L'homme eut un sourire désabusé, presque un rictus.

- Y'a bien longtemps qu'aucune jolie femme n'a voulu me parler… et vous êtes… ? Demanda-t-il d'une voix pâteuse.

Rose inspira profondément et guetta les réactions de l'oncle de son petit-ami :

- Je m'appelle Rose Bénette.

Les yeux de l'homme s'agrandirent et un éclair fugace les traversa avant de s'évanouir.

- La fille de Rachelle… Il tenta un nouveau sourire. Entrez donc dans mon humble demeure…

Rose le suivit alors qu'il s'avançait vers une banquette parsemée de vêtements et d'objets divers qu'il écarta pour lui laisser une place. Elle s'y assit en essayant de ne pas penser à l'état de saleté du tissu vert. Il se dirigea ensuite vers un petit frigo encastré dans un meuble et en sortit deux bières. Il les posa sur la table puis s'assit sur une chaise en face d'elle.

- Oh... non merci, je ne bois pas de bière...

Il la dévisagea et renifla.

- Désolé... dit-il, je n'ai pas racheté de champagne...

Le cynisme de l'homme commençait à hérisser Rose, mais elle n'en montra rien.

- Ne vous inquiétez pas, je viens de boire un chocolat chaud.

Sans plus s'émouvoir, il décapsula sa bière et l'amena à ses lèvres, puis reposa la bouteille en la dévisageant.

- On a déjà dû vous le dire, vous ne ressemblez pas à votre mère.

Ces mots sonnaient comme un reproche dans la bouche de l'ivrogne. Rose parvint à sourire poliment.

- Effectivement, on me l'a dit...

- Je me souviens de vous... en fait, déjà petite, vous ne lui ressembliez pas du tout. Vous tenez plus de votre père. (Il enchaina rapidement). Bien... Rose... que me vaut l'honneur de votre présence en ces lieux ? Dit-il d'un ton théâtral tout en lançant ses bras vers la petite pièce qui servait à la fois de salon et de cuisine.

Elle lui sourit de plus belle et prit sa voix la plus avenante possible.

- Monsieur Garnier, je ne me rappelle plus de mes parents, et... j'ai cru comprendre que vous les avez bien connus. J'espérais en apprendre un peu plus sur eux grâce à vous...

Il avala une nouvelle gorgée de bière puis exhala un long soupir. Rose reçut son haleine avinée de plein fouet et plissa le nez.

- J'avais entendu dire que vous étiez amnésique... mais je ne sais pas trop quoi vous dire. J'ai connu votre maman il y a bien longtemps. Je l'ai revue occasionnellement et puis, elle est morte, voilà tout... (il se mit à rire bruyamment). Je ne crois pas que je vais vous apprendre quelque chose d'intéressant !

Rose croisa les bras. Effectivement, l'homme était bien trop imbibé d'alcool pour lui apprendre quoi que ce soit. Elle se leva puis se dirigea vers la porte.

- Je ne voudrais pas vous déranger plus longtemps. J'espérais que vous pourriez me parler de ma mère, mais ce n'est pas grave.

Tandis qu'elle atteignait la porte, l'homme la rattrapa d'un pas incertain.

- Vous vous trompez de Garnier, Rose ! Voyez plutôt avec mon frère… lui, il l'a très bien connue… dit-il dans un souffle nauséabond.

- Je l'ai déjà rencontré, merci pour vos conseils… répondit Rose en ouvrant la porte puis en sortant.

L'homme se figea.

- Un autre conseil… dit-il d'une voix soudain nerveuse. Ne faites jamais confiance à cet homme… jamais !

Rose acquiesça pour ne pas le contrarier puis continua à s'éloigner.

- Compris… au revoir Monsieur Garnier.

Tandis qu'elle traversait le jardin, elle entendit l'homme répéter inlassablement le mot « *jamais* ».

Rose marcha d'un bon pas tout en réfléchissant à sa rencontre. Elle ne savait que penser du frère d'Alain Garnier.

Se pouvait-il qu'il soit réellement le meurtrier ?

Quoi qu'il en soit, son alcoolisme l'empêchait de tenir des propos cohérents et quelles que soient les raisons qui l'avaient amené à cet état, il les avait enfouies au plus profond de son être.

En parvenant dans la rue principale, elle aperçut un magasin de vêtements et décida de de s'y arrêter. Non pas qu'elle soit devenue coquette comme sa cousine, mais son séjour se prolongeait et il fallait bien qu'elle s'habille…

Elle n'en ressortit que longtemps après, avec un gros sac à

chaque main. Elle s'était laissée convaincre par la vendeuse et était à présent à la tête d'une garde-robe colorée et très féminine. Elle fit de même dans un magasin de chaussures, puis de lingerie.

Son moral commençait presque à remonter lorsque ses pas la guidèrent devant la vitrine de la galerie de Rodrigue.

Elle admira deux immenses peintures évoquant des tempêtes en mer, aux teintes profondément ternes. Il émanait de ces tableaux une puissante tristesse, presque de la colère. Subjuguée, elle ne vit pas les yeux bruns de Rodrigue qui la détaillaient depuis l'arrière de la vitrine ni l'éclair de satisfaction qui les traversa lorsque le regard de la jeune femme tomba sur une esquisse.

Les yeux de Rose s'écarquillèrent et les nombreux sacs qu'elle portait s'écrasèrent sur le pavé mouillé tandis que des larmes de honte roulaient sur ses joues.

25

C'était un dessin tout simple, réalisé à l'aide d'un fusain. Il émanait de l'esquisse un réalisme saisissant avec ses noirs profonds et ses ombres toutes en nuances.

Il s'agissait d'un nu et la femme du dessin, assise, le buste en arrière, s'y affichait sans pudeur, les lèvres légèrement ouvertes, le regard alangui. Sa longue chevelure claire retombait sur ses épaules en un drapé exquis. Sa poitrine haute et ronde se dressait fièrement tandis que ses jambes fines et longues s'ouvraient légèrement comme pour une invitation à une rencontre plus intime.

Cette femme incarnait la sensualité à l'état brut et l'œuvre était d'une qualité indéniable qui accrochait le regard.

Mais ce qui frappait surtout, *c'était ce masque noir orné de dentelles qui dissimulait le haut de son visage, tandis qu'un amas de tissu noir s'étalait à ses pieds.*

Rose tituba et dut poser ses mains sur la vitrine pour ne pas chanceler pour de bon.

C'était elle sur le portrait…

Il n'y avait aucune ombre d'un doute…

Il y avait même ce grain de beauté que seuls ceux qui l'avaient vue dans le plus simple élément pouvaient connaître.

Mais… comment ?

Et ce loup ?

Comme dans son rêve…

Elle secoua la tête.

Impossible…

Elle n'avait pourtant aucun doute, *elle n'avait vécu tout ceci qu'en rêve...*

Pourtant, elle n'en avait parlé à personne...

La seule personne qui l'avait vue nue, c'était Alex...

Était-ce lui qui avait réalisé ce dessin ?

Avait-il des talents cachés lui aussi ?

Mais alors... pourquoi ce masque ?

Peut-être pour qu'on ne la reconnaisse pas...

Le souffle de Rose s'apaisa.

Alex était l'auteur de ce dessin, bien évidemment...

Elle ne savait si elle devait se sentir flattée ou être en colère contre lui. Il avait dû le montrer à son frère la veille lorsqu'ils s'étaient vus et ce dernier avait tenu à le mettre en vitrine.

Mais alors, d'une certaine manière, Rodrigue l'avait également vue nue... et cela ne lui plaisait pas du tout...

Rodrigue avec ses airs vicieux...

Alex n'avait pas dû vraiment réaliser ce qu'il faisait. Elle s'imagina alors Rodrigue tomber par hasard sur le dessin, Alex tentant de le cacher, mais trop tard... Rodrigue en train de tenter de convaincre son frère, qui finissait par céder...

Grâce à cette nouvelle version que Rose venait d'inventer, elle regarda d'un œil neuf l'œuvre et la trouva très réussie. Elle y était vraiment à son avantage bien que l'impudeur de sa pose y soit des plus gênantes. Mais il s'agissait d'art après tout, et le désir qui émanait d'elle était tout à fait réel lorsqu'elle se trouvait auprès d'Alex.

Elle essuya ses larmes puis reprit en main ses sacs avant de poursuivre son chemin.

Rodrigue, de son côté, recula dans l'ombre de sa galerie, un sourire narquois aux lèvres.

Alex arriva à dix-neuf heures pétantes. Il émit un long sifflement appréciateur tout en la détaillant des pieds à la tête, les yeux brillants.

- Bon sang Rose, mais tu es magnifique !

Malgré elle, les joues de Rose s'empourprèrent. Elle avait revêtu une robe fuseau aux teintes vives et portait des chaussures à talon qui allongeaient sa silhouette. Ses longs cheveux blonds se répandaient par vagues soyeuses sur ses épaules.

- Merci Alex, tu n'es pas mal non plus… dit-elle en riant.

Il passa une main dans ses cheveux.

- Oh… j'ai juste eu le temps de rentrer chez moi prendre une douche avant de venir te rejoindre.

Elle l'étudia à son tour tandis qu'il enlevait sa veste. Il portait un jean et un polo rouge sombre qui mettait en valeur les lignes de son torse.

En le regardant, elle oublia ses malheurs et même la rancœur qu'elle éprouvait au sujet du dessin se dissipa. Inutile de tenter de se mentir à elle-même.

Elle était tombée amoureuse d'Alex…

Ce n'était pas un simple flirt ni un engouement passager. Elle était dingue de cet homme. Et au regard qu'il lui renvoyait, elle comprit qu'il était dans le même état d'esprit qu'elle.

Tandis qu'ils se tenaient dans l'entrée de la demeure plongée dans une semi-obscurité, leurs pas se dirigèrent en même temps l'un vers l'autre et leurs lèvres se rejoignirent aussitôt. Rose ferma les yeux, ivre de bonheur et se laissa glisser dans la chaleur de ce baiser qui commençait déjà à embraser son corps.

Lorsqu'ils s'arrachèrent l'un à l'autre, elle lui susurra d'une voix troublée :

- Tu m'as manqué Alex…

Il fronça les sourcils, mais ne la lâcha pas du regard :

- Toi aussi, répondit-il très sérieusement, comme s'il s'agissait là d'une affaire préoccupante.

Elle se mit à rire, heureuse qu'il ressente la même chose qu'elle.

- À t'entendre, c'est grave !

Il joignit son rire au sien.

- Non, ce n'est pas grave… c'est juste que je ne suis pas habitué.

- Viens... lui dit-elle en le poussant vers la cuisine. Je me suis arrêtée chez le traiteur. Nous avons du poulet rôti et des pommes de terre sautées pour le dîner. Ça te va ?

- Toi, tu sais parler aux hommes... lui dit-il avec un large sourire.

- Je te devais bien ça... je suppose que c'est toi qui avait rempli le frigo avant mon arrivée ?

Alex se contenta d'un sourire entendu auquel elle répondit chaleureusement.

Puis ils dînèrent en parlant de tout et de rien, souriant à toutes les remarques futiles de l'autre, s'extasiant sur les moindres détails de leur conversation. Rose s'intéressa au métier d'Alex qui lui raconta plusieurs anecdotes drôles et piquantes concernant certains de ses clients, puis Rose parla de ses livres et de Violet, son héroïne. Alex s'amusa de la manière dont elle parlait de celle-ci avec un grand sérieux puis lui confia combien il l'admirait pour son imagination.

- Et aussi parce que tu n'hésites pas à livrer une part de toi... ajouta-t-il.

Rose fronça les sourcils tout en sortant les gâteaux qu'elle avait achetés du frigo.

- Une part de moi ? Pourquoi dis-tu cela ? Tout est inventé dans mes livres, je t'assure qu'il n'y a rien de moi...

- En es-tu sûre ? Poursuivit-il, taquin...

- Oui... assura Rose. La plupart du temps, mes personnages me sont inspirés par des personnes célèbres ou non que j'ai vues à la télé. Dans la mesure du possible, aucun d'entre eux ne ressemble à quelqu'un que je connais ou que j'ai connu. Je préfère éviter.

- Donc, cela ne t'est jamais arrivé ?

Rose sentit l'embarras l'envahir. *Si, évidemment... dans son dernier livre, le grand méchant n'était autre que Jason...* Cela avait été sa manière à elle de faire le deuil de cette relation et de ce salaud...

- Peut-être... tu sais cela peut-être inconscient parfois... éluda-t-elle en ouvrant le placard afin qu'il ne s'aperçoive pas de son trouble. En tout cas, une chose est sûre, Violet ne me ressemble pas du tout…

- Moi je ne dirais pas cela. Je retrouve certains de tes traits de caractère en elle.

Rose se tourna triomphalement vers lui :

- Je le savais ! Tu as lu mes livres !

Alex se mordit les lèvres puis éclata de rire :

- Évidemment ! Je suis très curieux. Alors quand Linda m'a dit que nous allions avoir une romancière célèbre comme cliente, j'avoue, je n'ai pas résisté !

Rose lui balança un coup de torchon et joignit son rire au sien. Elle se sentait bien, légère. Elle avait fait en sorte de garder les sujets sérieux éloignés d'eux durant le repas. Elle avant tant envie de normalité et puis surtout… elle était amoureuse. Et cela égayait toutes les zones d'ombre qui endeuillaient sa vie.

Ils attaquèrent leur dessert en ne se lâchant pas du regard. Mais Rose savait que le charme serait bientôt rompu. Elle avait vu le dossier qu'Alex avait amené avec lui. Pour le moment, il reposait sagement sur la première marche de l'escalier, mais ils allaient très bientôt se plonger dans les secrets de sa famille… *et, en parlant de famille…*

- Tiens, je suis passée devant la galerie de ton frère tout à l'heure, il fait de bien jolies peintures dis-moi…

À ces mots, Alex se rembrunit.

- Oui… je suppose. Je ne m'y connais pas trop à vrai dire.

Ce fut au tour de Rose de perdre son sourire.

- Oh… tu veux dire que tu ne dessines pas ?

Alex eut un petit sourire en coin :

- Je t'avoue Rose, que je ne sais absolument pas de qui Rodrigue tient son talent… en tout cas, Laurette et moi en sommes totalement dépourvus ! Mais, qu'est-ce qui t'arrive Rose, tu es toute pâle…

Elle secoua la tête.

- Je… ça va… mais tu ne m'as pas dit… comment ça s'est passé hier avec ton frère ? Vous avez dû rentrer tard ?

Une lueur de colère s'alluma dans le regard vert d'Alex.

- Je ne sais pas ce que ce petit con a fabriqué... deux heures de route pour y aller et je ne l'ai pas trouvé. Pire... le gars chez qui je me suis présenté n'avait jamais entendu parler de lui. Quand j'ai essayé de le joindre, impossible... il ne répondait pas. J'ai attendu, et puis je suis rentré, dans la nuit effectivement ! J'ai finalement réussi à le joindre ce matin pour lui passer un savon, et Monsieur m'a expliqué qu'il m'avait donné la mauvaise adresse par inadvertance et qu'il avait eu un problème de portable... je t'avoue que je ne le crois qu'à moitié. Mais je ne comprends pas pourquoi il m'a fait venir là-bas pour rien. C'est un mystère pour moi...

À ces mots, le cœur de Rose s'était emballé follement. Elle s'empara des assiettes puis les amena vers l'évier.

- Et... tu crois qu'il a récupéré son argent...

- Peut-être... mais je dois dire que je m'en fiche. Il m'a privé d'une soirée avec toi, et pour rien !

Elle sentit ses bras l'enlacer et elle dut se faire violence pour ne pas pleurer.

Se pouvait-il que...

Il n'y avait pas d'autres explications....

Alex n'était pas l'auteur du dessin...

Rodrigue avait attiré son frère dans un piège pour l'éloigner d'elle...

Elle sentit un froid mortel l'envahir.

Carole...

Les truffes...

Non !!!

Sa cousine l'avait droguée...

Ce n'avait pas été un rêve...

Et la rousse qu'elle avait vue dans cette pièce, c'était bien elle !

Carole avait été complice de toute cette mascarade...

Et – oh, mon Dieu ! – elle avait fait l'amour avec Rodrigue.

Et elle avait adoré ça !

Elle sentit la bouche d'Alex se poser dans son cou.

Là où l'autre homme l'avait embrassée la veille...

Elle en eut la nausée et dans un geste brusque, heurta un

verre contre le robinet qui se brisa en mille morceaux dans l'évier. Elle s'empressa de les ramasser et s'entailla le doigt.

- Rose, mais qu'est-ce qui t'arrive tout à coup ? Questionna Alex tout en lui prenant la main. Il l'examina puis ouvrit le robinet et laissa le jet nettoyer la plaie. Puis il attrapa une serviette propre dans le placard et la pressa contre son doigt. Rose gardait la tête baissée et s'obligeait à ne pas pleurer. Elle ne fut pas en mesure de répondre à son ami.

- Ne t'en fais pas, dit Alex d'une voix apaisante, l'entaille n'a pas l'air bien profonde. Tu as des pansements ?

- Oui, dans la salle de bain…

- Vas-y, monte, je débarrasse, je fais la vaisselle et je te rejoins.

- Merci Alex… dit-elle d'une voix qu'elle tenta de raffermir. En vain visiblement à voir l'expression soucieuse sur le visage du jeune homme.

Elle grimpa les escaliers en proie à un sentiment croissant de honte et de culpabilité.

Elle avait couché avec Rodrigue…

Et il avait réalisé un dessin qui venait apporter la preuve de cet acte ignoble…

Alex le saurait. Et ensuite, plus jamais il ne voudrait d'elle !

Dis-lui la vérité… susurra une petite voix en elle. *Tu as été droguée, c'est du viol. Rien n'est de ta faute…*

Mais elle secoua la tête et posa ses mains sur son ventre. Elle en avait la nausée. Elle se sentait tellement misérable ! Elle ne méritait pas l'amour d'Alex.

Elle n'était qu'une débauchée comme toutes les femmes de sa famille. Pas de vertu, pas de conscience. Uniquement guidée par le plaisir des sens.

Aucune profondeur… une fille de rien…

Elle se dirigea vers la salle de bain puis posa un pansement sur la petite entaille.

Il fallait qu'elle se reprenne.

Alex ne devait pas savoir…

Lorsqu'Alex la rejoignit, elle avait gagné le canapé du salon et tentait de se composer un masque souriant. Mais ses mains crispées sur ses cuisses indiquaient clairement son malaise. Il prit place à côté d'elle, la sondant du regard.

- Ça va mieux ? Questionna-t-il d'une voix préoccupée.

La jeune femme pencha la tête sur le côté et lui sourit plus largement tout en levant son doigt.

- Oui... rien de méchant, j'ai mis un pansement, tout va bien !

Alex parut sur le point de dire quelque chose, puis il se ravisa, au grand soulagement de Rose qui n'était pas loin de craquer. Évidemment, elle se doutait bien qu'il ne parlait pas de son doigt...

- Bon... capitula-t-il, le front plissé. J'ai amené les éléments que mon amie Stéphanie m'a communiqués, poursuivit-il en lui montrant une pochette rouge. Nous allons les découvrir ensemble. Je les ai imprimées juste avant de quitter le cabinet.

- J'ai hâte de voir ça...

Alex fit claquer l'élastique qu'il s'apprêtait à ouvrir et lui prit les mains.

- Rose... je commence à te connaître, il y a quelque chose qui te contrarie n'est-ce pas ?

La jeune femme se leva et se dirigea vers la fenêtre, tournant le dos à son compagnon. Elle remarqua aussitôt que la pluie avait recommencé et que les arbres étaient agités par de puissantes bourrasques. La nuit avait commencé à tomber et l'obscurité était renforcée par les nuages noirs gorgés d'eau.

- Non... je t'assure, ça va... répondit-elle d'une voix tremblante.

- Tout allait bien jusqu'à ce que nous parlions de mon frère, remarqua Alex d'une voix soudain plus tranchante.

Rose sursauta. Impossible de se confier à lui... l'animosité qu'elle surprenait dans le ton de sa voix lui confirmait qu'un tel aveu sonnerait le glas de leur relation... *Mais elle pouvait lui en faire un autre...*

- J'ai un aveu à te faire. Dit-elle sans quitter sa position. Des souvenirs me sont revenus. Il se trouve que… il se trouve que j'ai assisté à la mort de mes parents.

Aussitôt, elle entendit des pas derrière elle et sentit très vite des bras l'enserrer. Elle s'en voulut d'avoir ainsi détourné la conversation, mais c'était nécessaire. Et elle avait très envie de se confier à Alex de toute manière. Elle l'avait su, ce repas n'avait été qu'un doux intermède qui ne devait pas durer.

Son retour à Port-Launay n'avait été qu'une suite de catastrophes en chaines qui ne semblaient plus vouloir s'arrêter.

- Que me dis-tu là Rose ? Dit-il en la faisant pivoter vers lui.

- La vérité, répondit Rose, laissant libre cours à ses larmes.

Puis elle expliqua ce à quoi elle avait assisté, sans préciser toutefois de quelle manière ils étaient tombés. Alex lui caressa les cheveux, le visage sombre.

- Je ne sais pas quoi te dire Rose… ce que tu as vu est terrible. Je comprends à présent pourquoi tu es si bouleversée. Tu aurais dû m'en parler tout de suite.

Rose haussa les épaules.

- J'avais envie de profiter un peu de notre soirée…

Il lui sourit, puis exhala un soupir contrarié.

- Je comprends, tu vas de mauvaises surprises en mauvaises surprises...

Elle leva les yeux vers lui.

Devait-elle tout lui dire ?

Elle avait tout raconté à sa cousine et elle le regrettait amèrement. D'autant qu'elle savait à présent à quel point Carole était sournoise et fourbe… mais Alex… elle sentait qu'elle pouvait avoir confiance en lui. Elle ne serait pas tombée amoureuse de lui sinon…

Comme pour Jason tu veux dire ? Rétorqua la petite voix de son tyran intérieur. Sa gorge se serra. Non… pas comme Jason ! Elle ne l'avait pas autant aimé. Alex était différent… *Oui… mais le connais-tu vraiment ?* Reprit la voix. Rose inspira profondément et tenta de la faire taire. *Si Alex n'était pas son allié, personne ne le serait...*

- Et je ne t'ai pas tout dit Alex... mes parents ne se sont pas suicidés. Ils ont été poussés depuis la tour. Il s'agit d'un meurtre qui a été maquillé.

Le visage d'Alex se décomposa.

- Tu... tu es sûre ?

Rose inspira une nouvelle fois :

- Oui. J'ai vu quelqu'un derrière eux. Et ils se sont débattus avant que cela arrive.

Alex était à présent livide :

- Sais-tu... As-tu vu le visage de celui qui a fait cela ?

Rose secoua la tête.

- Non... c'est une des zones d'ombre qu'il me reste à éclaircir...

- Rose... mais cela change tout... les implications de ce que tu viens de me dire sont énormes ! Mais qui aurait pu avoir intérêt à les tuer ?

Rose ne parla pas de la mère de son ami, mais avança les autres suspects qu'elle avait en tête. Il hocha aussitôt la tête :

- Bien sûr... ta tante peut y être mêlée... mais tu as aussi raison sur le fait que la lettre a pu être écrite par quelqu'un d'autre. Pour l'amie de ta mère, je t'avoue que je ne la connais pas bien. Quant à mon oncle... j'ignorais ce que tu m'as raconté là. Je ne savais pas qu'il avait été amoureux de ta mère. Cela fait belle lurette que je ne le fréquente plus.

- J'espère que je ne t'ai pas choqué en le désignant...

Alex secoua la tête.

- Non. Nous avons cessé de le voir lorsqu'il s'est plongé dans l'alcool, peu de temps après... *la mort de tes parents...* (ses lèvres tremblèrent). Bon sang tu as raison. Tout ceci est lié ! S'exclama-t-il d'une voix sourde.

- C'est ce que je pense... je crois également que le meurtre de ton ami Pierre n'est pas une coïncidence.

Alex écarquilla les yeux.

- Que veux-tu dire ?

- Je crois qu'il a été assassiné parce qu'il était sur le point de mettre à jour quelque chose qui aurait pu incriminer le meurtrier de mes parents. Lorsque j'étais dans la cave... et bien je crois que je n'étais pas seule. J'ai entendu des bruits. Derrière les murs...

- Un passage secret ? Peut-être... mais je ne vois toujours pas en quoi les deux affaires seraient liées...

- C'est une intuition que j'ai. Pierre est mort justement alors que je réapparais et que je commence à vouloir faire le vide dans la maison. Je pense que je suis surveillée depuis mon retour et que Pierre en a fait les frais. Je suis *sûre* qu'il y a quelque chose dans la cave...

Les yeux d'Alex se plongèrent dans les siens et elle sentit le contact de ses mains se raffermir sur les siennes.

- Alors je t'interdis d'y aller, tu m'entends ? Dit-il d'une voix autoritaire. Si le meurtrier de tes parents sait que tu as retrouvé la mémoire, il ne te laissera pas vivre. Si ce que tu dis est vrai, que Pierre a été tué pour qu'il ne découvre pas son secret, tu es en danger toi aussi !

- Je sais... répondit Rose dans un murmure. Mais s'il avait voulu me tuer, il l'aurait déjà fait tu ne crois pas ?

Le corps d'Alex se détendit imperceptiblement, mais il conserva sa mâchoire serrée.

- Je suppose...

Rose parvint à lui sourire malgré la grande lassitude qu'elle éprouvait.

- C'est même sûr. S'il peut aller et venir dans la maison, je suis une cible facile. D'autre part, j'étais à sa merci dans la cave...

Alex étudia attentivement le visage de Rose, puis il soupira longuement :

- Peut-être. Mais je n'aime pas ça. Tu vas venir vivre avec moi, je crois que c'est ce qu'il y a de plus sûr.

Rose tenta de se libérer de ses mains, furieuse qu'il tente de lui dicter sa conduite.

- Je te l'ai dit Alex, je ne quitterai pas cette maison. Je ne laisserai pas cette personne me faire peur !

- Mais c'est insensé Rose ! Il y a des fantômes dans ta maison qui te hantent et un meurtrier rôde ! Tu ne vas pas me dire que c'est normal que tu souhaites rester ?!

Rose se détacha de lui pour de bon et se dirigea vers le canapé. Elle était prodigieusement agacée par le ton qu'Alex avait utilisé, et encore plus qu'il tente de lui faire faire ce qu'il voulait.

Et probablement encore plus parce qu'il avait raison...

Une autre ne serait pas restée ici une minute de plus, elle en était persuadée. Et elle n'était pas spécialement courageuse pourtant. *Non, il y avait autre chose...* Une sorte d'attachement malsain envers la maison, comme si elle se sentait liée à elle quand bien même elle n'y avait jamais vécu en dehors des vacances. Et encore, uniquement jusqu'à ses huit ans. Elle non plus, elle ne s'expliquait pas rationnellement ses raisons profondes...

Mais elle ne voulait pas partir. Elle ne *pouvait* pas partir...

Elle s'assit, puis tenta de remettre de l'ordre dans toutes les émotions contradictoires qu'elle ressentait. Alex agissait pour son bien. Il ne voulait pas vraiment la contrôler. Juste s'assurer de sa sécurité. N'importe qui en aurait fait autant...

- Tu as raison Alex... je ne devrais pas rester là... mais, je ne sais pas, j'ai l'impression que je trahirais ma famille si je partais maintenant. Et puis je te l'ai dit. Je commence tout juste à retrouver la mémoire, et c'est ici que mes souvenirs me reviennent.

- Oui... mais tes souvenirs sont peut-être de ceux qui devraient rester oubliés... suggéra Alex qui semblait lui aussi s'être calmé.

Elle le regarda. Il avait une expression un peu boudeuse, comme s'il avait du mal à accepter qu'on ne soit pas d'accord avec lui, mais il avait l'air sincèrement inquiet également.

- Je crois que, quels que soient mes souvenirs, il est temps pour moi de les affronter. Je ne peux pas vivre toute ma vie sans savoir ce qui s'est passé dans mon enfance. C'est ça, à mon avis qui n'est pas très sain.

- Même si pour cela tu dois en mourir ?

Le ton d'Alex était à nouveau monté. Il était en colère et cela la désarçonnait. *Se pouvait-il qu'il tienne autant à elle ?*

- Je te l'ai dit… pour le moment, je crois que je ne risque rien. Mais si je quitte la maison, je suis à peu près sûre que je ne saurai pas qui est l'auteur de ces meurtres.

- Et bien tant pis ! Dit Alex en levant les bras. Le passé est le passé. Le principal c'est que *toi*, Rose, tu sois vivante.

Rose eut du mal à contenir son agacement.

- Et ton ami Pierre, c'est aussi le passé ? Non Alex, je suis mêlée d'une façon ou d'une autre à son décès. Je ne peux pas me soustraire à toute cette histoire.

Alex mit ses mains dans ses poches puis se mit à arpenter la petite pièce.

- Rose… je… non, je ne peux pas te laisser faire.

Elle se leva :

- Mais tu n'as pas le choix ! C'est moi qui choisis ce que je veux faire, pas toi !

Il s'arrêta et l'observa, les sourcils froncés. Ils se firent face plusieurs secondes avant que le visage d'Alex n'exprime de la résignation.

- Je me soucie juste de ta sécurité…

Rose se radoucit à son tour :

- Je sais Alex, mais s'il te plait, fais-moi confiance…

Il hocha sombrement la tête :

- D'accord… mais promets-moi d'être prudente.

- Je te le promets.

Un léger silence s'installa, puis Alex désigna le dossier posé sur la petite table basse :

- Pour le moment, nous pourrions peut-être en apprendre davantage sur ta famille, qu'en dis-tu ?

Rose suivit son geste. Elle avait soudain un peu peur de ce qu'elle allait découvrir sur ses aïeux.

Mais elle n'avait plus le choix…

26

Rose en avait le souffle coupé :

- Cela confirme ce que nous avions appris grâce aux archives de ton cabinet. Aucune n'a été mariée, et toutes sont mortes plutôt jeunes.

- Par contre, reprit Alex, on voit que certaines ont donné naissance à des garçons.

- Mais ils sont tous morts en très bas âge... Nous avons donc une lignée de femmes qui ont donné naissance à des filles que l'on retrouve dans les actes notariés, et à des garçons qui sont tous morts jeunes... sans que les pères ne soient jamais mentionnés.

- C'est étrange oui... c'est comme si les hommes n'avaient pas de places parmi elles...

- Tu ne sous-entends tout de même pas qu'elles auraient éliminé leurs petits garçons ? Dit Rose d'une voix inquiète.

Le visage d'Alex se crispa.

- Honnêtement, je l'ignore... et comme cela ne concerne que tes ancêtres les plus anciennes, nous ne pourrons jamais le savoir...

- Oui, approuva Rose, ma grand-mère n'a eu que ses jumelles. Quant à ma mère et ma tante, une seule fille. Comme le veut la tradition visiblement...

Rose relut à haute voix les notes qu'elle avait complétées :

1. <u>Anna Bénette 1799 – 1827 (28 ans)</u>
Enfants : Louis 1823 et Marie 1824 - 1856

2. <u>Marie 1824 – 1856 (32 ans)</u>
Enfants : Pierre-Marie 1851, Jean 1852, et Blanche 1853 – 1884
3. <u>Blanche 1853 – 1884 (31 ans)</u>
Enfant : Gabrielle 1880- ?
4. <u>Gabrielle – 1880 – ?</u>
Enfants : Marcelin 1908 - Sophie 1909 – 1939
5. <u>Sophie 1909 – 1939 (30 ans)</u>
Enfants : Pierre 1935, Charles 1936, Anita 1937 – 2014
6. <u>Anita – 1937 – 2014 (77 ans)</u>
Enfants : Rachelle : 1965 – 1996 (31 ans) et Clarisse – 1965.

Elle n'avait pas pris la peine de noter son nom ni celui de sa cousine.

- Donc, conclut Alex, pensif, en dehors de ta grand-mère et de ta tante elles sont toutes mortes jeunes, à la trentaine. Y compris ta mère… ajouta-t-il en observant sa réaction.

Rose approuva, le visage sombre :

- Oui. Quant à Gabrielle, c'est comme si elle n'était pas morte puisque l'année de son décès n'est consignée nulle part.

- Un oubli certainement…

- Probablement… C'est vraiment dommage que l'on ne sache pas de quelle manière elles sont mortes…

- Tu crois que cela changerait quelque chose ?

Rose haussa les épaules :

- Probablement que non… je ne sais pas, c'est tout de même bizarre qu'elles soient toutes mortes aussi jeunes…

- À l'époque, ce n'était pas si rare… moi, une autre chose me trouble, les garçons sont tous nés avant les filles et n'ont pas dépassé leur première année… et une fois qu'elles ont eu une fille, aucun autre enfant ne naissait… À l'époque, pourtant, il n'y avait aucune maîtrise des naissances.

- Carole m'a dit que les femmes de ma famille étaient un peu sorcières, qu'elles connaissaient les plantes et leurs usages. On peut donc imaginer qu'elles connaissaient les plantes leur permettant de limiter le nombre de naissances.

- Oui... approuva Alex, mais regarde, Blanche a eu immédiatement une fille, et ensuite, elle n'a eu aucun autre enfant. C'est comme si elles avaient des enfants jusqu'à ce qu'une petite fille naisse, et puis elles s'arrêtaient.

Rose ressentit un violent malaise l'envahir. Leurs regards se croisèrent et elle sut à quoi il songeait, tout comme elle. *Pourquoi ces petits garçons n'avaient-ils pas vécu plus d'une année ? Leurs mères s'en étaient-elles réellement débarrassés ?*

- Pour les petits garçons... tu sais, avant, de nombreux bébés mouraient peu de temps après leurs naissances. Les conditions de vie n'étaient pas les mêmes...

Alex fit semblant de la croire, mais Rose se demanda si son argument tenait la route. Dans les campagnes peut-être... *mais dans les villes ?* D'autant que sans être immensément riches, les Bénette ne semblaient pas avoir vraiment vécu dans l'austérité. Elles avaient accès aux soins et certainement à une alimentation variée. Et ces successions de naissances de garçons suivies de filles étaient vraiment suspectes. *Personne n'avait donc jamais rien remarqué ? Et les mères, de quoi étaient-elles mortes ?* La rumeur voulait qu'il s'agisse de morts violentes... mais jusqu'ici, elle n'avait rien appris à ce sujet. *Se pouvait-il qu'il ne s'agisse que de rumeurs justement ?* Après tout, les femmes Bénette avaient dû de tout temps alimenter les ragots de la ville et leurs vies avaient dû beaucoup être romancées. De plus, tout ceci était très ancien puisque le dernier décès possiblement suspect remontait à 1939. Qui s'en souvenait encore ? Ce qui avait pu se raconter depuis cette époque avait pu être amplifié et déformé.

- On pourrait demander à mes parents. Proposa brusquement Alex.

Rose sursauta.

- Quoi tes parents ? Questionna la jeune femme, soudain sur la défensive.

- Eh bien oui, ma famille est en relation avec la tienne depuis le début puisque c'est mon aïeul qui a rédigé les premiers actes de ta maison et que ce sont les générations suivantes qui ont géré les successions. Si quelqu'un sait quelque chose au sujet des femmes Bénette, c'est mon père, et on peut compter sur ma mère pour relayer les informations !

Rose sentit son souffle se bloquer. Alex avait raison, mais elle savait qu'elle ne pouvait pas leur faire confiance, surtout à Marie-France. Mais comment le dire à Alex sans le vexer ? Sa mère avait beau être… ce qu'elle était… il avait l'air de l'aimer profondément.

- Pourquoi pas… Dit-elle d'une voix étranglée.

À cet instant, son portable vibra. Elle s'en empara en se demandant qui avait bien pu lui envoyer un texto. Elle dut se faire violence pour ne pas pousser un petit cri en voyant ce qui s'affichait sur l'écran :

De : *inconnu*

« *As-tu retrouvé ta robe noire Rose ? Enfin… ce qu'il en reste… j'ai vraiment hâte de remettre ça avec toi... j'y ai pensé toute la journée… »*

La jeune femme trembla violemment et son regard resta longuement figé sur le texte dénonçant l'acte ignoble qu'elle avait perpétré la veille à son corps défendant. *Pas si défendant que cela !* Ironisa la petite voix de sa conscience. *Oh mon dieu ! Faites que cela n'ait jamais eu lieu !* Supplia Rose en une prière dérisoire.

Elle sentit soudain que l'appareil lui était arraché des mains. Elle tenta de le récupérer, mais Alex avait déjà lu la petite phrase délatrice. Il la dévisagea ensuite longuement.

- Rose… peux-tu m'expliquer ceci ? Questionna-t-il d'une voix tendue.

- Je… non… ce… ce doit être une erreur…

- Non, je ne crois pas… dès que tu as lu ce message, tu t'es décomposée. Et c'est bien ton prénom qui est écrit là, non ?

Alex avait croisé ses bras et l'observait avec un mélange de suspicion et de colère contenue. La jeune femme sentit ses joues s'empourprer violemment. Puis elle enfouit son visage entre ses mains et se mit à pleurer.

Aussitôt, Alex se leva et sa voix se fit glaciale :

- Rose... il me semble que ta réaction sonne comme un aveu... j'ignorais que tu étais ce genre de fille. Je ne pensais pas que c'était ce genre de relations que tu recherchais, mais visiblement, tu es comme ta cousine... S'il te suffit d'un seul soir passé loin de moi pour tomber dans les bras du premier venu, cela te regarde. Moi, tout ceci ne me concerne plus. Adieu Rose.

La jeune femme avait gardé ses mains sur son visage et avait subi en silence les paroles acerbes de celui dont elle était tombée amoureuse.

Puis elle avait entendu ses pas s'éloigner, et au loin la porte s'ouvrir puis se refermer.

De longues minutes s'écoulèrent avant que la jeune femme ne parvienne à se relever.

À présent qu'Alex l'avait abandonnée, elle se sentait irrémédiablement seule au monde. Ses parents étaient morts et le reste de sa famille l'avait trahie : son oncle, en lui mentant durant toutes ces années, sa tante qui avait laissé croire que ses parents s'étaient suicidés *et qui était peut-être été complice de leur meurtre*, puis sa cousine qui l'avait droguée avant de la livrer à Rodrigue. Et à présent, c'était Alex qui lui tournait le dos.

Avait-elle réellement mérité tout ceci ?

N'était-elle pas digne d'être respectée et aimée ?

Son regard embué revint sur l'écran maudit.

Oui... où était donc passée la petite robe noire ?

Où donc avait-elle été amenée ?

D'un bond, Rose se leva.

Elle allait éclaircir ce point tout de suite. Après tout, elle n'avait plus rien à perdre...

***

Seule la faible lueur d'un lampadaire éloigné jetait un léger halo sur la petite porte à la peinture écaillée. Le vent se levait par bourrasques, éparpillant ses cheveux sur ses épaules et lui fouettant le visage.

Elle resta observer le panneau de bois, le regard fixe, durant de longues minutes. Ce n'est que lorsque la pluie se remit à tomber qu'elle se décida à avancer. D'une main tremblante, elle écarta les rubans de la police qui virevoltaient dans le vent, puis tira la petite porte vers elle. Le lieutenant Vittoz lui avait interdit de s'approcher des lieux du crime, mais il y avait prescription à présent.

Elle retint un soupir douloureux. Alex lui avait également demandé de ne pas venir là. Pas pour les mêmes raisons que le lieutenant. *Non, parce qu'il tenait à elle. Pour sa sécurité.* Mais là aussi, il y avait prescription…

Elle s'accroupit et fut aussitôt assaillie par les relents de moisissure et de terre humide qui imprégnaient les lieux. Elle serra les dents. Elle allait devoir faire la première partie du trajet dans le noir, jusqu'à l'interrupteur, et cela la terrifiait. Mais elle devait y aller. Elle devait agir. Sinon, elle s'écroulerait tôt ou tard.

Lorsqu'elle posa un pied sur la première marche, Rose sentit néanmoins un sombre pressentiment l'envahir. Tandis qu'elle poursuivait sa descente, repliée sur elle-même, une sueur glacée se mit à couler le long de son épine dorsale et son souffle se bloqua.

Elle sentit ses pieds toucher le sol en terre battue et inhala une longue bouffée d'air vicié. Elle frissonna. Il faisait bien plus froid dans cette partie de la maison. Elle progressa dans le noir avec le sentiment de s'enfoncer dans un gouffre sans fond tout en longeant le mur adjacent.

Enfin, elle trouva les interrupteurs et illumina les deux parties de la cave. Elle tourna un regard affolé sur sa gauche. *Là où Pierre Lenoir avait été assassiné.* Cette zone n'était que faiblement éclairée, mais elle pouvait voir distinctement une large tache de sang qui maculait la terre. Il y avait également un ruban jaune qui interdisait l'accès de cette partie et le contour du corps avait été délimité à l'aide d'une bombe de peinture tandis que de petits panneaux chiffrés étaient disposés par endroits. Les lèvres de Rose frémirent et elle se remémora les sombres minutes qu'elle avait passées là, quelques jours auparavant, auprès du corps de cet homme. Elle avait l'impression qu'il s'était écoulé une éternité, mais en réalité, elle n'était même pas là depuis une semaine.

Son regard se détourna et elle observa le reste des lieux. Tout était tel que dans ses souvenirs. Poussiéreux, sombre, encombré.

Tout la ramenait à cette cave.

Le meurtre de Pierre Lenoir.

Et... le piège tendu par Carole et Rodrigue...

Depuis le début, elle avait le sentiment qu'il existait une pièce secrète dissimulée sous la cuisine – seule zone qui n'avait pas été creusée – et qui était murée. Cette impression lui était confirmée par les bruits qu'elle avait entendus lorsqu'elle était prisonnière des lieux avec le corps de l'antiquaire.

Et... la nuit dernière, elle se trouvait dans une pièce au sol de terre battue et aux murs de pierre...

Elle revint sur ses pas et palpa le mur qu'elle avait longé avant de gagner les interrupteurs. Elle observa les pierres de granit qui saillaient du mur et ne vit rien de particulier. En dehors d'une vieille étagère remplie d'articles de jardinage, il ne semblait rien y avoir de notable ici. Elle passa ses doigts sur la paroi et le contact rêche et humide lui arracha un frisson désagréable. Elle vit que sa main tremblait. Elle la ramena devant ses yeux, l'observant un long moment, l'esprit vide, puis la laissa retomber le long de son corps. Son cœur cognait lourdement dans sa poitrine et chaque fibre de ses muscles était tendue à l'extrême. Elle inspira une nouvelle fois profondément. Il fallait qu'elle se détende, autant remonter tout de suite sinon...

Elle jeta un regard inquiet derrière elle, les sourcils froncés. Tout était calme. Elle entendait juste de manière étouffée le vent qui continuait à souffler au-dehors ainsi qu'un sifflement à peine perceptible indiquant que les étroites fenêtres qui donnaient sur l'extérieur n'étaient pas totalement étanches. Un souffle glacé se répandit sur sa nuque, venant confirmer son impression. De l'air entrait bien dans la cave depuis l'extérieur.

À moins que…

Rose se crispa et son regard se fit plus aigu tandis que les battements de son cœur s'affolaient de plus belle.

Mais il n'y avait rien ni personne dans la cave. Juste elle et sa peur abrutissante.

Elle contourna le coude que faisait le mur et s'approcha des étagères à vins. Celles-ci occupaient toute la partie du mur qui s'étirait sur plusieurs mètres. La jeune femme resserra sur ses épaules les pans du châle qu'elle avait revêtu avant de descendre et tourna sa tête de gauche à droite, ne sachant que faire. Tout avait l'air parfaitement en place. Les étagères ne semblaient pas avoir bougé d'un centimètre depuis leur installation, probablement des dizaines d'années auparavant. Rose sentit l'ombre du découragement la recouvrir. Elle avait froid, elle était terrifiée et son sentiment de solitude était particulièrement exacerbé dans cette pièce sombre et humide.

Alex… j'ai tant besoin de toi…

Elle était en train de baisser les bras, elle le sentait. Quelque chose était sur le point de lâcher en elle. Elle leva la tête vers le plafond et inspira profondément. C'était une technique qu'elle avait longuement pratiquée pour ne pas pleurer après sa rupture avec Jason. Aussitôt, les larmes qui menaçaient de jaillir se tarirent. Mais au tremblement de ses lèvres, elle comprit qu'elle ne pourrait les endiguer très longtemps.

Un nouveau souffle glacé se propagea dans ses cheveux et sa peau se hérissa instantanément.

Rose se figea.

Il y avait quelque chose derrière elle. Elle le sentait.

À cet instant, le vent au-dehors se déchaîna et un choc sourd se propagea dans la cave, aussitôt suivi par un bruit de verre brisé.

Tétanisée, Rose ferma les yeux. Elle était consciente qu'un

objet avait brisé une fenêtre.

Une branche peut-être ?

Mais elle ne pouvait se résoudre à se retourner. Car derrière elle, elle savait qu'elle ne verrait pas que le spectacle de cette fenêtre brisée.

Il y avait autre chose...

Une chose qu'elle n'avait pas la force d'affronter.

À cet instant, une bourrasque d'une force inouïe s'engouffra dans la brèche, amenant avec elle une vague de froid et d'humidité glacée.

Rose sentait ses cheveux se soulever autour de son visage, la frôlant telle une main invisible tandis que le froid pénétrait dans ses vêtements, lui arrachant de violents frissons.

Et la chose était toujours là, elle le sentait...

Rose fut saisie par une onde de résignation presque aussi effrayante que son environnement.

Elle se retourna lentement, les paupières crispées.

Finissons-en...

Mais ce qu'elle vit dépassait en horreur tout ce qu'elle avait pu imaginer.

Là, devant elle, il y avait une jeune femme rousse, les yeux exorbités, la bouche molle...

... pendue à une des poutres du plafond...

Elle l'observait de ses yeux vitreux.

Non, pas ça !

Un sifflement rauque naquit lentement de sa gorge et ses doigts blafards et tremblotants se levèrent vers elle.

La femme portait un corsage blanc en dentelle et une longue jupe brune étroite dont le tissu oscillait au même rythme que la corde qui la retenait.

Au comble de la terreur, Rose ferma les paupières, espérant que la vision disparaisse.

Lorsqu'elle rouvrit les yeux, le cœur prêt à exploser dans sa poitrine, une nouvelle mauvaise surprise l'attendait.

La femme était à présent face à elle...

Ses yeux gonflés cernés de noir se soudèrent aux siens et

un éclair de folie anima son visage tuméfié marbré de veines violacées.

La morte leva les mains vers elle, menaçante.

Dans un réflexe dérisoire, Rose tenta de reculer, mais elle fut stoppée net par les étagères. Les bouteilles cliquetèrent entre elles à son contact.

Le visage de la morte s'inclina légèrement et elle pivota soudain, abaissant sa main dont le doigt désigna le sol de terre battue.

Elle resta là, figée, indifférente aux bourrasques qui balayaient la pièce et qui n'avaient aucune prise sur elle.

Rose – soulagée que la morte se détourne d'elle – suivit son doigt du regard. Rien ne différenciait cette zone du sol du reste de la pièce. Peut-être un léger affaissement.

Rose exhala l'air qu'elle avait retenu prisonnier sous l'effet de la terreur.

Elle comprit soudain.

Le corps de la femme était enterré là.

Elle avait été assassinée puis son corps avait été dissimulé…

Comme si elle avait suivi le cours de ses pensées, le regard de la morte revint se river au sien.

- Je… je ne peux rien faire… croassa Rose. Que voulez-vous ? Que voulez-vous de moi… *Gabrielle* ?

Le prénom lui était venu spontanément. Dans sa lignée, seule la date de la mort de cette ancêtre manquait.

Tout simplement parce qu'on ne l'avait jamais retrouvée…

Son regard se posa une nouvelle fois sur l'espace qui renfermait le corps supplicié de la jeune femme et son cœur se serra.

Pourquoi ? Pourquoi l'avoir tuée ?

Ses ancêtres avaient donc toutes été assassinées ?

Tout comme cette femme et… *sa mère ?*

Elle se souvint de la femme aux yeux verts du grenier. Elle aussi avait été tuée, probablement par balle d'après l'écho du coup de feu qu'elle avait entendu.

Qui tuait ces femmes ?

Ce ne pouvait être le même assassin depuis toutes ces années...

Alors comment, et pourquoi ?

Le regard de la morte avait soudain perdu de sa fixité. Elle se tourna vers l'étagère et s'en approcha d'un pas lent et saccadé. Le regard de Rose se posa sur la marque violine qui entourait son cou, attestant de la violence de sa mort. Puis elle suivit le mouvement de sa main levée vers une bouteille, et enfin vers une autre.

Puis elle se tourna vers Rose, ses yeux n'exprimant qu'une sombre résignation... et disparut dans un halo brumeux qui se mua en une petite trainée grise avant de s'évanouir dans la terre.

Aussitôt, la jeune femme sentit le soulagement l'envahir. Puis, sans perdre un instant, elle s'intéressa aux bouteilles qu'avait touchées la morte. En s'en approchant, elle constata que ces dernières ne comportaient pas de poussière ni de toile d'araignée comme leurs jumelles.

Se pouvait-il qu'elles soient la clé de l'ouverture du passage secret qu'elle soupçonnait ?

À son tour, elle positionna ses mains dessus et tenta de les tourner. Rien. Elle les retira ensuite vers elle, mais l'effet fut le même. Perplexe, elle tenta une dernière manœuvre : elle les enfonça dans leurs casiers.

Un déclic se fit alors entendre et l'étagère se rapprocha soudain d'elle.

Elle recula, consciente qu'elle venait de découvrir la clé de l'énigme.

Grâce à Gabrielle...

Elle attira le panneau vers elle. Il avait la largeur d'une porte et était situé à l'extrémité du mur.

Un gouffre sombre s'ouvrait à présent devant elle.

Elle y pénétra, la bouche sèche, la peur chevillée à tout son être.

27

Rose sortit son téléphone portable qu'elle avait eu la sagesse d'apporter. Elle constata qu'elle n'avait aucun réseau, mais l'appareil avait une fonction lampe torche dont elle allait enfin avoir utilité.

Elle l'enclencha et pénétra dans l'antre secret sans réussir à réprimer un frisson d'angoisse.

Elle balaya la pièce du faisceau lumineux et eut un choc en reconnaissant les lieux où elle avait été amenée la veille après avoir été droguée.

Un bloc de pierre surmontée d'une table sculptée de symboles étranges occupait le centre de la pièce.

Là où elle avait commis l'impensable avec Rodrigue…

Tout était tel que dans ses souvenirs, les rideaux de velours tendus sur les murs ainsi que les chandeliers disposés sur le sol et sur des colonnes de pierre.

Une odeur âcre et sucrée, légèrement fleurie enveloppait la pièce, lui piquant les narines.

Quelqu'un avait brûlé des plantes séchées ici…

Sa cousine probablement.

En s'approchant de la table de pierre, elle sentit la nausée l'envahir et refoula aussitôt le souvenir pénible qui y était lié.

En observant de plus près son environnement, Rose constata que la pièce était bien plus vaste que la cuisine qui se trouvait juste au-dessus. Elle devait s'étendre également jusque dans la petite cour derrière la maison.

Elle sentit une pointe de déception l'envahir.

Il ne s'agissait que d'une vulgaire pièce dissimulée qui avait dû servir à des réunions secrètes entre initiés.

Son regard erra dans la pièce à la recherche d'indices quelconques

Mais il y n'y avait rien.

Elle souleva un rideau et fut déçue de découvrir qu'il ne dissimulait qu'un simple mur de pierre. Elle fit de même avec un deuxième, puis un troisième.

Rien...

Elle tenta sa chance avec une quatrième tenture et son souffle se bloqua.

Une porte en bois ancienne, patinée et vermoulue lui faisait à présent face...

Elle sentit un pic d'adrénaline la saisir. Lorsqu'elle posa la main sur la poignée ronde, cette dernière n'offrit pas de résistance et la porte s'écarta dans un grincement sinistre.

Aussitôt, un couloir sombre et étroit apparut devant elle. Elle avança précautionneusement et son pied rencontra un objet mou et léger.

Elle pointa son portable à ses pieds, soudain envahie par une sourde angoisse.

Une robe noire en lambeaux apparut dans le rai de lumière jaune.

La robe qu'elle portait la veille... déchirée par Rodrigue.

Rodrigue qui avait abusé d'elle...

Rodrigue qui avait réalisé un portrait d'elle...

Rodrigue qui lui avait envoyé le message qui avait rayé Alex de sa vie...

Au-delà de la peur qu'elle ressentait, une vague de haine la renversa.

Pourquoi en était-il arrivé à de telles extrémités ?

Avait-il besoin de droguer les femmes pour obtenir leurs faveurs ?

C'était incompréhensible.

Elle contourna la robe et poursuivit son chemin. Le tunnel avait été bâti à l'aide des mêmes pierres de granit qui constituaient la maison familiale. Les deux constructions avaient vraisemblablement été réalisées en même temps.

Le boyau sombre semblait l'avaler à chaque nouveau pas

qu'elle faisait, la plongeant dans les entrailles d'un monde inconnu et incertain. Elle tremblait de tout son être. De froid, de peur. Elle avait à présent du mal à respirer. *L'oxygène se raréfiait-il ou était-ce l'effet de l'angoisse qui la rongeait ?*

À ses pieds sourdait un petit filet d'eau, attestant de la profondeur à laquelle elle se trouvait. À cet endroit, il faisait encore plus froid que dans la cave.

Elle faillit rebrousser chemin à plusieurs reprises, mais sa curiosité était la plus forte.

Il fallait qu'elle sache vers où menait le passage.

Car c'était celui-ci que le meurtrier de Pierre Lenoir – et certainement de ses parents – avait utilisé pour quitter les lieux.

L'endroit où elle arriverait lui donnerait certainement une indication sur son identité…

Ils étaient deux, se remémora soudain Rose en sursautant, il y avait quelqu'un d'autre qui guettait à l'extérieur de la cave.

Et qui l'avait empêchée de sortir…

Le visage de sa tante apparut aussitôt à son esprit.

Elle la dégoutait… Elle s'était montrée si amicale avec elle !

Oui… amicale… comme Carole ! Avant qu'elle ne la trahisse !

Après avoir marché sur plusieurs centaines de mètres dans un silence abrutissant, Rose découvrit une volée de marches devant elle.

Tout en haut, il y avait une porte…

La jeune femme resserra une nouvelle fois les pans de son châle et les gravit, la peur au ventre.

Lorsqu'elle abaissa la poignée, cette dernière n'offrit pas non plus de résistance.

L'endroit où elle arriva dispensait une agréable tiédeur.

Rose eut un hoquet de surprise tandis qu'elle découvrait les lieux à l'aide du faisceau de son portable.

Elle connaissait cet endroit.

Il s'agissait du bureau d'Alex !

Elle se trouvait dans l'étude notariale des Garnier…

Lorsqu'elle se retourna, elle comprit que la porte était dissimulée dans un simple panneau mural boisé.

Imperceptible...

Rose dut prendre appui contre le fauteuil sur lequel Alex l'avait reçue la première fois, tandis que les implications de sa découverte parvenaient à son esprit.

Alex n'était tout de même pas mêlé à tout ça !

Elle finit par se laisser choir sur le fauteuil et pressa ses mains contre son visage.

Devait-elle vraiment s'en étonner ?

Elle avait toujours su que le jeune homme avait un côté sombre. À tout instant, il tentait de la contrôler et il avait un côté cachotier indéniable. De plus, il pouvait se montrer irritable et imprévisible.

Sa réaction lorsqu'il avait vu le texto n'avait-elle pas été un peu trop brutale ?

Il avait à peine semblé surpris...

Et... n'avait-il pas un peu trop insisté pour qu'elle ne descende pas à la cave ?

Non... Pas Alex !!

Mon Dieu... qu'est-ce que tout ceci peut vouloir dire ?

Rose se leva, le cœur en berne, regagna l'ouverture puis la referma derrière elle.

Elle fit le chemin inverse à la manière d'un automate, incapable de rassembler ses pensées et de trouver de la cohérence à ce qu'elle venait de découvrir.

Lorsqu'elle déboucha dans la pièce secrète, elle ne s'attarda pas. Elle referma soigneusement le panneau qui se remit en place dans un clic puis s'éloigna à travers la cave balayée par le vent, sans même avoir une pensée pour le fantôme qui hantait ces lieux.

Après avoir traversé la maison dans un état d'hébétude totale, elle s'écroula sur son lit et ferma les yeux.

Elle n'avait plus qu'une envie : fuir dans le sommeil...

Et son sommeil fut si profond qu'elle ne réalisa pas qu'elle n'était pas seule.

Il la regardait dormir...

Et l'ombre d'un sourire sordide et possessif, à la lisière de la folie, étirait ses lèvres bleuies...

***

Ce n'était pas un rêve.

J'ai réellement vécu cette parodie de messe noire dans la cave. Il s'agissait d'un coup monté, fomenté par ma cousine et par Rodrigue, le frère d'Alex. Carole m'a droguée. Mais je n'ai pas l'impression que cela excuse ce que j'ai fait.

Je ne m'explique pas ce qui s'est passé. Je veux dire... pourquoi ont-ils fait ça ? Je me sens si fatiguée, si déprimée...

J'ai découvert que cela s'était produit dans la cave de la maison. Dans une pièce secrète. Celle que je suspectais depuis mon arrivée.

Et qui étaient tous ces gens dans cette satanée pièce ?

Et pourquoi Rodrigue m'a-t-il appelée Anna ?

Anna, la première Bénette. Celle qui a fait construire cette fichue baraque...

Celle par qui tout semble avoir commencé.

Et ce n'est pas tout, j'ai découvert que la pièce secrète était reliée à un tunnel menant au cabinet notarial des Garnier.

Au bureau d'Alex...

Si Alex est bien mêlé à cette histoire de fous, je crois que je perdrai définitivement foi en l'être humain...

Les Garnier et les Bénette...

Une association familiale qui semble avoir défié le temps.

Alex a découvert que je l'avais trompée.

Ce taré de Rodrigue m'a envoyé un texto explicite. Alex l'a lu - sans savoir qu'il venait de son frère - et a cru que j'avais une liaison avec un autre homme. Il m'a même comparée à cette garce de Carole...

Une idée horrible vient de me venir... il y avait un autre homme cette nuit-là aux côtés de Rodrigue... ce pourrait-il que ce soit Alex ? Je n'ai pas eu l'occasion de l'examiner de près.

Ai-je pu à ce point me tromper à son sujet ?

Mes pensées partent à la dérive... il faut dire que mes souvenirs de cette soirée sont plutôt flous.

Seuls les sensations éprouvées et le prénom que m'a susurré Rodrigue à l'oreille sont bien tangibles...

***

- Tu vas m'enlever cette horreur de là immédiatement espère de pervers !

Le regard de Rodrigue se posa aussitôt sur elle, puis glissa sur ses lèvres tremblantes, et enfin sur sa poitrine soulevée par une respiration saccadée.

- Rose... j'espérais te revoir mon ange... dit-il en s'approchant d'elle, un sourire sensuel aux lèvres.

La jeune femme le repoussa durement, mais son regard brûlant commençait à faire battre son cœur encore un peu plus vite...

Elle croisa ses bras sur sa poitrine en signe de défense tandis que le jeune homme souriait de plus belle.

De rage, elle pivota puis gagna la vitrine de laquelle elle extirpa le dessin maudit, puis le brandit devant son nez.

- Tu joues à quoi là Rodrigue... tu veux vraiment que toute la ville sache que tu m'as violée ?

Le visage de Rodrigue se fit faussement indigné.

- Mais mon ange... regarde bien l'expression de ton visage sur ce dessin. Donnes-tu l'impression d'avoir été forcée ? Moi, je dirais plutôt que tu as l'air parfaitement consentante, et... je dois dire que cela a été une des expériences les plus jouissives que j'ai connue...

Son regard se mit à briller. Il la débarrassa du portrait qui glissa à ses pieds puis l'enserra de ses bras puissants.

Rose était comme tétanisée, incapable de bouger, prise au piège de ses yeux bruns emplis de désir.

Un désir qu'elle commençait elle-même à ressentir, à sa plus grande honte...

- Je... non, je... je ne voulais pas... Carole m'avait droguée...

Sa voix était faible tandis que les lèvres de Rodrigue se rapprochaient des siennes.

Au dernier moment, il s'écarta dans un sourire victorieux,

laissant Rose figée sur place, les lèvres entrouvertes.

- Moi, je crois que tu en avais autant envie que moi… susurra-t-il. La vérité c'est que tu as eu envie de moi à la seconde même où tu m'as vu chez mes parents…

Furieuse contre lui, et surtout contre elle-même, Rose s'écarta et lui tourna le dos.

- C'est faux Rodrigue… dit-elle en se mordant les lèvres.

- Cesse donc de nier l'évidence… asséna-t-il plus durement. Pourquoi cherches-tu ainsi à te dérober ?

Ce fut la parole de trop. Rose se retourna et marcha vers lui :

- Si c'était le cas, tu n'aurais pas eu besoin de me droguer pour parvenir à tes fins ! Gronda-t-elle. Et d'abord, c'était quoi ce cirque ? Qui étaient ces gens ? Et… pourquoi m'as-tu appelée Anna ?

Rodrigue semblait étudier son visage empli de rage. Il était d'un calme presque irréel, ce qui acheva de désarçonner la jeune femme. Il lui sourit, mais sa voix se fit très sérieuse, presque solennelle :

- Rose… tout ceci te dépasse. Je ne peux rien te dire. Tu n'es pas prête.

Rose ne s'attendait pas à une réponse aussi vague. Son regard se perdit dans celui du jeune homme qui s'était mué en pierre.

Elle expira longuement.

- Rodrigue… rien n'a de sens dans cette ville… je… je crois qu'en réalité, vous êtes tous complètement fous ! Je pars. Dit-elle dans une impulsion, en lui tournant le dos. Je quitte cet endroit. Ton frère se débrouillera pour vendre cette satanée maison. Faites ce que bon vous semble de votre pièce de débauche et de ces fichus fantômes qui me pourrissent la vie ! Elle hurlait à présent, proche de l'hystérie.

Elle s'apprêtait à gagner la sortie, mais Rodrigue l'intercepta, posant ses mains sur ses épaules, le visage déformé par la colère :

- Non, tu ne partiras pas. Nous avons besoin de toi !

Rose l'observa longuement, toute trace de colère commençant à s'évaporer, laissant place à une profonde lassitude.

- Quelque chose ne va pas ici... tu ne t'en rends pas compte ? Personne ne s'en rend-il donc compte ?

Mais Rodrigue semblait impénétrable à ses paroles.

À cet instant, la porte s'ouvrit, laissant la place à Carole qui observa la scène, le regard plissé. Elle était accompagnée par Linda, la secrétaire d'Alex.

- Rodrigue... que se passe-t-il ?

Rose se détacha des bras de Rodrigue et fondit sur sa cousine :

- Toi... espèce de garce... comment as-tu pu me faire ça ? *À moi*, ta propre cousine ?

La rousse se redressa et l'observa avec un sourire condescendant :

- Rose... ma douce et innocente Rose... tu ne peux pas comprendre... pas encore...

- Oui... ça, Rodrigue me l'a déjà dit, cracha-t-elle en jetant un regard mauvais sur sa cousine puis sur Linda, qui lui rendit la pareille. Mais je vais te dire la même chose qu'à ce sale con, je pars ! Et je ne remettrai jamais les pieds ici tu peux me croire !

- Tu oublies Alex ? Rétorqua Carole d'une voix pincée tandis que le visage de Linda se décomposait. Tu ne vas tout de même pas l'abandonner ?

- Je pars... et rien ni personne ne pourra me retenir... asséna Rose d'une voix entrecoupée de sanglots mal maîtrisés.

Elle ne laissa pas le temps au trio de réagir et bondit hors de la galerie d'un pas décidé, non sans avoir au préalable chiffonné et balancé le dessin par terre.

Rose observa les habits regroupés sur son lit en petits tas.

Elle était consciente de prendre la fuite.

Mais elle ne pouvait pas faire autrement.

Sa santé mentale en dépendait.

Fous… ils étaient tous totalement fous…

Elle ouvrit sa valise sur le sol et commença à entasser ses affaires dedans en de grands gestes rageurs.

Elle allait d'abord quitter la ville. Elle avait déjà appelé un taxi. Elle dormirait à l'hôtel ce soir et prendrait le premier vol en partance pour New York le lendemain matin. Et rien ne parviendrait à la faire changer d'avis.

Une fois ses affaires rassemblées, elle s'assit sur son lit et attendit, le cœur sombre.

Lorsque la sonnette retentit, elle sursauta. Elle s'approcha de la fenêtre, mais un arbre empêchait de voir de qui il s'agissait.

Elle fut tentée de ne pas aller ouvrir, mais c'était peut-être le taxi qui avait de l'avance…

Mais lorsqu'elle fut devant la grille, son visage se figea.

Alex…

Alex qui l'observait, la mine boudeuse, les yeux cernés. Elle s'approcha de la grille et lui fit face, consciente que son visage était tout aussi fermé que le sien.

- Rose… commença-t-il d'une voix rauque. Je n'ai pas dormi de la nuit… ce texto… je me rends compte que tout cela ne te ressemble pas. Je veux dire… bon sang… (il soupira). Tu peux m'ouvrir ?

La jeune femme acquiesça sans dire un mot et fit tourner la clé qu'elle avait apportée.

Il entra et ils se firent face longuement. Presque durement.

- Rose… je ne prétends pas te connaître… je suis bien conscient que tu n'es plus la petite fille de huit ans qui est partie vivre avec son oncle et que j'aimais tant. Mais de là à imaginer que… j'aimerais que nous en parlions. Je voudrais te laisser une chance de t'expliquer…

Rose referma soigneusement la porte derrière eux puis lui fit face :

- Alex… moi non plus, je crois que je ne te connais pas…

Il pencha la tête, les sourcils froncés :

- Que veux-tu dire Rose ?

- Alex... étais-tu avec Rodrigue cette nuit-là ? Il faut que je sache !

Le visage d'Alex se fit perplexe.

- Je crois te l'avoir dit... je n'ai pas retrouvé mon frère ce soir-là et je n'ai même pas réussi à le joindre !

Rose secoua la tête.

- Non ! Je te parle de la cave. Étais-tu avec Rodrigue et Carole ? Réponds-moi !

Alex se rapprocha d'elle et capta son regard dans ses yeux verts.

- Rose... je ne comprends absolument rien à ce que tu me racontes... dit-il doucement, comme on parle à un jeune enfant qui fait un caprice. Et si tu m'expliquais ?

- Je vais faire mieux, je vais te montrer... répondit-elle, les larmes aux yeux.

Lorsque la porte secrète s'ouvrit devant eux, Alex ne put retenir un sifflement de surprise.

- Alors tu avais raison... il y avait bien un passage dérobé dans la cave...

Il la regarda le visage empli d'admiration. Mais elle évita son regard et lui désigna l'ouverture d'un signe de tête.

- Entre...

Elle alluma une nouvelle fois son portable qui éclaira la pièce.

- Et bien... siffla Alex en découvrant les lieux. Incroyable... on dirait une sorte de crypte... et là... c'est quoi ? Un autel ? Questionna-t-il en désignant la table de pierre. Et tu as vu toutes ces bougies ? À l'odeur, on dirait qu'elles ont été allumées récemment...

Il se tourna vers Rose et son visage apparut dans le faisceau de sa lampe, créant des ombres accentuant les traits de son visage, le rendant inquiétant.

- Tu crois que l'assassin de Pierre Lenoir s'est caché là ? Poursuivit-il en se rapprochant d'elle.

Malgré elle, Rose recula.

- Je suppose…

- Tu n'es pas très bavarde… Remarqua Alex, mais dis-moi, comment as-tu fait pour trouver l'entrée de cette pièce, et comment as-tu su faire fonctionner le mécanisme ?

- J'ai eu de la chance… répondit Rose, toujours un peu sur la défensive. Suis-moi. Dit-elle en l'entraînant à sa suite.

Elle écarta le rideau qui dissimulait la porte.

- Bon sang, il y a une autre issue !

Rose fit tourner la poignée et l'invita d'un geste à pénétrer dans le boyau. D'un coup de pied, elle écarta la petite robe noire qui gisait toujours à l'entrée du tunnel, si bien qu'Alex ne la remarqua pas.

Tandis qu'ils progressaient, Rose réfléchissait intensément. Jusqu'ici, si Alex avait joué la comédie, il l'avait vraiment fait à la perfection. Elle n'allait pas tarder à voir sa réaction lorsqu'il verrait que le tunnel débouchait dans son propre bureau…

Tout à coup, elle se figea.

Alex était revenu vers elle au moment même où elle s'apprêtait à quitter la maison…

Comme par miracle…

Elle se mit à trembler.

L'homme qui se tenait à ses côtés n'était *réellement* pas celui qu'elle croyait. Et s'il était revenu, ce n'était pas pour lui laisser une nouvelle chance.

Mais parce que Rodrigue et Carole l'avaient appelé…

- Dis-moi Alex… comment se fait-il que tu sois venu me voir, comme ça, en pleine journée…

- Et bien… j'avais très envie de te voir… et puis… je l'avoue, ta cousine m'a appelé. Elle disait t'avoir rencontré en ville et qu'elle se faisait beaucoup de souci pour toi…

Rose renifla avec mépris :

- Carole t'a dit ça ?

- Oui… j'ai moi aussi été très surpris. Mais cela a été pour moi une bonne excuse pour revenir vers toi…

Rose se tût.

Se pouvait-il qu'Alex dise la vérité ?

Le faisceau lumineux mit à jour la volée de marche. Elle n'allait pas tarder à le savoir.

- Nous sommes tout près de la sortie, je te laisse passer devant... dit Rose d'une voix lasse.

Il ne se fit pas prier et grimpa prestement les marches, suivi de Rose.

- Voyons où cela nous mène... dit Alex tout en abaissant la poignée.

Lorsque la porte s'ouvrit sur le bureau du jeune homme, elle se tourna vers lui et l'observa attentivement.

Son visage s'était décomposé. Il regarda la pièce comme s'il la découvrait pour la première fois, puis ramena son regard en arrière et caressa le panneau qui dissimulait l'entrée secrète.

- Ce n'est pas possible... jamais je n'aurais pensé que mon bureau abritait un passage secret ! Rose... c'est totalement insensé !

Il se tourna vers elle et tomba sur son visage suspicieux.

- Rose... tu ne crois tout de même pas que je suis mêlé à toute cette horreur...

Rose soupira longuement.

- Alex... le jour où ton ami est mort... le meurtrier est forcément entré et sorti par là... Avoue que c'est troublant !

Le jeune homme se passa une main dans les cheveux et Rose fut saisie par un sentiment de tendresse totalement déplacé. Il faisait toujours ça quand il était embarrassé.

- Rose... je ne sais pas quoi te dire... je ne suis pas toujours là. Il m'arrive de me déplacer pour estimer des biens ou pour rencontrer des clients qui ne peuvent se déplacer eux-mêmes...

- Et ce jour-là Alex – le jour où Pierre a été assassiné ? Es-tu parti du cabinet ? Demanda-t-elle avec anxiété.

Alex fronça les sourcils.

- Et bien... oui... je me suis rendue chez une de mes vieilles clientes. D'ailleurs, en arrivant chez elle, dit-il dans un petit rire gêné, elle m'a avoué qu'elle ne se rappelait pas m'avoir appelé… elle est vraiment très vieille…

Il lui dédia un petit sourire anxieux :

- Tu peux demander à Linda. C'est elle qui avait reçu l'appel ! Écoute, c'est embêtant, elle ne travaille pas aujourd'hui.

Rose se figea.

Linda…

Elle traînait avec sa cousine. Elle était probablement mêlée à cette histoire.

Et qui mieux qu'elle pouvait entraîner Alex loin de son bureau lorsque c'était nécessaire ?

Bon sang, elle avait tellement envie de croire Alex !

- Oui, je sais… elle était avec Carole tout à l'heure.

Ce fut au tour d'Alex de paraître perplexe.

- Je ne savais pas qu'elles étaient amies… et où les as-tu rencontrées ?

- Dans la galerie d'art de ton frère… révéla Rose, les mains crispées.

Alex se figea à son tour et son visage devint tout blanc.

- Rodrigue… tu étais avec Rodrigue ?

Rose ne put s'empêcher de sourire.

Alex était rongé par la jalousie…

Comment s'imaginer qu'il pouvait s'être allié à son frère dans cette histoire de fou ?

Et à présent, un détail lui revenait. Le deuxième homme, dans la cave, ses mains étaient rêches et calleuses lorsqu'il l'avait touchée… Il s'agissait à n'en pas douter d'un homme manuel. Elle prit les mains de son ami. Elles étaient aussi douces que dans ses souvenirs.

Elle lui sourit plus largement, le regard brillant :

- Alors c'est vrai… tu n'étais au courant de rien…

Alex réussit un peu à se détendre et lui rendit son sourire.

- Non… mais je ne m'explique toujours pas la présence de ce tunnel reliant mon bureau à ta maison…

Le visage de Rose se fit plus sérieux :

- Il me paraît évident que nos deux familles sont plus liées que ce que nous croyions...

- Oui, dit Alex sombrement, et celui ou celle qui utilise le passage est forcément familier des lieux...

- J'en ai bien peur... concéda Rose.

Elle n'ajouta rien. Il devait arriver aux conclusions qui s'imposaient par lui-même. Elle gardait en tête que Marie-France n'était certainement pas étrangère à tout ceci.

Et qui mieux qu'elle pouvait se rendre au cabinet familial sans éveiller les soupçons ?

Surtout si Linda était de mèche avec elle.

Mais ce qu'elle ne s'expliquait pas, c'étaient les motivations de la jeune femme.

D'autre part, pourquoi Rodrigue et Carole étaient-ils mêlés à cette histoire ?

Ils étaient encore enfants au moment du meurtre de ses parents...

À moins que leurs mères ne les aient mis dans la confidence, et qu'ils cherchent à les couvrir...

Si Marie-France et sa tante Clarisse s'étaient liées dans le but d'éliminer ses parents, elles avaient très bien pu demander de l'aide à leurs enfants au retour de Rose.

Dans ces conditions, Rodrigue et Carole pouvaient-ils avoir pris part au meurtre de Pierre dans le but de dissimuler la présence du tunnel ?

Et empêcher que les soupçons ne se portent sur les Garnier...

Elle observa le visage hanté de son ami et lui posa une main sur le bras.

- Rentrons Alex... il se fait tard...

Par réflexe, le jeune homme dirigea son regard vers la fenêtre. La lumière du soir se faisait plus ténue, d'autant que – si la tempête s'était calmée – le ciel était particulièrement plombé.

Ils refermèrent la porte et marchèrent en silence le long du tunnel.

S'il remarqua le tas de tissu noir roulé en boule à la fin du tunnel, il n'en dit rien.

Lorsqu'ils débouchèrent dans la pièce secrète, le visage d'Alex était toujours fermé. Mais à présent, elle se sentait en sécurité avec lui.

- Et maintenant, on fait quoi ? Demanda le jeune homme en considérant les lieux.

- On cherche des réponses… répondit Rose, la voix soudain ferme.

- Ici ?

Rose acquiesça :

- Oui. Je pense que Pierre Lenoir était sur le point de découvrir le passage secret. Il était très enthousiaste concernant tous les objets qu'il avait vus dans la cave et les bouteilles l'intéressaient tout particulièrement. Il devait être à deux doigts de découvrir la vérité…

- Peut-être même avait-il trouvé l'entrée et s'était-il trouvé nez à nez avec le meurtrier… proposa Alex d'une voix sombre.

- Tu as sûrement raison… approuva Rose, et l'effet de surprise a joué en sa faveur. En leur faveur… n'oublie pas qu'ils étaient deux. L'un m'empêchait de sortir tandis que le second s'enfuyait par le passage secret…

- Mais pourquoi avoir voulu te garder dans la cave ? Cela aurait été bien plus simple pour eux de s'enfuir tous les deux… c'était un gros risque à courir

- Je l'ignore, concéda Rose. Peut-être pour me faire peur ?

Rose imagina alors sa tante embusquée derrière le panneau tandis que Marie-France prenait la fuite vers le cabinet familial… *Pourquoi sa tante aurait-elle fait ça ?*

Peut-être pour me forcer à partir loin de cette maison qu'elle voulait farouchement récupérer…

- C'est une histoire de…

- Fous, je sais. Compléta Rose dans un soupir.

Le jeune homme s'éloigna d'elle et commença à allumer les bougies.

- J'ignorais que tu fumais… remarqua Rose en désignant le briquet qu'il avait entre ses doigts tandis qu'une douce lumière se répandait.

- Je ne fume pas... mais j'ai toujours un briquet avec moi. C'est toujours utile, la preuve...

- Tu as raison. Bon, je propose que nous fouillions la pièce. Elle contient peut-être les réponses qui nous manquent. Je t'avoue que j'ai déjà un peu fureté, mais quelque chose m'a peut-être échappé.

- Très bien. Dis-moi, tu ne trouves pas étranges ces objets ? Des bougeoirs noirs, des bougies noires... on dirait une sorte de chapelle dédiée à un culte démoniaque... on se croirait presque dans un roman ou dans un film d'horreur...

Rose sourit malgré elle :

- Oui... il ne manque plus que les traces de sang séché sur l'autel...

Elle vit Alex froncer les sourcils en s'avançant vers l'objet.

- Il y a des taches sombres à sa surface, dit-il d'une voix enrouée.

Rose s'approcha à son tour et observa le bloc. Il y avait effectivement des trainées sombres qui semblaient avoir été frottées, comme pour les éliminer. Chose qui n'avait pas été totalement réussie.

- Cela pourrait être n'importe quoi... éluda-t-elle, des champignons peut-être, c'est vraiment très humide par ici...

Alex approuva gravement, mais il n'avait pas l'air totalement convaincu.

- Bien poursuivit Rose, j'ai déjà regardé derrière plusieurs tentures, mais je propose que nous les écartions toutes. On ne sait jamais...

Ce qu'ils firent.

Ce fut Alex qui mit à jour la petite cavité.

28

- Rose… viens voir ! Appela Alex, je crois que j'ai trouvé quelque chose…

Rose le rejoignit en quelques pas pressés.

Une petite étagère leur faisait face.

À l'intérieur ils trouvèrent un album photo, un journal… ainsi qu'une longue tresse de cheveux d'un blond aussi clair que la chevelure de Rose.

Rose s'empara de l'album photo en frissonnant.

La première image était un dessin. Au fusain…

Il représentait une jolie jeune femme aux cheveux et aux yeux clairs dont le regard était fixé vers son auteur, dans une attitude un peu effrayée, presque tourmentée.

Anna Bénette – 1821. Indiquait la légende.

- Bon sang, c'est incroyable comme elle te ressemble… remarqua Alex dans un sifflement.

Rose hocha la tête, la gorge serrée.

Le premier fantôme qu'elle avait rencontré…

Anna…

Et elle lui ressemblait *réellement* de façon troublante. D'autant que le dessin avait été réalisé au fusain, comme celui que Rodrigue avait fait d'elle…

Le dessin suivant était celui d'un petit bébé endormi. Plus loin, il y avait un nouveau portrait d'Anna, elle aussi assoupie. Elle avait enfin l'air apaisée et était très jolie dans sa robe blanche aux manches bouffantes.

L'image suivante était la photo jaunie d'une jeune femme aux cheveux clairs, mais plus sombres que ceux d'Anna qui fixait l'objectif d'un air farouche.

Marie Bénette – 1845

- La photographie venait d'être inventée, précisa Alex, ce ne devait pas être donné à l'époque... Mais le support de l'époque était des plaques. Je suppose qu'il s'agit de reproductions des originaux...

Les photographies de deux bébés, assoupis eux aussi suivaient. Quelque chose dans leur pose et l'expression de leurs visages alerta Rose.

- Mon dieu, Alex... ces bébés... on dirait, on dirait... qu'ils sont...

- Morts... compléta Alex, la bouche sèche.

Rose revint en arrière et contempla le dessin du premier bébé, puis celui où Anna avait l'air si sereine.

Quelqu'un les avait immortalisés après leur mort...

C'était ignoble !

- Je crois que c'était une pratique courante à l'époque, dit Alex d'une voix troublée.

Rose le regarda, les sourcils froncés. Elle constata que le jeune homme avait l'air désemparé.

- Peut-être... répondit-elle, mais cela me met franchement mal à l'aise...

- Tu as raison... je suppose que ce sont les petits garçons de tes ancêtres. Ceux qui n'ont pas dépassé l'âge d'un an...

- Oui... dit Rose, le cœur au bord des lèvres tout en revenant aux photographies des deux bébés.

Des petits garçons fauchés par une mort précoce...

La photo suivante était encore plus dérangeante *à présent qu'elle savait*. Marie reposait, les mains croisées. Son visage avait perdu de son arrogance et était figé dans une expression douloureuse. Mais celui qui avait pris la photo avait pris soin de la vêtir d'une jolie robe à corset qui s'évasait au niveau de sa taille.

Le temps s'accélérait avec la photo d'une jolie jeune femme brune.

Blanche Bénette – 1874.

Venait aussitôt une photo d'elle sur son lit de mort, ses longs cheveux encadrant son visage et cascadant sur un corsage à jabot de dentelle, complété par une jupe drapée.

La photo suivante fut un choc pour Rose. Elle connaissait ce visage… Elle devinait la rousseur de ses cheveux derrière les couleurs ternies en noir et blanc.

Gabrielle Bénette – 1901

Suivait également le portrait d'un bébé, donc le visage crispé était figé pour l'éternité.

Il n'y avait aucune photo d'elle sur son lit de mort.

- Gabrielle a été pendue dans la cave… révéla Rose en tremblant.

- Comment le sais-tu ? Questionna Alex, soudain livide.

Rose le regarda, le visage suffisamment expressif pour qu'il comprenne.

- Oh, elle t'est apparue elle aussi…

- Oui, et elle a été enterrée dans la cave. C'était un meurtre…

Alex n'ajouta rien et se contenta de prendre la main de Rose pour la réconforter.

Rose tourna une nouvelle page, et la photo d'une jeune femme blonde aux yeux clairs la mit aussitôt mal à l'aise.

Son regard ne lui était pas inconnu…

Sophie – 1830

- Mon arrière-grand-mère…

En observant de plus près son visage, elle comprit pourquoi ses yeux lui étaient si familiers.

Les yeux qui lui étaient apparus dans la coiffeuse…

- Je crains que Sophie n'ait elle aussi été assassinée… par balle… Je l'ai vue également.

Alex secoua la tête

- Mon Dieu Rose… tu as vu des choses atroces dans cette maison…

- Il y a plus atroce… la façon dont sont mortes mes ancêtres… et je ne parle même pas des bébés… la voix de Rose était comme hantée.

Aussi hantée que sa maison...

Alex posa une main qui se voulait réconfortante sur son épaule, mais Rose, les nerfs à vif, ne put s'empêcher de sursauter. Elle posa ensuite un doigt tremblant sur les photos de deux petits anges endormis qui accompagnaient celle de Sophie.

- Ce sont les frères de ma grand-mère... dit Rose d'une voix émue.

La photo suivante était celle de Sophie, reposant dans une robe noire stricte sur son lit de mort. Un impact sombre sur son front venait enlaidir son joli visage figé, confirmant ainsi les causes de son décès.

- Tu avais raison, dit Alex d'une voix troublée, nous avons là la preuve qu'elle a bien été assassinée...

Rose hocha la tête, la gorge nouée. En tournant la page, elle découvrit la photo de sa grand-mère, Anita. Elle posait sagement devant l'objectif et son regard clair semblait défier le photographe tandis qu'elle relevait le menton dans une attitude un peu dure. Ses cheveux bruns étaient relevés en chignon et elle portait une robe courte bouffante contrastant nettement avec les habits de ses ancêtres.

Mais c'est la photo suivante qui interpella Rose. On y voyait le corps d'une vieille femme au corps un peu sec, allongé sur son lit, une couronne de fleurs blanches à ses pieds.

- Mon Dieu Alex... quelqu'un a perpétué cette parodie de tradition... regarde, c'est ma grand-mère, elle a aussi été prise en photo !

Rose recula et s'écarta d'Alex. Elle n'arrivait plus à respirer, et l'atmosphère étouffante de la pièce secrète, saturée d'odeur de cire et d'humidité n'arrangeait rien.

- C'est un véritable cauchemar... dit-elle dans un murmure, la main posée sur le mur.

À cet instant, elle sentit une présence auprès d'elle et elle sursauta. Elle releva la tête et croisa le regard d'Alex qui oscillait à la lumière des bougies. Son visage était grave et un pli barrait son front. Rose sentit son cœur s'accélérer dans sa poitrine. Elle n'avait jamais vu le visage d'Alex aussi dur. Il avait soudain l'air d'être un autre homme, inflexible, rigide, autoritaire… elle en fut soudain intimidée.

- Alex… dit-elle d'une voix altérée.

- Rose, je ne suis pas sûr qu'il faille que tu voies les photos suivantes, dit-il d'un ton ferme et sans appel.

La jeune femme eut soudain un choc.

Bien sûr… la photo suivante était celle de sa mère…

Elle ferma les yeux.

Se sentait-elle capable de voir le cadavre de sa mère ?

Elle les rouvrit et toisa Alex.

En tout cas, ce n'était pas à lui de décider pour elle…

- Laisse-moi passer Alex… dit-elle en tentant de le contourner.

Mais il la stoppa net dans son élan. Elle le fusilla du regard.

- Rose… es-tu sûre de toi ?

Elle ne répondit rien, mais son expression déterminée parut impressionner le jeune homme qui la laissa passer.

Elle inspira profondément et se positionna devant l'album. Son regard s'attarda sur la première photo. Rachelle y apparaissait, égale à ce que Rose avait pu voir sur les photos trouvées dans le salon. Elle avait l'air d'une reine avec ses cheveux châtain cascadant sur ses épaules et ses yeux verts étincelants. Elle souriait de toutes ses dents à l'objectif tandis que ses formes affolantes étaient mises en valeur dans un tailleur assorti à la couleur de ses yeux.

Celle qui suivait arracha un cri d'horreur à Rose. Le visage de sa mère y apparaissait en partie écrasé, déformé par la chute depuis la tour. Le spectacle était insoutenable et la jeune femme détourna le regard, les larmes aux yeux.

Alex la prit aussitôt dans ses bras et elle se laissa aller tout contre lui.

- Je savais que ce n'était pas une bonne idée… dit-il dans un soupir.

Rose releva courageusement la tête vers lui :

- Je savais à quoi m'attendre Alex. N'oublie pas que je les

ai vus, mon père et elle, en bas de la tour...

Alex acquiesça doucement tout en continuant à froncer les sourcils.

- Ce n'est pas tout Rose... dit-il en la regardant intensément.

À ces mots, elle sursauta...

Que pouvait-il y avoir d'autre ?

Non... pas ça...

Elle revint vers l'album et tourna la page, puis hoqueta :

- Oh mon Dieu....

C'était une photo d'elle...

Une photo prise à New York, l'année de ses vingt ans. Elle était assise à la terrasse d'un café.

C'est le jour où j'ai rencontré mon agent pour la première fois... se souvint-elle en frissonnant.

Qui avait pu prendre cette photo ? Cela n'avait aucun sens !

- J'imagine que tu ne t'es rendu compte de rien... supposa Alex. Cette photo... elle semble avoir été prise à ton insu...

Rose hocha la tête.

- C'est inimaginable... fut tout ce qu'elle put dire.

Elle portait un jean et un chemisier blanc tout simple. Avec sa silhouette élancée et sa chevelure blonde, elle semblait sortir tout droit d'une série télé californienne. Elle souriait timidement à l'homme devant elle, espérant qu'il accepterait de publier son premier livre. Elle s'en souvenait comme si c'était hier. Et elle n'avait pas été déçue, pas plus que Max, son éditeur. Dès sa sortie, « *Les Séraphins du Mal* » avait cartonné, la propulsant directement dans les charts et faisant d'elle une des romancières à succès les plus jeunes du moment. Il s'agissait de la première enquête de Violet, sur fond de secte satanique à la Nouvelle Orléans. Elle y avait flirté volontairement avec le paranormal, comme elle aimait le faire, puis avait démystifié un à un les moindres éléments d'ordre surnaturel à la fin. Elle avait monté un scénario machiavélique qui avait su surprendre ses lecteurs qui ne s'attendaient pas à une telle chute.

Mais ses souvenirs étaient bien loin à présent et le surnaturel était depuis devenu son quotidien…

- Il ne manque plus que la photo de mon corps, là… dit-elle en désignant la page de droite. Je me demande de quelle manière je vais être tuée…

Puis elle éclata en sanglots et se réfugia une nouvelle fois dans les bras de son ami qui la serra aussitôt contre lui.

- Cela n'arrivera pas. Asséna durement Alex.

- Pourquoi cela n'arriverait-il pas ? Hoqueta Rose, regarde ! Toutes les femmes de ma famille ont été assassinées !

- Pas toutes… ta grand-mère est morte de mort naturelle, et il n'y a aucune raison pour que cela ne t'arrive pas…

Rose observa le visage d'Alex. Il avait les mâchoires serrées et un regard dur et inflexible.

- Je t'avoue que je ne sais plus très bien où j'en suis… dit Rose, troublée.

- On le serait à moins…

- Ma tante et ma cousine semblent avoir échappé à ce maudit héritage…

- Oui, je pense qu'elles n'étaient pas prévues au programme.

- Tu as raison, approuva Rose, d'ailleurs il n'existe aucune photo de ma tante dans les albums que j'ai trouvés à l'étage. Comme si elle n'avait jamais existé…

- Oui, ta grand-mère a fait comme si elle n'était pas là visiblement.

- Ce qui doit laisser de terribles séquelles… ajouta Rose. Imagine une fillette, élevée dans une sorte de clandestinité, sans l'amour de sa mère, sans la présence d'un père. De quoi rendre n'importe qui complètement fou…

- Tu penses toujours que c'est ta tante qui est à l'origine de la mort de tes parents ?

- Oui, je pense qu'elle y a participé. Elle avait le mobile tu ne crois pas ?

- Peut-être… mais cela n'explique pas qui a tué les autres femmes de ta famille, ni pourquoi, pas plus que les raisons de ce tunnel qui relie ta maison à mon bureau...

Rose regarda intensément l'homme qu'elle aimait. Malgré la gravité du moment, elle ne pouvait s'empêcher de le trouver beau et de savourer sa présence auprès d'elle.

Mais il ne semblait pas vraiment comprendre que sa propre famille était également liée à la mort de ses parents.

Elle lui caressa la joue et lui sourit tendrement. D'une certaine manière, elle accueillait avec joie ces moments difficiles passés avec lui au milieu de tous ces sombres secrets.

De plus, pendant ce temps, il ne lui posait pas de questions au sujet du texto de Rodrigue...

- Nous en saurons peut-être plus avec ça... dit-elle en désignant le journal.

Ils regardèrent ensemble l'objet. Sa reliure était de couleur noire et presque uniformément craquelée. Rose s'en empara avec précaution, et l'ouvrit avec la même douceur.

Un nom apparut aussitôt.

« Émilien Garnier »

- C'est incroyable ! S'exclama Alex, il s'agit de mon propre ancêtre, celui qui a rédigé les premiers actes notariaux. Il était contemporain avec Anna...

- Lisons ce qu'il a à dire...proposa Rose d'une voix mal assurée.

«Port-Launay, le 22 juillet 1820

Il fallait que je prenne la plume. Je ne peux plus garder pour moi le déchaînement d'émotions qui tourbillonnent dans ma tête.

Je ne me reconnais plus. J'ai deux magnifiques enfants, un métier que j'aime et je suis heureux en ménage.

Du moins, je l'étais...

Car Anna Bénette est apparue il y a deux semaines dans mon cabinet notarial.

Orpheline depuis l'âge de dix ans, elle venait recevoir son héritage, à savoir un petit pécule ainsi qu'un minuscule terrain dont le seul avantage réside en son emplacement privilégié proche du centre-ville.

Je ne m'explique toujours pas ce qui m'est arrivé. Je ne suis pas un jouvenceau et j'ai toujours pensé qu'en vieillissant l'on gagnait en maturité et en sagesse. J'ai trente-huit ans et suis mariée avec Hélène depuis quinze ans. C'est une femme admirable qui m'a toujours soutenu et accompagné dans toutes mes démarches et décisions. C'est un roc et pourtant elle éduque nos deux enfants avec douceur, mais non sans fermeté. Je l'admire et la respecte.

Et je pensais l'aimer.

Mais à présent, il me faut revoir la définition de ce sentiment…

Anna…

Bon sang, je perds totalement la raison lorsque je pense à elle.

Lorsque je l'ai vue entrer dans mon bureau après que Joseph, mon secrétaire l'ait escortée, j'ai tout de suite ressenti un violent choc dans la poitrine. Mon souffle s'est coupé et j'ai mis un certain temps à reprendre mes esprits tant la vision de cet être angélique m'avait renversé.

Comment la décrire en lui rendant justice ?

Tout d'abord c'est son sourire que j'ai remarqué. Timide, mais tellement lumineux ! Quant à ses yeux pervenche, ils sont tout à la fois tristes et emplis de promesses.

Des promesses que je me suis empressé de convoiter…

J'ai eu aussitôt l'envie folle de défaire son chignon afin de plonger mes mains dans ses cheveux aux reflets d'or pâle.

Lorsqu'elle m'a tendu la main, elle s'est assez rapprochée pour que je remarque son parfum.

De la violette…

Une pensée totalement incongrue m'a aussitôt traversé. J'ai eu envie d'enfouir mon visage dans son cou afin d'en humer toutes les fragrances.

Bien sûr, je n'en ai rien fait. Je suis un homme respectable.

J'ai des principes auxquels je ne peux et ne veux déroger.

Hélène et mes enfants restent ma priorité et le resteront toujours.

Et puis, elle n'a que vingt-et-un ans !

Depuis ce jour, j'avoue que je l'évite. J'ai aussitôt mis mon secrétaire sur son dossier et je n'aurai à la revoir que pour la signature finale.

Un jour que j'espère et redoute tout à la fois…

Port-Launay, le 10 septembre 1820

Ce jour est arrivé...

Le choc est toujours le même et j'ai beaucoup de mal à parler normalement en sa présence tant je suis envouté. Son sourire et son regard sont toujours aussi extraordinaires. Elle a une présence solaire alors qu'elle n'est que timidité et douceur. Quant à sa voix, je dois avouer que je ne peux m'empêcher de sourire lorsque je me la remémore.

Je pense sans arrêt à elle et mon travail commence à en pâtir.

À ma plus grande honte, j'ai le plus grand mal à remplir mon devoir conjugal. Les courbes rondes d'Hélène ne m'attirent plus tandis que je repense à la silhouette déliée d'Anna...

Elle me rend fou. Totalement fou.

Je suis maudit...

Je ne savais pas que l'on pouvait aimer un être aussi intensément, aussi passionnément... Absolument rien ne m'avait préparé à cela. J'ai l'impression d'être souffrant. C'est comme si j'avais de la fièvre, que je délirais. Je ressens un mélange de bonheur, d'euphorie déplacée et en même temps, j'ai l'impression de sombrer dans le néant.

Ma vie n'a absolument plus aucun sens.

Elle seule m'est nécessaire, vitale.

Il me faut la voir, l'entendre, la sentir !

Elle occupe chacune de mes pensées, elle hante chaque fibre de mon corps et de mon âme.

Je la veux.

Si je ne la possède pas, j'en mourrai.

Plus rien n'a d'importance.

Anna est mon unique raison de vivre...

Port-Launay, le 13 octobre 1820

J'ai tenté de me raisonner, mais ce fut en vain...

Anna est à moi à présent !

Je suis un homme comblé.

Et tout à la fois un homme brisé...

Pour elle, j'ai renoncé à ma famille, à ma réputation à mon honneur...

Bien sûr, le divorce n'est pas envisageable. Je resterai marié à Hélène, mais elle sait que j'aime Anna.

En réalité, toute la ville est au courant !

Mais comment le cacher ? J'ai envie de crier mon amour au monde entier !

Anna, mon amour…

Lorsque je l'ai revue, j'ai lu dans ses yeux que mes sentiments étaient partagés. C'est même elle qui m'a tendu ses lèvres parfaites la première fois. Oh, quelle sensation bouleversante… je me suis perdu dans ce baiser, puis dans son corps si tendre. Je ne puis évidemment écrire à ce sujet, mais l'amour dans les bras d'Anna n'est comparable à rien de ce que j'ai pu connaître. C'est une fusion totale, un embrasement, un choc sans cesse renouvelé. C'en est presque indescriptible. Je pourrais… mettre le monde à ses pieds !

Port-Launay, le 21 novembre 1820

Tout va très vite, bien trop vite et je le sais… les plans de la future maison d'Anna sont terminés et les travaux vont bientôt commencer. C'est moi qui les financerai. Tout est prévu. Un tunnel reliera mon cabinet à sa maison afin que je puisse venir la rejoindre en toute discrétion. J'espère ainsi que les commérages finiront par s'estomper.

Anna reste ma priorité et je l'aime plus que les mots ne peuvent l'exprimer…

Port-Launay, le 3 décembre 1821

J'ai suspendu la plume durant plus d'une année. Il me faut avouer que j'ai vécu ces quelques mois comme dans un rêve. Anna reste mon unique raison de vivre, ma lumière, mon oxygène. Je me suis perdu dans ses bras tant de fois que j'en ai le tournis. Je pensais que mon amour pour elle allait s'apaiser, mais il n'en est rien, c'est même tout le contraire. Je l'aime encore un peu plus chaque jour ! C'est inimaginable…

La maison est bien avancée. J'ai mis les meilleurs artisans sur le chantier et je n'ai pas lésiné sur la qualité. La bâtisse repose sur le terrain familial d'Anna, et j'ai pris mes dispositions pour que ma famille ne puisse y prétendre à ma mort. L'avenir de mon tendre amour est assuré. Je lui verse également une rente mensuelle afin qu'elle puisse subvenir à ses besoins.

Hélène serre les dents. Je vois bien qu'elle tente de conserver le peu de dignité qui lui reste. Mais elle sait aussi que rien ne pourra jamais m'éloigner d'Anna.

Seule la mort pourra nous séparer...

Port-Launay, le 12 avril 1822

Anna attend un enfant...

Je n'ose y croire. Un enfant de moi et d'Anna... c'est tout simplement merveilleux ! Il pourra grandir dans le palais que j'ai fait construire à Anna.

Ça y est, la maison est finie et ma reine s'y est installée. Grâce au tunnel que j'ai fait construire, je peux la rejoindre à tout moment sans que toute la ville en soit informée. J'ai eu beaucoup de chance, j'ai pu le faire construire en toute discrétion en profitant des travaux sur la chaussée. De la chance, mais pas seulement... car c'est grâce à mon influence qu'ils ont pu avoir lieu ! Au moins, dorénavant, notre rue est dotée d'un réseau d'évacuation des eaux usées des plus modernes... En cela, je peux même dire que notre petite ville est précurseur. Et cela grâce à Anna... Ainsi, notre enfant pourra être élevé en toute sécurité. Je reste persuadé que les eaux polluées de nos maisons sont des vecteurs de maladies. C'est ce que j'ai pu retenir de mes voyages à Londres. Cette ville est un modèle d'urbanisme et d'hygiène et je ne doute pas que nos villes françaises suivent rapidement cette tendance. Port-Launay ouvre la voie. Et personne ne saura jamais que c'est à Anna que l'on doit tous ces bienfaits...

Port-Launay, le 5 août 1822

Je vais me réveiller de ce long cauchemar... ce n'est tout simplement pas possible !

Pendant que je vivais mon idylle avec Anna, Hélène s'activait dans l'ombre.

Et ce qu'elle a découvert est incroyable...

Anna, mon amour, ma vie... n'est pas celle que je croyais...

Tout n'est que mensonge, depuis le début.

Hélène s'est renseignée au sujet d'Anna.

Elle est bien orpheline depuis ses dix ans.

Mais c'est elle et uniquement elle qui est à l'origine de la mort de ses parents.

Et ce n'est pas dans un orphelinat qu'elle a grandi, mais dans un asile psychiatrique...

Anna est folle.

Et je ne me suis rendu compte de rien.

Je n'ai pas voulu croire Hélène, mais après avoir lu les coupures de journaux de l'époque, j'ai bien dû m'y résoudre. L'affaire aurait pu être enterrée et pourtant, elle n'est pas si ancienne.

Lors de la construction de la maison, les maçons avaient effectivement mis à jour les vestiges carbonisés d'une ancienne bâtisse. Je ne suis pas natif de Port-Launay et j'ignorais tout de cette histoire. Nous nous sommes installés sur la commune il y a cinq ans avec Hélène et les enfants, mais il semble que la ville entière résonne encore de ce drame qui s'est passé il y a treize ans.

Je comprends à présent pourquoi tous les habitants de cette maudite ville me regardent de travers. Pour eux, j'ai fait un pacte avec le démon.

Anna... cet ange de douceur... un démon...

Impensable...

Et pourtant, je me suis renseigné auprès du voisinage, trop heureux de pouvoir m'apporter des informations sur cette affaire.

Anna, alors âgée de dix ans, a mis le feu à la maison familiale, en pleine nuit. Tuant ainsi ses parents ainsi que son petit frère.

Cet acte, qui semble totalement dénué de sens, aurait été en réaction à des maltraitances qu'aurait subies Anna de la part de son père.

Son père aurait abusé d'elle...

Je peine à écrire ces mots tant ils me paraissent invraisemblables...

Et sa mère savait, mais fermait les yeux.

Alors, elle les a tués afin de se soustraire à cet enfer.

Par la suite, elle a vécu de nombreuses années dans un asile qui a fini par la relâcher à sa majorité.

C'est à ce moment-là qu'elle est entrée dans ma vie...

Et pour avoir eu l'occasion de visiter un de ces asiles, je peux dire qu'Anna a fait preuve d'un incroyable sens de l'adaptation. Car peu y survivent, surtout lorsqu'il s'agit d'enfants... Elle a dû survivre dans un environnement incroyablement hostile. Dans ces asiles, les pensionnaires ne valent guère mieux que des animaux et ont droit à des tentatives de traitement empirique des plus surprenants, telles que des bains chauds ou froids prolongés, des purgatifs et émétiques, des saignées, des irritants, le fauteuil rotatoire, les attachements, les isolements, les galvanisations et autres électrothérapies... il est même assez rare que des enfants y soient enfermés. Mais la gravité des faits reprochés à Anna, et qu'elle n'a jamais cherché à nier, ont suffi pour la conduire en ces lieux de perdition.

Ils l'ont relâchée.

Mais Anna n'était en réalité plus qu'une coquille vide.

Et je me suis laissé prendre au personnage qu'elle s'était inventé.

Car Anna voue une haine profonde aux hommes. Viscérale...

Son père l'a violenté, et je ne peux que supposer que ses geôliers ne l'ont pas non plus épargnée, ravissante comme elle l'est. Pour survivre, elle a dû apprendre à mourir un peu plus chaque jour...

Mais Anna est une survivante. Elle peut endosser n'importe quel rôle pour continuer à vivre.

En réalité c'est un parasite.

Et pourtant... malgré tout, je continue à l'aimer. Comme un fou que je suis moi aussi.

Anna... mon amour, je saurai t'aider à te reconstruire !

Port-Launay, le 3 septembre 1822

Mon Dieu.... Anna a mis au monde un bébé. Un garçon.

Et elle l'a étranglé de ses mains nues dès que la sage-femme a tourné le dos...

Je n'ai rien pu faire pour l'en empêcher tant elle a déployé une force inimaginable pour perpétrer cet acte abominable. Tout est arrivé très vite.

Puis, il s'est passé une chose incroyable... elle s'est mise à bercer l'enfant puis à le couvrir de baisers...

Anna est réellement folle... je n'y puis absolument rien.

Je me suis arrangé pour que ce décès soit attribué à une mort précoce et sans explication comme il en arrive si souvent aux nourrissons, mais je suis totalement détruit...

Elle ne voulait pas que l'enfant soit enterré et j'ai dû faire preuve de fermeté auprès d'elle, puis elle a pleuré et m'a supplié de réaliser un portrait de lui. Chose que j'ai faite puisque c'est un art que je pratique.

Mais quel déchirement que de devoir croquer les traits de ce petit être qui aurait pu devenir ma fierté !

Port-Launay, le 11 septembre 1822

Je jette ces quelques mots sur le papier, mais je crains qu'il ne soit trop tard. C'est encore pire que ce que je croyais.

L'enfant n'était même pas de moi. Elle a fini par me l'avouer en hurlant qu'elle ne m'avait jamais aimé. En réalité, elle entretient une liaison passionnée avec Joseph, mon secrétaire, depuis le début. Elle n'a fait que se servir de moi...

Non seulement elle ne m'aime pas, mais elle me hait profondément. Elle dit que je lui rappelle son père et que je la dégoûte....

Et je me dégoûte moi-même en continuant à l'aimer.

Je crois que je vais mourir, car elle et Joseph ne sont pas loin...

Là, dans cette cave, devant la porte de ce tunnel que j'avais fait construire pour dissimuler notre amour.

Un amour que j'étais le seul à ressentir.

Je l'aime comme je la hais...

Maudite sois tu Anna ! Et maudites soient les générations qui te suivront ! Brûle en enfer femme perdue !

29

Rose avait à présent la longue natte de cheveux blonds dans les mains et l'observait avec une curiosité morbide.

Ainsi, son ancêtre était folle et celui d'Alex l'avait aimée plus que de raison.

Mais qu'étaient-ils devenus par la suite ?

Le journal s'arrêtait là et les deux jeunes gens s'observaient à présent, ne sachant trop que dire. Ce fut Alex qui brisa le silence :

- Je vois que nous ne sommes pas les premiers de nos lignées à tomber dans les bras l'un de l'autre… tenta-t-il de plaisanter.

À ces mots, Rose le dévisagea, choquée :

- Je… je ne fais pas semblant moi !

Le visage d'Alex se décomposa :

- Bien sûr… ce n'est pas ce que je voulais dire…

Rose remit le journal en place en frissonnant :

- Émilien a l'air de dire qu'il craint pour sa vie, peut-être est-il mort ici, des mains d'Anna et de Joseph…

- On pourrait le penser. Répondit Alex. Il suffit que je me renseigne sur la date de sa mort et nous en aurons la confirmation.

- Quels destins tragiques ils ont eus ! Dit Rose en se frottant les bras.

- Oui, confirma Alex, pas de quoi trouver le repos éternel…

- Le fantôme, l'homme qui m'a agressée, c'était probablement Émilien… dit Rose d'une voix blanche. Il m'a appelée Anna…

- Oui… et tu lui ressembles énormément… concéda Alex en la dévisageant.

- Il continue à hanter ces lieux, ainsi que Anna et ses descendantes… il l'a maudite elle et sa lignée. C'est une vengeance qui a traversé le temps… Et pourtant, il continue à l'aimer. Il n'a jamais cessé de le faire, même dans la mort… J'ai été effarée quand j'ai lu les premières pages de son journal. Il était totalement fou d'elle !

- Obsédé serait un mot plus approprié, contra Alex en détournant le regard.

- Un véritable coup de foudre… confirma Rose.

Elle observa Alex qui s'était retranché dans le silence. L'attirance qu'ils éprouvaient l'un pour l'autre depuis le début ressemblait fortement à ce qu'Émilien avait pu décrire. Bien qu'elle n'ait pas ressenti les choses aussi intensément.

Mais que ressentait réellement Alex de son côté ?

Un bruit étouffé se fit soudain entendre.

Les deux jeunes gens se regardèrent, puis Alex intima le silence à Rose d'un doigt sur ses lèvres.

Puis une voix s'éleva, brisant le silence.

- Rose… Rose ? Tu es là ?

C'était une voix de femme.

Une femme qui se trouvait de l'autre côté du mur et qui évoluait dans la cave sans chercher à dissimuler sa présence…

- Je crois que c'est la voix de ma tante… chuchota Rose. Puis elle plaqua une main sur sa bouche en espérant que la visiteuse nocturne n'ait rien entendu.

De son côté, Alex plissa le front et tout son corps se crispa.

Mais les pas avaient cessé et un frôlement le long de la paroi externe se faisait à présent entendre.

Rose leva un regard anxieux vers Alex.

Si sa tante Clarisse était là, c'était certainement pour la tuer…

Sa tante haïssait sa mère et n'avait jamais caché qu'elle souhaitait récupérer la maison familiale.

Elle n'avait pas hésité à tuer dans le passé, aidé en cela par la propre mère d'Alex.

Et il ne fallait pas perdre de vue que la folie d'Anna s'était apparemment perpétuée à travers sa lignée...

Les photos de tous ces bébés en étaient la preuve...

Oui... sa tante était folle et elle allait la tuer.

Et elle simulait tout aussi parfaitement que leur ancêtre. À chaque rencontre, sa tante s'était montrée parfaitement normale.

Trop normale pour une femme qui n'avait jamais été aimée par sa mère et qui avait été abandonnée par son père.

Sa personnalité ne pouvait s'être construite, c'était impossible. Rose avait lu un grand nombre de traités sur la psychologie humaine pour écrire ses romans et elle n'avait aucun doute à ce sujet. Un enfant grandissant sans amour souffrait invariablement de névroses à l'âge adulte. Elle-même ne s'en était sortie que grâce à l'attention de son oncle et aux souvenirs de ses parents qu'il faisait vivre à travers les nombreuses anecdotes qu'il lui racontait. Étaient-elles vraies par ailleurs ? Pas forcément... mais elle y avait cru.

Elle n'était pas parfaite, elle le savait, mais elle s'était sentie aimée et accueillie.

Carole avait eu raison. La mort de ses parents l'avait écartée de cette famille en grande souffrance psychologique et l'avait sauvée.

Sa tante de son côté n'avait eu aucune base pour construire sa personnalité.

Seule la haine avait toujours guidé ses pas.

Une haine qu'elle dirigeait à présent vers sa nièce...

Dans un brusque élan de lucidité, elle se précipita vers la porte menant au tunnel, l'ouvrit, puis revint vers Alex qu'elle attira derrière l'autel à sa suite en s'accroupissant.

Avant qu'il n'ait l'occasion de poser la moindre question, ils entendirent le passage dérobé s'ouvrir dans un petit grincement.

- Rose ? Entendirent-ils après un silence. Es-tu là ?

Puis des pas se dirigèrent vers la porte du tunnel. La voix

se fit à nouveau entendre :

- Rose ! Si tu es avec Alexandre Garnier, je t'en prie, éloigne-toi de lui au plus vite !

Puis les pas reprirent et s'éloignèrent. *Dans le tunnel…*

La ruse de Rose avait fonctionné.

La jeune femme se tourna vers Alex, désarçonnée :

- Je crois qu'elle ne t'aime pas beaucoup… chuchota-t-elle.

- Partons… dit Alex d'une voix un peu dure.

Ils se levèrent en ne se lâchant pas du regard.

Mais à l'orée de son champ de vision l'attendait une bien mauvaise surprise.

Sa tante se dressait devant eux, échevelée, le regard exorbité.

La lame du poignard qu'elle tenait négligemment à la main brillait d'un éclat terne à la faveur des bougies.

Ses yeux verts si semblables à ceux de sa mère avaient une lueur étrange accrochée à ses pupilles dilatées.

- Rose… mon ange, ne reste pas à côté de cet homme ! Il te veut du mal, crois-moi !

Elle était vêtue d'un tailleur rouge qui mettait admirablement en valeur sa silhouette parfaite et ses chaussures à talons assorties la faisaient paraître plus grande qu'elle ne l'était en réalité.

Mais au-delà des apparences, sa voix vibrait comme si elle allait se mettre à pleurer. Tout son corps tremblait également. Et pourtant elle souriait… ce qui paraissait totalement incongru étant donné la situation.

Après avoir jeté un coup d'œil à Alex, Rose tenta de désamorcer le délire psychotique dont sa tante semblait faire l'objet :

- Tout va bien Clarisse ! Dit-elle doucement. Il ne m'arrivera rien. Et Alex ne me fera rien, je te le jure !

Clarisse secoua la tête :

- Ils disent tous ça mon ange, mais on ne peut pas *leur* faire confiance ! Il ne faut jamais *leur* faire confiance…

- Je sais que les hommes ne sont pas tous dignes de confiance… poursuivit Rose d'une voix apaisante. Mais Alex est différent je te le promets.

À ces mots, sa tante éclata de rire :

- Rose... je sais que tu as été élevée dans un univers sécurisé... tu ne te rends pas compte... *ils* nous manipulent ! *Ils* nous manipulent depuis le début !

Rose était consternée. Sa tante présentait une forme de paranoïa aiguë et elle n'était pas assez calée en psychiatrie pour savoir de quelle manière réagir.

Tandis qu'elle réfléchissait à la meilleure réponse à apporter, sa tante se rapprocha. Son regard était à présent fixé sur celui d'Alex et il se faisait menaçant.

Mais n'était-ce pas une ruse pour pouvoir se rapprocher d'elle en toute impunité ?

- Alexandre Garnier... je ne te laisserai pas lui faire du mal... cela n'arrivera plus jamais tu m'entends !

Alex avait levé les mains en l'air et les dirigeait à présent vers Clarisse :

- Clarisse... je vous assure... je ne ferai jamais de mal à Rose. Je... je l'aime !

À ces mots, Rose se tourna vers Alex, le cœur battant soudain plus vite. Évidemment, cette déclaration ne venait pas au moment le plus opportun, mais elle était touchée. *Ébranlée même...*

Sa tante se mit à rire de plus belle :

- Les Garnier disent tous ça... et puis...

Une nouvelle voix retentit alors, la coupant net dans ses paroles.

- Écarte-toi Clarisse. Je ne te laisserai pas leur faire du mal.

Ils se tournèrent tous trois au moment où Alain Garnier faisait son apparition, émergeant du tunnel, un pistolet à la main.

Clarisse recula légèrement, les mains levées, le visage déformé par la haine.

- Et c'est toi qui dis ça Alain ! Cracha-t-elle, toi qui n'as pas hésité à sacrifier celle que tu prétendais aimer !

Le père d'Alex secoua la tête, une expression peinée sur le

visage.

- Clarisse… tu es comme les autres… totalement folle ! (Il se tourna ensuite vers Rose). Tu as eu beaucoup de chance de vivre loin de ta famille Rose, tu vois à quoi tu as échappé ? Il existe une forme de folie qui se transmet de génération en génération parmi les femmes de ta lignée. Heureusement, tu as été élevée loin de toute cette pagaille…

Rose fronça les sourcils puis hocha doucement la tête tandis qu'Alain se dirigeait vers Clarisse et la débarrassait de son couteau. Puis de la poche de son manteau, il sortit un bout de corde.

- Aide-moi à l'attacher Alex, nous allons l'immobiliser jusqu'à l'arrivée de la police.

Alex eut un instant d'hésitation. Il lança un regard incertain vers Rose qui l'encouragea en hochant la tête une nouvelle fois – *il n'y avait pas d'autres alternatives, sa tante pouvait s'avérer dangereuse…* Le jeune homme finit par rejoindre son père en quelques pas. Il attacha les pieds et les mains de Clarisse tandis qu'Alain l'immobilisait.

Cette dernière jeta un regard implorant vers sa nièce :

- Rose ! Fuis tant qu'il en est encore temps ! Les autres ne vont pas tarder !

Rose l'observa sans comprendre, mais lorsqu'elle fit un pas de côté, elle s'aperçut qu'Alain l'observait à la dérobée avec un regard étrange.

C'est alors qu'elle les entendit…

Des pas qui progressaient depuis le tunnel…

À cet instant, Alain se redressa puis rejoignit Rose en quelques pas.

Il lui caressa la joue du bout des doigts tout en lui dédiant un regard d'une insupportable langueur :

- La boucle est bouclée Rose… dit-il d'une voix brusquement déformée par la rage.

De son côté, Alex s'était également levé et observait son père, le visage fermé.

Tandis que plusieurs individus débouchaient à l'orée du

tunnel, le père de son ami lui sourit :

- Je suis désolée pour toi ma belle, mais tu vas devoir mourir ce soir. Et tout sera *enfin* terminé !

Rose tourna un regard affolé vers Alex. Ce dernier était livide, mais il restait de marbre et son regard évitait à présent celui de Rose.

La jeune femme eut l'impression de tomber dans un gouffre sans fond.

Non... Alex n'avait pas pu la trahir ! Pas comme ça !

- Alex ? Dit-elle d'une voix blessée.

Enfin, il posa ses yeux sur elle, mais elle fut incapable de déchiffrer son regard.

Ce fut son tour de tourner la tête, incapable d'affronter plus longtemps le visage de celui qu'elle aimait... *et qui l'avait trahie.* Il lui avait menti, depuis le début.

Et il ne l'aimait pas, elle en prenait conscience à présent, ce n'avait été qu'un jeu pour lui...

Alain ricana :

- Alex ne peut rien pour toi... c'est même de sa main que tu vas mourir ! Déclara-t-il d'une voix implacable, mais tranquille.

Les individus qui venaient d'arriver se déployèrent alors autour d'eux. Sans surprise, elle reconnut Rodrigue, puis Carole. Puis elle remarqua Linda et Gaby, le pêcheur, et plusieurs autres qu'elle ne connaissait pas. Tous étaient vêtus de noir.

Le regard d'Alain était anormalement brillant.

- Je te présente le Cercle de la Nuit, Rose. Il existe depuis 1822, à l'initiative de mon aïeule, Hélène Garnier. (Sa voix se fit plus tranchante). Vois-tu, cette femme aimait passionnément son mari, Émilien, mais ce dernier a vécu une *petite amourette* (il avait craché ses mots avec une moue méprisante) avec ta propre aïeule Anna Bénette. Mais, comme tu le sais déjà, si tu as lu son journal, la pauvre Anna était complètement folle ! Elle a berné Émilien puis l'a assassiné avec l'aide de son amant afin de s'en débarrasser. À l'endroit même où tu te trouves. (Il lui adressa un regard aigu). L'Autel que tu vois là n'est autre que son tombeau… (Rose ouvrit la bouche, contemplant en silence le linceul de pierre. De son côté, Alain ricana). Eh oui, c'est ici qu'Émilien repose… Lorsqu'Anna l'a tué, elle l'a abandonné là, puis a fait murer la zone, créant ainsi cette pièce secrète dans laquelle nous nous trouvons. Mais Hélène l'a trouvé en empruntant le passage, ainsi que son journal, et a fait de cette pièce son tombeau. Puis elle a fait croire que son mari avait trouvé la mort lors d'une sortie en mer de laquelle il n'était jamais rentré afin d'éviter un scandale.

(Il fit une pause, l'observant durement). Elle a alors attendu son heure… pendant ce temps, elle a distillé toute sa haine et sa rancœur dans l'esprit de son fils Julien, et a créé Le Cercle de la Nuit. Un cercle ésotérique. Hélène était dans l'ombre une médium particulièrement puissante, et elle a convaincu plusieurs de ses disciples et amis d'invoquer avec elle l'Esprit d'Émilien. Ce dernier s'est rapidement manifesté, puis il est resté attaché aux lieux. Très jeune, Julien a ainsi pu dialoguer avec son père décédé et a appris qu'Émilien avait maudit Anna et sa descendance. Il a ainsi grandi avec cette haine chevillée au cœur.

Pourtant, tout aurait pu s'arrêter là… Anna est morte quelques années plus tard, après avoir tué un autre nouveau-né et mis au monde une petite fille. (Il se mit à rire). Eh oui… vois-tu, notre cher Émilien s'était mis à la hanter… Alors la pauvre qui n'avait déjà plus toute sa tête a fini par mettre fin à ses jours… en sautant depuis la tour. Cela ne te rappelle rien ? (Alain se mit à rire et ses yeux bruns étincelèrent d'un éclat démoniaque – Rose quant à elle sursauta, puis croisa ses bras autour d'elle, cherchant un réconfort illusoire). Après sa mort, poursuivit-il en emprisonnant son regard dans le sien, le Cercle de la Nuit a invoqué son Esprit également, qui est lui aussi resté attaché aux lieux. Émilien l'avait maudite après tout, et quoi de mieux que de la laisser subir sa colère pour l'éternité… Mais il n'a jamais dû seulement la croiser, les

Esprits ne se rencontrent pas, ou seulement dans des occasions particulières... (Alain secoua la tête, semblant déplorer cet état de fait).

Puis l'histoire s'est répétée, Marie, la fille d'Anna a grandi sans parents, l'infortuné Joseph ayant rapidement pris la fuite. À sa majorité, elle s'est présentée au cabinet notarial afin de prendre possession de ses biens. Elle a alors rencontré Julien... Marie, tout comme sa mère, était d'une grande beauté et il est immédiatement tombé amoureux d'elle à son tour, tout en nourrissant en parallèle une haine farouche envers elle. Marie n'avait pas l'esprit aussi perturbé qu'Anna, mais elle était malgré tout *très* fragile psychologiquement. En vivant dans cette maison, hantée par Émilien et Anna, elle a été profondément affectée. De plus, influencée par l'Esprit d'Anna qui se manifestait régulièrement, elle a fini par développer les mêmes névroses. Pendant ce temps, Julien avait de son côté fondé une famille et il ne voyait Marie qu'épisodiquement tandis que la jeune femme multipliait les amants. C'est à cette époque que Marie a découvert les vertus des plantes grâce à une vieille femme qui l'avait prise sous son aile. C'est à l'aide de ces plantes qu'elle a empoisonné ses petits garçons, puis qu'elle a empêché toute conception après la naissance de sa fille, Blanche. Poussée par Anna, l'esprit faible de Marie avait intégré cette haine des garçons et cette volonté de donner naissance à une seule fille qui hériterait de tout. (Il ricana). Mais c'est aussi à cause des plantes qu'elle est morte, empoisonnée par Julien lors d'une cérémonie du Cercle de la Nuit. Une cérémonie durant laquelle Émilien avait pris possession du corps de son fils pour perpétrer sa vengeance...

Et, vois-tu Rose, Poursuivit-il d'un air presque amusé, ce Cercle a perduré, de génération en génération. Incroyable non ? Et il a appelé encore et encore les Esprits des Bénette, les emprisonnant dans cette maison avec Émilien. Des femmes belles, séduisantes, mais totalement désaxées... Tu comprends, la haine a continué à se répandre chez les Garnier, et la folie chez les Bénette. Mais l'obsession des hommes de ma famille envers les femmes de la tienne ne s'est malheureusement jamais démentie… C'est pourquoi elles sont toutes mortes…

- Mais cela ne s'est pas produit avec ma grand-mère, finit par le couper Rose, éberluée par les propos tenus par le notaire.

Alain lui opposa un rictus amer :

- Non. Ta grand-mère était une petite futée. C'est elle qui a tué mon père avant qu'il ne se débarrasse d'elle… elle a même réussi à faire passer sa mort pour un accident.

Il sembla se faire violence pour ne pas laisser éclater sa colère, mais tout son corps s'était crispé à ces aveux visiblement douloureux pour lui.

- Et… ma mère… demanda Rose qui se doutait pourtant à présent de la réponse.

À cet instant, les derniers nuages pressés contre ses souvenirs se dissipèrent, et elle vit précisément le visage de celui qui avait poussé ses parents depuis le haut de la tour…

Et c'était précisément celui qui se trouvait face à elle…

Alain ricana de plus belle :

- Je savais que cela arriverait tôt ou tard… Émilien finissait toujours par exercer sa vengeance à travers ses descendants. Il a choisi ce jour précis pour prendre possession de mon corps, et je l'ai laissé faire. Il faut dire aussi que ta mère tentait depuis toujours d'échapper à son destin…

Rose le regarda intensément. Elle réalisa alors que cet homme était grandement dérangé.

Il avait fait sienne une vengeance datant de près de deux siècles.

C'était insensé !

- Ta mère était d'une arrogance incroyable, poursuivit Alain, et elle était bien trop belle. Je l'ai voulue dès qu'elle a atteint l'adolescence. (Il serra les poings). Il fallait que je la possède. Et mon frère a vécu exactement la même chose. Nos deux lignées étaient liées par un lien puissant… toxique… (il déglutit avec difficulté). Elle… elle n'avait pas le droit de me hanter à ce point… et quand je vois mon fils (il se tourna vers

Alex), mes fils en réalité ! (il regarda Rodrigue). Je m'aperçois que ce n'est toujours pas terminé ! Et, par un hasard de la génétique, tu es le portrait craché de ton ancêtre Anna… Depuis ta naissance, Émilien est devenu totalement incontrôlable… c'est pour cela que je dis que la boucle est bouclée. Tu n'as pas eu d'enfant, tu vas donc mourir aujourd'hui et nous en aurons fini avec les sorcières de ta lignée. Elles cesseront d'obséder les hommes de ma famille et nous serons libérés de vous… *Enfin !*

Rose crut voir le sol s'ouvrir sous ses pieds et l'engloutir. Elle suffoqua.

- Je… je voulais juste rentrer chez moi… à New York, pourquoi ne pas m'avoir laissé faire ?

Alain la regarda durement :

- On n'échappe pas à son destin ma petite Rose…

Rose sentit de grosses larmes s'échapper de ses yeux. Elle se tourna vers sa tante, qui l'observait avec une immense tristesse, puis vers Alex qui conservait un masque impénétrable.

Une intuition subite la traversa :

- C'est toi, Alex, qui a pris cette photo à New York n'est-ce pas ?

Le jeune homme tourna un regard hanté vers elle, puis hocha la tête presque mécaniquement.

Rose frissonna longuement. *Ainsi, c'était vrai…* Les Garnier étaient totalement obsédés par les femmes de sa famille. *Combien de temps était-il resté là à l'épier dans l'ombre ? Et à combien de reprises était-il ainsi venu ?*

C'était tout simplement inimaginable…

Et elle, durant tout ce temps, ne s'était doutée de rien…

Alex… leur amour n'avait donc été que supercherie ?

- Pourquoi Alex ? Pourquoi avoir fait semblant de faire toutes ces recherches avec moi ? Tu savais n'est-ce pas ? Tu connaissais la vérité depuis le début ?

Le jeune homme tourna à nouveau la tête, évitant sciemment son regard.

Alain reprit la parole :

- Alex, Rodrigue… moi… nous ne sommes que des pions ma chère Rose, c'est pour cela qu'il faut que tout ceci cesse. Je refuse que les membres de ma famille continuent à être ainsi obsédés par les femmes de la tienne. Tu n'as aucune idée de ce que cela peut occasionner comme souffrances… Il faut que tu meures et Alex le sait parfaitement. Le sacrifice qui aura lieu ce soir, nous le ferons en mémoire d'Émilien, qui trouvera enfin la paix qu'il mérite, mais aussi en celle de Julien, Paul, Jean, Martin et de mon très cher père, Antoine, des hommes qui ont vu leurs vies gâchées à cause de ta famille, Rose…

- Mais ce sont eux qui les ont tuées ! Cracha Rose, ce que vous dites n'a aucun sens ! Ce sont ces hommes qui ont gâché leurs vies, *à elles !*

Alain parut choqué :

- Tu ne sais pas ce que tu dis Rose ! Elles ont scellé leur destin en étant si… si…

- Désirables ? Coupa Rose en tremblant. Vous les avez punies uniquement parce que vous ne saviez pas contrôler vos natures passionnées… Le problème, c'est que vous avez eu peur de ce qu'elles représentaient…

L'homme se figea puis la regarda durement :

- Et à ton avis, elles représentaient quoi ?

- Vous avez peur d'aimer… vous n'êtes pas capable d'aimer ! Cela vous fait peur… et ces femmes… vous et vos ancêtres… vous saviez qu'elles étaient capables d'ébranler vos confortables petites carapaces face à l'amour…

Alain pâlit, mais il lui sourit néanmoins :

- Tu dis n'importe quoi… Émilien aimait Anna, et regarde ce qu'elle lui a fait !

Rose secoua la tête, peinée.

- Ce n'était pas vraiment de l'amour, c'était du désir aveugle, de la possession. L'amour, ce n'est pas cela… elle a eu peur de son attachement maladif envers elle, et c'est bien normal…

- Que connais-tu à l'amour, pauvre sotte ! Éructa Alain en

s'approchant d'elle de façon menaçante.

Rose coula un regard vers Alex :

- Pas grand-chose apparemment... (elle se tourna à nouveau vers Alain). Mais en tout cas, je sais ce que ce n'est pas. Et l'obsession n'en fait pas partie... l'amour, ce doit être un partage...

Tandis qu'Alain se réfugiait dans le silence, l'attention de Rose se porta sur sa cousine qui l'observait depuis un angle sombre de la pièce.

Elle devinait que sa fin était proche, mais elle se sentait étrangement calme.

- Est-ce que c'est toi Carole qui m'a empêchée de sortir de la cave lorsque j'ai découvert le corps de Pierre Lenoir ?

La rousse eut une moue méprisante :

- Tu es arrivée sur les lieux bien trop vite... il fallait que je te retarde...

- Mais... pourquoi l'avoir tué ?

Ce fut Alain qui répondit :

- Tu fouinais partout et je ne voulais pas que ta mémoire revienne... la découverte de cette pièce et de ce couloir risquait de tout faire remonter à la surface et de t'amener directement vers nous. Je te surveillais de près... Alors quand cet antiquaire de malheur a commencé à tourner autour des bouteilles de vin, je n'ai pas voulu courir le moindre risque...

Rose fronça les yeux.

- C'est absolument ignoble, mais cela ne m'étonne guère de votre part... (elle se tourna vers sa cousine, cherchant des réponses dans son regard). Mais *toi*, Carole... je ne comprends pas bien les raisons de ta présence parmi ces gens. Que fais-tu avec ce Cercle qui persécute notre famille ? Et pourquoi les aides-tu ?

Sa cousine avança vers elle et son visage sortit de l'ombre, éclairé par la lueur des bougies. Elle souriait, laissant apparaître de petites dents pointues.

- Rose... je te l'ai déjà dit... j'aime m'amuser... et faire partie de ces gens m'amuse... et puis, tu sais, ils n'ont jamais

331

considéré que j'étais vraiment une Bénette. Moi non plus d'ailleurs, notre grand-mère a fait ce qu'il fallait pour ça !

- Mais Carole… dit Rose, consternée, ta propre mère est là, ligotée, et… qui sait ce qu'ils vont lui faire ?

La jeune femme lança un regard amusé vers Clarisse.

- Oh… mais ils ne lui feront rien, elle ne représente absolument rien pour eux… (ses yeux se mirent soudain à briller), *à moins que…*

Rose remarqua alors que Clarisse pâlissait. Elle secoua la tête, semblant implorer sa fille.

Carole se mit à rire bruyamment.

- *Maman…* dit-elle en appuyant sur chaque syllabe… tu croyais vraiment que je ne m'étais aperçu de rien ?

Tandis que Clarisse baissait la tête, au bord des larmes, Carole dirigea son attention vers sa cousine :

- Cette femme n'est pas ma mère. C'est la *tienne…*

30

À présent, c'était Rose qui n'arrivait plus à parler. Elle observa tout d'abord le visage souriant, triomphant de sa cousine, puis celui, défait de cette femme au sol, qui portait à présent le masque de la peur à l'état brut.

- Carole... non... dit-elle en éclatant en sanglot... tu n'as aucune idée de ce que tu viens de faire...

- Mais au contraire, *maman*, je sais très bien ce que je fais... et je sens que ça va être encore plus drôle à présent ! Dit-elle en riant.

- Non... tu ne sais pas... ajouta la femme d'une voix brisée. Tu n'as aucune idée de ce qu'ils sont... et... je t'ai élevée, je t'ai même apporté de la tendresse... pourquoi ?

Le visage de Carole se fit plus dur :

- Je l'avoue... maman était une mère épouvantable... et c'est bien pour ça que j'ai tout de suite su que tu n'étais pas elle ! C'est aussi pour ça que je n'ai rien dit, d'autant que nous avons quitté rapidement cette ville et surtout cette maison dans laquelle sévissait cette horrible femme qui n'avait que du mépris pour moi. Et quand nous sommes revenues, plus personne ne prêtait attention à toi... incroyable non ? Mais il est vrai que tu as su alors te faire discrète...

À cet instant, Alain se rapprocha de Carole, les poings serrés :

- Mais qu'est-ce que tu racontes Carole ? Dit-il d'une voix blanche.

La rousse l'observa, puis se rapprocha de lui, et lui caressa tendrement le visage :

- Alain… c'est la vérité mon chéri… ce n'est pas Rachelle que tu as tuée ce jour-là, mais Clarisse, ma mère…

L'homme la repoussa durement, mais leur échange rapproché avait alerté Rose.

Alain Garnier était donc le riche amant de Carole… Celui qui la logeait dans ce luxueux appartement face à la mer et comblait tous ses besoins.

Ainsi, cet homme pathétique n'avait pas réussi à rester éloigné des Bénette…

Elle réalisa soudain que ces pensées l'éloignaient de l'énormité de ce qu'elle venait d'entendre. Elle dévisagea attentivement la femme couchée sur le sol, réduite à l'état de loque et sentit son sang quitter son visage. Elle chancela, puis se rattrapa à un angle du tombeau d'Émilien.

Sa mère n'était pas morte.

Elle l'avait abandonnée…

Elle avait même élevé une autre fillette à sa place…

Alain se dirigeait à présent avec fougue vers cette femme qui n'était à présent plus que l'ombre d'elle-même, roulée en boule sur le sol. Puis il la regarda longuement, le regard vacillant. Enfin, il s'accroupit auprès d'elle et posa des doigts tremblants sur son visage.

- Rachelle… mon amour… est-ce vraiment toi ? Co… comment ai-je fait pour ne pas te reconnaître ?

La femme releva le menton, mais aucune trace de défi n'animait ses yeux larmoyants :

- Alain… tu n'as jamais vu que ce que tu avais envie de voir… Tu as tué ma sœur dans un accès de rage, puis tu as cru à ma mort. Malgré tout, je sais que tu en as été bouleversé. J'ai alors su que je devais saisir ma chance, pour enfin pouvoir m'échapper comme je le voulais depuis toujours. Alors, je me suis fait passer pour Clarisse. Ma pauvre Clarisse, qui avait toujours voulu être *moi*… c'était *moi* qui prenais sa place… Puis j'ai pris Carole, et nous sommes parties sans nous retourner. (Elle se tourna vers Rose qui s'était pétrifiée et ses yeux se firent suppliants). Je n'avais pas le choix Rose… il fallait que je parte, il aurait fini par me tuer sinon... j'ai rédigé cette lettre pour faire croire à un suicide, et que j'étais dépressive, afin qu'aucune enquête ne soit lancée. Afin, surtout, pour que je puisse partir librement sans être interrogée au sujet du meurtre de ma sœur. Je l'ai aussi écrite pour te demander pardon... – c'est pour cela que je tenais à te la remettre – car, suicide ou meurtre, je t'abandonnais dans les deux cas. (elle secoua la tête, désemparée). Mon écriture a été authentifiée par la police et le suicide a bien été déclaré. Je savais que tôt ou tard, j'allais mourir, c'était sans issue... Je connaissais l'histoire de nos ancêtres et *je voyais* jour après jour combien leurs esprits restés attachés à ces lieux maudits étaient en souffrance... C'est pourquoi j'avais pris des dispositions pour que ton oncle récupère ta garde à ma mort. Ce jour-là, ton père a été tué, mais le connaissant, je savais de toute manière qu'il m'aurait suivi dans la tombe quoiqu'il arrive... Rose, je te demande pardon ! L'implora-t-elle. Mais je n'étais pas la mère que tu méritais... je n'étais pas douée pour ça... je ne savais pas te montrer que je tenais à toi. Et ton père m'aimait bien trop pour vraiment s'intéresser à toi. Bruno était ce qui pouvait t'arriver de mieux, crois-moi ! Cette vie dans cette maison, dans cette famille... c'était l'enfer !

À cet instant, un barrage céda dans la tête de la jeune femme. Elle fit deux pas incertains en direction de celle qu'elle savait à présent être sa mère et l'observa comme si elle la voyait pour la première fois.

- Tu m'as abandonnée... fut la seule chose censée qu'elle parvint à dire.

- Oui... répondit Rachelle en hoquetant. Mais j'avais peur... je ne voulais plus vivre dans la peur... je n'en pouvais plus ! Ma mère... ces fantômes, les Garnier... c'était plus que je ne pouvais en supporter... Je suis tellement désolée ma chérie...

Rose se mura dans le silence, incapable d'analyser clairement la situation.

- Aucune mère n'abandonne son enfant, asséna durement

Isabelle Rozenn-Mari

la jeune femme au bout de plusieurs secondes. Sous aucun prétexte… tu n'as aucune excuse !

À nouveau Rachelle hocha la tête, pleurant de plus belle.

- Je suis tellement désolée… répéta-t-elle. Tellement… mais quand je vois la belle jeune femme que tu es devenue, ton assurance, ta carrière… et la normalité de ta vie. Je me dis que c'était la meilleure chose à faire. Je suis fière de celle que tu es Rose… Je regrette seulement que tu aies dû revenir ici. Tu aurais pu traiter tout ceci à distance, mais… il a fallu que tu reviennes…

Rose inspira longuement :

- En réalité je n'y tenais pas trop… mais je suppose qu'il fallait que j'affronte mon passé. Il y avait trop d'espaces vides dans ma tête… Je ne pouvais plus vivre avec ma mémoire qui me hantait sans que je sache ce qu'elle me cachait. Je n'avais pas les clés pour avancer sereinement. Et mon Dieu, tous ces mensonges… tous ces non-dits… ils me pourrissaient réellement la vie…

- Je comprends… dit Rachelle en soupirant. Malheureusement, cette connaissance va te tuer, et moi avec… Elle hoqueta alors et se remit à pleurer.

À cet instant, Alain remua les lèvres et observa Rose, puis sa mère :

- Tu as raison sur ce point Rachelle… mais avant… explique-moi… que faisait Clarisse ce jour-là avec Karl ?

La femme le regarda longuement et une haine farouche se mit à luire dans ses yeux.

- Clarisse… depuis toujours, elle me jalousait. Tout ce que j'avais, elle le voulait également… Elle était amoureuse de Karl, et ce jour-là, je n'étais pas là, et elle a tenté de se faire passer pour moi. Karl s'en était évidemment aperçu. Mais il savait combien elle était fragile psychologiquement, aussi il m'a appelée pour me prévenir. J'étais chez mon amie Natacha. Nous en avons discuté rapidement tandis que Clarisse préparait le goûter pour les enfants. Nous avions convenu que Karl la repousse doucement, sans faire de vagues. La suite, je ne peux que la deviner malheureusement… Tu es arrivé Alain par ce fichu tunnel, tu es entré discrètement dans la maison, tu les as vus ensemble et tu as pensé qu'elle était moi. Chose que Karl n'a pas démentie. Puis, sous la menace d'une arme, tu les as fait monter sur la tour. Puis, tu les as poussés… Incroyable non ? Tu n'as même pas été fichu de reconnaître celle que tu disais aimer passionnément ! Asséna-t-elle d'une voix cinglante.

Le visage d'Alain était plus blanc que jamais.

- Émilien avait pris possession de moi… dit-il dans un murmure à peine audible. Je n'avais pas pleinement conscience de mes actes… et tu… elle était là, aussi belle que toi, accrochée au bras de Karl… elle n'a pas dit un mot…je… je n'avais aucun doute !

- Ils sont montés tous deux sur la tour comme deux animaux que l'on mène à l'abattoir… conclut Rachelle. Elle, car elle rêvait d'être moi, quitte à en mourir… et lui, pour me protéger. Pour me laisser une chance, *enfin*, d'avoir une vie normale…

Tous deux se turent et un silence sépulcral prit possession des lieux. Le regard de Rose se porta alors sur les membres du Cercle. Leurs regards étaient fixes. Ils paraissaient eux aussi comme possédés. Un instant, elle capta une étincelle dans les yeux de Gaby, mais ce fut trop fugitif pour qu'elle puisse espérer quoi que ce soit de sa part.

Et puis, de toute manière… qu'espérait-elle ? Que quelqu'un vienne la sauver ?

Les membres du Cercle de la Nuit étaient comme les Garnier. Ils subissaient un lavage de cerveau intensif dès l'enfance par le biais de leurs parents. Un lavage de cerveau aussi efficace que toxique.

N'y avait-il donc personne pour briser cette transmission maudite ?

Personne n'avait donc assez de lucidité pour comprendre que tout ceci était totalement insensé ?

Elle comprit alors que ces gens n'avaient pas, comme elle, bénéficié du recul nécessaire pour le comprendre. Ils avaient une mission : appeler l'Esprit de Rose à sa mort afin qu'elle intègre les murs de cette maison et soutenir le souvenir vacillant du véritable maître des lieux : Émilien.

Émilien... ce monstre...

Elle s'en souvenait clairement à présent... il venait la voir chaque nuit dans son lit lorsqu'elle était enfant. Il la terrorisait, la hantait, la... touchait... Oh, ce désir de possession, son Esprit dérangé en était tellement imprégné que c'en était devenu obscène... Elle n'était alors qu'une enfant... et personne n'avait su la protéger...

Si... ta mère... elle a réussi à t'éloigner de ce lieu maudit...

Oui... mais à quel prix ?

Au prix de ta sécurité...

Rose jeta un regard apaisé vers sa mère. Elle avait fait ce qu'elle pouvait. Elle avait fait ce qu'elle devait... elle avait trouvé assez de force en elle pour briser la chaine de cette malédiction familiale. En réalité, elle était une héroïne... à cette pensée, des larmes roulèrent sur la joue de Rose.

Et j'ai tout fait échouer en revenant...

Puis son regard revint vers Alex. Elle s'aperçut alors qu'il l'observait également, mais il conservait un masque d'impassibilité. Un instant, elle crut y voir comme une lueur de regret, mais ce fut si fugitif qu'elle se demanda si elle n'avait pas rêvé.

Mon dieu, comme elle avait aimé cet homme...

Et elle l'aimait encore... envers et contre tout.

Allait-il réellement être celui qui allait mettre fin à ses jours ?

S'était-elle à ce point fourvoyée ?

- Alex... dit-elle d'une voix rauque. Tu savais... pour la cérémonie ? Tu savais que Rodrigue...

Elle se tut puis se tourna vers le frère de son ami. Il se tenait lui aussi à l'écart de la scène, mais ses yeux brillaient à présent de fierté à la lueur des bougies. Son attention revint vers Alex. Son visage s'animait soudain également, mais il était d'une pâleur mortelle.

- Non... la fureur a obscurci mon jugement lorsque j'ai vu

le texto que tu avais reçu. Dit-il d'une voix anormalement posée et calme. Ce n'est que ce matin que j'ai compris... en passant devant la Galerie de Rodrigue, j'ai vu ton portrait. Et ce masque, cette robe noire déchirée... j'ai alors compris ce qui était arrivé et pourquoi mon frère m'avait tenu éloigné de toi...

À cet instant, un espoir insensé se répandit dans l'esprit de Rose.

- Tu veux dire... que tu n'étais pas au courant ? Mais... je ne comprends pas...

Alex dirigea son attention vers son frère, et ses traits exprimèrent une haine à l'état brut :

- Je n'étais pas le seul à te vouloir. Mais c'était moi que tu avais choisi... et Rodrigue en était malade de jalousie. Il a organisé cette petite cérémonie pour me prouver que je n'étais pas le seul à pouvoir te posséder...

Rose accusa le coup.

- De la possession, du désir... ainsi, c'est tout ce que tu ressentais... tu n'as donc rien vu d'autre en moi ?

Alex tourna la tête vers elle et son regard se fit soudain plus doux.

Mais à cet instant, des paroles lancinantes et entêtantes s'élevèrent lentement dans le tombeau. Rose réalisa alors que les membres du Cercle venaient de se réunir autour du cercueil de pierre, se tenant la main tout en prononçant une litanie incompréhensible.

- Non... protesta Rose dans un murmure.

Mais il était trop tard... déjà, des rubans de lumières opalescentes se répandaient dans la pièce, dansant et tournoyant autour des participants. Dans une vision fugitive, il fut en face d'elle.

Émilien.

Un homme d'une grande prestance, avec ses favoris mangeant le bas de son visage, sa redingote, son gilet et sa chemise d'un autre temps. Son corps éthéré se tenait en face d'elle et ne semblait voir qu'elle. Il tendit ses doigts fantomatiques vers elle, comme suppliant.

Puis il se mua peu à peu en une trainée argentine qui fondit vers Alex. Le corps du jeune homme fut soudain secoué par un spasme douloureux tandis que le nuage luminescent se mêlait à son corps tendu à l'extrême.

Il écarta les bras puis ramena sa tête en avant. Enfin, son corps se ramollit et l'espace d'un instant, plus rien ne bougea.

Mais très vite, Rose vit ses bras s'animer et il redressa la tête.

À cet instant, elle sut que ce n'était plus Alex qui se tenait en face d'elle.

Une expression de désir maladif, d'amour dénué de sens animait à présent ses yeux.

- Anna... dit-il en la dévorant du regard. Enfin, te voilà... cela faisait si longtemps que je t'attendais... Tu es... tellement belle... Souffla-t-il d'une voix rauque.

La bouche sèche, Rose contempla le visage d'Alex animé par la personnalité de son ancêtre. D'instinct, elle recula tandis que ce dernier se rapprochait.

- Non... je ne suis pas Anna... haleta Rose. Anna est morte !

Un éclair d'incertitude traversa le regard d'Émilien. Il eut un sourire hésitant.

- Non... tu n'es pas morte.... Puis son sourire se mua en un rictus haineux. Mais moi oui... et par ta faute... alors tu vas venir me rejoindre !

Très vite, Rose se retrouva acculée contre le mur. Elle tendit les mains vers lui en une tentative de protection désespérée.

- Cela ne sert à rien ! Vous ne comprenez pas ? Les Esprits cohabitent sans jamais se rencontrer ! Nous ne nous verrons jamais !

Émilien pencha la tête comme s'il ne comprenait pas ce qu'elle voulait dire.

- Tu seras avec moi mon amour... insista-t-il en souriant. Laisse-toi faire, cela ne prendra qu'un instant et nous serons enfin réunis… pour toujours…

La litanie incantatoire du Cercle reprit alors, de plus en plus fort, de plus en plus vite et Rose sentit sa tête se mettre à tourner.

- Non… protesta-t-elle dans un murmure à peine audible tandis qu'elle se laissait choir sur le sol humide.

Mais les grandes mains d'Émilien – *d'Alex !* – s'approchaient à présent d'elle de manière inexorable. À la lisière de sa conscience, elle entendit quelqu'un protester, puis pleurer. Elle comprit qu'il s'agissait de sa mère. Elle eut une pensée peinée pour cette femme qui l'aimait à sa manière puis la terreur s'empara d'elle tandis que la peau d'Alex effleurait la sienne puis que ses doigts s'enroulaient autour de son cou.

Il se mit à serrer tandis que ses yeux brillant d'une lueur de folie tentaient de capter les siens.

L'air commençait déjà à lui manquer et sa conscience déjà balbutiante menaçait de déserter.

Mais elle se sentait comme engloutie dans le regard de celui qu'elle avait tant aimé, et qui n'était pourtant pas le sien à cet instant. Très vite, elle comprit que la fin ne serait pas longue à arriver…

La litanie prenait à présent une ampleur assourdissante tandis que l'air vibrait autour d'elle.

Mais un événement étrange se produisit soudain : un froid mortel l'enveloppa, puis elle aperçut des rubans colorés se mouvoir au-dessus d'elle, puis envelopper son bourreau.

Ce dernier, visiblement surpris, suspendit son geste afin de contempler le ballet de lumières incandescentes qui l'entourait. Il avait l'air à la fois médusé et fasciné. Presque réjoui. Comme un enfant qui regarde un feu d'artifice pour la première fois.

Il abandonna alors totalement Rose qui avala avidement une longue et difficile bouffée d'air vicié. Elle se redressa lentement, tout en s'appuyant contre le mur et manqua vaciller. Mais elle tint bon et observa à son tour le spectacle.

À cet instant, les rubans de lumière se mirent à enfler, puis à dessiner peu à peu de fragiles silhouettes minces et blanchâtres qui flottaient à quelques centimètres du sol.

Très vite, elles firent elles aussi un cercle et se mirent à tournoyer autour d'Émilien.

Anna... Marie... Blanche... Gabrielle... Sophie... et une femme qui ressemblait trait pour trait à sa mère.

Clarisse...

Seule Anita, sa grand-mère, manquait à l'appel, prouvant ainsi que son Esprit n'avait pas été appelé et qu'elle ne hantait pas la maison. Elle seule n'avait pas été assassinée par son amant... *elle l'avait tué avant...*

- Comme vous êtes belles... s'extasia Émilien en tendant les mains vers elles. (Puis son attention fut attirée par le fantôme d'Anna. Il ne vit alors plus qu'elle). Anna... tu es là... haleta-t-il en tentant de l'encercler de ses bras.

Mais cette dernière, entourée de ses descendantes, ne cessait de tournoyer, échappant sans cesse aux assauts de l'homme dont le visage exprimait clairement une totale aliénation.

Les traits d'Anna se contractèrent soudain tandis que le ballet s'arrêtait. Leurs corps inconsistants se tendirent et leurs visages se muèrent en masques vengeurs.

Puis elles fondirent sur lui et leurs silhouettes se mêlèrent entre elles, recouvrant le corps d'Alex en une explosion de brume luminescente, le faisant basculer, puis tomber.

Le Cercle de la Nuit se brisa alors. Chaque participant lâchant la main de son voisin tandis qu'ils s'observaient, ne sachant que faire.

- Rose, va-t'en ! Hurla sa mère.

Elle tourna la tête vers elle :

- Non... je ne peux pas te laisser seule avec eux !

- Pars Rose ! Sinon, tout ce que j'ai fait n'aura servi à rien !

La jeune femme hocha lentement la tête, puis fit un pas en avant. Autour d'elle, c'était le chaos. Les membres du Cercle de la Nuit, visiblement paniqués, tentaient de fuir par le tunnel tandis que Rodrigue les interpelait, vociféraient, les enjoignant à rester. Mais ceux-ci, insensibles à ses cris, continuaient à se diriger vers le boyau. Finalement, il les rejoignit et fit barrage, mais ces derniers, Gaby et Linda en tête, l'écartèrent durement et poursuivirent leur chemin dans des mouvements mal coordonnés qui ralentissaient leur fuite.

Rose, le cœur lourd, en profita pour continuer à avancer.

Tandis qu'elle rapprochait sa main du mur abritant la sortie, une poigne vigoureuse enserra son épaule, puis la projeta contre le mur.

Elle hurla de terreur mêlée à de la douleur.

Lorsqu'elle rouvrit les yeux, elle se retrouva nez à nez avec Alain, dont le visage était déformé par la rage.

Elle sentit aussitôt la pointe d'un couteau posé sur sa poitrine palpitante.

Le couteau de Rachelle...

- Où crois-tu aller ainsi ma jolie ? Tu n'allais tout de même pas déjà nous quitter ? Je peux très bien finir ce qu'Alex a commencé avant d'en terminer une fois pour toutes avec ta mère...

- Laissez-nous tranquilles... supplia Rose. Je vous promets que nous partirons et que vous n'entendrez plus jamais parler de nous !

- Ce n'est pas suffisant... dit Alain d'une voix implacable.

La lame étincela tandis que l'homme lançait son bras en l'air.

Rose planta son regard dans le sien, refusant de courber l'échine devant cet homme qui allait la tuer.

Comme ça... Pour rien en fait...

Elle aperçut alors un mouvement derrière lui, puis sa bouche s'ouvrit et ses yeux s'écarquillèrent.

De surprise.

Puis de douleur...

Il tomba à genoux devant elle dans un râle, le poing serré, un filet de sang à la commissure de ses lèvres.

Derrière lui, le visage d'un autre homme se superposa au sien.

Patrick…

Il tenait le couteau ensanglanté qu'il venait de dérober à son frère et avec lequel il l'avait frappé dans sa main droite. Il haletait comme s'il avait couru.

Il lança un regard d'excuse à Rose.

- Désolé… j'aurais dû intervenir avant…

- Vous… vous étiez là depuis de début ? Bredouilla Rose dont le cœur affolé commençait à se calmer.

Le visage prématurément usé de l'homme afficha un pauvre sourire :

- Je ne participe plus à cette mascarade depuis bien longtemps, mais je reçois toujours des messages indiquant la tenue des réunions. Je suis resté dans le couloir, mais j'ai tout entendu, et tout vu aussi… lorsque tout le monde a pris courageusement la fuite (il eut un rire désabusé), je me suis décidé à intervenir, j'aurais dû le faire bien avant, j'en suis navré…

Rose eut un hoquet nerveux :

- Le principal, c'est que vous soyez là à présent !

Puis elle observa le corps d'Alain, recroquevillé sur lui-même, agité par des soubresauts douloureux.

Son regard obliqua ensuite vers la silhouette d'Alex, étendu sur le sol. Le silence était à présent quasi religieux et plus aucune écharpe lumineuse ne le traversait. Les âmes vengeresses s'étaient évanouies. Il ne bougeait plus et son corps paraissait comme apaisé. Elle sentit une boule se former dans sa gorge.

Mon dieu… Alex… il est mort…

Elle cligna des paupières et des larmes s'en échappèrent lorsqu'elle tourna la tête vers sa mère. Cette dernière les observait avec un mélange de soulagement et d'épuisement.

Patrick regardait également dans cette direction. Il murmura :

- Mon Dieu… elle était là depuis toutes ces années… et moi, dans mon ivrognerie, je n'ai pas compris que la femme que j'aimais était toujours vivante. Là, tout près de moi…

Rose le rejoignit et posa une main sur son épaule :

- Rachelle a tout fait pour qu'on ne sache pas qui elle était. Ce n'est pas votre faute. Le principal c'est que vous l'ayez sauvée, que vous *nous* ayez sauvées...

Rose observa le visage ravagé de l'homme en songeant qu'il était peu probable que sa mère accepte enfin de partager sa vie. Après tout, elle ne l'avait jamais vraiment aimé. Il finirait par le comprendre et l'accepter.

Puis son regard balaya la pièce, s'attardant sur les corps d'Alain et d'Alex.

Quel affreux gâchis...

- Tout est fini à présent... murmura-t-elle comme pour elle-même.

Isabelle Rozenn-Mari

Port-Launay – trois mois plus tard.

- Je crois bien que c'est cette maison. Dit la vieille femme en souriant à sa jeune compagne.

Cette dernière leva la tête, puis laissa échapper un sifflement admiratif.

- Ouah… belle baraque… difficile de croire qu'elle soit hantée.

La vieille dame jeta un regard pétillant sur la jeune fille qui tentait tant bien que mal de protéger sa longue chevelure châtain veinée de mèches blondes des assauts du vent. Elle admira au passage une nouvelle fois la couleur inhabituelle de ses yeux : bleu foncé évoquant la pierre de saphir qu'elle portait en collier et qu'elle ne cessait de triturer lorsque quelque chose la préoccupait.

Mais elle n'était pas dupe, derrière ce joli visage au regard pur et lumineux et son très jeune âge, se dissimulait une très vieille âme, qui avait su trouver en elle les ressources nécessaires pour combattre un ennemi qui la poursuivait depuis plusieurs incarnations.[1]

- Méjane, il ne faut pas se fier aux apparences, tu es bien placée pour le savoir, dit-elle en riant.

La jeune fille dirigea son visage aimable vers sa grande amie – au propre comme au figuré – puis se joignit à son rire.

- Tu as raison Anastasie… et donc, c'est la propriétaire de la maison qui t'a appelée, c'est bien ça ?

---

[1] Voir « *Avant les Ténèbres et l'Oubli* » du même auteur.

Anastasie plissa ses paupières lourdement fardées de bleu et passa une main dans sa chevelure blonde coupée au carré retenue par un bandeau multicolore.

- Oui, Rose Bénette... une romancière d'outre-Atlantique qui a hérité de cette belle demeure et qui souhaite se débarrasser de ses encombrants fantômes. Elle est sur le point de la vendre. J'ai pensé que tu pourrais me donner un coup de main.

Elle lui sourit à nouveau. En réalité, elle le savait, Méjane avait des dons de médium bien plus puissants que les siens. Ce serait plutôt elle qui allait l'assister ! Et puis elle se faisait vraiment vieille à présent. Il fallait bien assurer la relève...

La jeune fille lui prit la main et lui lança un regard faussement accusateur :

- Anastasie... tu es bien consciente que si je fais des études de psycho, ce n'est pas pour devenir médium à temps plein...

La vieille femme se mit à nouveau à rire, conquise par le charme de sa jeune amie.

- Je sais bien ma belle... mais je sais aussi que tu ne laisserais pas des âmes en peine. Surtout que celles-ci sont prisonnières de cette maison depuis très longtemps...

Méjane fit une moue dubitative, mais conserva son visage avenant.

- Tu me connais trop bien, hélas... plaisanta-t-elle.

- Alors, dépêchons-nous, poursuivit Anastasie avec une voix de conspiratrice. Plus vite tu auras – enfin... *nous aurons* – dirigé ces pauvres âmes vers la Source, et plus vite tu retrouveras ton Damien.

À l'évocation de son petit ami, le sourire de Méjane s'élargit tandis qu'Anastasie s'attendrissait. Elle avait rarement vu un couple aussi amoureux. Et leur lien ne faisait que se renforcer de mois en mois.

- OK. Mais avant, dis-moi ce que tu sais de cette maison.

Anastasie tenta de rassembler ses connaissances.

- C'est une vieille histoire... je connaissais de vue l'ancienne propriétaire qui avait à peu près mon âge. Anita

Bénette, la grand-mère de l'actuelle propriétaire. Il y a toujours eu des rumeurs laissant entendre que la maison était hantée, mais j'avoue, je pensais justement qu'il ne s'agissait que de rumeurs… Imagine, une maison hantée dans ma propre ville… les propriétaires seraient forcément venues me trouver, moi ou ma mère ! Tout le monde savait ce que nous étions capables de faire… Mais, jamais, à aucun moment... Et lorsque je croisais Anita, elle changeait systématiquement de trottoir. Enfin, bref, il se trouve que la maison était réellement hantée, et ceci avec la bénédiction des propriétaires successives des lieux !

- Comment est-ce possible ? S'étonna Méjane.

- Une histoire de fou qui titillerait certainement la future psychologue qui est en toi ! Toujours est-il que les femmes de cette maison étaient harcelées par le fantôme de l'amant de leur ancêtre, la première propriétaire de la maison. Elles sont toutes mortes jeunes, et dans des conditions qui te feraient frissonner des jours durant…

- Une forme de malédiction familiale en somme. Hum, cela me parle…

- Effectivement… mais encore plus dramatique que la tienne. Il semble cependant que Rose Bénette ait elle aussi réussi à s'en défaire, tout comme toi. Et à présent, elle compte sur nous pour finir le travail…

- Qu'attendons-nous alors ? J'ai hâte de voir ça…

Anastasie brandit une clé de couleur dorée dans la faible lumière hivernale.

- L'agence immobilière m'a remis la clé. Entrons, dit-elle en l'engouffrant dans la serrure.

Mais à cet instant, elles aperçurent la silhouette d'une femme venir à leur rencontre derrière la grille.

Une belle jeune femme rousse, aux yeux étirés et aux formes pulpeuses moulées dans une robe de laine ivoire.

Anastasie suspendit son geste et sourit à l'arrivante qui dirigeait vers elles un regard peu amène.

- Oh, bonjour, j'ignorais qu'il y avait quelqu'un dans cette maison ! Nous venons de la part de Rose Bénette. Je suis Anastasie Vallet, et voici Méjane Lacombe. Mademoiselle Bénette nous a demandé de passer pour… disons un diagnostic… avant la vente de la maison.

Anastasie sourit de plus belle, ravie d'avoir trouvé une explication autre que surnaturelle à leur présence. Après tout, elle ne savait pas à qui elle avait à faire, et la propriétaire ne voulait probablement pas que l'on sache qu'elle avait fait appel à une médium pour désenvouter sa maison…

Mais la rousse pinça ses lèvres et croisa les bras sur sa poitrine :

- Je sais qui vous êtes. Mais votre… *diagnostic* ne sera pas nécessaire. Merci, vous pouvez repartir.

Puis elle leur sourit à son tour, mais son visage n'exprimait que de la dureté ainsi qu'une envie pressante de les voir s'éclipser au plus vite.

Anastasie et Méjane se regardèrent sans comprendre.

- Mais… vous êtes sûre ? Mademoiselle Bénette souhaitait vraiment ce diagnostic avant la vente de la maison… C'est important… pour le prochain propriétaire…

- Oui, j'en suis sûre… mais il se trouve que je suis le prochain propriétaire… et je ne souhaite absolument pas de ce *diagnostic*. Merci. Au revoir…

Puis elle tourna les talons et regagna la maison, laissant les deux femmes pantoises.

- Elle est bien bonne celle-là ! S'exclama Anastasie.

- Hum… tu crois qu'elle est consciente que la maison est hantée ?

- Je n'en sais rien ! Mais en tout cas, elle sait qui je suis à présent… répondit Anastasie, d'un ton philosophe. Si elle le souhaite, elle saura bien me trouver pour se débarrasser de ces fichus fantômes, s'ils sont toujours là…

Méjane leva la tête vers la maison.

Oh oui, ils étaient toujours là…

Une femme blonde l'observait depuis cette étrange tour tandis que d'autres paraissaient la supplier du regard à travers les nombreuses fenêtres que comptait la maison.

Malgré elle, elle frissonna.

Elle avait mis du temps avant de savoir reconnaître un vivant d'un mort, mais elle avait finalement réussi à dompter ce don qu'elle considérait, il n'y avait pas si longtemps, comme une malédiction. À présent, elle savait.

Et ces femmes aux visages exsangues et aux yeux enfoncés dans leurs orbites étaient des Esprits. Elle n'avait plus aucun doute à ce sujet.

Elle fut alors envahie par une émotion désagréable.

Ces Esprits avaient besoin d'aide.

Et elle ne pouvait rien faire.

C'est alors qu'elle l'aperçut.

Un homme d'une quarantaine d'années, aux traits déformés par la rage qui l'observait depuis la petite terrasse devant la porte d'entrée.

Sa coiffure et ses vêtements indiquaient qu'il avait vécu longtemps auparavant. Lors d'une époque révolue.

Il n'avait plus sa place en ce monde depuis près de deux siècles…

Il la dévisageait méchamment, semblant la défier oser venir exercer ses dons en ces lieux, qu'il estimait visiblement siens.

Elle observa Anastasie. Cette dernière plissait des yeux, semblant avoir aperçu quelque chose.

Méjane soupira. Elle seule voyait aussi clairement les Esprits.

C'était son don.

C'était sa malédiction.

Elle eut soudain l'intuition qu'un jour, elle reviendrait aider ces Esprits à regagner la Flamme.

Cette pensée la rasséréna. Elle sourit à son amie.

- Partons… pour le moment, nous ne pouvons rien faire…

***

New York, le même jour.

Rose observait la neige tomber à gros flocons derrière la baie vitrée de son salon. Face à elle, il y avait un autre immeuble, aussi haut et imposant que celui dans lequel elle vivait.

Dehors, les gens s'affairaient.

Plus que quelques jours avant Noël...

Elle resserra les pans du châle confortable qu'elle avait drapé sur ses épaules et l'ébauche d'un sourire anima ses lèvres peintes en rose pâle.

Elle aimait Noël.

Encore plus depuis qu'elle avait renoué avec sa mère...

Cette dernière s'apprêtait à venir les rejoindre pour les fêtes et elle s'en réjouissait par avance.

Et surtout, sa fichue maison était presque vendue...

Elle ne connaissait pas encore le nom de l'acquéreur, mais elle s'en fichait éperdument. Elle en avait obtenu un prix raisonnable et elle allait bientôt sortir de sa vie. Et c'était cela le plus important...

Elle frissonna en songeant à tout ce qu'elle avait appris sur elle-même en débarquant ce jour-là en France après une si longue absence.

Et à tout ce qu'elle avait laissé derrière elle en repartant...

À son retour, à l'aéroport John Fitzgerald Kennedy, Bruno l'attendait, le visage déformé par l'angoisse. Son oncle lui avait laissé de multiples messages après leur houleuse conversation au téléphone durant laquelle elle lui avait reproché de lui avoir menti. Elle ne l'avait jamais rappelé. Il ne savait alors pas à quoi s'attendre. Aussi avait-il paru immensément soulagé lorsqu'elle s'était jetée dans ses bras. Puis l'inquiétude l'avait envahi en constatant qu'elle pleurait...

Mais Bruno était un roc auquel elle pouvait s'accrocher, elle le savait. Et elle l'aimait, plus que ce père qu'elle avait à peine connu et qui s'était sacrifié pour la femme qu'il aimait par-dessus tout.

En songeant à la fragilité de sa mère, elle comprit qu'elle avait réellement évité le pire en vivant auprès de Bruno.

Elle avait revu sa psychanalyste à de nombreuses reprises depuis son retour et celle-ci s'était montrée rassurante.

Bien sûr... Rose avait omis de préciser qu'elle avait eu affaire à des fantômes... bien que très ouverte d'esprit, Jeanine Palmer aurait certainement révisé son jugement sur sa cliente... et Rose avait profondément besoin de se sentir normale.

Elle avait expliqué dans les grandes lignes ce qu'elle avait découvert, au sujet de la mort de ses parents et des circonstances qui les avaient menés jusque-là.

En commençant par Anna.

Jeanine n'avait pas paru surprise.

Elle lui avait expliqué combien les névroses familiales pouvaient se transmettre à l'insu des jeunes générations, surtout lorsqu'il y avait un secret honteux à l'origine de ces névroses. Pour elle, l'origine remontait bien à Anna, qui avait connu l'inceste, le parricide, puis l'enfermement dans un institut psychiatrique.

Et elle se félicitait que Rose ait pu remonter jusqu'à l'histoire de son ancêtre et ainsi pu dénouer près de deux siècles de transmission aveugle liée à cette immense blessure.

Elle avait ensuite écouté – sidérée – Rose lui expliquer que ce n'était au final pas sa mère qui avait trouvé la mort ce jour-là, mais sa tante suite à un extraordinaire concours de circonstances.

Après qu'elle lui ait relaté toute l'histoire (bien qu'édulcorée), Rose avait remarqué combien Jeanine paraissait ébranlée. Mais elle avait tenté de faire bonne figure et avait dit en plaisantant que Rose avait là les bases d'un solide scénario pour son prochain roman.

Rose plissa le nez. Jamais elle n'écrirait ce genre de roman. Et surtout pas sur un sujet aussi personnel ! Elle comptait bien poursuivre sur sa lancée. Des romans noirs, flirtant avec le paranormal, mais au final profondément terre à terre...

Puis Jeanine l'avait rassurée.

Rose avait réussi à se construire une personnalité saine grâce à sa vie new-yorkaise.

Elle s'en sortirait.

Elle n'aurait pas de séquelles psychologiques.

Jeanine l'avait félicitée pour avoir eu le courage d'affronter ces pans entiers de sa mémoire effacée et d'avoir surmonté le choc inhérent. Elle avait même dit qu'il s'agissait là d'un bel exemple de résilience.

Jeanine en avait conclu qu'elle allait pouvoir dès à présent espacer ses rendez-vous.

Rose n'était pas très rassurée. Elle doutait pouvoir se passer des conseils de sa psy. Mais au besoin, elle savait qu'elle pouvait compter sur elle.

À cet instant, la sonnette retentit, la faisant sursauter.

Elle quitta son poste d'observation et se dirigea vers la porte d'entrée, qu'elle ouvrit sans vérifier au préalable de qui il s'agissait à travers le judas.

La femme qui se tenait face à elle réussit à lui arracher un grand sourire.

- Maman ! Tu es déjà là ! Quelle bonne surprise...

Rachelle la prit dans ses bras et la jeune femme se laissa porter par cet élan de tendresse maternelle qui lui avait tant manqué durant toutes ces années.

Elle s'écarta puis observa sa mère.

Cette dernière avait un peu maigri, mais sa silhouette était toujours aussi pulpeuse. Ses cheveux longs et bouclés étaient emprisonnés dans un élégant béret de teinte crème et son manteau cintré de couleur bronze faisait ressortir le vert de ses yeux.

Son visage, à peine ridé, paraissait tendu. Anxieux... Rose comprit que sa mère appréhendait ces retrouvailles. Après tout, elles avaient beaucoup échangé par mail et par téléphone, mais ne s'étaient pas revues depuis ce jour funeste...

- J'ai finalement pris un autre vol, répondit Rachelle, presque timidement. J'espère que cela ne te dérange pas ?

Rose lui sourit. Sa relation avec sa mère était entièrement à construire. Mais elle savait qu'elles pouvaient y arriver. Elles étaient toutes deux des survivantes, et si Rose était là finalement, c'était uniquement grâce au courage de sa mère.

Elle ressentait encore parfois le poids de l'abandon dans un recoin de son esprit, mais elle réussissait à vivre avec.

À l'expression angoissée de sa mère, elle comprit qu'elle lui cachait quelque chose.

- Chérie, je ne suis pas venue seule…

Rose fronça les sourcils.

- Oh… et qui as-tu amené avec toi ? Je te préviens, j'espère que ce n'est pas Carole, parce qu'alors, là, je ne réponds plus de rien !

Sa mère lui sourit :

- Ne t'inquiète pas, je n'ai plus aucun contact avec elle.

- Tu me rassures… mais alors… qui ?

Rachelle se retourna et fit un geste en direction de l'ascenseur. L'homme qui rejoignit alors sa mère avant de l'enlacer était une vraie surprise.

- Patrick ? Ça alors, je ne m'y attendais pas…

L'homme passa une main sur sa tête et la gratta, en un geste douloureusement familier qui arracha un élan de tristesse à Rose.

- Ta mère et moi nous sommes beaucoup rapprochés ces dernières semaines, répondit-il en la couvant du regard.

Rose l'observa attentivement. Les traits de son visage n'étaient plus bouffis. Avait-il réussi à renoncer à l'alcool ? *Apparemment, oui…*

Mais à présent qu'il avait retrouvé un visage normal, il lui faisant tant penser à Alex que c'en était presque insupportable.

Rose se força à leur sourire.

- Mais entrez, je vous en prie ! Vous verrez, Noël à New York, c'est presque de la magie par rapport à la France ! Vous allez adorer.

Elle les encouragea à pénétrer dans son appartement en continuant à pérorer.

- Et puis, les fêtes qu'organise Bruno sont en général époustouflantes ! Pour l'occasion, le restaurant est fermé, mais il accueille les nombreux amis de Bruno, et l'ambiance est géniale. D'autant qu'il y a une cheminée, incroyable non ?

Elle remarqua alors que ses invités restaient sur le pas de la porte et qu'ils se regardaient de manière suspecte...

- Pourquoi vous n'entrez pas ? Questionna-t-elle interloquée. Venez, votre chambre est juste en face, dit-elle en désignant une porte.

Sa mère enleva ses gants et la rejoignit avec un sourire crispé.

- Rose, je dois te dire quelque chose...

Mais la jeune femme venait de comprendre ce qui contrariait tant sa mère.

Elle venait de le voir, dans l'encadrement de sa porte.

Il l'observait et son regard vert étincelait d'une lueur qui n'appartenait qu'à lui.

Elle porta une main sur son cœur qui s'était mis à battre, plus fort, plus vite.

Le voir était un choc inouï après ces longues semaines loin de la France.

Loin de lui...

Elle entendit à peine sa mère la prévenir qu'elle et Patrick allaient s'installer dans leur chambre, pas plus qu'elle ne les vit s'éclipser.

Il occupait absolument tout son espace personnel.

Lui.

Alex...

Il arborait son air boudeur. Mais lorsqu'il porta sa main sur son cuir chevelu, elle comprit combien il était mal à l'aise.

Elle n'arrivait toujours pas à parler, mais elle sentait les larmes rouler sur ses joues puis s'arrêter sur l'ourlet de ses lèvres ouvertes en un O de stupéfaction.

Son premier réflexe fut de tourner la tête.

La vision de cet être qu'elle avait tant aimé et qui l'avait trahie était au-delà de ce qu'elle était capable de supporter.

Elle sursauta.

Pourtant, elle avait supporté des choses bien pires que celle-là...

- Rose, il faut que nous parlions...

La jeune femme sursauta une nouvelle fois.

Oh, le timbre de cette voix… égale à nulle autre. Profonde, virile… envoûtante…

Elle l'observa de biais.

Et ce charme qui se dégageait de tout son être !

Alex, le seul, l'unique…

Beau comme un diable, parfait dans ses imperfections.

L'homme qu'elle avait aimé plus que de raison.

Mais l'amour n'était pas raisonnable…

Là encore, sa psy le lui avait expliqué après qu'elle lui ait relaté les sentiments qu'elle avait éprouvés pour le jeune homme. Elle avait même ri gentiment.

Oui, c'était cela l'amour.

C'était un bouleversement total, le choc d'une rencontre de deux êtres dont les névroses étaient complémentaires.

Elle avait trouvé les paroles de Jeanine peu romantiques et le lui avait fait savoir. Là encore, Jeanine avait doucement souri.

C'était ainsi pour toute personne tombant vraiment amoureuse, d'après elle. Mais elle l'avait rassurée, ce choc ne durait généralement pas. Au terme d'un laps de temps raisonnable, les sentiments se faisaient plus sereins. Elle ne devait pas s'inquiéter sur ce point.

Oui, mais Jeanine ignorait qu'Alex avait tenté de la tuer…

Non, pas Alex… Émilien !

Elle secoua la tête.

Alex connaissait les projets de son père…

Bon sang, mais laisse-le s'expliquer !

Le jeune homme avança alors d'un pas décidé, puis referma la porte derrière lui tout en continuant à la regarder.

- S'il te plait, Rose…

- Je t'écoute. Répondit Rose d'une voix soudain glaciale, les lèvres pincées.

Alex la rejoignit en quelques pas, et elle ne put s'empêcher de tourner la tête une nouvelle fois.

Mais son visage était à présent tout proche du sien, et elle sentait bien que ses résolutions étaient prêtes à chanceler dangereusement.

- Rose, je suis désolé. Tellement désolé…

La jeune femme hocha la tête, incapable de proférer la moindre parole.

Il soupira, puis poursuivit :

- Mon père a eu ce qu'il méritait.

- Comment va-t-il ? S'enquit-elle presque mécaniquement en ramenant son attention vers lui.

- Mal… seules des machines le retiennent encore à la vie. Et de toute manière, il finirait sa vie en prison si jamais il s'en sortait, ce dont je doute beaucoup.

Rose déglutit.

La police était arrivée peu de temps après que Patrick ait blessé son frère lors de cette nuit cauchemardesque. Il les avait lui-même appelés, anticipant la suite des événements. Mais comme ils avaient tardé à arriver, il avait dû lui-même intervenir.

- Je suis contente que ton oncle n'ait pas été poursuivi…

- Oui… ils ont compris qu'il tentait de te protéger… mon père n'a de toute manière pas cherché à nier. Il a avoué le meurtre de Rachelle et de Karl, puis celui de Pierre, avant de sombrer dans le coma.

Rose acquiesça. Elle connaissait déjà tous ces faits, mais entendre Alex les énoncer permettait d'enclencher la conversation.

Une conversation surréaliste, et pourtant…

Tout s'était déroulé ainsi.

Et Alex n'était pas mort cette nuit-là, comme elle l'avait cru tout d'abord. Il s'était simplement évanoui.

Pour ne pas compliquer la situation, sa mère resterait Clarisse Bénette jusqu'à la fin de sa vie. Cela ne semblait pas la déranger.

Quant au reste du Cercle, ils avaient regagné leurs vies poussiéreuses avant l'arrivée de la police et n'avaient pas été inquiétés.

Elle n'avait plus eu de nouvelles de Carole. Sa mère non

plus. Et elle s'en réjouissait. Avait-elle seulement été affectée par la blessure d'Alain, son amant ? Probablement pas… cette femme n'avait aucun affect. Cela avait été sa façon de se protéger en grandissant, mais cela faisait aussi d'elle un être dénué de tout sentiment. Elle avait probablement trouvé un autre homme auquel s'accrocher et poursuivait sa vie sans relief à ses côtés.

Peu importe après tout… qu'elle aille aux diables !

De son côté, elle n'avait pas incriminé Alex qui était toujours sur les lieux à l'arrivée de la police, inconscient. Elle n'en avait pas eu la force. Son amour pour lui l'avait emporté sur tout le reste…

D'autant qu'elle le croyait mort…

Elle expira longuement, puis alla s'assoir sur son canapé. Alex la rejoignit aussitôt, puis planta son regard de braise dans le sien.

- Je n'ai pas voulu tout ça Rose. Dit-il d'une voix de basse. J'ai été poussé par mon père, dès mon plus jeune âge à adhérer à ce Cercle pathétique. Et contrairement à Rodrigue, je n'arrivais pas vraiment à m'y intéresser. Mais je ne peux pas le nier Rose, dès le moment où j'ai posé les yeux sur toi alors que tu n'étais qu'une enfant, je t'ai aimée…

- Tu m'as épiée Alex ! Se rebiffa Rose en se tordant les mains, tu as pris des photos de moi à mon insu, alors que je ne me rappelais même plus de toi !

- C'est vrai, admit Alex dans un sourire contrit. Je suis venu à New York à la demande de mon père. Je n'avais pas suffisamment pris la mesure de ses obsessions et j'ignorais alors qu'il avait tué tes parents. Mais j'avais tant envie de te revoir que je n'ai pas hésité à prendre l'avion. J'aurais aimé te parler ce jour-là, mais je ne m'en suis pas senti le droit. Et mon père m'avait assuré que – tôt ou tard – tu finirais par revenir…

Rose cligna des yeux :

- Tu veux dire… que tu n'étais pas obsédé par moi ?

Alex eut un petit rire :

- Pas à ce moment-là, pas encore… mais lorsque nous nous

sommes rencontrés pour de vrai, il s'est passé quelque chose en moi qui a tout bouleversé. Les sentiments que j'ai alors commencé à éprouver pour toi étaient nouveaux, et j'en ai eu peur. *Vraiment peur...* Mais rien ne pouvait m'empêcher de revenir toujours vers toi... *Rien...* alors si c'est ça de l'obsession, oui, j'étais obsédé par toi. Et je le suis toujours... mais je n'ai pas le sentiment que ce soit quelque chose de négatif, car j'ai envie de dépasser ma peur pour être avec toi.

Le cœur de Rose s'emballa de plus belle. Elle ne pouvait pas lui jeter la pierre. Elle ressentait exactement la même chose. Mais il y avait encore de nombreux points à éclaircir. Elle secoua la tête :

- J'ignore si j'arriverai à te pardonner tous tes mensonges Alex... tu savais déjà tout sur l'histoire de ma famille n'est-ce pas ?

Une nouvelle fois, Alex se gratta la tête.

- En partie, je l'avoue... mais je n'avais jamais été très assidu lors des réunions du Cercle. J'ai réellement pris l'ampleur de toute cette folie en même temps que toi.

Rose se mordit la lèvre inférieure.

Pouvait-elle vraiment le croire ?

Après tout, Rodrigue l'avait tenu écarté de cette horrible soirée durant laquelle elle avait été droguée. Il savait que son frère n'aurait pas toléré qu'il agisse ainsi...

Oui, mais les deux frères se disputaient ses faveurs... N'était-ce alors pas qu'une vulgaire histoire de rivalité fraternelle ?

Rose ne savait plus que penser...

- Tu... tu étais là le soir où ton père voulait que je meure... tu m'as attirée dans le tombeau... je devais mourir, de ta main, ton père l'a dit ! Et... c'est ce qui a bien failli arriver...

- Oh, Rose, si je pouvais revenir en arrière, je le ferais mille fois ! Savoir que ce sont mes mains qui ont serré ton cou me fait horreur... mais j'étais alors possédé par ce fichu fantôme... mais crois-moi, je ne savais pas que mon père voulait que tu meures cette nuit-là. Quand il l'a dit après que nous ayons ligoté ta tante – enfin, ta mère – j'ai été comme tétanisé, surtout lorsque j'ai vu dans ton regard combien tu doutais de moi. Puis, j'ai tenté de me reprendre. Mais c'est alors qu'Émilien a pris possession de moi…

Rose inspira profondément, revivant douloureusement ces moments passés dans le tombeau :

- Tu savais n'est-ce pas, pour le tunnel…

Le jeune homme acquiesça gravement.

- Oui, je savais. Je savais aussi pour la pièce secrète, puisque c'était là que le Cercle se réunissait. Mais lorsque Pierre a été assassiné, j'ai été profondément ébranlé. Était-ce un membre du Cercle ? Un membre de ma famille ? Puis j'ai réalisé que l'on ne m'avait pas tout dit. Rodrigue savait plus de choses que moi… c'était évident. Nous avons eu une terrible dispute lorsque j'ai trouvé le dessin et je l'ai enjoint à tout me dire, mais il a ricané en disant que je n'étais pas capable d'entendre la vérité. Ce n'est qu'avec toi que je l'ai réellement découverte et que j'ai compris de quelle manière les femmes de ta famille avaient été tuées et toutes les implications de cette transmission familiale. Mon père et tous mes aïeux étaient des meurtriers…. Cela a été un véritable choc. Car oui, en voyant ces photos, j'ai tout compris, avant que mon père n'arrive. Des recoupements se sont faits dans mon esprit avec ce que je venais d'apprendre et les fragments d'informations que j'avais captés durant toutes ces années. Je ne peux pas dire le contraire, j'ai été naïf. J'ai fermé les yeux. Je n'ai pas voulu comprendre. Mais je te le jure Rose… j'ignorais que mon père voulait que tu meures et encore moins de ma main… je n'aurais pas dû non plus ligoter ta mère… mais à cet instant, je pensais qu'elle avait pris part aux meurtres… avant que j'apprenne qui elle était réellement…

Sa voix vibrait à présent d'une sincérité désarmante.

Rose lui prit la main :

- J'ai envie de te croire Alex… j'ai tellement envie de te croire ! Mais tu m'as menti avec un tel aplomb !

- Alors, crois-moi… poursuivit le jeune homme sur le même ton. C'est vrai que je sais mentir, on me l'a enseigné dès mon plus jeune âge, mais je te le jure, je n'ai jamais été aussi sincère de toute ma vie...

Rose soupira longuement, puis se prit à sourire :

- C'est totalement fou... mais je crois bien que je vais essayer... (Elle prit un air sérieux). Mais je préfère te prévenir Alex, je ne te ferai pas confiance du jour au lendemain...

Le visage du jeune homme s'éclaira puis se fit plus dur à mesure que la flamme du désir s'allumait dans son regard.

- Je ne t'en demande pas plus Rose...

Il prit alors possession de ses lèvres en un baiser vorace auquel la jeune femme s'abandonna totalement en gémissant.

Ses dernières pensées cohérentes furent qu'elle faisait probablement là une monumentale erreur, mais à cet instant, plus rien n'avait vraiment d'importance...

Toute sa vie, elle avait vécu sans prendre de risques. Le temps était venu pour elle de se mettre en danger et d'affronter ses peurs.

Le temps était venu pour elle de vivre, et non plus de survivre...

Et d'aimer enfin...